Ines Thorn

DIE BUCHHÄNDLERIN
Die Macht der Worte

Roman

Rowohlt Polaris

Originalausgabe
Veröffentlicht im Rowohlt Taschenbuch Verlag,
Hamburg, März 2022
Copyright © 2022 by Rowohlt Verlag GmbH, Hamburg
Redaktion Heike Brillmann-Ede
«Ulm 1592» aus: Bertolt Brecht, Werke. Große kommentierte Berliner und
Frankfurter Ausgabe, Band 12: Gedichte 2.
© Bertolt-Brecht-Erben / Suhrkamp Verlag 1988
«Das Land / Was es heißt»
aus: Erich Fried, und Vietnam und, 41 Gedichte. Mit einer Chronik
© 1966, 1996 Verlag Klaus Wagenbach, Berlin
Covergestaltung Hafen Werbeagentur, Hamburg
Coverabbildung Berlin Buecherstube Marga Schoeller, 1958;
Richard Jenkins; Renee Quost / Trevillion Images;
ullstein bild – Fritz Eschen, Wolff & Tritschler
Satz aus der DTL Dorian
bei Pinkuin Satz und Datentechnik, Berlin
Druck und Bindung CPI books GmbH,
Leck, Germany
ISBN 978-3-499-00814-6

Die Rowohlt Verlage haben sich zu einer nachhaltigen Buchproduktion verpflichtet. Gemeinsam mit unseren Partnern und Lieferanten setzen wir uns für eine klimaneutrale Buchproduktion ein, die den Erwerb von Klimazertifikaten zur Kompensation des CO_2-Ausstoßes einschließt.
www.klimaneutralerverlag.de

Prolog

Name:	Christa Hanf, geborene Schwertfeger
Anschrift:	6000 Frankfurt-Bornheim, Berger Straße 168
Geburtsdatum	
und -ort:	1.6.1929 in Frankfurt / Main
Familienstand:	verheiratet mit Werner Hanf
Kinder:	Vormundschaft für Heinz Nickel,
	geboren am 21.9.1937

Christa setzte den Stift ab und blickte zum Fenster. Sie sah den grauen Himmel. Regentropfen rannen über die Scheiben. Es war kalt, im Wetterbericht hatte es geheißen, dass es Nachtfrost geben würde. Genauso ein Wetter war, als sie Heinz quasi auf der Türschwelle gefunden hatte. Damals, 1945. Sechzehn Jahre alt war sie gewesen, und der kleine Heinz gerade mal sieben. Sie hatte ihn sofort ins Herz geschlossen, war für ihn eine Mischung aus großer Schwester und Mutter geworden. Sie überlegte, ob sie ein eigenes Kind mehr lieben konnte als Heinz. Nein, das war unvorstellbar. Aber Kinder wollte sie auf jeden Fall einmal haben. Am liebsten zwei, einen Jungen und danach ein Mädchen.

Sie wandte sich wieder ihrem Lebenslauf zu. Eine Anstellung suchte sie zwar gerade nicht, aber es schadete nichts, alles auf den neuesten Stand zu bringen.

Ausbildung:

1945	Abitur an der Musterschule
1945–1946	Besuch der Bräuteschule Fiedler

Christa hatte die Bräuteschule gehasst und ihre Mutter Helene damit traurig gemacht. Sie hatte keinen erstklassigen Schweinebraten auf den Tisch bringen wollen, sie wollte nicht wissen, wie man Strümpfe stopfte oder es dem Ehegatten so behaglich wie möglich machte. Die Bräuteschule, das war für Christa das Relikt einer alten Zeit. Sie aber war eine junge, moderne Frau, die sich ihren Platz im Leben erkämpfen wollte. Ein Studium schien ihr dafür am besten geeignet.

1946–1951	Studium der Germanistik an der Universität Mainz; seitdem Promotion

Bevor sie nach Mainz zum Studium gegangen war, hatte sie sich zunächst an der Frankfurter Universität eingeschrieben und gelernt, dass der Krieg zwar vorüber war, sich aber an der Stellung von Frau und Mann nichts geändert hatte. *Professor Habicht.* Den Namen würde sie nie vergessen. Er hatte sie und die vier anderen Frauen aus dem Hörsaal vergrault und ihnen zu verstehen gegeben, dass sie den Männern nur den Platz wegnahmen. Wie groß war ihre Freude gewesen, als sie an der Mainzer Universität eine Dozentin hatte. Sogar eine mit Doktortitel. Ja, Christa war wirklich stolz darauf, nun mit Frau Dr. Gunda Schwalm befreundet zu sein.

Beruf:
seit 1946 Tätigkeit als Buchhändlerin

Sie war gern Buchhändlerin. Doch, das war sie. Aber damals, 1946, da hatte sie gemusst. Ihr Onkel Martin war ins Gefängnis gekommen. Verstoß gegen die Paragraphen 175 und 175a, die beiden Schwulenparagraphen. Und sie hatte seine Buchhandlung weiterführen müssen. Sie hatte es gern getan, keine Frage. Noch lieber hätte sie sich mit ganzer Kraft ihrem Studium gewidmet. Aber es war, wie es war. Sie war noch jung. Sie konnte ihre Träume noch leben.

Frankfurt / Main, den 26. März 1951
  Christa Hanf

TEIL 1

1951–1954

Kapitel 1

Christa hielt den Brief in der Hand und kämpfte mit den Tränen. Sie riss am obersten Knopf ihrer Bluse, um mehr Luft zu bekommen. Ihr Magen krampfte sich zusammen. Sie sollte sich für Heinz freuen, stattdessen geriet sie in Panik. Sie griff zum Telefonhörer und rief Werner an, ihren Ehemann, der die Hälfte der Zeit mit Christas Onkel Martin in einer homosexuellen Beziehung in der Schweiz, in Basel, lebte. Ein Arrangement, mit dem alle drei zufrieden, wenn auch nicht glücklich waren. Sie hatten diese Lebensform so vereinbart, um Martin, der so hatte leiden müssen, endlich glücklich zu sehen.

«Musikhaus Hanf.»

«Martin? Bist du das?»

«Ja, ich bin's. Hallo, Christa. Ist was passiert?»

«Ihr müsst kommen. Sofort. Ihr müsst beide nach Frankfurt kommen.»

«Mein Gott, du klingst fürchterlich aufgeregt. Was ist denn los?»

«Heinz. Das Rote Kreuz hat uns einen Brief geschickt. Sie haben seinen Vater gefunden. Er will morgen nach Frankfurt kommen und seinen Sohn abholen. Morgen! Was sollen wir nur tun?»

«Was? Wie bitte? Aber Heinz gehört zu uns», stammelte Martin.

«Kommt her. Alle beide. Vielleicht finden wir eine Lösung.»

Sie hörte noch, wie Martin nach Werner rief, dann klickte es in der Leitung. Das Gespräch war beendet.

Christa legte den Hörer auf und ging zurück in die Küche, in der ihre Mutter Helene saß und heulte. «Er kann ihn uns nicht wegnehmen. Er ist ein Teil unserer Familie.»

Christa seufzte und schluckte ihre eigenen Tränen herunter. «Doch, er kann. Es ist sein Sohn. Wir hätten damit rechnen müssen, wir haben kein Anrecht auf ihn.» Aber ich habe nicht damit gerechnet, dachte sie leise. Nie ist mir der Gedanke gekommen, Heinz könnte zu seinen Verwandten gehen, obwohl er sich ihnen vielleicht näher fühlt als uns. Ja, ich habe mir Heinz immer allein gedacht und uns als seine Nächsten. Wie egoistisch das doch war.

«Aber wir haben ihn gefunden, als er mutterseelenallein durch Frankfurt streifte. Wir haben ihn aufgenommen, verpflegt, gekleidet. Wir haben ihn zur Schule geschickt und die Hausaufgaben kontrolliert. Wir haben ihm das Klavier gekauft und ihn Unterricht nehmen lassen. Und Werner und du, ihr habt ihn doch adoptiert. Eines Tages wird er Werners Musikverlag übernehmen oder unsere Buchhandlung oder beides.» Helene wischte sich mit ihrem Taschentuch über die Augen.

«Ich weiß, Mama», erwiderte Christa und dachte an den Abend vor sechs Jahren zurück, als sie den siebenjährigen Heinz auf der Hausschwelle gefunden hatte, mit Pappkartons statt Schuhen an den Füßen, verdreckt, hungrig und allein. Ein Wolfskind war Heinz gewesen. Er hatte seine Mutter auf einem Treck verloren. Sie war gestorben, als eine Kuh durchging und sie mitgeschleift hatte. Er hatte sich ganz allein durchgeschlagen, war ein Stück mit den russischen Soldaten mitgezogen, hatte vor Hunger Gras gegessen und sich endlich einem anderen Treck angeschlossen, der ihn nach Frankfurt führte.

«Wir müssen es ihm sagen. Gleich wenn er aus der Schule zurückgekehrt ist.» Christa blickte zur Uhr. In einer halben

Stunde würde Heinz da sein. Und sie musste jetzt runter in die Buchhandlung und ihrer Freundin und Kollegin Gertie Volk den Schlüssel übergeben, damit sie nachher das Geschäft schließen konnte.

Sie eilte die Stufen hinab in ihren Laden, der im Erdgeschoss des Hauses lag, das der Familie Schwertfeger gehörte und in dem sowohl Helene als auch Christa und Werner ihre Wohnungen hatten.

«Wie läuft es?», fragte Christa und ließ ihren Blick durch die Buchhandlung schweifen. Die Bücher standen ordentlich in den Regalen, der Zeitungsständer war gut bestückt, der Tisch mit den Neuerscheinungen aufgeräumt, die Schaufenster blinkten vor Sauberkeit. Gerade wischte Gertie noch das letzte Stäubchen von der Kasse.

«So wie immer am Freitag. Die Leute erledigen ihre Wochenendeinkäufe und schauen noch mal kurz bei uns vorbei. Dr. Friedrichs hat seine Bestellungen abgeholt, Frau Dörr hat drei Bücher für ihre Enkelkinder bestellt, von Rowohlt ist neue Ware gekommen und von Ullstein eine Rechnung. Die habe ich dir auf den Schreibtisch gelegt.» Gertie Volk betrachtete ihre Chefin genau. «Christa, du hast doch was. Das sehe ich doch. Ist was passiert?»

Christa hatte einen Kloß im Hals und musste mehrfach schlucken, ehe sie antworten konnte: «Heinz. Man hat seinen Vater gefunden. Er kommt morgen.»

«Oh!» Gertie legte kurz eine Hand auf Christas Schulter. «Das tut mir leid. Meinst du, er will ihn mitnehmen?»

Christa hob die Schultern. «Ich weiß es nicht sicher. Aber welcher Vater will seinen Sohn nicht zurückhaben?»

«Wissen es die Baseler schon?»

«Ja, und sie kommen noch heute nach Frankfurt. Wahrscheinlich sind sie schon auf dem Weg.»

«Wenn ich irgendwie behilflich sein kann?»

«Danke, Gertie. Es würde mir schon helfen, wenn du dich heute und morgen um den Laden kümmern könntest.»

Gertie nickte. «Ich kann am Montag auch den Laden allein übernehmen, wenn du willst. Montags ist nicht so viel los.»

«Das sehen wir dann. Aber ich danke dir, Gertie.»

Christa hatte eigentlich nach oben gehen wollen. Zurück in ihre Wohnung, zurück in eine Sicherheit, die es nicht gab, weil auf dem Küchentisch der Brief vom Roten Kreuz lag. Jago kam ihr in den Sinn. Jago von Prinz, ihre große Liebe, die sie verloren und vor zwei Jahren wiedergefunden hatte. Jago, der Mann, mit dem sie ihre persönliche Liebesgeschichte schreiben wollte. Aber auch er würde nicht helfen können. Wie auch?

Ach, ihr Leben war so kompliziert. Sie liebte Jago, war aber mit Werner Hanf verheiratet, der wiederum Martin, ihren Onkel, liebte. Sie hatte Werner geheiratet, um Heinz adoptieren zu können. Und um Werner und Martin zu schützen. Homosexualität war eine Straftat. Wer gegen den Paragraphen 175 verstieß, musste mit einer Haftstrafe rechnen. Martin hatte das am eigenen Leib erfahren. Während des Krieges war er im Konzentrationslager Buchenwald gewesen, weil er verbotene Bücher verkauft hatte, und kurz danach kam er erneut ins Gefängnis wegen Unzucht mit einem Minderjährigen, der neunzehn Jahre alt war, aber bei seinem Alter gelogen hatte.

Als Martin endlich aus dem Gefängnis kam, war er nach Basel gegangen, um dort ein Musik- und Musikaliengeschäft zu eröffnen, denn in der Schweiz wurden die Homosexuellen nicht verfolgt. Und Werner, der Martin liebte, lebte jede zweite Woche bei ihm und die restliche Zeit bei Heinz und Christa in Frankfurt. Werners Vater gehörte der Musikverlag Hanf, und da dieser nun über eine Dependance in Basel verfügte, war die Reiserei für Werner kein Problem. Die Geschäfte liefen gut. Das Leben war schön.

Früher hatte Martin die Buchhandlung Schwertfeger auf der Berger Straße gehört, doch als er ins Gefängnis musste, hatte seine Nichte Christa den Laden übernommen. Sie hatte dafür auf ihr Germanistikstudium verzichtet, bis Gertie Volk als Buchhändlerin bei ihr angefangen hatte. Christa war es schwergefallen, einstweilen auf ihren Traum vom Studium zu verzichten, aber die Familie ging vor. Das war schon immer so gewesen, und Christa wollte daran auch nichts ändern.

Sie hatte danach in Mainz bei Dr. Gunda Schwalm zu Ende studiert, die unterdessen eine gute, wenn nicht gar Christas beste Freundin geworden war. Nach dem Studium hatte sie dann doch die Buchhandlung weitergeführt. Zuerst ein wenig enttäuscht, aber immer mit einer unbedingten Liebe zur Literatur. Bücher waren ihr Ein und Alles. Bücher waren Lebensmittel für sie, ähnlich wichtig wie Brot und Wasser. Sie hätte sich auch eine Arbeit an der Universität im literaturwissenschaftlichen Bereich vorstellen können. Forschen, lehren. Aber sie war eine Frau, und für Frauen gab es sehr wenig Platz in der akademischen Welt. Selbst Gunda Schwalm hatte nur einen befristeten Vertrag und war für einen kriegsversehrten Professor eingesprungen. Sobald dieser wieder lehren konnte, würde sie ihm Platz machen müssen. Man hatte ihr gesagt, sie könnte danach als Sekretärin arbeiten, aber Gunda hatte einen Doktortitel und konnte und wollte sich nicht in ein dienendes Frauchen verwandeln. Dann war in Gundas Fachbereich eine Doktorandenstelle frei geworden, und Christa hatte zugegriffen. Nun schrieb sie an ihrer Dissertation mit dem Titel *Die Beziehungen zwischen Mensch und Sprache in der Literatur des 20. Jahrhunderts unter Einbeziehung der deutschen Blut-und-Boden-Literatur und der Emigrationsliteratur* und teilte ihre Zeit zwischen Promotion und Buchhandlung auf.

Christa griff nach dem Telefon in dem kleinen Büro, das zur Buchhandlung gehörte, und rief nun doch Jago an, der bei seinen Eltern im Taunus wohnte, wenn er nicht gerade bei ihr in der Berger Straße war.

«Herrenhaus von Prinz, guten Tag.» Die Stimme klang gelangweilt, und Christa glaubte, das Dienstmädchen am Apparat zu haben.

«Christa Schwertfeger, guten Tag. Ich würde gern Jago von Prinz sprechen.»

«Der junge Herr widmet sich seiner Kunst und möchte nicht gestört werden.»

Ach, dachte Christa, die Kunst. Jago war Dichter, hatte sogar schon ein Buch mit Gedichten veröffentlicht. Daneben hatte er ein abgeschlossenes Studium in Geschichte und Philosophie und arbeitete an einem Manuskript, in dem sich Gedichte mit kurzen Prosastücken abwechselten. Ein großes Werk sollte es werden. Eines, das Deutschland so noch nie gelesen hatte.

«Geben Sie ihn mir bitte, es ist wirklich wichtig.»

Das Dienstmädchen brummte noch etwas, dann hörte Christa, wie sie den Hörer hinlegte und jemanden anwies, Jago zu holen.

«Christa, geht es dir gut?», wollte Jago gleich darauf wissen, denn es geschah nicht oft, dass Christa bei ihm zu Hause anrief.

«Nein, mir geht es nicht gut. Morgen … Morgen kommt Heinz’ Vater. Wahrscheinlich will er ihn mitnehmen. Ach, Jago, Martin und Werner sind schon auf dem Weg. Heute Abend werden wir besprechen, was geschehen muss.» Christa spürte, wie sich erneut ihr Herz abschnürte.

«Ich … Ich komme. In einer Stunde bin ich da. Ich bitte meinen Vater, mir seinen Wagen zu leihen.»

«Danke …»

Christa fiel ein riesiger Stein vom Herzen. Mit Jago an ihrer Seite konnte ihr nichts passieren. Sie liebten sich, genossen jede Minute ihres Zusammenseins. Schwere Zeiten lagen hinter ihnen, aber sie hatten einen Rhythmus gefunden, und Christa fühlte sich bei Jago angekommen. Einzig, dass er sie noch nie in die Kronberger Villa mitgenommen und seinen Eltern vorgestellt hatte, war immer wieder ein empfindliches Thema zwischen den beiden. Sie hatte ihn ein paarmal darauf angesprochen, doch Jago hatte jedes Mal geantwortet: «Mein Vater ist kein netter Mann. Glaub mir, du willst ihn nicht kennen.» Nicht immer, aber an ihren schlechten Tagen glaubte sie, dass sich Jago vielleicht ihrer bürgerlichen Herkunft schämte, dass sie nicht in seine Familie passte. Immerhin war sein Vater ein Freiherr und Jago würde nicht nur seinen Titel, sondern auch den weitläufigen Besitz der Familie erben. An den guten Tagen wusste sie, dass Jago weder der Titel noch die Ländereien wichtig waren. Er war ein Dichter und war nur glücklich, wenn er vor der Schreibmaschine saß.

Christa winkte Gertie Volk noch einmal zu, dann stieg sie die Treppe hinauf in ihre Wohnung im zweiten Stock. Helene, ihre Mutter, stand am Herd und schälte Kartoffeln. «Ich koche uns eine kräftige Suppe. Egal, was kommt, gegessen werden muss.»

Christa lächelte, denn die Worte «Egal, was kommt, gegessen werden muss» waren so etwas wie das Motto ihrer Mutter.

Im selben Augenblick hörten sie einen Schlüssel im Schloss. Heinz kam von der Schule nach Hause.

Er betrat die Küche, gab Helene einen Kuss auf die Wange, küsste auch Christa und rieb sich die Hände. «Was gibt's zum Essen?»

«Kartoffelsuppe mit Würstchen», erwiderte Helene und wagte ein schmales Lächeln.

Heinz grinste begeistert und warf seinen Schulranzen in die Ecke, doch nach einem Blick auf Christa hob er ihn auf und trug ihn in sein Zimmer. Dann hörten die Frauen, wie er sich die Hände wusch. Als er zurück in die Küche kam, lächelte er noch immer. So wie üblich. Er war ein fröhlicher Dreizehnjähriger, der in der Schule gute Noten bekam und nachmittags mit seinem Freund Willi die Gegend unsicher machte. Er hatte zwei große Leidenschaften. Die eine war das Klavierspiel. Niemand musste ihn zum Üben zwingen, denn das tat er jeden Abend gut zwei Stunden lang ganz allein. Die zweite Leidenschaft war das Lesen. Er liebte Abenteuerbücher, und Christa versäumte es nie, ihn mit gutem Lesestoff zu versorgen. Wenn er ein Buch von Jack London oder Mark Twain vor sich hatte, vergaß Heinz sogar das Essen. Das passierte ihm sonst nie.

Er würde einmal einen künstlerischen Beruf ergreifen, da war sich Christa sicher. Pianist würde er wohl nicht werden, er hatte zu spät mit dem Klavierunterricht begonnen. Aber er konnte den Musikverlag übernehmen, konnte in einer Jazzband spielen oder in einer der Combos, die sich nun überall zusammenschlossen.

«Setz dich mal hin. Ich muss dir etwas sagen.» Christa deutete auf den Stuhl neben sich. Sie nahm den Brief in die eine Hand, mit der anderen zupfte sie an ihrem Ohrläppchen. Das tat sie immer, wenn sie aufgeregt war. «Das Rote Kreuz hat deinen Vater gefunden. Morgen wird er hierherkommen.»

Auf Heinz' Gesicht zeichnete sich eine riesige Überraschung ab. «Mein Vater?»

«Ja.»

«Mein Vater», flüsterte Heinz vor sich hin. «Mein richtiger Vater.»

Der Junge wirkte erschüttert, doch Christa tat das Herz weh. Sie hatte ihm all ihre Liebe gegeben. Sie hatte für ihn gesorgt, ihm sogar das Leben gerettet. Damals, kurz nach dem Krieg, als er so schwer an Diphtherie erkrankt war. Sie hatte ihre Jungfräulichkeit an einen amerikanischen GI verloren, um Penicillin für Heinz zu besorgen. Heinz wusste nichts davon. Niemand wusste davon.

«Freust du dich?», fragte Helene. Auch ihr Gesicht war blass, der Blick besorgt.

Heinz zuckte mit den Schultern. «Ich bin gespannt, wie er aussieht. Wie er ist.» Er blieb seltsam ruhig. Seine Worte klangen begeistert, aber nicht überschwänglich.

«Kannst du dich noch an ihn erinnern?», wollte Christa wissen.

«Eine einzige Erinnerung habe ich, aber ich weiß nicht, ob es wirklich eine Erinnerung ist oder ob ich mich nur an die Erzählung meiner Mutter erinnere. Ein Mann kommt zur Tür herein, breitet die Arme aus und ruft: ‹Wo ist denn mein Heinzchen?›»

«Und was ist, wenn …»

«Christa, jetzt lass ihn doch erst einmal diese Nachricht verdauen. Alles andere sehen wir später. Und jetzt essen wir.» Helene erhob sich und stellte die Suppenteller auf den Tisch.

Am Abend saßen sie alle zusammen. Die ganze Familie und Jago, der für Christa ebenso zur Familie gehörte wie die anderen.

Christa hatte im Wohnzimmer sechs Gläser auf den großen Tisch gestellt, für Werner, Martin, Helene, Jago, Heinz und für sich. Eine Flasche Rotwein atmete, die Gläser blinkten. Christa nahm ein Paket Salzstangen aus dem Schrank, öffnete es, verteilte die Stangen in zwei weitere Gläser und stellte sie auf den Tisch. Dann setzte sie sich, verschränkte die Arme und fragte: «Was nun?»

Alle Blicke waren auf Heinz gerichtet. Der Junge rutschte auf seinem Stuhl herum, als säße er auf Ameisen. «Was meinst du?»

Christa, die für Heinz immer eher eine Schwester als eine Mutter war, griff nach seiner Hand. «Es ist wahrscheinlich, dass er dich mitnehmen möchte. Nach Hause.»

Heinz schluckte. «Du meinst nach Litzmannstadt?»

«Ja, Heinz. Aber es heißt jetzt Lodz. Würdest du denn mitgehen wollen?»

Wieder rutschte Heinz auf seinem Stuhl herum, dann brach er plötzlich in Tränen aus. Werner legte eine Hand auf seinen Rücken. «Es ist schwer für dich, wir wissen das. Aber wie immer du dich entscheidest, wir werden deine Entscheidung respektieren und dich für den Rest unseres Lebens lieben. Das weißt du doch, oder?»

Heinz nickte, wischte sich mit dem Ärmel über das Gesicht, doch seine Miene zeigte pure Verzweiflung. «Ich möchte ja mit ihm mitgehen. Er ist mein Vater. Und ich möchte hierbleiben, weil ihr meine Familie seid. Ich weiß nicht, was ich tun soll.»

Martin räusperte sich. «Ich bin nicht sicher, dass dein Vater zurück nach Lodz will. Dort ist jetzt alles polnisch. Vielleicht möchte er sich anderswo niederlassen. Vielleicht sogar ganz in unserer Nähe.»

Heinz schwieg, und Christa hatte nicht den Eindruck, dass er Martins Worte überhaupt gehört hatte. Er zitterte ein wenig. Werner goss ihm ein halbes Glas Wein ein. «Hier, trink das. Eigentlich wollte ich dir zu deiner Konfirmation im nächsten Jahr das erste Glas Wein einschenken, aber jetzt ist es wohl nötiger.»

Heinz nahm das Glas, trank, verzog den Mund. «Sauer!», stellte er fest. Für einen Augenblick lächelte er, dann fiel sein Gesicht wieder in sich zusammen. «Was soll ich nur tun?», fragte er und sah dabei Jago an. «Was soll ich tun? Du warst auch allein und bist dann zu deinen Eltern zurückgegangen.»

«Ja, da hast du recht. Bis heute weiß ich allerdings nicht, ob das richtig war. Mein Vater und ich, wir … wir verstehen uns nicht. Aber nachdem mein älterer Bruder im Krieg gefallen war, dachte ich, meine Mutter braucht mich.»

Heinz trank noch einen Schluck Wein. «Und wenn mein Vater mich auch braucht?» Er seufzte tief, dann blickte er in der Runde umher. «Ihr habt euch. Aber was, wenn mein Vater ganz allein ist?»

«Du musst tun, was dein Herz dir sagt», schlug Christa vor und konnte doch nicht verhindern, dass ihr Tränen in die Augen traten. «Du wirst das Richtige tun, da bin ich mir ganz sicher. Und du hast hier ein Zuhause. Immer.»

Am nächsten Tag klingelte es Punkt 15 Uhr an der Wohnungstür von Christa, Werner und Heinz. Sie waren allein in der Wohnung. Martin war bei Helene, Jago noch in der Nacht zurück in den Taunus gefahren. Heinz trug seine gute Hose, dazu ein weißes Hemd. Christa hatte ihm die Haare mit Wasser gekämmt und einen schnurgeraden Scheitel auf seinem Kopf platziert. Jetzt stand sie neben ihm an der Tür. Sie sahen sich an, und in Christas Augen las er: *Ich werde dich immer lieben.* Da nickte Heinz kurz und öffnete die Tür.

Davor stand ein Mann, den Heinz uralt genannt hätte, dabei war er noch nicht einmal vierzig. Sein Haar war grau und hing ihm bis auf die Schulter. Er trug einen alten Armeemantel, der sauber, aber verschlissen war. Ausgezehrt wirkte er. Er sah aus, wie viele Kriegsheimkehrer aussahen.

«Guten Tag», sagte er mit einer Stimme, die Heinz zu leise vorkam, und reichte ihm die Hand.

«Guten Tag», erwiderte Heinz und schluckte.

Der Mann betrachtete ihn von oben bis unten. «Bist groß geworden.»

«Kommen Sie … Komm doch herein.»

Heinz trat einen Schritt zur Seite, um seinen Vater vorbeizulassen. Er führte ihn ins Wohnzimmer. Christa hatte Kaffee gekocht und einen Kuchen gebacken.

Sie reichte dem fremden Mann die Hand. «Ich bin Christa Hanf. Sie können mich gern Christa nennen.»

«August Nickel.»

Inzwischen war auch Werner aufgestanden und neben seine Frau getreten. Er legte ihr eine Hand auf die Schulter, die andere streckte er dem Vater hin. «Und ich bin Werner Hanf. Wir haben Heinz vor drei Jahren adoptiert.»

«Adoptiert, so.» Der Vater presste die Worte, als passten sie nicht zwischen seinen Zähnen hindurch.

Christa bat ihn, Platz zu nehmen. Sie goss Kaffee ein und legte jedem ein Stück Kuchen auf den Teller. «Trinken Sie ihn mit Sahne und Zucker?», fragte sie.

«Ich habe seit Jahren keinen Kaffee getrunken. Früher mit Milch und Zucker. Sahne. Nein, wir hatten nie Sahne für den Kaffee.» Seine Worte klangen bitter, aber Christa schob ihm die Zuckerdose und das Sahnekännchen hin.

Dann blickte sie zu Heinz, der mit der Kuchengabel einen Bissen abtrennte und in den Mund schob. Er saß kerzengerade, die Ellenbogen ausreichend vom Tisch entfernt, die Stoffserviette auf dem Schoß platziert. Der Mann, der sein Vater war, legte beide Ellenbogen auf den Tisch, nahm den Kuchen in die Hand, biss große Stücke ab und schlang gierig. Erst jetzt fiel Heinz auf, wie unfassbar dünn der Mann war. Seine Augen lagen in tiefen Höhlen, sein Gesicht war grau, und am Hals hing die Haut viel zu locker. Es musste ihm schlecht gegangen sein in den letzten Jahren. Heinz wartete, dass der Mann etwas fragte oder sagte, aber das tat er nicht. Als ob der Kuchen seine gesamte Aufmerksamkeit beanspruchte.

Werner räusperte sich: «Wir hörten, Sie galten lange Zeit als vermisst.»

«Im Lager war ich. Sibirien.»

«Oh, das tut mir sehr leid.»

«Ich habe jahrelang Dreck gefressen.» Er hustete nach diesen Worten und schlug sich auf die Brust, um sich Erleichterung zu schaffen.

«Was haben Sie jetzt vor?», fragte Werner weiter.

«Ich habe ein Stück Land gekriegt. Neubauernland. Drüben, in Brandenburg. Ich werde mir eine neue Existenz aufbauen.»

Eine Frage lag in der Luft, aber niemand wagte es, sie zu stellen.

«Noch ein Stück Kuchen?», fragte Christa stattdessen, mit jedem Augenblick wurde ihr banger ums Herz. Der Mann hatte so gar keine Herzlichkeit in sich, und Christa wagte nicht, sich vorzustellen, wie er mit seinem Sohn umgehen würde. Andererseits war er gerade aus Sibirien zurückgekehrt und musste wohl erst ankommen. Immerhin hatte er gleich nach seinem Sohn gesucht. Das bewies doch, dass ihm etwas an Heinz lag. Sie lächelte August Nickel an und legte ihm ein großes Stück Kuchen auf den Teller. Sie selbst hatte keinen Bissen heruntergebracht, und auch auf Werners Teller lag noch ein halbes Stück Kuchen. Einzig Heinz hatte aufgegessen und spielte jetzt mit der Kuchengabel.

«Möchten Sie etwas von sich erzählen?», bat Christa vorsichtig.

«Da gibt es nichts zu erzählen. Ich habe mit meiner Familie in Litzmannstadt gelebt. Kein gutes, aber ein anständiges Leben. Dann kam der Krieg, dann die Gefangenschaft und jetzt sitze ich hier.»

«Heinz' Mutter ist umgekommen», berichtete Werner. «Auf der Flucht.»

Der Mann starrte auf seinen Teller und nickte.

«Heinz war als Wolfskind unterwegs.»

Wieder nickte der Mann, dann sah er endlich auf. «Das ist jetzt vorbei. Wir müssen neu anfangen.»

«Ja», bestätigte Christa.

«Das ist wohl wahr», erwiderte Werner.

Dann schwiegen sie. Christa blickte zu Heinz, der auf seinem Stuhl immer kleiner wurde. «Willst du deinem Vater nicht erzählen, was du in all den Jahren gemacht hast?», forderte sie ihn auf.

«Ich … Ich bin in die Schule gegangen. Und ich habe Klavier spielen gelernt. Außerdem lese ich sehr gern. Ich möchte nach dem Abitur gern studieren.»

August Nickel trank seinen Kaffee aus, ohne seinen Sohn anzusehen. Dann erhob er sich plötzlich. «Nimm deine Sachen, wir gehen jetzt.» Er wandte sich an Werner und streckte ihm die Hand hin. «Ich danke Ihnen für alles, was Sie für meinen Sohn getan haben.»

Werner war verblüfft. «So schnell wollen Sie schon fort? Wollen Sie sich nicht erst einmal kennenlernen? Sie können hier wohnen, bei uns.»

«Am besten lernt man sich bei der Arbeit kennen. Davon gibt es genug in Brandenburg.»

«Aber Sie werden ihn doch weiter zur Schule schicken?» Christas Stimme klang klein und blass.

«Wir Nickels waren niemals bessere Leute.»

Heinz blickte hilfesuchend zu Werner. Er fürchtete sich ein wenig vor dem wortkargen Mann, das konnte Christa sehen. Deshalb wandte sie sich jetzt an ihn: «Willst du mit nach Brandenburg, Heinz?»

Heinz trat von einem Bein aufs andere, und Christa merkte, wie schwer ihm die Antwort fiel.

«Die Frage stellt sich nicht», erklärte Nickel knapp. «Er ist mein Sohn. Er macht, was ich sage.»

«Hören Sie.» Werner klang beschwörend. «Lassen Sie dem Jungen doch etwas Zeit. Sie sind ihm fremd, er kommt in eine fremde Gegend, ohne Schulfreunde, ohne Bekannte.»

«Ich bin auch fremd dort», erwiderte Nickel. «Los, Junge, nimm dein Gepäck.» Sein Blick streifte die Wanduhr. «Der Zug geht in einer Stunde.»

Da brach Christa in Tränen aus. Sie hatte sich so fest vorgenommen, tapfer zu sein, aber jetzt konnte sie nicht mehr. Werner legte den Arm um sie, drückte sie an sich.

Heinz holte einen Koffer und eine Reisetasche aus seinem Zimmer. Er hatte heute früh seine Sachen gepackt, weil er das nicht vor den Augen seines Vaters hatte tun wollen. Und vielleicht auch, weil er insgeheim gehofft hatte, sein Vater würde eine Entscheidung für ihn treffen. Er zog den neuen Mantel an, band sich den weichen Schal um, den Helene ihm gestrickt hatte, setzte die passende Mütze dazu auf.

August Nickel betrachtete den Sohn mit leisem Argwohn. «Hast schicke Kleider. Überleg dir, ob du sie noch brauchst auf dem Land.»

«Es sind nicht nur Kleider», antwortete Heinz leise. «Es sind auch Erinnerungen.»

Der Vater nickte Werner und Christa zu, dann schob er Heinz durch die Tür.

Ihre Schritte waren noch nicht im Treppenhaus verklungen, als sich Christa weinend an Werners Brust warf. Sie hatte gerade etwas verloren, das sie liebte, das zu ihnen gehörte. Und im Moment konnte sie sich kein Leben ohne Heinz vorstellen.

Kapitel 2

Es war Mai, über ein Jahr war Heinz nun schon fort, aber Christa vermisste ihn noch immer, an jedem einzelnen Tag. Er hatte anfangs beinahe jede Woche geschrieben. Briefe, die Christa am liebsten nicht gelesen hätte. Heinz schrieb, dass er morgens um vier Uhr aufstand, um die Kühe zu melken. Er schrieb, dass er Kartoffeln geerntet und gesetzt hatte. Er schrieb vom Schlachten. Eigentlich schrieb er ausschließlich über seine Arbeit. Kein Wort von Freunden, kein Wort über die Dinge, die Vierzehnjährige gern taten, keine Zeile über die Bücher, die er gelesen hatte. Christa antwortete, erzählte von der Buchhandlung, erzählte, dass sein Freund Willi nach ihm gefragt hatte. Jeden Monat schickte sie ein Paket nach drüben. Mit Kaffee, Schokolade, Kakao, Büchern, Noten und ein wenig Kleidung. Auch Zigaretten für August packte sie ein. Und Heinz bedankte sich dafür, aber sie erfuhr nie, ob die Sachen passten, hörte nicht, ob ihm die Bücher gefallen hatten. Von Heinrich Böll und Anna Seghers waren Erzählungen erschienen, und Gottfried Benn hatte den Preis der Gruppe 47 erhalten. Sie schrieb ihm auch, dass die Wilhelmsbrücke repariert und wieder befahrbar war und nun Friedensbrücke hieß, der Börsensaal, das Goethe-Haus und die städtischen Bühnen ihren Betrieb wieder aufgenommen hatten. Sie schrieb von all dem, was ihn hier interessiert hatte, aber sie ahnte, dass er nun andere Vorlieben hatte.

Christa machte sich Sorgen. Große Sorgen. Einmal fragte sie, ob sie Heinz nicht besuchen könnten. Die Reise wäre weit gewesen, 600 Kilometer. Sie wären einen ganzen Tag mit der Hinreise und einen ganzen Tag mit der Rückreise beschäftigt. Wie die Hotels oder Pensionen im Osten waren, daran wagte sie gar nicht zu denken.

Aber Heinz antwortete, dass er nicht wolle, dass sie zu Besuch kämen. Ja, er lud sie regelrecht aus, schrieb, es gäbe weder Hotels noch Pensionen oder Fremdenzimmer. Sie weinte, als sie das las. Sie hätte gern mit ihm telefoniert, doch die Nickels hatten kein Telefon.

Auch Werner konnte sie nicht trösten. «Du musst loslassen, Christa» war alles, was ihm zum Trost einfiel.

Nicht einmal Jago verstand ihren Kummer. «Du wirst eigene Kinder bekommen, Christa. Wenn es nach mir ginge, könnten wir gleich heute mit der Produktion beginnen.» Sie lächelte zwar, wenn er das sagte, aber das Lächeln erreichte ihre Augen nicht.

Jago. Es war nicht leicht für ihn, dass sie einen Ehemann hatte. Und allmählich verlor er die Geduld. Kurz nach Heinz' Auszug hatte er das erste Mal gefragt: «Warum lässt du dich nicht scheiden? Ich verstehe ja, dass ihr gute Eltern für Heinz sein wolltet. Vater, Mutter, Kind, eine richtige Familie. Aber jetzt ist Heinz weg. Es gibt keinen Grund mehr für dich, mit Werner verheiratet zu bleiben.»

Er hatte recht, das wusste sie. Doch sie konnte sich nicht so einfach von Werner trennen. Er war ihr Ehemann, vor allem aber war er ihr Freund. Durch seine Homosexualität wäre er in Deutschland gefährdet, aber er konnte nicht einfach ganz zu Martin in die Schweiz ziehen. Da war der Musikverlag seiner Eltern hier in Frankfurt. Und seine Eltern wurden allmählich alt, brauchten Betreuung. Wie oft riefen sie an, weil das Radio nicht mehr lief, die Glühlampe nicht funktionierte oder sie zum Arzt gefahren werden mussten. Das bedeutete sogar, dass Werner seit einigen Monaten häufiger in Frankfurt als – so wie jetzt – in Basel war.

Und obschon Christa keine altmodischen Ansichten hatte, wusste sie doch, dass sie es als geschiedene Frau schwerer haben würde. Noch immer bestimmten die Männer. Das Geschäftskonto der Buchhandlung lief auf Werners Namen, das private ebenso, weil Frauen kein eigenes Konto haben durften. Sie durften auch ohne die Erlaubnis ihrer Ehemänner nicht arbeiten. Ja, es gab sogar Verlage, die keine Bücher an sie versandten, wenn nicht auch Werners Name mit auf der Bestellung stand. Sie brauchte einen Mann, um ihr Geschäft führen zu können.

Und selbst wenn Jago sie heiraten würde, sie bliebe in den Augen der anderen immer die Geschiedene. Das war nicht nur schlecht fürs Geschäft, das wäre sein Untergang.

Manchmal schien es Christa, als hätte sich Jago mit ihrer unmöglichen Liebe abgefunden. Schließlich hatte er sie noch immer nicht seinen Eltern vorgestellt. Das konnte daran liegen, dass sie noch verheiratet war, es konnte aber auch ganz andere Gründe haben. Zum Beispiel brauchte er für seine Arbeit viel Zeit und Ruhe, sein Buch und die Gedichte schrieben sich nicht von selbst. Ob sie heute Abend mit ihm darüber sprechen sollte? Über ihre gemeinsame Zukunft? Nein, sie wartete lieber, bis Jago selbst das Thema anschnitt. Schlafende Hunde sollte man nicht wecken.

Als Jago kam, hatte sie eine kalte Platte mit Hühnchen, Schinken und Käse vorbereitet. Sie hatte Tomaten ausgehöhlt und mit Fleischsalat gefüllt. Sie hatte kurze Stücke von Salzstangen in halbe Eier gesteckt, sodass sie wie Igel aussahen. Und sie hatte eine Maibowle angesetzt. Das alles hatte sie getan, weil Jago und sie heute einen Jahrestag hatten. Der siebte Jahrestag ihres ersten Kusses. Christa vermutete, dass Jago diesem Datum keine große Bedeutung beimessen würde, sie tat es.

Als es klingelte, strich sie sich noch einmal über ihr halblanges Haar, biss sich auf die Lippen und öffnete dann.

Das Erste, was sie sah, war ein großer Strauß mit dunkelroten, prachtvollen Rosen. Die Rosen waren traumhaft schön, sie dufteten wie ein ganzer Rosengarten und mussten ein Vermögen gekostet haben, aber das Schönste war, dass Jago den Jahrestag doch nicht vergessen hatte.

Beim Essen – auf Jagos Teller lagen zwei Eierigel und eine gefüllte Tomate – nahm er plötzlich Christas Hand. «Ich möchte dich nicht länger teilen», sagte er. «Ich kann das einfach nicht mehr. Nie bist du richtig bei mir. Niemals bin ich der einzige Mann in deinen Gedanken. Ich möchte eine Familie, Christa. Ich möchte Kinder, die meinen Namen tragen. Und das alles möchte ich am liebsten mit dir.»

Christa schluckte, legte das Brot aus der Hand, räusperte sich. «Das alles möchte ich auch. Das weißt du. Aber … Aber es geht nicht.»

Jagos Züge wurden hart, seine Miene verdunkelte sich. «Du *musst* eine Entscheidung treffen, Christa. Ich kann nicht mehr länger so leben. Und ich will es auch nicht.» Er legte die Serviette neben den Teller und erhob sich. «Es tut mir leid. Ich wollte dir den heutigen Abend nicht verderben, aber es geht nicht anders. Am Samstag wird meine Mutter fünfzig. Sie hat dich eingeladen, mit uns zu feiern. Ich wünsche mir, dass du kommst, aber … Ich fahre jetzt, muss erst einmal ein wenig allein sein.»

Er zog aus der hinteren Hosentasche eine Einladung auf Büttenpapier und mit geprägter Schrift und legte sie auf den Tisch. Dann küsste er Christa aufs Haar, seufzte tief und ging davon. Und Christa schlug beide Hände vor das Gesicht und begann zu weinen. Sie schluchzte, dass ihre Schultern bebten. Sie fühlte sich, als hätte ihr jemand einen Arm oder ein Bein ausgerissen. Doch solange sie auch weinte, der Schmerz wurde nicht erträglicher.

Später lag sie im Bett, die Arme unter dem Kopf verschränkt. Sie dachte an Werner, der in Basel sicher neben Martin lag, während sie allein schlafen musste.

War Werner in Frankfurt, so übernachtete er in der kleinen Kammer. Das Schlafzimmer gehörte Christa.

Sie dachte daran, was sie alles auf sich genommen hatte, um Werner und Martin zu helfen. Aber es gelang ihr nicht, ihre eigenen Wünsche in den Mittelpunkt ihrer Überlegungen zu stellen. Frauen sollten gehorchen und dienen. So war ihre Großmutter aufgewachsen. Und ihre Mutter hatte vielleicht nicht mehr gedient, aber sie hatte die Familie umsorgt, sich selbst stets das kleinste Stück Fleisch auf den Teller gelegt, dem Vater in allem zugestimmt, hatte getan, was er verlangte. Selbst jetzt, da er für tot erklärt worden war, überzog die Mutter jedes Mal beide Betten. Aber Christa war anders, war anders gewesen. Sie hatte studieren wollen, wollte sich nicht vorschreiben lassen, wie sie leben sollte. Sie wollte ein eigenständiges, eigenverantwortliches Leben führen. Ein Leben, wie sie es sich wünschte. Früher hatte sie genau gewusst, was sie wollte, doch so war es nicht mehr. Sie hatte Heinz gehabt und hatte Werner … Wo aber blieb sie? Sie hatte sich immer neben dem Studium eine eigene Familie gewünscht, einen Ehemann, der nur ihr gehört, und natürlich Kinder.

Am Samstag schien die Sonne. Weiße Federwölkchen spielten wie übermütige Lämmchen am Himmel. Im Haus gegenüber standen alle Fenster offen. Bettdecken und Kissen waren zum Lüften ausgelegt, der Duft nach frisch gebackenem Kuchen zog durch die Luft. Wäsche flatterte an einer Leine, ein Kind flitzte auf einem Holzroller die Straße hinab. Frauen mit Einkaufskörben kamen vom Markt, blieben stehen, wenn sie eine Bekannte trafen. Dann stellten sie die Körbe ab, verschränkten die Arme vor der Brust und tauschten Neuigkeiten aus. Ein Mann polierte sein Auto, ein anderer pumpte ein Fahrrad auf. Ein typischer Samstag in der Berger Straße.

Gertie war heute in der Buchhandlung, und Christa hatte den Vormittag für sich. Sie räumte die Wohnung auf, wischte die Küche, bohnerte die Dielen im Flur. Dann begab auch sie sich zum Markt, kaufte die Kräuter für die berühmte Frankfurter grüne Soße ein, dazu ein paar Erdbeeren, frische Eier und ein halbes Brot und brachte die Einkäufe in die Wohnung ihrer Mutter, die unter ihrer lag. War Werner nicht da, kochte Helene für sie beide das Mittagessen. Auch die Abende verbrachten sie oft gemeinsam. Meist saßen sie vor dem Radio und hörten sich ein Hörspiel an, oft las Christa auch Bücher, die sie für ihre Dissertation brauchte, während Helene strickte. Manchmal traf sie sich auch mit ihrer Freundin Gunda. Letzte Woche waren sie zusammen im Turmpalast-Kino gewesen und hatten sich *Casablanca* angesehen. Ingrid Bergman stand in diesem Film zwischen zwei Männern. Und entschied sich für den, der sie am meisten brauchte, dachte Christa. Jago brauchte sie nicht. Er liebte sie, aber er brauchte sie nicht. Er hatte seine Gedichte, lebte gut dort, wo er lebte. Werner dagegen brauchte sie. Sie war sein Zuhause.

Nach dem Mittagessen wusch Christa das Geschirr ab und ging nach oben in ihre eigene Wohnung. Sie zog sich ein helles Sommerkleid an, Pumps mit spitzen Absätzen, dazu ein Bolerojäckchen. Sie trug Lippenstift auf, wischte ihn wieder ab. Sie wollte einen guten Eindruck machen bei Jagos Eltern. Besonders seiner Mutter wollte sie gefallen. Deshalb tupfte sie sich nun nur ein wenig Lippenrot auf den Mund. Sie hatte in der Buchhandlung eine wunderbare Schmuckausgabe von Goethes Gedichten ausgesucht und das Buch liebevoll eingepackt. Doch jetzt klopfte ihr Herz rasch und hart in ihrer Brust, wenn sie an den Freiherrn von Prinz dachte. Obschon sie diesen Mann noch nie gesehen hatte, hatte sie doch ein wenig Furcht vor ihm. Er war einmal am Telefon so barsch zu ihr gewesen, dabei wusste er wahrscheinlich nicht einmal das Schlimmste über sie, nämlich dass sie verheiratet war.

Sie seufzte, nahm den Wiesenblumenstrauß aus dem Wasser, umwickelte die Stiele mit Zeitungspapier, dann setzte sie sich in ihren VW Käfer und fuhr nach Kronberg.

Als sie vor dem Haus – nein, der Villa, oder war es sogar ein Schlösschen? – hielt, bekam sie stärkeres Herzklopfen. Zur Villa hinauf führte eine Auffahrt, die an einem Rondell endete, das mit den schönsten Frühlingsblumen bestückt war. Die Villa selbst hatte zwei Flügel. Der weiße Putz leuchtete in der Sonne, die Eingangstür und die Fensterrahmen waren aus dunklem Holz. Zaghaft stieg Christa die drei Stufen hoch und betätigte einen altmodischen Messingklopfer in Form einer Schlange. Es dauerte nicht lange, da stand ein Hausmädchen im schwarzen Kleid und mit weißer Schürze vor ihr.

«Oh, Sie müssen Frau Hanf sein. Bitte treten Sie ein. Die Herrschaften sind im Garten.»

Christa wusste nicht, ob sie die Blumen und die Goethe-Schmuckausgabe dem Hausmädchen oder der Jubilarin übergeben sollte. Schließlich legte sie ihre Geschenke auf einen Tisch in der großen Halle, auf dem bereits andere Geschenke lagen, und hoffte, dass das Hausmädchen die Blumen in eine Vase stellen würde.

«Bitte gehen Sie durch die Halle in den Garten hinaus.» Das Dienstmädchen nahm Christa die Jacke ab und verschwand.

Christa blieb noch einen Augenblick stehen und sah sich um. Rechts und links führten geschwungene Treppen in die oberen Geschosse. An den holzgetäfelten Wänden hingen keine Porträts der Ahnen, sondern Porträts von Windhunden. Sie wünschte sich, Jago käme herein und würde sie holen. Dann atmete sie tief durch und ging in den Garten. Doch was sie fand, ähnelte mehr einem Park als einem Garten, wie sie ihn kannte. In der Mitte des Rasens war ein weißes Zelt aufgebaut. Davor befanden sich bestimmt ein Dutzend Stehtische, die in weiße Tücher gehüllt waren. Eine Kapelle spielte, die Luft war vom Lachen der Gäste und von den aufgelegten Düften erfüllt. Christa hielt nach Jago Ausschau, aber sie fand ihn nicht. Eine junge Frau kam auf sie zu und streckte ihr die Hand hin.

«Guten Tag, sind Sie Frau Hanf? Ich bin Patricia von Prinz, Jagos Cousine. Herzlich willkommen. Wie schön, Sie kennenzulernen.»

Christa drückte die gereichte Hand. «Danke schön. Auch ich freue mich, hier zu sein.»

«Jago hat mir oft von Ihnen erzählt. Sie führen eine Buchhandlung, nicht wahr?»

«Ja, das ist richtig.»

«Dann verstehen Sie sicher auch, was er so schreibt. Dann hat er in Ihnen jemanden, mit dem er sich über Literatur unterhalten kann.»

«Ich gebe mir Mühe. Seine Gedichte sind großartig. Wir verkaufen sie gut und sehr gern. Er hat sich bereits ein Publikum geschaffen.»

Patricia lächelte. «Ich habe sie auch gelesen. Doch wahrscheinlich sind seine Mutter und ich die Einzigen hier, die das getan haben.»

Als Christa das hörte, stieg Traurigkeit in ihr auf. In ihrer Familie hatten alle Jagos Buch gelesen und darüber diskutiert: Martin, Werner, Helene und sogar Heinz. Auch Gunda und Gertie waren begeistert.

«Soll ich Sie mit der Familie und den anderen Gästen bekannt machen?»

Befangen nickte Christa, dann wurde sie von Patricia eingehakt und hinein ins Festgetümmel gezogen.

«Wo ist Jago?» Christa blickte sich suchend um.

Patricia zuckte mit den Schultern. «Keine Ahnung. Ich glaube, ich habe ihn schon seit ein paar Stunden nicht mehr gesehen. Ich schlage vor, dass wir zuerst die Jubilarin begrüßen.»

Sie steuerte mit Christa auf eine große schlanke Frau zu, die unbedingt Ähnlichkeit mit Jago hatte. Sie trug ihr schwarzes, leicht gewelltes Haar bis zu den Schultern. Ihr Kostüm ähnelte den Kreationen von Chanel, die Christa in der Zeitschrift *Constanze* gesehen hatte. Frau von Prinz war dezent geschminkt und strahlte die Sicherheit aus, die ein großes Vermögen mit sich bringt. Sie wirkte wie die Damen des Frankfurter Hochstiftes, deren Engagement für Kunst und Kultur bekannt war.

Christa reckte die Schultern, dann reichte sie der Freifrau die Hand. «Guten Tag. Ich gratuliere Ihnen sehr herzlich zu Ihrem Geburtstag. Das … Das Geschenk habe ich auf einen Tisch in der Halle gelegt.» Christa spürte, wie sie bei diesen Worten errötete. Natürlich wusste die Frau des Hauses, wo sich der Geschenketisch befand. Bestimmt war es ein unmögliches Benehmen, das eigene Geschenk bei der Gratulation zu erwähnen. Verdammt, wo war nur Jago? Er konnte sie doch nicht hier allein lassen.

«Es freut mich sehr, liebe Christa – so darf ich Sie doch nennen? –, dass wir uns endlich einmal kennenlernen. Mein Sohn spricht oft von Ihnen. Sie waren ihm damals nach dem Krieg eine große Hilfe.»

«Das habe ich sehr gern getan», erwiderte Christa, für mehr Worte blieb keine Zeit, schon drängten sie die nächsten Gratulanten zur Seite.

34

«Jetzt zum Herrn des Hauses», bestimmte Patricia und nahm erneut Christas Arm.

Diese blieb stehen. «Sollen wir wirklich? Ich glaube, ihm liegt nichts an meiner Bekanntschaft.»

Jagos Cousine lachte auf. «Oh, da täuschen Sie sich. Ganz im Gegenteil. Er ist regelrecht erpicht darauf, Sie zu treffen.»

Ungläubig hob Christa die Augenbrauen. «Wieso das denn?»

«Er möchte die Frau kennenlernen, wegen der sein Sohn nicht mehr mit ihm spricht. Gideon von Prinz hat nämlich bereits eine Braut für Jago ausgewählt.»

«Oh!» war alles, was Christa zu sagen wusste. Sie blieb stehen, betrachtete den Freiherrn, auf den Patricia sie wortlos aufmerksam gemacht hatte, aus einiger Entfernung. Er war ein großer Mann mit dichtem dunklem Haar. Seine Schultern waren breit, und die Jacke seines Anzugs spannte über dem beeindruckenden Bauch. Er hielt in der einen Hand ein Glas Rotwein, in der anderen Hand eine Zigarre. Sein Lachen dröhnte durch den ganzen Garten.

«Wollen wir?» Patricia drängte Christa sanft vorwärts.

Schließlich stand sie vor dem Freiherrn, der sie gar nicht beachtete. Patricia räusperte sich, doch Herr von Prinz tat, als hätte er nichts gehört. Schließlich zupfte Patricia den Mann am Ärmel. «Onkel Gideon, ich möchte dir Christa Hanf vorstellen.»

Der Freiherr fuhr herum, betrachtete Christa von oben bis unten. Dann wandte er sich wieder ab, ohne ein Wort an Christa gerichtet zu haben.

Sie spürte Ärger in sich hochsteigen. Ärger und Scham. Gideon von Prinz hatte sie gemustert, als wäre sie ein Pferd bei einer Auktion. Und er hatte es nicht für nötig gehalten, ihr auch nur einen Gruß zu entbieten. Christa drehte sich um und begab sich in Richtung Terrassentür, die zurück in die Halle führte.

«Warten Sie, wo wollen Sie hin?» Patricia eilte ihr nach.

«Nach Hause. Ich denke nicht, dass mich hier jemand vermissen wird.»

«Oh doch. Sie haben nämlich die Patriarchin noch nicht kennengelernt. Und das müssen Sie unbedingt noch.»

Christa hatte keine Lust, sich noch mehr demütigen zu lassen, aber sie wollte auch um keinen Preis unhöflich sein. «Also gut. Wo finden wir sie?»

Patricia deutete auf ein kleines weiß gestrichenes Teehaus, das ein Stück abseits lag. «Das ist Omas Refugium. Sie erwartet Sie schon.»

«Warum?»

Patricia ignorierte Christas Frage. Sie schob sie einfach vorwärts, und plötzlich stand Christa der Frau gegenüber. Sie saß in einem Rollstuhl, eine Decke verbarg die Beine. Auch sie wirkte groß und schlank. Das eisgraue Haar trug sie in einem festen Knoten am Hinterkopf. Ihre Augen waren von einem kühlen, intensiven Blau und schienen durch Christa hindurchzublicken. Auf einem weiß gestrichenen Holztisch neben ihr standen eine Teekanne, dazu ein Sahnekännchen, eine silberne Zuckerdose und ein Gedeck.

«Guten Tag, Frau von Prinz. Ich freue mich, Sie kennenzulernen», brachte Christa höflich hervor.

Patricia hatte ihrer Großmutter die Wange geküsst, Christa kurz vorgestellt und sich dann zurückgezogen.

«Guten Tag, mein Kind. Kommen Sie ruhig ein wenig näher. Meine Augen sind nicht mehr das, was sie einmal waren.» Die Stimme der Patriarchin klang freundlich, ihre Augen waren voller Güte. «Es ist nicht einfach, in diese Familie einzutreten», fuhr sie fort. «Mein Sohn ist ein grober Klotz ohne Manieren und Anstand. Weiß Gott, was die Kindermädchen bei seiner Erziehung falsch gemacht haben. Meine Schwiegertochter ist klug, aber feige. Sie kennt ihren Gideon sehr gut, aber sie lässt ihn machen, damit sie ihre Ruhe hat.» Die alte Dame lachte, und Christa lächelte ebenfalls, obschon sie über ihre Unverblümtheit verwundert war.

«Und Jago?»

«Jago. Ja.» Freifrau von Prinz nickte. «Jago ist ein Träumer. Er kommt ganz nach meinem Mann, seinem Großvater. Der hat zwar keine Gedichte geschrieben, dafür aber Schubert-Lieder gesungen. Es gab keine Premiere in Frankfurt, bei der er nicht zugegen war.»

«Lieben Sie die Kunst denn nicht?», wollte Christa wissen. Sie hatte ihre Schüchternheit verloren und saß Jagos Großmutter, auf deren Einladung hin, gegenüber.

«Die Kunst. Davon kann keiner leben. Sie mag schön sein, aber wenn ich allein an die heutige Malerei denke! Ich möchte Bilder sehen, auf denen ich erkennen kann, was sie darstellen sollen. Ich mag Musik mit einer Melodie und Gedichte, die sich reimen.»

«Die Kunst reagiert auf die gesellschaftlichen Zustände», wandte Christa ein. «In der Literatur zum Beispiel ist der Krieg ein wichtiges Thema. Erlebnisse werden in Büchern verarbeitet. Ich glaube, dass uns die Kunst dabei hilft, das Leben zu meistern.»

«Ja, das habe ich auch einmal geglaubt. Heute weiß ich, es ist das Geld, das dabei hilft, das Leben zu meistern.» Die alte Dame lächelte ihr zu. «Wie lange kennen Sie meinen Enkel schon?»

«Wir haben uns kurz nach dem Krieg kennengelernt. Er lebte in einer Ruine gegenüber meiner Buchhandlung. Ich mag seine Gedichte sehr.»

«Das ist gut, mein Kind. Denn Sie müssen an ihn glauben.» Sie machte eine allumfassende Handbewegung. «Hier ist Jago recht einsam mit seinen Gedichten. Hier zählen andere Werte. Und jetzt möchte ich zurück in mein Zimmer.» Die Freifrau wink-

te einer jungen Frau in Schwesterntracht, die Christa noch gar
nicht bemerkt hatte.

«Auf Wiedersehen, mein Kind. Es hat mich sehr gefreut, Sie
kennenzulernen. Sie sind mir willkommen. Im Haus und in der
Familie.»

Christa nickte ihr zu, ein freudiges Zucken im Herzen. Sie
mochte die alte Dame auf Anhieb. «Ich danke Ihnen sehr, Frau
von Prinz. Aber können Sie mir auch sagen, wo Jago ist?»

Die Patriarchin lächelte. «Er ist da. Er kommt zu Ihnen.» Sie
reichte Christa die Hand und wurde sogleich von der Pflegerin
davongefahren.

Und plötzlich war Jago da, stand vor ihr, legte die Arme um
sie, zog sie an sich.

«Wo warst du?», fragte Christa. «Warum hast du dich versteckt?»

«Ich habe mich nicht versteckt. Ich war hier. Die ganze Zeit.
Ich hatte Patricia gebeten, dich ein wenig herumzuführen.»

«Warum hast du es nicht selbst gemacht?»

Jagos Lächeln wurde schief. «Weil ich die meisten Gäste einfach nicht ertragen kann. Und jetzt komm. Lass uns gehen.»

«Schon? Wäre das nicht unhöflich deiner Mutter gegenüber?»

«Wir haben ihre Erlaubnis. Ich lade dich zum Essen ein. Hier
in der Nähe gibt es ein gutes Restaurant.»

Er nahm ihre Hand und zog sie zum Haus. Als sie wieder in
der großen Empfangshalle standen, blickte sich Christa suchend
um. «Wo ist meine Jacke?»

«Wahrscheinlich hat das Dienstmädchen sie weggebracht.
Warte kurz, ich werde mich darum kümmern.»

Jago verschwand in einem Zimmer, und im selben Augenblick
kam das Dienstmädchen die Treppe herab.

«Suchen Sie etwas?»

«Meine Jacke.»

«Ich habe sie in die Garderobe gehängt. Folgen Sie mir bitte.»
Sie führte Christa in einen schmalen, fensterlosen Gang, dessen Wände mit Schwarzweißfotos bestückt waren. Ihr Blick streifte die Bilder, nahm zunächst gar nicht wahr, was sie da sah. Doch dann verharrte sie, starrte wie gebannt auf eines der Fotos. Darauf zu sehen war ein großes Tor. Ein Lagertor. Und eine Inschrift. *Jedem das Seine.* Christa wusste sofort, wo dieses Bild aufgenommen worden war. Buchenwald, das Foto zeigte Buchenwald! Nun betrachtete sie auch die anderen Fotos. Sie erkannte ein Gelage und Männer in Totenkopfuniform. Sie ging noch näher heran. Inmitten der Gruppe war Jagos Vater, der Freiherr von Prinz! Auch das Bild daneben zeigte ihn, diesmal vor einem Trupp Gefangener. An seiner Seite ein Schäferhund, der zu bellen schien und auf die ausgemergelten Männer in gestreifter Kleidung zurennen wollte.

Christa zuckte zusammen. Schluckte. Vergessen war das Dienstmädchen, ihre Jacke. Raus, sie musste hier raus. Sie drehte sich um, rannte aus dem Haus, stieg in ihr Auto und fuhr davon. Fassungslos, ohne zu wissen, wohin. Aufgewühlt. Buchenwald. Nicht Werner und ihre Ehe standen zwischen Jago und Christa. Es war Buchenwald. Und sie verstand, warum Jago sie von ihrer Familie ferngehalten hatte.

Nach ein paar Minuten fand sie sich auf dem Weg zum Feldberg wieder. Sie stellte das Auto ab und stieg aus. Ganz tief atmete sie die würzige Waldluft ein, doch so schnell konnte sie sich nicht beruhigen. Immer wieder sah sie die Fotos vor sich. Jagos Vater an dem Ort, an dem ihr eigener Onkel gefangen gehalten und gequält worden war.

Kapitel 3

Christa stürmte durch den Wald, bis sie atemlos war. Sie blieb stehen, versuchte, sich auf ihre Umgebung zu konzentrieren. Auf das Säuseln der Blätter im Wind, auf das Knacken von Holz, den Gesang der Vögel. Doch sie war viel zu aufgewühlt, musste sich zwingen, langsamer zu laufen. Sie lief vom Feldberg bis zum Fuchstanz, drang noch tiefer in den Wald ein. Sie lief bald eine Stunde, ehe sie ihre Gedanken zur Ordnung zwingen konnte. Der Freiherr von Prinz hatte also zur Kommandantur des KZ Buchenwald gezählt. Welche Aufgaben hatte er dort erfüllt? Hatte er direkt mit den Gefangenen zu tun gehabt? An der Wand im Hause derer von Prinz war ihr auch ein Foto aufgefallen, das den Freiherrn in einer Schreibstube zeigte.

Ob sich Martin und Jagos Vater sogar kannten? Hatte Gideon von Prinz Kontakt zu Martin gehabt? Diesen Gedanken konnte sie kaum aushalten. Er verursachte ihr einen Knoten im Magen. Sie wusste es nicht, und sie wusste auch gar nicht, ob sie das wissen wollte. Es genügte zu wissen, dass Jagos Vater ein Nazi gewesen war, ein Faschist, so oder so verantwortlich für den Tod anderer Menschen. Ganz gleich, ob er selbst Hand angelegt oder nur mit dem Stift gequält und gemordet hatte. Und Jago hatte davon gewusst. Und er hatte geschwiegen, ihr und Martin verschwiegen, wer sein Vater war. Er war einfach Jago Prinz gewesen, das «von» hatte er wohlweislich gestrichen. Jahrelang hatte sie ihm geglaubt. Ihm vertraut. Hatte er geschwiegen, weil er sich für seinen Vater schämte? Oder hatte er es getan, um sie und ihre Familie im Ungewissen zu lassen?

Christa hatte immer gedacht, Jago verabscheue die Nazis ebenso sehr wie sie. Hatte er ihr nur etwas vorgemacht?

Dann erinnerte sie sich daran, dass Jago nie gut über seinen Vater gesprochen hatte. Ja, wenn sie nicht alles täuschte, hatte sie sogar seine Verachtung gespürt. Schämte er sich für den Freiherrn? Aber warum war er dann ausgerechnet zurück in sein Elternhaus gezogen? Weil es in Frankfurt keine Wohnungen gab? Weil es immer noch Menschen gab, die in Gartenlauben hausen mussten? Oder wohnte er wirklich nur deshalb in Kronberg, um seine Mutter nicht allein zu lassen, nachdem sein Bruder aus dem Krieg nicht zurückgekehrt war?

Christa war so in Gedanken versunken, dass sie kaum bemerkt hatte, dass sie wieder zurück Richtung Parkplatz gelaufen war. Der Frühlingsabend war lau. Jetzt spürte sie den leisen Wind, der ihr Gesicht kühlte, hörte eine Nachtigall singen. Sie hatte sich ein wenig gefasst, auch wenn sie sich über die Tatsache, dass der Freiherr in Buchenwald gewesen war, nicht beruhigen konnte.

Als sie um die Ecke zum Parkplatz bog, erblickte sie Jago. Er lehnte an der Kühlerhaube ihres Wagens und hatte die Nase in einem Buch stecken. Sie zögerte. War sie schon bereit, ihm gegenüberzutreten? Was sollte sie sagen? Wie sollte sie sich verhalten? Eigentlich müsste sie den Kontakt zu ihm abbrechen. Einen Nazi und Faschisten wollte sie nicht in ihrem Freundeskreis haben. Und als ihren Liebsten schon gar nicht. Wie dachte Jago? Sie wusste es doch! Er war gegen den Faschismus. Er war immer gut mit Martin ausgekommen. Ja, man konnte sogar sagen, dass die beiden befreundet waren. Und dann der Literaturzirkel. Wie oft hatten sie da über Kriegsliteratur debattiert. Noch am letzten

Donnerstag. Sie hatten über Strömungen in der Dichtung gesprochen, und Jago hatte behauptet, derzeit gebe es genau vier davon: die westdeutsche Literatur, die ostdeutsche Literatur, die Naziliteratur und die Literatur der Emigranten. Christa hatte die Klassiker hinzugefügt, und Gunda Schwalm hatte Jago recht gegeben. Wie viel Blut-und-Boden-Literatur es wohl im Hause des Freiherrn gab? Wenn er überhaupt las.

War Jago nicht immer vehement dafür eingetreten, alle Gräuel des Dritten Reiches zu offenbaren? Das, was den Juden angetan worden war. Das, was all denen angetan worden war, die in den Konzentrationslagern gewesen waren. Hatte er nicht sogar dagegen protestiert, dass ehemalige Nazis in der Frankfurter Stadtverwaltung saßen? Und doch floss dasselbe Blut in seinen Adern wie in den Adern seines Vaters.

Christa blickte noch einmal zu Jago, dann drehte sie sich um und lief zurück in den Wald. Sie brauchte Zeit, brauchte den Abstand. Erst allmählich gewannen ihre Gedanken die gewohnte Klarheit zurück. Jagos Vater war ein Verbrecher, mit dem sie nichts, aber auch gar nichts zu tun haben wollte.

Es war schon spät, als Christa endlich nach Hause kam. Werner war mit Martin zurück nach Basel gefahren, sodass sie ganz allein in der Wohnung war.

Sie legte ihren Schlüssel in eine Holzschale, die auf dem Schuhschrank stand, schleuderte ihre Pumps von den Füßen und begab sich ins Wohnzimmer. Dort öffnete sie eine Flasche Rotwein, goss sich ein Glas ein und setzte sich auf das Sofa, die Füße unter sich gezogen. Das erste Glas trank sie in langsamen Schlucken, goss sich aber gleich ein zweites ein. Sie hielt es in den Händen und starrte aus dem Fenster, in dem nur der immer dunkler werdende Himmel zu sehen war. Christa dachte nach. Sie wusste schon eine ganze Weile, dass sie nicht glücklich war. Nicht einmal zufrieden war sie mehr. Sie führte ein Leben, das sie so nie gewollt hatte. Sie spürte immer drängender, dass es Zeit war, etwas zu ändern. Grundsätzlich zu ändern. Sie nahm noch einen Schluck, dann fasste sie einen Entschluss: Sie würde sich von Jago trennen. Ihre Liebe hatte keine Zukunft. Sie hatten sich schon einmal verloren und sich erst vor nicht einmal drei Jahren auf der Frankfurter Buchmesse wiedergefunden. Über ihrer Liebe stand kein guter Stern. Es würde ihr das Herz brechen, sie würde nie über Jago hinwegkommen. Und trotzdem: Es musste sein.

Das war das eine. Das andere war sein Vater, der Kriegsverbrecher. Hatte man ihn eigentlich jemals für seine Taten bestraft?

Christa versuchte, sich an den Buchenwald-Prozess zu erinnern, der von April bis August 1947 stattgefunden hatte. Die Zeitungen hatten darüber berichtet, die Rundfunkanstalten ebenfalls. Damals kannte sie Jago schon. Es wäre ihr aufgefallen, wenn in der Berichterstattung der Name Prinz aufgetaucht wäre. Oder hatte sie ihn nicht beachtet, weil ein «von» davorstand und sie nicht gewusst hatte, dass auch in Jagos Namen das «von» vorhanden war?

Sie erhob sich, zog die obere Schublade einer Kommode auf. Sie hatte alle Zeitungsausschnitte über den Prozess gesammelt und für Martin aufgehoben. Zwar hatte er bislang nicht hineingeschaut, aber sie glaubte fest daran, dass er eines Tages alles darüber wissen wollte. Sie nahm den Ordner voller Zeitungsausschnitte mit zum Sofa, blätterte Seite für Seite durch. Die Hauptanklagen waren unter dem Titel «Verletzung der Kriegsgebräuche und -gesetze» zusammengefasst worden. Der Inhalt behandelte die Kriegsverbrechen zwischen dem 1. September 1939 und dem 8. Mai 1945, die im KZ Buchenwald an nicht deutschen Gefangenen verübt worden waren.

Christa ließ den Ordner sinken. «An nicht deutschen Gefangenen», wiederholte sie, und ihr fiel ein, dass die Taten an deutschen Häftlingen später erst zur Sprache gekommen waren. Doch wieso fand sie den Freiherrn von Prinz nicht in der Aufstellung der Angeklagten? Weil er für die Deutschen verantwortlich gewesen war?

Sie blätterte den Ordner erneut durch, studierte jede einzelne Seite, doch der Name tauchte nicht auf. War er nur kurz im Lager gewesen? Christa hätte gern Jago danach gefragt.

Sie schlief schlecht in dieser Nacht, wachte immer wieder auf, ging zwei Mal in die Küche, um ein Glas Wasser zu trinken. Als der Morgen heraufdämmerte, stand sie auf. Sie fühlte sich wie zerschlagen, musste aber trotzdem in die Buchhandlung. Sie trank zwei Tassen starken Kaffee, aß ein Stück Rührkuchen, den Helene gebacken hatte, dann zog sie sich an und betrat wenig später die Buchhandlung.

Um Punkt 9 Uhr öffnete sie den Laden, packte zwei Kisten mit neuer Ware aus und las *Auch ich habe in Arkadien gelebt*, die neue Erzählung von Ingeborg Bachmann. Sie verkaufte zwei neue Krimis von Agatha Christie, sah sich in der Mittagspause den Katalog des Barsortiments an, in dem der Großhändler Neuerscheinungen und Lagerbestände auflistete. Sie bestellte etwas von Erich Kästner, etwas von Hans Habe und zehn Exemplare von Dürrenmatts *Die Ehe des Herrn Mississippi*. Dann kochte sie sich eine Tasse Tee und setzte sich mit dem neu erschienenen *Tagebuch* von Max Frisch an den kleinen Bürotisch und begann zu lesen.

Zum Glück war sie heute ganz allein im Laden, doch schon nach den ersten Seiten stellte sie fest, dass nichts davon ihren Kopf erreicht hatte. Die Buchstaben waren nur aneinandergereihte schwarze Zeichen ohne Bedeutung.

Nach der Mittagspause gab sie weitere Bestellungen auf, sortierte den Zeitungsständer neu, füllte Postkarten in einen anderen Ständer, bediente die Kunden. Eine Stammkundin drückte das *Tagebuch* von Max Frisch aufgeregt an ihren Busen. Ein älterer Herr suchte ein Buch für seine Enkelin und bekam *Das doppelte Lottchen* von Kästner, eine junge Frau suchte nach einem Geschenk für ihren Vater und erhielt *Tauben im Gras* von Wolfgang Koeppen.

Der Tag zog an Christa vorbei wie Telefonmasten an einem Zugfenster. Immer wieder blickte sie auf die Uhr, ob nicht bald Feierabend wäre. Als es endlich kurz vor 18 Uhr war, seufzte sie erleichtert auf und machte den Kassenabschluss. Dann suchte sie den Ladenschlüssel und ging zur Tür, doch da schlüpfte Gunda Schwalm noch schnell in den Laden.

«Du hast dich rargemacht», sagte die Freundin und blickte sich um.

«Ich weiß», erwiderte Christa ein wenig zerknirscht. «Und dabei muss ich unbedingt mit dir reden.»

«Hast du Probleme?»

Christa nickte.

«Mit Jago oder mit Werner?»

«Mit mir.» Christas Stimme klang überaus kläglich.

«Dann komm, lass uns einen Wein trinken gehen.»

Gunda packte Christa am Arm und zog sie raus auf die Straße. Vor der kleinen Bar am Uhrtürmchen hatte der Besitzer Tische und Stühle herausgestellt. Der Sommerabend war warm, aber nicht heiß. Überall flanierten Leute. Vor dem Kino Schützenhof stand eine lange Schlange. Es lief *Die Sünderin*, und Christa hatte gehört, dass Hildegard Knef darin eine Nacktszene hatte. Neben dem Kino hatten sich ein paar ältere Frauen aufgebaut und hielten Plakate in die Höhe: «Gegen Hurerei und Selbstmord!»

«Hast du den Film schon gesehen?», wollte Gunda wissen.

«Ich wollte mit Jago hingehen, aber … na ja …»

Gunda fragte nicht weiter. Sie setzten sich an einen freien Tisch, bestellten jede ein Glas Wein aus dem nahen Rheingau.

Dann zündete Gunda sich eine Zigarette an. «So, und jetzt erzähl mir alles.»

«Jago und ich. Wir müssen uns trennen. Ich muss mich trennen.» Es war Christa schwergefallen, diese Sätze laut auszusprechen, aber nun fühlte sie sich ein wenig erleichtert.

«Dich trennen? Aber warum denn? Ihr liebt euch doch.»

«Ja, das stimmt. Aber ich bin mit Werner verheiratet und werde daran nichts ändern. Jago aber drängt auf die Scheidung. Und das ist nicht alles. Sein Vater … Sein Vater ist Gideon von Prinz. Und der gehörte zum Kommandostab in Buchenwald.»

«Was sagst du da?» Gunda beugte sich vor, fasste nach Christas Hand. «Aber woher weißt du das?»

Christa spürte, wie Tränen in ihr aufstiegen, und blinzelte sie weg. «Ich war in Kronberg. Am Wochenende, Jagos Mutter hatte mich zu ihrem Geburtstag eingeladen. Und da hab ich die Fotos entdeckt. Zufällig. Fotos, die eindeutig Jagos Vater zeigen. In Buchenwald.»

Gunda lehnte sich zurück und sah Christa voller Mitgefühl an. Sie schwieg, ahnte, dass Christa noch mehr auf dem Herzen hatte.

«Weißt du, es fühlt sich an, als führte ich das Leben einer anderen Frau. Diese Sache mit Jagos Vater ist das eine. Viel wichtiger aber ist meine Ehe mit Werner, die Beziehung zu Jago. Das alles fühlt sich nicht richtig an …»

«Ich dachte mir schon, dass es zwischen Jago und dir irgendwann Probleme geben würde. Er ist ein junger Mann, der eine Zukunft vor Augen hat. Na ja, und da du mit Werner verheiratet bist, liegt die Zukunft nicht gerade rosig vor ihm.»

Christa nickte, aber plötzlich kam es ihr vollkommen unmöglich vor, sich von Jago zu trennen. Er war es doch, der ihr Leben bunter machte. Mit ihm fühlte sie sich so, wie sich eine junge Frau in ihrem Alter fühlen sollte: jung, begehrenswert, unbeschwert und voller Pläne. Machte es überhaupt Sinn, auf diese Liebe zu verzichten? Sofort schämte sie sich für den Gedanken. Und doch. Sie hatte Werner geheiratet, um ihn und ihren Onkel zu schützen. Und um Heinz adoptieren zu können. Aber nun war Heinz weg, Werner und Martin hatten in Basel ein neues Zuhause gefunden. Ihr Opfer war also gar nicht mehr erforderlich. Oder?

«Ich lebe nicht mein Leben, sondern das einer anderen», sagte Christa und war über diese Erkenntnis tatsächlich verblüfft.

«Und wie stellst du dir ein wahres, wirkliches, authentisches Christa-Leben vor?», wollte Gunda wissen.

Ein kurzes Lächeln flog über Christas Gesicht. «Ich würde gern mit Jago leben. Mit ihm ein Kind bekommen. Und die Buchhandlung muss natürlich bleiben. Auf die Dissertation möchte ich auch nicht verzichten.»

«Gerade eben hast du mir erklärt, warum das mit Jago nicht geht.»

«Ich weiß, Gunda, ich weiß. Ich muss mich trennen. Morgen kommt Jago. Er kommt immer dienstags. Da werde ich mit ihm sprechen. Er muss mir erklären, was sein Vater in Buchenwald gemacht hat.»

Am nächsten Abend stand Christa seufzend vor dem Spiegel. Sie hatte ihr Haar frisch gewaschen und die Längen auf Lockenwickler gedreht. Dann hatte sie ihre Augenbrauen gezupft und ein wenig Rouge aufgelegt, die Wimpern getuscht und einen Hauch Lippenstift auf ihrem Mund verteilt. Obwohl ihr Spiegelbild ihr gefiel, fand sie sich nicht schön. Irgendetwas störte sie, aber sie wusste nicht, was.

Es klingelte, und Christa strich sich über ihre frischen Locken.

«Wunderschön siehst du aus», fand Jago, und Christa lächelte. Er folgte ihr ins Wohnzimmer.

Sie hatte ein paar Brote mit Leberwurst und sauren Gurken belegt, dazu ein wenig Käse aufgetischt und schon eine Flasche Rotwein geöffnet. So wie sie es immer tat.

Jago setzte sich, goss den Wein ein. «Warum warst du am Samstag so schnell verschwunden? Ich habe dein Auto gesehen und bestimmt zwei Stunden dort auf dich gewartet. Dann habe ich in der Buchhandlung angerufen, dort war niemand mehr. Was war denn los?»

Christa holte ganz tief Luft. «Ich habe die Fotos gesehen.»

«Oh!» Jago wusste offenbar auf der Stelle, wovon sie sprach.

«Dein ... Dein Vater war in Buchenwald? Was hat er da gemacht? Sag mir die Wahrheit!»

«Ich hatte gehofft, dass du die Fotos nicht bemerkst. Aber nun weißt du hoffentlich, warum ich es bislang vermieden habe, dich meinen Eltern vorzustellen.»

«Was hat er getan?» Christas Stimme war lauter, drängender geworden.

«Er war nicht lange dort. Ein Jahr nur. 1943. Er ... Er sollte die Abläufe dort koordinieren.»

«Die Abläufe?» Christa zog die Stirn kraus. «Was für Abläufe? Oder warte ... meinst du ... sprichst du von den Tötungen? Den Verbrennungsöfen?»

Jago nickte gequält. «Hör zu, Christa. Man kann sich seine Eltern nicht aussuchen. Ich bin nicht mein Vater. Ich habe immer verurteilt, was er getan hat.»

«Und nach 1943? Wo war er da?» Kläglich und blass kamen ihre Worte.

«SS-Standartenführer Gideon von Prinz war in Hadamar.»

«Hadamar? Was war dort?»

Jago schluckte. «Ein Heim. Dort wurden Behinderte euthanasiert.»

Christa schrie auf, presste eine Hand auf ihren Mund.

«Er hatte dort nur technische Aufgaben. Koordination der Abläufe und so weiter.» Jago sah sie an, beschwor sie geradezu.

«Du meinst, er war *wieder* für das Töten verantwortlich? Das ist es doch, was du sagen willst, oder?»

«Das weiß ich nicht. Das wollte ich nie wissen.»

«Warte, Jago! Willst du damit sagen, dass du nie wissen wolltest, dass dein Vater ein Mörder ist?»

«Ganz gleich, was er war und ist, er wird immer mein Vater bleiben.» Jago senkte beschämt den Kopf, spielte mit der Gabel, schluckte. Christa sah, wie sein Adamsapfel hüpfte. «Als Kind war er mein großes Vorbild», sprach Jago leise weiter. «Er hat mit uns gespielt. Mit meinem Bruder und mit mir. Waldlauf, Krafttraining mit Gewichten, Orientierung im Feld.»

«Aber das waren doch keine Spiele, das war Kriegsvorbereitung», warf Christa ein.

«Das wusste ich damals nicht. Mir hat nur gefallen, mit meinem Vater zusammen zu sein. Das Schwimmen im See im Sommer. Das Skifahren im Winter. Er kam mir so stark vor, so unbezwingbar. Und ich wollte so sein wie er. Ich habe ihn geliebt.»

Christa nickte. Sie dachte an ihren Vater, der nie aus dem Krieg zurückgekommen war. Auch sie hatte geliebt, in ihrem Vater einen Helden gesehen.

«Und weiter?»

«Ich war in der Hitlerjugend. Es hat mir gefallen dort. Zweimal in der Woche machten wir Wanderungen oder Ähnliches, so wie mein Vater es mit uns gemacht hatte. Ich habe mich angestrengt, wollte der Beste sein, wollte, dass mein Vater stolz auf mich war. Wenn er mich – was selten vorkam – einmal von den Treffen abholte, begegneten ihm die anderen Jungen und die Jugendleiter mit dem allergrößten Respekt. Ich war stolz auf ihn. Stolz, sein Sohn zu sein.»

Auch das konnte Christa verstehen, und trotzdem musste sie weiterbohren. Sie musste es wissen. «Und dann? Wann hat sich das geändert?»

«Spät. Zu spät. Das war 1943. Als ich sechzehn wurde. Ich hatte Dinge gehört, in der Schule. Sachen über Juden und Gasöfen. Ich hatte gehört, dass der mongoloide Sohn unserer Haushälterin abgeholt worden war. Von da an habe ich nachgefragt und nachgeforscht, habe feindliche Radiosender gehört. Zu Anfang konnte ich mich noch damit beruhigen, dass mein Vater ja nur für die Technik und für die Abläufe zuständig war. Dann habe ich begriffen, dass es ohne diese festgelegten Abläufe keine Massentötungen geben konnte. Ich habe meinen Vater zur Rede gestellt. Er hat mich einen dummen Jungen genannt. Und das denkt er bis heute.»

«Haben die Amerikaner ihn nach dem Krieg nicht geholt?», fragte Christa und dachte dabei unwillkürlich an die sogenannten Persilscheine.

«Doch, aber nur für kurze Zeit. Man hat ihm keine direkte Tötung nachweisen können. Und er hat viele Freunde. Der Adel hält zusammen, die allermeisten waren Offiziere wie ihre Vorfahren. Die Amis haben ihn laufen lassen, und kurz darauf hat er seinen *Persilschein* bekommen. Inzwischen arbeitet er nur noch als Verwalter seines eigenen Gutes. Er geht jagen, kümmert sich um seine Wälder.»

«Bedauert er, was er getan hat?», wollte Christa wissen, obschon sie sich die Antwort denken konnte.

«Nein. Er bereut nichts. Der Krieg ist aus, Hitler ist tot, aber seine Gedanken und Meinungen haben sich nicht verändert. Nicht einmal, als mein älterer Bruder ‹auf dem Feld der Ehre gefallen› war. Deshalb sprechen wir auch nicht mehr miteinander. Ich bin nur wegen meiner Mutter und meiner Großmutter in Kronberg und gehe meinem Vater aus dem Weg.» Jago blickte auf, beugte sich zu Christa und nahm ihre Hände in seine. «Ich bin nicht wie er.»

«Das weiß ich. Trotzdem gibt es Buchenwald. Und Martin ...» Christa schluckte. «Wir können aber auch aus einem anderen Grund nicht mehr zusammen sein. Du möchtest eine Familie, Kinder, ein eigenes Heim. Das alles ist mit mir nicht möglich. Wir ... Wir müssen uns trennen.»

Jago sah sie an, unendliche Zärtlichkeit in seinem Blick und ein Schmerz, der Christa tief berührte. «Ich weiß», sagte er dann. «Ich liebe dich so sehr, aber ich brauche eine Zukunft für diese Liebe.»

«Diese Zukunft kann ich dir nicht bieten.» Christa spürte Tränen in sich aufsteigen. Schon jetzt wusste sie, wie sehr sie ihn vermissen würde. Am liebsten hätte sie ihn umschlungen, ihn nie wieder losgelassen. Diese Trennung war das Schwerste und Schlimmste, was sie je erlitten hatte.

Jago erhob sich. Er nahm ihr Gesicht in beide Hände, blickte ihr ein letztes Mal in die Augen. «Was immer auch geschieht, Christa, du wirst in mir einen Freund haben. Immer.»

Kapitel 4

Christa nahm die Karte aus Interlaken aus dem Briefkasten und las:

Meine liebe Christa, schade, dass du nicht mit uns gefahren bist. Meine Mutter vermisst dich sehr. Wir alle vermissen dich sehr. Martin und ich baden beinahe jeden Tag im Thunersee. Meine Eltern sehen sich die Gegend an und machen kleine Wanderungen. Heute Abend ist ein Picknick geplant. Sei geherzt, Werner

Jeden Sommer fuhr das Ehepaar Hanf mit Werner und Martin nach Interlaken. Sie waren Stammgäste im Hotel Irma. Und jedes Jahr luden sie Christa ein, mit ihnen zu fahren. Doch wenn Werner und Martin zusammen waren, fühlte sie sich unbehaglich. Wie ein fünftes Rad am Wagen, und das, obschon sie ihren Onkel Martin und auch Werner liebte. Auf eine andere Art, als sie Jago geliebt hatte. Sie betrachtete die Abbildung des tiefblauen Thunersees auf der Karte, seufzte und stieg die Treppe nach oben in ihre Wohnung. Sie legte die Karte auf den Schuhschrank, den Schlüssel in die Schale, dann begab sie sich in die Küche, um sich eine Tasse Kaffee zu kochen. Heute würde die Urlaubsgesellschaft Interlaken verlassen, und morgen würde Werner nach Hause kommen. Sie würde ihm von Jago und der Trennung erzählen, und sie wusste, dass ihr homosexueller Ehemann alles versuchen würde, um sie zu trösten. Aber was auch immer Werner tun würde, es würde sie nicht glücklich machen. Christa war dreiundzwanzig Jahre alt und hatte in diesen dreiundzwanzig Jahren mehr erlebt und erlitten, als sie sich hätte vorstellen können. Sie hatte eine Buchhandlung geleitet, war Mutter eines Jungen geworden, der nur acht Jahre jünger war als sie selbst. Sie hatte eine Hauswirtschaftsschule besucht und vor Kurzem ein Studium beendet. Jetzt war sie eine examinierte Germanistin, die eine Buchhandlung führte und an ihrer Doktorarbeit schrieb. Das alles war schön und wichtig gewesen, insbesondere die Zeit mit Heinz. Sie hatte geliebt, hatte diese Liebe verloren und wiedergefunden. Und nun hatte sie auf diese Liebe verzichten müssen. Das tat weh. Jede Nacht weinte Christa in ihr Kissen. Sie vermisste Jago schrecklich, sehnte sich nach ihm. Niemals, niemals würde Werner Jago ersetzen können.

Trotzdem freute sie sich auf die Rückkehr ihres Ehemanns, der zugleich ihr bester Freund war. Sie hatte einen Strauß bunter Astern gekauft, frische Tomaten, Gurken und Salat vom Markt mitgebracht und den Käse, den Werner so gern mochte. Sie war beim Friseur gewesen und hatte sich ein neues Kleid gekauft, grün mit schwingendem Rock, weißen Knöpfen und einem Halsausschnitt, der U-Boot genannt wurde.

Während sie darauf wartete, dass das Kaffeewasser kochte, schaltete sie das Radio an. Es lief der Schweizer Sender, den Werner so gern hörte. Plötzlich durchdrang eine aufgewühlte Sprecherstimme die ruhige Küche: «Am heutigen 11. August stieß im Bahnhof Interlaken ein Güterwagen mit dem Personenzug der Bern-Lötschberg-Bahn zusammen. Trotz der Geschwindigkeit von nur 25 km/h wurden vier Reisende getötet und zehn zum Teil schwer verletzt. Bei den Toten handelt es sich um drei Deutsche und einen Schweizer. Die Verletzten werden im Krankenhaus behandelt.»

Eiskalte Schauer rannen Christa über den Rücken. Ihr Mund wurde trocken. Der Pfeifkessel schrillte, aber sie bemerkte es nicht. Sie ließ sich auf einen Küchenstuhl sinken, die Gedanken überschlugen sich. Es gibt viele deutsche Touristen zu dieser Zeit in dieser Region, dachte sie. Sie presste eine Hand auf ihr schnell schlagendes Herz und versuchte, langsam und gleichmäßig zu atmen. Es dauerte eine Weile, bis sie sich so weit beruhigt hatte, dass sie aufstehen und den Pfeifkessel vom Herd nehmen konnte.

Sie goss das Wasser in den Melittafilter, trug die Kanne mit dem heißen Kaffee zum Tisch, setzte sich. Obwohl sie sich immer wieder sagte, dass es Werner, Martin und den Hanfs gut gehe, wagte sie nicht, das Radio wieder anzustellen.

Es klingelte, und als Christa öffnete, stand ihre Mutter Helene in der Tür. «Hast du Radio gehört?», fragte sie.

Christa nickte und saß gleich darauf mit ihrer Mutter in der Küche. Helene hatte ihre Hand gefasst. «Es gibt so viele Touristen um diese Zeit in der Gegend», versuchte sie mit den gleichen Worten zu trösten, die sich auch Christa immer wieder vorsagte.

Das Telefon klingelte. Christa schrak zusammen. «Gehst du bitte ran?», bat sie. Helene erhob sich, und Christa hörte, wie sie in den Apparat sprach. Kurz darauf kehrte sie in die Küche zurück. «Es war Gunda. Sie fragte, ob es bei eurer morgigen Verabredung bleibt. Ich habe ihr gesagt, dass nichts dagegen spreche, du dich aber noch einmal melden wirst.»

Eine Stunde später klingelte das Telefon erneut. Christa sprang auf. «Das wird noch einmal Gunda sein.» Sie ging in den Flur, wo das Telefon auf einem kleinen Tischchen stand. Christa nahm ab. «Hier spricht Obermeister Kalkenreuth vom fünften Polizeirevier in Frankfurt. Sind Sie Christa Hanf?»

«Ja», hauchte Christa, und alles in ihr wurde starr und kalt. «Um was geht es denn?»

«Das möchten wir gern direkt mit Ihnen besprechen. Können wir vorbeikommen?»

«Ja, ich bin zu Hause.» Ihre Stimme klang leise und belegt. Sie legte den Hörer auf, ging zurück in die Küche.

«Wer war es?», wollte Helene wissen.

«Die … Die Polizei», stammelte Christa. «Sie kommen vorbei.»

Schweigend saßen sie sich gegenüber, bis es endlich klingelte. Christa sprang auf, öffnete die Tür, führte die Beamten in die Küche, stellte ihre Mutter vor, umklammerte die Stuhllehne.

«Worum geht es?», fragte sie mit zitternder Stimme.

«Es ist besser, Sie setzen sich ebenfalls», erklärte Obermeister Kalkenreuth und schob Christa einen Stuhl hin.

«Danke», hauchte sie. «Was ist passiert?»

Kalkenreuth räusperte sich. «Liebe Frau Hanf, wir müssen Ihnen leider mitteilen, dass Ihr Ehemann Werner Hanf und Ihre Schwiegereltern bei einem Zugunglück in Interlaken ums Leben gekommen sind. Mein Beileid.»

Christa schlug die Hände vors Gesicht. Sie hätte schreien mögen, aber der Schrei blieb ihr in der Kehle stecken. Wie aus weiter Ferne hörte sie ihre Mutter fragen: «Was ist mit meinem Bruder? Mit Martin? Martin Schwertfeger?»

«Herr Schwertfeger befindet sich im Krankenhaus in Interlaken. Es besteht keine Lebensgefahr.»

Was an diesem Nachmittag weiter geschah, wusste Christa nicht mehr. Sie hörte nichts von dem, was die Beamten noch zu sagen hatten, spürte nicht die Hand ihrer Mutter, die behutsam über ihren Rücken fuhr, schmeckte nicht die Beruhigungstablette nicht, die der herbeigerufene Arzt ihr gab. Sie saß einfach nur da. Ohne Gedanken, ohne Worte, ohne Gefühle. Irgendwer hatte sie zu Bett gebracht, denn sie lag plötzlich in ihren Kissen, und ihre Mutter saß auf der Bettkante und hielt ihr ein Glas Wasser an die Lippen. «Trink, Kind. Du musst etwas trinken, wenn du schon nicht essen willst.»

Christa trank einen Schluck, benetzte ihre trockene Kehle. «Es ist wirklich passiert, nicht wahr? Es ist kein böser Traum?»

«Nein», bestätigte Helene. «Es ist kein Traum.»

Kapitel 5

Die Trauerfeier fand auf dem Friedhof in Frankfurt-Bornheim statt, auf dem die Hanfs ein Familiengrab hatten. Christa wirkte leichenblass in ihrem schwarzen Kleid, und auch der kleine Schleier über ihren Augen konnte die Blässe nicht verdecken. Rechts neben ihr stand Helene, links von ihr Heinz.

Helene hatte sich um alle Formalitäten gekümmert, hatte die Leichen nach Frankfurt überführen lassen und ein Bestattungsinstitut beauftragt, die Beerdigung auszurichten. Sie hatte Todesanzeigen in der *Frankfurter Rundschau* und in der *Frankfurter Allgemeinen Zeitung* aufgegeben. Sie hatte Heinz ein Telegramm geschickt und ihm das Fahrtgeld angewiesen. Und jetzt stand sie neben ihrer Tochter am Grab und sah zu, wie Werners Sarg, der mit weißen Rosen geschmückt war, in die Tiefe gesenkt wurde.

Christa zitterte. Sie war dankbar, dass Heinz, der in wenigen Wochen fünfzehn Jahre alt wurde und einen halben Kopf größer war, den Arm um sie legte, sodass sie nicht umfallen konnte. Sie fühlte sich kalt und leer und bemerkte nicht einmal den Kranz, den Jago geschickt hatte. Sie dachte, sie hätte keine Kraft für Beileidsbekundungen, und doch ließ sie sich umarmen, drückte Hände, nickte dankend.

Der Leichenschmaus fand in einem Gasthaus in der Berger Straße statt, aber Christa hätte nicht zu sagen gewusst, ob und was sie gegessen und getrunken hatte. Ein Herr trat auf sie zu und stellte sich vor: «Mein Name ist Schmal, Dr. Schmal. Ich bin der Anwalt der Familie. Es geht um die Testamentseröffnung. Wann wäre es Ihnen recht, Frau Hanf?»

Christa konnte sich nicht erinnern, dem Anwalt ein Datum genannt zu haben, doch als sie am Abend mit Heinz im Wohnzimmer saß und ein Glas Wein trank, kam sie allmählich wieder zu sich.

«Ich habe nicht gewusst, wie sehr ich ihn geliebt habe», sagte sie leise. «Es ist, als fehlte mir plötzlich ein Arm, als wäre ich nicht mehr vollständig. Etwas ist mit ihm gestorben.»

«Das geht mir genauso», erklärte Heinz und wischte sich über die vom Weinen geschwollenen Augen. «Ich kann noch immer nicht glauben, dass Werner wirklich tot ist und Martin im Krankenhaus liegt.»

Christa griff nach seiner Hand, drückte sie fest. «Ich bin so froh, dass du hier bist, Heinz. Hoffentlich verlässt du mich nicht so schnell wieder.»

Zur Testamentseröffnung war nicht nur Christa gebeten worden, sondern auch Heinz und Martin. Da Martin noch in der Schweiz im Krankenhaus lag, begleitete Helene ihre Tochter und Heinz zum Anwalt.

Sie saßen an einem großen Mahagonitisch, an dessen Stirnseite der Schreibtisch Dr. Schmals grenzte. In der Mitte des Tisches standen zwei Wasserflaschen und vier Gläser. Vor dem Anwalt lag ein schwarzer Hefter auf einer Lederunterlage.

«Sind Sie so weit?», fragte er und musterte Christa. «Können wir beginnen?»

Christa nickte. Sie fasste unter dem Tisch nach Heinz' Hand. Der Junge war blass und hatte tiefe Ringe unter den Augen. Es war ihm anzusehen, dass er einen schweren Verlust erlitten hatte.

«Nun, dann werde ich den Letzten Willen des Verstorbenen vorlesen. Vorab aber muss ich Ihnen etwas erklären. Die Erbfolge wurde maßgeblich vom Zeitpunkt des Todes bestimmt. Das Ehepaar Hanf starb noch am Unglücksort. Somit vererbten sie ihren gesamten Besitz an ihren Sohn Werner, der zu diesem Zeitpunkt noch lebte. Er starb eine halbe Stunde nach seinen Eltern. Haben Sie das verstanden?»

Christa nickte, obgleich es ihr vollkommen gleichgültig war, wer wann gestorben war. Sie hatte Werner verloren, das allein zählte.

Der Anwalt sprach weiter, aber Christas Gedanken schweiften ab. Sie sah Werner vor sich. So, wie sie ihn zuletzt gesehen hatte. Ein schlanker, großer Mann mit sympathischen Zügen und einem Lächeln, das sich von den Mundwinkeln bis in die Augen ausbreitete. Er hatte sie in den Arm genommen. «Bis bald, meine Liebe. Ich bin traurig, dass du nicht mit uns kommst. Ich werde dich vermissen.»

Sie hatte gelacht. «Du wirst mich nicht vermissen. Du bist mit Martin zusammen.»

Und Werner hatte genickt. «Das stimmt. Aber es stimmt auch, dass ich dich immer vermisse, wenn ich nicht bei dir bin, und dass ich Martin vermisse, wenn ich nicht bei ihm bin.»

«Pass auf dich auf und hab viel Spaß. Gib Martin einen Kuss von mir.»

Das war ihr letztes Gespräch gewesen.

«Ich verlese den Letzten Willen von Werner Hanf: ‹Ich vermache mein gesamtes bewegliches und unbewegliches Vermögen in Frankfurt am Main zu gleichen Teilen meiner Ehefrau Christa Hanf und meinem Sohn Heinz Nickel-Hanf.›»

Christa nickte. Sie hatte von dem Testament gewusst, hatte noch gespottet darüber. «Willst du bald sterben? Warum ein Testament?»

Und Werner hatte zuerst gelächelt, dann war er ernst geworden: «Wenn jemand ein Unternehmen besitzt, ist ein Testament vonnöten. Du hast doch auch schon darüber nachgedacht, wem du die Buchhandlung vererben möchtest.»

«Eine Buchhandlung ist kein Vermögen.»

«Ein Musikverlag auch nicht.»

«Ich komme nun zur Aufzählung des Besitzes», sprach der Anwalt weiter. «Sind Sie bereit?»

Christa und Heinz nickten. Der Junge hatte seine Hände auf den Tisch gelegt und ruckte beständig damit. Außerdem sah er aus, als wäre ihm der Hemdkragen viel zu eng, die Krawatte eine Fessel um seinen Hals.

«Da wären zuerst die beiden Häuser im Stadtteil Bergen-Enkheim. In einem der Häuser ist der Verlag untergebracht, in dem anderen hat die Familie Hanf gewohnt. Der Wert der Grundstücke bemisst sich auf …»

Christa hörte weg. Sie dachte daran, dass das Haus der Eltern Hanf ausgeräumt werden musste. Es war ein schönes Haus mit acht Zimmern und einem verglasten Wintergarten, vor dem sich der Garten mit Kirsch- und Apfelbäumen erstreckte. Das Verlagsgebäude befand sich daneben, dazwischen ein schmaler einstöckiger Bau, der als Lager benutzt wurde. Der Eingang wurde von zwei Säulen begrenzt. Der große Balkon ging nach hinten raus, und das Haus verfügte ebenfalls über acht Räume, dazu kam der Musiksalon mit dem Bechstein-Flügel, in dem die Hanfs kleine Soireen abgehalten hatten, und das Archiv im Keller. Was sollte sie damit? Christa war unbehaglich zumute. Sie war gerade mal ein paar Jahre mit Werner verheiratet gewesen. Noch dazu war es gar keine richtige Ehe gewesen. Sie fand es falsch, ihn zu beerben. Martin wäre der richtige Erbe. Martin, der wegen seiner Homosexualität sogar im Gefängnis gesessen hatte.

Sie hörte die Stimme des Notars wie ein Rauschen im Hintergrund. Erst als Martins Name fiel, kehrte sie in die Wirklichkeit der Kanzlei zurück.

«Martin Schwertfeger soll das Wohnhaus in Basel sowie die darin enthaltene Musikalienhandlung bekommen. Zudem die Einlage auf meinem Konto bei der Baseler Kantonsbank, die 40 000 Franken entspricht. Das Geld auf den Frankfurter Konten geht hälftig an meine Frau und an meinen Sohn.»

Helene, die an Martins Stelle hier mit ihnen saß, schrie leise auf. 40 000 Franken! Das war ein riesiges Vermögen. Ein Volkswagen kostete zwischen 5000 und 6000 Mark, davon könnte sich Martin einen ganzen Fuhrpark leisten.

Christa blickte zu ihrer Mutter und lächelte. Ja, Werner hatte auch für Martin gesorgt. So wie ein Ehepartner für den anderen sorgt. So war es richtig, so sollte es sein. Sie hörte dem Notar weiter zu, erfuhr, dass sie den Schmuck von Werners Mutter erbte und dass es noch ein Schließfach bei der Deutschen Bank gäbe, dessen Inhalt unbekannt sei. Falls der Musikverlag verkauft würde, sollten die sechs Angestellten eine Abfindung in Höhe von je 2000 Mark erhalten.

Nach einer Stunde klappte Dr. Schmal den Hefter zu und legte beide Hände darauf. «Haben Sie alles verstanden? Gibt es noch Fragen?»

Heinz meldete sich zu Wort. «Ich werde im September fünfzehn. Kann ich einfach Geld bei der Bank abheben?»

Christa lächelte. Sie wusste, dass Heinz nicht aus Gier nachfragte.

«Nein, mein Junge, das kannst du nicht. Frau Hanf ist dein Vormund. Sie wird dein Geld verwalten, bis du volljährig bist.»

Als sonst nichts mehr zu klären war, verabschiedeten sie sich von Dr. Schmal, jeder in eigene Gedanken versunken.

Draußen fragte Helene: «Sollen wir etwas essen gehen? Ich habe nichts gekocht, und jetzt ist die Mittagszeit.»

Wenig später saßen die drei im Lokal Zur schönen Aussicht. Es lag in Bergen-Enkheim, schräg gegenüber des Musikverlags. Werner und seine Eltern hatten hier oft gegessen.

Heinz inspizierte die Speisekarte. «Es gibt Rouladen. Und Tafelspitz mit grüner Soße. Und zum Nachtisch Pudding oder Eis. Ich weiß gar nicht, was ich nehmen soll.»

«Bestell dir, was immer du möchtest», schlug Christa vor.

Und Helene fragte: «Gibt es denn bei euch in der Ostzone keinen Braten?»

Heinz schüttelte den Kopf. «Fleisch nur auf Marken. Und dann muss man nehmen, was da ist. Meistens Hammel.» Er verzog das Gesicht.

Sie bestellten, und als der Kellner verschwunden war, legte Christa eine Hand auf Heinz' Arm. «Du bist jetzt ein vermögender junger Mann. Was hast du vor? Gehst du wieder zurück in die Zone? Zu deinem Vater?»

Plötzlich schien Heinz seine Cola nicht mehr zu schmecken. Er spielte mit dem halbleeren Glas herum, bis Helene es woanders hinstellte.

«Wir wissen, dass das eine sehr schwierige Entscheidung für dich ist.»

«Ich … Ich kann ihn doch nicht allein lassen», flüsterte Heinz, und Tränen stiegen in seinen Augen auf.

Christa griff nach seiner Hand. «Welches Leben wünschst du dir denn für dich?»

Heinz zuckte mit den Schultern. «Ich habe nie gedacht, dass ich einmal nicht mehr in die Schule gehen kann. Ich wollte immer lernen oder studieren und dann Buch- oder Musikalienhändler werden.» Er zog die Hand aus ihrer, drehte beide Handflächen um und zeigte die Verhornungen und Schwielen. «Ich habe nicht mehr Klavier gespielt, seit ich von hier fort bin. Und mit diesen Händen kann ich es bestimmt auch nie wieder tun.»

«Aber du liebst deinen Vater?», fragte Helene behutsam.

Jetzt rollten die Tränen über die Wangen des Jungen. Es waren heiße, bittere Tränen. «Ich … ich wollte es, aber es ging nicht.»

«Du wolltest ihn lieben, aber es ging nicht?», wiederholte Christa. Dann beugte sie sich zu ihm und nahm ihn in den Arm. Er war plötzlich kein hoch aufgeschossener Teenager mehr, sondern der kleine Junge, den sie auf der Hausschwelle gefunden hatte. Es dauerte eine Weile, bis Heinz sich beruhigt hatte. Einmal kam der Kellner zum Tisch, um die Bestellungen für das Mittagessen aufzunehmen, doch als er sah, dass es nicht passte, entfernte er sich diskret wieder.

«Ich liebe ihn nicht, ich habe ihn nur gern.» Heinz schluchzte. «Aber … Aber er ist doch mein Vater.»

«Kannst du sagen, warum du ihn nicht liebst?», wollte Helene wissen. Ihre Augen waren vor lauter Sorge ganz schmal geworden.

Heinz nickte. «Ihn interessiert nicht, was ich möchte. Nur das, was er will, geschieht. Ich darf nicht weiter in die Schule. Dafür muss ich jeden Tag um vier Uhr aufstehen und die beiden Kühe melken. Dann geht's raus aufs Feld. Und am Abend bin ich zu müde zum Lesen.»

«Lässt er dich denn keinen Beruf lernen?»

Heinz schüttelte den Kopf. «Erst ab September. Dann soll ich bei der MTS Maschinenschlosser lernen.»

«MTS? Was ist das?», hakte Helene nach.

«Maschinen-Traktoren-Station. Sie gehört der Genossenschaft.»

Die beiden Frauen wechselten einen besorgten Blick. Christa hob die Hand, wollte Heinz über den Rücken streichen, doch kurz bevor ihre Hand sein Hemd berührte, ließ sie sie sinken.

«Möchtest du denn Maschinenschlosser werden?», fragte sie.

Heinz schüttelte den Kopf. «Nein. Und ich möchte auch kein

Bauer werden oder Melker oder Schweinezüchter. Mein Vater denkt, dass ich das gut kann, weil er es kann.»

«Würdest du lieber wieder hier leben?» Christas Stimme klang sanft. «Ich meine, bei uns?»

Heinz nickte.

«Du hast viel Geld. Du kannst studieren, kannst werden, was immer du willst.»

«Muss ich nicht wieder zurück?»

Christa und Helene wechselten einen Blick. «Das werden wir herausfinden.»

Am nächsten Tag gingen Heinz und Christa einkaufen. Der Junge war so in die Höhe geschossen, dass er Hosen, Hemden, Jacken, Schuhe, Strümpfe und Unterwäsche brauchte.

«Trägst du nicht die Sachen, die ich dir immer schicke?»

«Sie sind zu gut zum Arbeiten. Viel zu gut. Sie bleiben im Schrank, und wenn sie mir nicht mehr passen, verkauft sie mein Vater.»

Als sie am Abend beim Abendbrot saßen, fasste Christa einen Entschluss. «Ich werde dich nach Hause fahren. Ich werde mit deinem Vater sprechen. Vielleicht kann ich ihn überzeugen.»

Kapitel 6

Eine Woche später beluden sie den V W Käfer mit den Dingen, die sich Heinz aus dem Haus der Hanfs als Erinnerung mitgenommen hatte. Es war ein Kofferradio, das in der Küche gestanden hatte, und ein wenig Geschirr, weil im Haushalt der Nickels nur zwei Tassen, zwei Teller und zwei Bestecke vorhanden waren. Dazu kamen Schreibstifte, Bettdecken, Kopfkissen und eine große Kiste mit Werkzeug.

Christa war am Tag zuvor auf dem Jugendamt der Stadt Frankfurt gewesen und hatte sich nach Heinz' Zukunft erkundigt.

«Natürlich kann der Junge hierbleiben. Sie haben ihn rechtmäßig adoptiert. Die Adoption ist niemals aufgehoben worden. Formal gilt Heinz nach wie vor als Ihr Sohn.»

«Und wie ist das im Osten?»

«Nun, da wird sicherlich der biologische Vater sein Recht geltend machen. Am besten wäre es, der Junge bliebe einfach hier. Es gibt keine Möglichkeit der Auslieferung.»

Heinz hatte dabeigesessen, doch danach hatte er Christa erklärt: «Ich muss zurück. Einmal noch muss ich zurück. Ich muss mich verabschieden, muss ihm erklären, dass ich ein anderes Leben als das in Brandenburg möchte.»

Christa verstand das. Und nun fuhren sie kurz vor acht Uhr morgens aus Frankfurt heraus und waren kurz nach 18 Uhr in dem kleinen Dorf, in dem Heinz das letzte Jahr gelebt hatte.

«Gut, dass du zurück bist», empfing ihn der Vater. «Kannst gleich in den Stall gehen. Ich habe noch nicht gemolken.»

Christa bemerkte überrascht, wie Heinz vor seinem Vater kleiner wurde. Die Schultern sanken nach vorn, der Kopf fiel auf die Brust, seine Schritte wurden schleppend.

«Und was wollen *Sie* hier?», fragte der Vater und nahm erst jetzt Notiz von Christa. Dann führte er sie zu einer Bank, die hinter dem kleinen Haus an der Wand stand.

«Ich möchte Heinz zurück nach Frankfurt bringen», erklärte sie und trank von dem Wasser, das der Vater ihr eingeschenkt hatte.

«Sein Leben ist hier.»

«Er möchte weder Maschinenschlosser noch Bauer werden.»

«Ich bin sein Vater.»

«Das werden Sie auch immer bleiben. Doch möchten Sie nicht auch, dass Heinz glücklich wird? Er möchte studieren, er besitzt die Hälfte eines Musikverlags. Seine Zukunft im Westen ist abgesichert.»

«Er hat geerbt?»

«Ja.»

«Wie viel?»

«Die genaue Summe muss noch ermittelt werden. Aber er besitzt ein großes Haus und einiges an Geld.»

«Wie viel Geld?»

Christa blickte den Mann an. Ging es darum? Um Geld? «Es dürften um die 80 000 D-Mark sein.»

Der Mann nickte und blickte auf den Boden. Dann fragte er: «Wie viel ist dieses Geld wert?»

«Ein Arbeiter verdient rund 300 Mark im Monat. Eine Zigarette kostet acht Pfennige, Bockwurst mit Kartoffelsalat 1,50 DM und ein Fernsehgerät von Philips 1500 DM.»

«Haben *Sie* einen Fernseher?», wollte August Nickel wissen.

«Ja.»

Christa wartete darauf, dass er zu ihr etwas über das Geld sagen würde. Dass ihm davon auch etwas zustand, dass er die Summe nannte, die er haben wollte, um Heinz gehen zu lassen. Aber er schwieg.

Plötzlich kam ihr ein Gedanke. Aber der war so kühn, dass sie erst nach Luft schnappen musste. Vorsichtig fragte sie dann: «Sind Sie denn glücklich hier?»

«Glücklich? Wer ist schon glücklich? Es geht uns gut. Wir haben zu essen und ein Dach überm Kopf. Ich habe ein wenig Land bekommen. Es heißt aber, dass dieses Land bald zur LPG gehören wird. Also habe ich wieder nichts.»

Christa holte ganz tief Luft, dann sprach sie aus, was ihr gerade durch den Kopf gegangen war: «Ich möchte Ihnen einen Vorschlag machen, Herr Nickel. Kommen Sie mit uns. Sie sind doch eigentlich Handwerker. Tischler, wenn mich nicht alles täuscht. Sie könnten sich in Frankfurt etwas Neues aufbauen. Und Sie würden bei Heinz sein.»

Der Mann blicke kurz auf, dann schüttelte er den Kopf. «Was soll ich im Westen? Ich bin ein Habenichts. Hier sind wir alle Habenichtse, das ist besser zu ertragen.»

«Heinz und ich haben zwei Häuser zu gleichen Teilen geerbt. Aber da gibt es auch noch ein Lagerhaus. Dort könnten Sie sich die Tischlerei einrichten.»

«Und wovon soll ich das Werkzeug kaufen? Wie komme ich an die Kunden? Sie stellen sich das so einfach vor, junge Frau.»

«Es ist nicht schwer. Ich könnte Ihnen das Geld leihen. Zinslos. Oder Heinz gibt es Ihnen.»

Wieder schüttelte der Mann den Kopf. «Keinen Pfennig nehme ich meinem Sohn weg. Keine Mark und keinen Pfennig.»

«Dann nehmen Sie es von mir.»

«Nein, das kann ich nicht tun.»

Christa verstand. Der Mann neben ihr hatte seinen Stolz.
«Dann machen wir es eben anders. Ich kaufe mir eine Tischlerei.
Und die pachten Sie von mir. Ich lasse eine Heizung und Wasser-
leitungen in den Lagerraum einbauen. Sie helfen mir, die richtigen Geräte und Werkzeuge auszusuchen. Und wenn alles fertig
ist, pachten Sie die Tischlerei von mir.»

«Zu den marktüblichen Preisen selbstverständlich.»

«Selbstverständlich.»

Herr Nickel blickte auf. «Das würden Sie tun? Aber Sie kennen mich doch gar nicht.»

«Ich kenne Heinz. Er ist ein prachtvoller Junge. Er kommt
nach Ihnen.»

«Es gibt keine Wohnungen. Das habe ich im Radio gehört.»

«Sie können in dem einen Haus wohnen. Zusammen mit
Heinz. Es gibt dort zwei Wohnungen. Mein verstorbener Mann
hat in der kleineren gewohnt, bevor wir geheiratet haben. Zwei
Zimmer mit Küche als Einliegerwohnung. Es gibt sogar ein Bad.»

«Wie hoch ist die Miete?»

Christa lächelte. «Mietfrei. Dafür kümmern Sie sich ein wenig um die beiden Gebäude. Als eine Art Hausmeister.»

Herr Nickel erhob sich, reichte Christa die Hand. «Abgemacht!»

Und Christa schlug ein.

Der Vater lächelte, setzte sich wieder. «Sie sind eine bemer-
kenswerte Frau. So selbstlos.»

Und Christa erwiderte: «Wir haben dasselbe Ziel. Wir wollen, dass es Heinz gut geht.»

In diesem Augenblick kam Heinz zurück. Ein Strohhalm
steckte in seinem Haar, seine Stiefel waren dreckverkrustet.
«Gibt es noch was zu tun?», fragte er seinen Vater.

Nickel lächelte. «Ja. Pack ein, was du von hier mitnehmen
willst. Wir ziehen morgen nach Frankfurt.»

Kapitel 7

Insgeheim hatte Christa gehofft, Jago würde sich bei ihr melden. Er hatte sicher Werners Todesanzeige gelesen, sonst hätte er ja keinen Kranz geschickt. Aber warum hatte er sie nicht angerufen? Jetzt, wo sie allein war? Sie hasste sich für diesen Gedanken, weil er so pietätlos und berechnend war, aber es war nun einmal, wie es war: Sie war Witwe und somit frei für ihn. Doch Jago schwieg. Sie wagte es nicht einmal, Gunda von ihren Gedanken zu erzählen.

«Was hast du jetzt vor?», fragte die Freundin, als sie eines Abends bei ihr zu Hause in der Berger Straße waren.

Christa saß auf dem Sofa, hatte die Beine unter sich gezogen und hielt ein Kissen umarmt. Sie seufzte. «Ich weiß es nicht, Gunda. Ich habe keine Ahnung.»

«Du besitzt ziemlich viel Geld.»

«Ich weiß.»

«Willst du nicht ein bisschen was davon ausgeben?»

«Wofür?»

Gunda lachte. «Du bist jung und hübsch. Du hättest sicher gern schöne Kleider. Du könntest die Buchhandlung renovieren, könntest auf Reisen gehen.»

«Ich habe schöne Kleider. Werner war immer sehr großzügig.»

«Das weiß ich doch, Liebes. Hast du denn nicht irgendeinen Wunsch?»

Christa spürte, wie der Ärger in ihr hochkroch. Alle sprachen sie auf das Geld an. Sogar die Metzgersfrau Lehmann hatte letztens zu ihr gesagt: «Du könntest investieren. Geld muss arbeiten. Mein Junge wäre froh über so einen Geldsegen.»

«Ich hätte lieber Werner zurück!», erwiderte sie barsch.

Gunda griff bestürzt nach ihrer Hand. «Das weiß ich doch.»

«Er … Er war mein Freund. Mein bester Freund. Er hat nie etwas von mir verlangt. Er hat gut für mich gesorgt. Gab es Probleme, hat er sie gelöst.»

«Und genau das ist nun das Problem.»

«Was für ein Problem?»

«Werner hat dir alles abgenommen. Du durftest studieren, hast Bücher verkauft und neue Ware bestellt. Alles andere hat er erledigt. Jetzt bist du es, die für den Laden, für dein Leben verantwortlich ist. Gertie hat mich angerufen. Werner ist seit vier Wochen tot. Und vor drei Wochen war die Steuer fällig. Du hast sie bislang nicht bezahlt. Die Rechnungen stapeln sich. Du musst den Laden umschreiben lassen. Dir gehört zwar die Buchhandlung, aber als Geschäftsführer ist Werner eingetragen.»

«Er hat gesagt, es wäre besser so. Die Leute wollen Männer in so einer Position, keine Frau.»

«Es ist niemand mehr da, der diese Dinge für dich erledigen kann, Christa.»

«Der Laden, der Laden, immer der Laden. Als ob es nichts anderes gäbe.» Christa presste das Kissen fester an ihren Bauch.

«Es gab nichts anderes. Werners Tod ist schlimm. Aber du hast jetzt die Gelegenheit, dein Leben neu auszurichten. Was willst du werden? Was für eine Frau willst du sein?»

Christa blickte hoch. Ihr Gesicht sah erschrocken aus. Dann sackten ihre Schultern nach vorn, der Kopf sank kraftlos auf die Brust. «Ich bin noch nicht so weit. Gerade erst bin ich Witwe geworden. Ich brauche Zeit, um das alles zu verkraften.»

«Das verstehe ich gut», entgegnete Gunda. «Aber das Leben geht weiter.»

Und das Leben ging weiter. Ein Tag folgte auf den anderen und nahm auf Christas Trauer wenig Rücksicht. Gunda hatte Helene gebeten, sich um die Finanzangelegenheiten der Buchhandlung zu kümmern. Helene hatte einen Abschluss als Steuergehilfin und kannte sich mit diesen Dingen aus. Im Laden herrschte Gertie Volk. Christa staubte an den meisten Tagen nur stumm ein paar Bücher ab. Gab es etwas zu entscheiden, bat sie Gertie: «Mach du das.»

Sie war blass, nahm ab. Bald war sie so schmal, dass die Röcke und Blusen an ihr herumschlotterten. Selbst der monatlich stattfindende Lesezirkel, den Christa vor Jahren ins Leben gerufen hatte, machte ihr keine Freude mehr.

Aus Rücksicht auf Christa war der Lesezirkel für einen Monat ausgesetzt worden. Aber heute Abend sollten sich alle wieder in der Buchhandlung treffen. Es sollte um die Gruppe 47 gehen. Im Mai hatte in Niendorf an der Ostsee die fünfte Tagung der für Deutschland wichtigsten Dichter, Schriftsteller, Verleger und Literaturkritiker stattgefunden. Ilse Aichinger, Ingeborg Bachmann, Paul Celan, Günter Eich, Walter Jens und Siegfried Lenz hatten daran teilgenommen. Ilse Aichinger hatte ihre *Spiegelgeschichte* vorgelesen und eine hitzige Diskussion ausgelöst. Trotzdem erhielt sie den Literaturpreis der Gruppe 47, die Geschichte selbst war in einer Wiener Zeitschrift schon zuvor abgedruckt gewesen.

Dr. Gunda Schwalm hatte vorgeschlagen, sich im Lesezirkel mit dieser Erzählung auseinanderzusetzen. Es ging darin um eine Frau. Alles beginnt mit ihrem Tod und wird rückwärts erzählt. Als Gunda die *Spiegelgeschichte* vorgeschlagen hatte, hatte Werner noch zwei Tage zu leben.

Dr. Brinkmann, der pensionierte Hausarzt, nahm mit seiner Frau am Zirkel teil. Gertie saß in der ersten Reihe neben Gunda. Hinter ihr hatte Lilly Frühling Platz genommen. Lilly war ein ältliches Fräulein, das der Welt wenig Gutes abgewinnen konnte. Seit Christa wieder an ihrer Dissertation arbeitete, war sie nur noch dreimal in der Woche in der Buchhandlung. Den Rest der Arbeit übernahm Lilly. Jagos Platz blieb leer, und auf den leeren Platz von Werner hatte jemand eine Kerze gestellt.

Christa begrüßte die Gäste. Ihre Stimme war kraftlos, sie wirkte müde und erschöpft. «Guten Abend. Ich will nicht viele Worte machen. Danke für euer Mitgefühl, danke, dass ihr heute alle da seid. Ilse Aichinger. Sie erzählt davon, den Tod rückgängig zu machen. Jemand steht aus dem Sarg auf, nimmt wieder am Leben teil. Wenn auch mit Schmerzen», erklärte Christa kurz und seufzte. «Wir alle wissen, dass es so etwas nicht gibt. Warum wird es dann erzählt? Zum Trost? Oh nein, das ist kein Trost. Meiner Meinung nach verhöhnt diese Geschichte alle Trauernden.»

Abrupt hörte sie auf, setzte sich auf ihren Platz. Eine Minute lang herrschte unbehagliche Stille. Dann erhob sich Gunda. «Wollen wir heute darüber sprechen oder wollen wir die Debatte verschieben?»

«Wir verschieben nicht.» Christa war aufgesprungen. «Das Ganze ist brandaktuell. Der Tod ist allgegenwärtig. Niemand braucht auf mich Rücksicht zu nehmen.»

Wieder schwiegen die Teilnehmer, dann meldete sich Dr. Brinkmann zu Wort. «Nun, ich als Arzt bin dem Tod unzählige Male begegnet. Ich habe Junge und Alte, Dicke und Dünne, Männer und Jungen, Mädchen und Frauen sterben sehen. Und wir alle haben wohl sieben Jahre nach dem Krieg noch Erinnerungen an jene, die nicht zurückgekehrt sind. Ich stimme Christa zu: Der Tod ist allgegenwärtig. Und er verursacht Schmerzen und Trauer und Sehnsucht. Ich denke, dass in Aichingers Geschichte ihre eigene Trauer eingeflossen ist. Wahrscheinlich hat auch sie jemanden verloren und wollte ihn zurückhaben. Die Frage ist jedoch, ob dieser Wunsch tatsächlich die Gefühle anderer Trauernder verletzt.» Brinkmann setzte sich wieder.

«Ich denke, das ist nicht so», wandte Gertie ein. «Ich denke, dieser Wunsch ist sehr natürlich. Jeder, der schon einmal jemanden verloren hat, wünscht sich diesen Menschen zurück. Aber dieser Wunsch streift auch ein Tabu. Die Auferstehung nämlich.»

«Du siehst in dieser Erzählung Parallelen zur Auferstehung Jesu am Ostersonntag?», wollte Gunda wissen.

«Ja, so ist es. Es geht um Auferstehung.»

«Auferstehung, Auferstehung. Jeder weiß, dass keiner von den Toten zurückkehrt. Ich frage mich die ganze Zeit nach dem Sinn dieser Geschichte.» Lilly Frühling presste die schmalen Lippen zusammen und strich über ihren dunkelblauen Rock. «Der Tod bringt nun einmal den Tod mit sich. Und der ist endgültig.»

Christa hörte zu, hatte aber zugleich den Eindruck, dass es hier nicht um ein literarisches Werk ging, sondern um sie. «Eine Pseudoauferstehung, um den Verlust zu verkraften.» Sie wusste nicht, dass sie laut gesprochen hatte. «Das Schlimmste an der Trauer sind die Versäumnisse. Es gibt immer Dinge, die man noch nicht gesagt oder getan hat. Die man versäumt hat. Das macht die Trauer so schwer. Erinnerungen sind auch eine Art Auferstehung. Aber es sind nicht immer nur gute Erinnerungen. So ist das.»

Erneut herrschte Schweigen. Dann fragte Dr. Brinkmann, ob Christa ein Glas Wasser bräuchte. Gertie Volk drückte kurz ihre Hand.

Viel früher als sonst wurde der Literaturzirkel beendet.

Dr. Brinkmann nahm Christa zur Seite. «Wann hast du das letzte Mal gegessen?», fragte er sanft.

«Ich weiß es nicht.»

«Es gibt Tabletten, Mädchen, die dir über die schlimme Zeit helfen können. Komm zu mir. Dann verschreibe ich dir was.»

Christa schüttelte den Kopf. «Ich brauche keine Tabletten.»

«Wie du meinst. Solltest du deine Meinung ändern, du weißt, wo du mich findest.»

Endlich waren alle gegangen, außer Gunda, und Christa ließ sich auf einen Stuhl nieder. Sie wich Gundas besorgtem Blick aus. «Hast du eine Zigarette für mich?»

Die Freundin reichte ihr eine Schachtel Marlboro und ein Päckchen Streichhölzer. Christa zündete sich eine Zigarette an und sah dem Rauch hinterher.

«Es tut mir leid, dass wir ausgerechnet heute dieses Prosastück besprochen haben. Das war unsensibel von mir.»

Christa schüttelte den Kopf. «Wir wollen doch immer, dass die Literatur unsere Lebenswirklichkeit spiegelt. Oder nicht?»

Gunda zündete sich ebenfalls eine Zigarette an, aber Christa sprach weiter. «Vielleicht will man ja diese Auferstehung auch nur, um dem Toten zu sagen, wie egoistisch er war. Wie selbstherrlich sein Sterben.»

«Du bist wütend auf Werner?»

«Und wie! Ich wollte ihn nicht. Er hat sich in mein Leben gedrängt. Und dann verlässt er mich einfach. Und ich bin allein. Oh, ich würde ihm am liebsten mit meinen Fäusten auf die Brust trommeln. Aber das darf ich nicht. Ich darf ja noch nicht einmal über meine grenzenlose Wut sprechen. Das ziemt sich nämlich nicht. Ich bin die trauernde Witwe, die das Glück hatte, viel Geld zu erben. Scheiß auf das Geld! Scheiß auf Werner!» Christa schlug sich die Hände vors Gesicht und weinte. Ihre Schultern bebten, sie schluchzte zum Gotterbarmen.

Gunda hatte Christa noch nie Schimpfworte benutzen hören, aber sie verstand die Freundin. Sie setzte sich neben sie, zog sie an sich und ließ sie weinen und schluchzen, während sie ihr sanft über den Rücken strich. «Du bist wütend. Das ist eine normale Phase der Trauer. Jeder wäre wütend.»

Christa blickte Gunda aus verquollenen Augen an. «Es ist nicht nur Werner. Es ist auch Jago. Zuerst hatte ich zwei Männer, die mich geliebt haben, jetzt habe ich gar keinen mehr. Jago hat mich wegen Werner verlassen. Und dann hat mich Werner verlassen. Verstehst du? Ich habe wieder einmal ein Opfer gebracht, und nun bin ich allein. Immer bin ich es, die Opfer bringen muss. Als Martin im Gefängnis war, musste ich die Buchhandlung übernehmen. Danach musste ich Werner heiraten. Immer ich. Verstehst du? Immer ich.»

Gunda zog Christa erneut an sich. «Ich weiß, Liebes. Du hast viel für deine Familie getan. Jetzt stehst du vor dem Nichts. Emotional meine ich. Aber das wird nicht so bleiben. Es wird jemand kommen, in den du dich verliebst, mit dem du eine Familie gründen kannst. Du bist jung, und du bist hübsch. Du hast dein ganzes Leben noch vor dir. Doch erst musst du trauern. Das dauert so lange, wie es eben dauert. Zukunftspläne darfst du deswegen durchaus schon schmieden. Du hast mit Werners Tod – ich weiß, das klingt grässlich – noch einmal die Möglichkeit bekommen, dein Leben neu zu planen. Du kannst ganz neu denken, zumal du finanziell abgesichert bist. Viele wünschen sich solche Bedingungen. Also nutze sie.»

Gunda drückte ihre Zigarette im Aschenbecher aus. «Wie geht es Martin eigentlich? Ist er noch im Krankenhaus?»

«Er ist vor ein paar Tagen entlassen worden, ist aber noch weiter in Behandlung. Er hat sich bei dem Unglück die Hüfte gebrochen und wird noch physiotherapeutisch betreut.»

«Wie geht er mit Werners Tod um?»

Christa seufzte. «Er sagt, er wäre wie erstarrt. Er könne nicht darüber sprechen. Er will allein damit fertigwerden.»

«Oh!», stieß Gunda überrascht aus. «Ich dachte immer, dass der Trost der anderen über das Schlimmste hinweghilft.»

«Martin war meist mit seiner Liebe allein. Warum sollte das bei der Trauer anders sein?»

TEIL 2

1955–1958

Kapitel 8

Vor drei Jahren, als Martin aus dem Krankenhaus entlassen worden war, hatte er entschieden, in Basel zu bleiben. Christa hatte damals im Herbst lange mit ihm telefoniert. Er hatte keine Erinnerungen mehr an den Unfall und hatte geweint, als sie ihm von der Beerdigung berichtet hatte. Doch auf ihre Bitte, zurück nach Frankfurt zu kommen, in die Familie, hatte Martin widersprochen. «Ich muss noch hierbleiben. Hier bin ich Werner ganz nahe. Verstehst du das? Hier kann ich ihn noch riechen und vor mir sehen.»

Und ob Christa das verstanden hatte. Auch sie hatte nur hier, in ihrem Zuhause, um Werner trauern können. Inzwischen war Werner drei Jahre tot, und Heinz brauchte Christa nicht mehr so oft. Außerdem lebte sein Vater nur knapp drei Kilometer von der Berger Straße entfernt, und Heinz pendelte zwischen seinen beiden Eltern. Er hatte ein Moped bekommen und benötigte nur knapp acht Minuten, um von einem zum anderen zu fahren.

Heinz besuchte jetzt die letzte Klasse des Gymnasiums und würde in wenigen Wochen sein Abitur ablegen. Christa hatte anfangs befürchtet, dass er den anderen im Stoff nicht folgen konnte, da er ja einiges an Unterricht versäumt hatte. Aber Heinz war klug und fand sich mit Hilfe seines Freundes Willi recht schnell wieder in den Schulalltag ein. Er lernte viel, und das musste er auch. Christa wäre es lieber gewesen, er hätte damals die Klasse wiederholt, aber darauf wollte sich Heinz nicht einlassen.

«Was willst du nach dem Abitur machen?», fragte Christa, als sie an diesem Sonntag gemeinsam mit Heinz' Vater Kaffee tranken. August Nickel hatte sich die Tischlerwerkstatt eingerichtet und konnte sich über mangelnde Aufträge nicht beklagen. Auch die kleine Wohnung hatte er hübsch gestaltet, mit Vorhängen an den Fenstern und kleinen Holzarbeiten auf allen freien Flächen. Immer, wenn er Christa traf, hatte er ein kleines Geschenk für sie. Mal eine Fußbank, mal ein Blumenbänkchen, mal einen hölzernen Kerzenständer. Es war seine Art, ihr zu danken. Und Christa wusste, dass sie die Geschenke nicht ausschlagen durfte, wollte sie ihn nicht beleidigen. Sie hatte Mühe, dem so schweigsamen Mann eine Freundin zu sein. In seiner Gegenwart fühlte sie sich geschwätzig. Doch sie stimmte zu, jeden zweiten Sonntag mit ihm und Heinz Kaffee zu trinken. Weil es Heinz glücklich machte und weil sie August Nickel das Gefühl geben wollte, willkommen und nicht allein zu sein. Helene war nur manchmal dabei. Sie wollte, dass sich erst einmal die drei näher kennenlernten.

«Ich bin noch unschlüssig», sagte Heinz. «Vielleicht sollte ich zur Armee gehen.»

«Das tust du nicht!» August Nickel schlug verärgert mit der flachen Hand auf den Tisch. «Das werde ich verhindern. Ich weiß, was Krieg bedeutet, und ich will auf gar keinen Fall, dass mein Sohn zu den Waffen greift. Zum Glück gilt die allgemeine Wehrpflicht erst ab dem nächsten Jahr.»

«Das heißt aber, dass du später doch noch eingezogen werden kannst, oder nicht?», wollte Christa wissen.

«Nein, kann er nicht.» August Nickel klang sehr energisch. «Ich habe mich erkundigt. Männer, die mindestens einen Vorfahren haben, der zur Zeit des Nationalsozialismus verfolgt wurde, sind vom Grundwehrdienst befreit.»

«Stimmt, das habe ich auch gehört», stimmte Christa erfreut zu. «Martin ist dein Onkel. Und er war im KZ.»

Heinz rutschte ein wenig unruhig auf dem Stuhl herum. «Ist es denn nicht meine Pflicht, dem Vaterland zu dienen?»

«Unfug!», warf August Nickel ein. «Der Grundwehrdienst soll auf den Krieg vorbereiten, und Krieg ist immer schlecht. Es sollte überhaupt keine Kriege mehr geben. Sei froh und danke Gott, dass dir das erspart bleibt.»

«Das finde ich auch. Doch in welche Richtung soll dein Weg gehen? Dir steht die ganze Welt offen», fand Christa.

«Du könntest Tischler werden. Ich könnte dich ausbilden.»

«Am liebsten würde ich auf die Buchhändlerschule gehen.» Heinz warf bei diesen Worten einen Seitenblick auf seinen Vater.

«Meinetwegen», knurrte August. «Trotzdem kannst du mir hin und wieder in der Werkstatt helfen.»

«Das tue ich ja jetzt schon.»

«Und stellst dich dabei nicht einmal schlecht an. Deshalb dachte ich, du würdest vielleicht eines Tages die Werkstatt übernehmen wollen.»

«Es tut mir leid, Vater. Du kannst sicher sein, dass ich da bin, wenn du mich brauchst, aber mein Leben möchte ich anders verbringen. Ich … Ich möchte Antiquar werden.»

«Wirklich?», fragte Christa verwundert.

«Ja. Ich habe mich immer für Bücher interessiert, das wisst ihr ja. Aber ich bin auch ein Jäger und Sammler. Ich könnte in der ganzen Welt umherreisen und seltene Bücher aufstöbern. Ich könnte handeln und feilschen. Das ist es, was mir gefällt.»

Christa nickte. «Wenn das dein Wunsch ist, dann bewirb dich an der Buchhändlerschule, hier in Frankfurt. Danach sehen wir weiter. Du kannst einen Laden eröffnen oder aber ein Versandantiquariat aufmachen.»

Heinz lächelte. «Das werde ich später entscheiden.»

Obschon August Nickel ein wenig enttäuscht schien, nickte er schließlich auch und versprach: «Was immer du werden willst, ich unterstütze dich dabei.»

Christa freute sich über diese Berufswahl, denn sie war es gewesen, die in Heinz die Liebe zu den Büchern geweckt hatte. Sie wusste, dass auch Martin sich freuen würde. Und natürlich würde Heinz ein Antiquariat eröffnen können. Er hatte ja genug von Werner geerbt. Christa hatte gedacht, er würde davon einiges ausgeben, für Dinge, die ein junger Mann so braucht. Klamotten, Schallplattenspieler und Schallplatten, ein größeres Radio oder Karten für die Konzerte der neuen Combos, die sich allerorts fanden. Aber das hatte er nicht getan. Er war weiter so sparsam gewesen wie bisher. Nur das Moped hatte er sich zugelegt. Christa musste sich schwer zügeln, um Heinz' Zukunft nicht selbst zu planen. Sie hatte in Gedanken bereits das Haus in Bergen-Enkheim, in dem der Musikverlag gewesen war, zum Antiquariat umgebaut, doch Helene war der Meinung, dass der Laden zu weit abgelegen wäre. Ihrer Meinung nach kam allein die Berger Straße dafür in Betracht.

«Du wirst sehen, er kommt heute wieder.» Gertie Volk nickte zur Bekräftigung.

«Nein, kommt er nicht.» Christa lächelte. Sie lehnte mit verschränkten Armen an der Ladentheke und blickte sich um.

«Aber du musst zugeben, dass er dir gefällt. Er ist ja auch sehr attraktiv. Die blauen Augen und das energische Kinn, dazu dieser Amorbogen der Lippen. Weißt du, was meine Großmutter immer gesagt hat: ‹Der Amorbogen kennzeichnet den Mann als Liebhaber.› Das bedeutet, wer eine schön geschwungene Oberlippe hat, der liebt gut.»

«Hör auf, Gertie, das sagt Helene auch immer. Er war erst zwei Mal im Laden. Er ist einfach ein neuer Kunde.»

«Ein Kunde, der sich Ewigkeiten zwischen den Regalen herumdrückt und dabei in kein einziges Buch schaut», bemerkte Lilly Frühling.

Der Laden lief zum Glück, auch ohne dass Christa den ganzen Tag dort sein musste. Gertie Volk führte die Buchhandlung sehr gut und hatte in Lilly Frühling eine fabelhafte, wenn auch meist missmutige Unterstützung gefunden. Lilly Frühling, etwas über vierzig, unverheiratet und scharfzüngig, war nicht nur eine hervorragende Buchhändlerin, sondern sorgte außerdem dafür, dass Rechnungen und Bestellungen richtig abgeheftet wurden. Sie kümmerte sich um die unverkauften Bücher, die nach Ablauf einer gewissen Frist – meist drei Monate – zurück an die Verlage geschickt und der Buchhandlung gutgeschrieben wurden. Sie las sehr viel und hatte zu jedem Buch eine Meinung, die nur selten mit der Meinung der Literaturkritiker übereinstimmte. Und eine Meinung hatte Lilly Frühling nicht nur zu Büchern, sondern zum Leben insgesamt in all seinen Erscheinungsformen. Nicht selten fand Christa Lilly in eine heftige Diskussion mit Gertie verstrickt, bei der sie dann schlichten sollte. So auch jetzt: «Aber du musst doch zugeben, Lilly, dass er gut aussieht», drängte Gertie Volk weiter.

«Gut aussieht! Als ob man sich dafür etwas kaufen könnte. Ein guter Ehemann sieht nicht gut aus. Er sieht normal aus und benimmt sich normal. Und er kauft Bücher, wenn er eine Buchhandlung betritt.» Lilly schürzte die Lippen und nickte mehrmals bekräftigend.

Christa lachte laut los. «Lilly, hast du wirklich *so* viel Erfahrung mit zukünftigen Ehemännern?»

«Jawohl, das habe ich. Und deshalb bin ich auch nicht verheiratet. Wenn ich mir vorstelle, dass jemand neben mir schnarcht! Furchtbar. Oder dass ich seine dreckigen Socken waschen muss! Und am Ende isst er mir vielleicht auch noch meine Zimtplätz-

chen weg und will im Radio Dinge anhören – womöglich Fuß-
ball –, die ich nicht ausstehen kann. Nein, nein, mir gefällt mein
Leben, so wie es ist.»

«Oh, da kommt er schon wieder!», raunte Gertie plötzlich
verschwörerisch. «Und wieder um dieselbe Zeit. Er scheint zu
ahnen, wann du da bist, Christa.»

Die Türglocke klingelte, und ein junger Mann betrat den Laden. Er grüßte freundlich, ließ seinen Blick lächelnd auf Christa ruhen, dann rieb er sich die Hände. «Nun, ich möchte etwas
Neues lesen. Was können Sie mir da empfehlen?», sprach er.

«Oh, da fragen Sie besser meine beiden Kolleginnen. Sie sind
mit den Neuerscheinungen eher vertraut als ich.» Christa deutete auf Gertie und Lilly, die ganz Auge und Ohr waren.

«Ich würde aber lieber wissen, was Sie denken. Also, was können *Sie* mir empfehlen?»

«Was mögen Sie denn?»

«Oh, ich mag Sonntage, Streuselkuchen mit richtig dicken
Streuseln, Kino und selbst gestrickte Strümpfe.»

Gertie kicherte los, während Lilly die Nase rümpfte und
Christa amüsiert den Kopf schieflegte. «Ich dachte eher an Ihre
literarischen Vorlieben.»

«Mal überlegen. Am liebsten lese ich Romane. Abenteuerro-
mane, um genau zu sein. Jack London oder Dumas.»

«Haben Sie schon *Moby Dick* gelesen? Gerade ist eine neue
Ausgabe herausgekommen.»

Der Mann winkte ab. «*Moby Dick* kenne ich schon lange. Ich
wollte immer sein wie Kapitän Ahab.»

«Aber hoffentlich mit zwei Beinen», knurrte Lilly.

«Wie bitte? Äh, ja. Natürlich mit zwei gesunden Beinen.»

«*Das Herz der Finsternis* von Joseph Conrad», schlug Christa
vor.

«Das kenne ich tatsächlich noch nicht. Worum geht es?»

«Um die Reise mit einem Flussdampfer. In Zentralafrika.»

«Und was ist daran so abenteuerlich?»

«Wenn ich Ihnen das verrate, wissen Sie ja schon alles. Hier, das ist das Buch, blättern Sie ruhig ein wenig darin.»

«Gut, ich nehme es.» Er lächelte sie an, und Christa schien es, als wollte er noch etwas sagen, aber das tat er nicht, sondern bezahlte und verschwand.

Christa blickte ihm nach. Er gefiel ihr. Er war witzig und höflich, er sah nicht schlecht aus, und seine Kleidung zeugte von Geschmack. Nach Werners Tod hatte sie Ewigkeiten darauf gewartet, von Jago zu hören. Sie hatte lange gebraucht, um nicht mehr pausenlos an ihn zu denken, vergessen hatte sie ihn nie. Ein weiteres dünnes Bändchen mit seinen Gedichten war bei Suhrkamp erschienen. Und darin hatte sie ein Gedicht gefunden, von dem sie hoffte, dass er es über sie geschrieben hatte:

Nachtschöne
Nachtschöne, du,
die weiß ist bei Tag,
und verschleiert wie eine Braut.
Nachtschöne, du,
zerreiß deinen Schleier,
wenn der Mond die Sonne küsst.

Meine Nachtschöne – so hatte er sie manchmal genannt, und Christa hatte nie nachgefragt, was das zu bedeuten hatte. Auch «Nachtliebste» hatte er gesagt, aber das war ihr zu frivol erschienen.

Sie nahm das dünne Bändchen aus dem Regal, säuberte es mit einem Staubpinsel und stellte es behutsam zurück. Seit Jago war sie nicht mehr verliebt gewesen. Es hatte Bewerber gegeben …

Sie war mit einem Günther tanzen gewesen, doch dieser Günther mochte keine Bücher. Dann war ein Holger gekommen, der niemals lachte und einen regelrecht buchhalterischen Ernst an den Tag legte, dass Christa sich mit ihm langweilte. Und dann war da noch ein Manfred gewesen, dem sie nicht so recht gefallen hatte.

Alle ihre Freundinnen waren bereits in festen Händen, die meisten sogar verheiratet. Sogar Marlies, die nachbarliche Freundin aus Kindertagen, die ein uneheliches Kind von einem GI bekommen hatte, was ihren Dieter aber nicht zu stören schien. Jetzt war sie bereits mit dem zweiten Kind schwanger.

Die sechs jungen Frauen, mit denen sie studiert hatte, hatten längst den Sprung ins Leben gewagt. Annegrit arbeitete in der Universitätsbibliothek in Mainz, während vier andere bereits verheiratet waren und sich bemühten, den Ehemännern das Leben schön zu machen. Und die sechste, die sie am liebsten gemocht hatte, pflegte ihre kranke Mutter.

Immer wenn sie ehemalige Schul- oder Studienkameradinnen traf, schämte sie sich beinahe dafür, noch solo zu sein. Selbst Helene hatte sich eingemischt: «Ich weiß nicht, warum ich dich damals in die Bräuteschule geschickt habe. In deinem Alter hatte ich schon ein Kind, nämlich dich.»

Manchmal fragte sich Christa, ob etwas nicht mit ihr stimmte. Sie hatte so gar keine Lust, eine Hausfrau zu werden und zu sein. Helene war der Ansicht, eine gute Hausfrau müsste mindestens sechs verschiedene Kuchen und drei Torten backen können. Christa schaffte es gerade mal, einen gedeckten Apfelkuchen zu backen. Und einundzwanzig Mittagessen sollte eine junge Ehefrau beherrschen, sodass nur alle drei Wochen dasselbe Gericht auf den Tisch kam. Christa briet gute Bratkartoffeln, und auch ihr Schweinebraten war nicht schlecht, während die Frikadellen außen verbrannt und innen meistens roh waren. Ihre Kostüme und Blusen brachte sie in die Reinigung, und mit

der Bett- und Tischwäsche lief sie zur Wäschemangel, statt sie
selbst zu bügeln.

Werner fehlte ihr. Seine unaufgeregte, zuverlässige Freund-
schaft. Und Jago fehlte ihr mehr, als sie sagen konnte.

«Jetzt ruf ihn doch mal an», hatte Gunda Schwalm eines Tages
vorgeschlagen. «Na, los doch.»

Und Christa hatte tatsächlich so viel Mut zusammengerafft,
wie sie aufbringen konnte, und zum Telefon gegriffen.

Das Hausmädchen war dran gewesen.

«Guten Abend. Ich … Ich möchte bitte Jago von Prinz sprechen», hatte Christa gestammelt.

«Oh, wenn es um die Verlobung geht, sollten Sie besser mit
der Freifrau sprechen. Sie organisiert sowohl das Fest als auch
die Geschenke.»

Christa hatte geschluckt. «Jago von Prinz verlobt sich?»

«Ja. Am kommenden Wochenende. Rufen Sie denn nicht deswegen an?»

«Nein … Nein, deswegen nicht. Aber es ist alles in Ordnung.
Danke. Auf Wiederhören.»

Christa hatte aufgelegt, war ins Wohnzimmer gegangen und
hatte sich aufs Sofa fallen lassen. Mit Jago und mir, das wäre nie
etwas geworden. Wir sind viel zu verschieden, hatte sie sich
selbst getröstet – und konnte dennoch nicht verhindern, dass sie
traurig war. Sehr traurig.

Also hatte sie sich auf ihre Doktorarbeit gestürzt. Mit ihrem
Doktorvater hatte sie als Forschungsthema das Verhältnis von
Sprache und Menschsein in der Literatur der ersten Hälfte des
20. Jahrhunderts abgesprochen. Wie bestimmt Sprache unser
Leben? Unser Denken? Könnten wir auch ohne Sprache, ohne
eine verbale Kommunikation leben? Worin bestand Sprache,
worin Kommunikation? Gab es auch ein anderes Medium als

Worte? Aspekte, die sie mehr interessierten, als sie je gedacht hatte. Und sie wusste, dass sich mit dem Eindringen in ihr Thema noch viel mehr Fragen und Ideen ergeben würden. Martin fehlte ihr. Er wusste viel über Sprache, doch am Telefon ließ es sich so schlecht debattieren. Gestern Abend aber hatte er mit ihr über nonverbale Kommunikation gesprochen. Körpersprache hatte er genannt und Informationsgrafiken und hinweisende Zeichen wie Verkehrsschilder. Auf diese Idee war Christa nicht gekommen, und sie war dankbar für Martins Anregungen. Außerdem wollte sie herausfinden, was die Menschen über ihre Sprache dachten und ob sie überhaupt darüber nachdachten. Sie musste Befragungen durchführen und fing in ihrem engsten Bekannten- und Freundeskreis an. Die Erste war Gertie Volk. An diesem Nachmittag war wenig los in der Buchhandlung, und Christa nutzte die gemeinsame Zeit.

«Was bedeutet für dich Sprache?», fragte sie.

«Hmm. Mal überlegen. Sie ist ein Verständigungsmittel. Ohne Sprache könnte ich mich nicht verständlich machen. Beim Einkaufen zum Beispiel. Wenn ich nicht sagen kann, dass ich 100 Gramm Mettwurst haben möchte, bekomme ich sie nicht. Das Beste daran ist aber, dass sowohl die Fleischverkäuferin als auch ich an dieselbe Wurst denken, wenn ich Mettwurst sage.»

«Wenn es die Sprache nicht gäbe, wäre das Leben einfacher», schaltete sich Lilly Frühling ein und runzelte die Stirn. «Allein hier im Laden. Die Leute reden und reden und reden, dabei will niemand wissen, wie hoch ihr Blutdruck ist und dass sie lange keine Reibekuchen mehr gemacht haben. Die Jugendlichen mit ihrer schrecklichen Musik würden endlich ihre frechen Klappen halten. Oh, warte, mir fällt bestimmt noch eine ganze Menge dazu ein.»

«Aber, Lilly, ohne Sprache gäbe es keine Bücher. Und du hättest keine Arbeit», warf Christa ein.

«Na ja, ich bin gegen die gesprochene Sprache. Die schriftliche kann selbstverständlich bleiben. Die Leute könnten beim Einkaufen auf die Dinge zeigen, die sie haben wollen. Das müsste genügen.»

«Lilly, du bist einfach ein Sonnenschein», stellte Gertie resigniert fest.

«Ich weiß gar nicht, was ihr habt. Ohne die Sprache gäbe es auch keine Lügen. Und Lügen sind ja wohl *das* Übel der Welt», verteidigte sich Lilly.

«Man kann auch schriftlich lügen», gab Christa zu bedenken.

«Ja, aber eine Lüge aufzuschreiben, das macht mehr Arbeit, als sie auszusprechen. Oder wenn ich an die Opern denke. Da singen Frauen und Männer, und kein Mensch versteht sie.» Lilly schüttelte entschieden ihr Haupt. «Nein, nein. Gäbe es keine Sprache, müssten sie auch nicht singen, und ich könnte die Musik viel besser genießen.»

In diesem Augenblick erklang die Ladenklingel, und der junge Mann von letzter Woche betrat erneut den Laden. «Guten Tag, meine Damen. Ich hoffe, es geht Ihnen allen gut.»

Lilly beugte sich zu Christa und flüsterte: «Siehst du, schon wieder eine Lüge. Es ist ihm nämlich vollkommen wurscht, wie es mir geht. Er sagt das nur wegen dir.»

«Er ist höflich», raunte Christa zurück. «Höflichkeit macht das Miteinander einfacher. Auch das ist ein Verdienst der Sprache.»

«Hummpf!» Lilly wandte sich ab, dann aber fuhr sie herum und gab ihre Blitzidee laut und vernehmlich zum Besten: «Weißt du was? Wir machen ein Experiment. Jede von uns spricht einen ganzen Tag lang nicht. Dann werden wir ja sehen, dass wir keine Sprache brauchen.»

«Oh! Ein Tag der Stille. Sehr interessant.» Der junge Mann trat zu Christa. «Wollen Sie mir sagen, um was es geht?»

Christa räusperte sich. «Wir denken über das Verhältnis von Mensch und Sprache nach.»

«Solch hohe Gedanken in einer Buchhandlung?»

«Warum nicht? Wir sind hier von Sprache umgeben.»

«Da haben Sie allerdings recht. Ich bin sehr gespannt auf Ihr Experiment. Wissen Sie, ich arbeite im Bildungswesen. So eine Versuchsanordnung will gut vorbereitet sein. Sie müssen Protokolle anlegen, Beobachtungen notieren, Diagramme erstellen. Ich könnte Ihnen vielleicht dabei helfen.» Er trat zum Ladentisch, nahm sich Stift und Papier und begann ein Diagramm zu zeichnen. Als er fertig war, reichte er es Christa. «So geht das.»

Christa nahm ihm dankend das Blatt Papier ab, warf einen kurzen Blick darauf und versuchte dann, ihn auf ein anderes Thema zu lenken. «Wie hat Ihnen Conrads Roman gefallen?»

Der Mann wiegte den Kopf. «Oh, so lala.»

«Wirklich? Ich habe das Buch sehr gemocht.»

«Die Geschichte an sich ist wirklich spannend. Aber all die Grausamkeiten. Das ist doch nichts für das Gemüt einer jungen Frau.»

«Nun, die Erzählung zeigt sehr deutlich, wie Rassismus und Kolonialismus wirken. Die Eingeborenen sind die Opfer dieser Verhaltensweisen», erklärte Christa.

«Die Eingeborenen profitieren aber auch von den englischen Kolonialverwaltern. Die Zivilisation wird eingeführt, der Barbarei ein Ende bereitet.»

«Darüber kann man durchaus verschiedener Meinung sein», befand Christa, der das Gespräch trotzdem Freude bereitete. «Was halten Sie von Kurtz, dem Leiter der Handelsstation?»

«Er ist sehr erfolgreich in seiner Funktion. Der Beste.»

«Aber auch der Grausamste.»

Der junge Mann blickte auf seine Uhr. «Ich würde unser Gespräch sehr gern fortsetzen. Hätten Sie Lust, das bei einem Glas Wein zu tun?»

Christa holte tief Luft, blickte in seine blauen Augen, nahm das kantige Kinn wahr, den schön geschwungenen Amorbogen. «Warum nicht.»

«Gut. Ich hole Sie um halb acht vor dem Haus ab.» Dann hob er grüßend die Hand und verschwand.

«Und wieder ein Beweis für die Nichtigkeit der Sprache», knurrte Lilly Frühling. «Er hat gequatscht und gequatscht, aber gekauft hat er nichts. Schreib das mal gleich in dein Diagramm.»

Christa lachte. «Aber es macht Spaß, über Literatur zu sprechen.»

«Das klingt ja ganz so, als würdest du dich auf den Abend freuen.»

«Ja, das tue ich.»

«Es wird auch langsam Zeit, dass du endlich mal ein Rendezvous hast. Vom vielen Lernen bekommst du noch Falten. Und jetzt erzähle, was du anziehen willst.» Gertie Volk zwinkerte Christa belustigt zu.

Kapitel 9

Uwe Stübner war ein Mann, der wusste, was er wollte. Und er sorgte dafür, dass die anderen das erkannten.

Er saß Christa in Hellers Weinstube gegenüber und hatte beide Ellenbogen auf den Tisch gestützt. «Ja, und als ich dann mit der Schule fertig war, da wollten meine Eltern, dass ich einen Beruf erlernte. Sie dachten an eine Lehre als Mechaniker, so wie mein Bruder sie absolviert hatte. Sie hätten sich auch eine Ausbildung als Kaufmann vorstellen können, mein anderer Bruder ist Kaufmann. Jedenfalls wollten sie, dass es ihren Söhnen einmal besser gehe als ihnen. Meine Mutter hat ganz zerschundene Hände von der Arbeit in der Wäscherei. Und mein Vater verdient als Pförtner nicht gerade Massen an Geld. Aber ich wollte mehr. Also habe ich studiert. Als Erster in der Familie!» Der Stolz in seiner Stimme war unüberhörbar. «Und nun bin ich Lehrer für Physik und Mathematik an einem Gymnasium. Aber das ist noch nicht alles. Ich leite den Mathezirkel in der Schule und bin begeistert von dem, was meine Jungs da leisten.»

«Jungs? Gibt es keine Mädchen in dem Zirkel?»

«Leider nicht. Ich habe den Eindruck, dass Mädchen sich schwertun mit den Naturwissenschaften, obgleich es auch Ausnahmen gibt. Die Frage ist jedoch, wie viel man in die Ausbildung der Mädchen investiert. Am Ende heiraten sie doch, bekommen Kinder und bleiben zu Hause.»

Er prostete Christa zu, aber Christa widersprach heftig. «Mädchen sind ebenso klug wie Jungs.»

«Da gebe ich Ihnen recht, aber die meisten sehnen sich doch danach, zu heiraten und Kinder zu bekommen. Und was die Begabung der Mädchen angeht, die liegen auf anderen Gebieten. In Deutsch beispielsweise.»

Uwe Stübner hielt kurz inne, um einen Schluck Wein zu trinken. «Und jetzt möchte ich lieber über Sie sprechen, obwohl ich schon einiges über Sie weiß.»

«Was denn?»

«Nun, Sie arbeiten in der Buchhandlung, die sicherlich der älteren Dame mit dem grauen Dutt gehört. Da Sie nicht immer da sind, vermute ich, dass Sie nur halbtags arbeiten und sich den Rest der Zeit um familiäre Belange kümmern. Verheiratet sind Sie nicht und verlobt auch nicht, denn Sie tragen keinen Ring. Also gehe ich davon aus, dass Sie sich um Ihre Eltern kümmern.»

Christa lächelte. Er war ein wenig aufgeregt, und es gefiel ihr, dass er die Aufregung nicht verbarg. Außerdem hatte er sich Gedanken um sie gemacht. Es waren die falschen, aber immerhin. «Ich bin verwitwet», erklärte sie. «Und ich wohne allein, wenn mein Ziehsohn nicht gerade da ist. Er macht in Kürze sein Abitur.»

«Verwitwet?»

«Ja. Mein Mann starb vor ein paar Jahren bei einem Eisenbahnunglück.»

«Das war sicher sehr schwer für Sie.»

«Das war es. Aber ich konnte zusammen mit Heinz trauern. Er war und ist mir eine große Hilfe.»

«Heinz, Ihr Ziehsohn?»

«Ja. Wir haben ihn 1945 zu uns genommen. Er war ein Wolfskind. Mein Mann und ich haben ihn adoptiert, aber dann kam sein richtiger Vater doch noch aus der Kriegsgefangenschaft zurück. Nun pendelt Heinz zwischen beiden Elternhäusern. Hier in Frankfurt.»

Uwe Stübner nickte zufrieden. «Dann sind Sie also eine Witwe ohne besondere familiäre Verpflichtungen.»

Christa rümpfte die Nase. «Natürlich habe ich familiäre Verpflichtungen. Heinz geht noch zur Schule. Und um meine Mutter kümmere ich mich auch. Wir wohnen schließlich im selben Haus.»

«Das Haus, in dem die Buchhandlung sich befindet?»

«Ja. Es gehört unserer Familie ebenso wie der Laden.»

«Sie gefallen mir.» Nun lächelte auch Uwe Stübner. «Und ich würde Sie gern näher kennenlernen.»

Sofort war Christa versöhnt, und selbst als dieser Herr Stübner fragte, ob sie an eigene Kinder denke, stand sie Rede und Antwort: «Am liebsten hätte ich zwei Kinder. Einen Jungen und ein Mädchen, aber das muss noch nicht gleich sein. Ich habe auch noch andere Dinge vor.»

Der ganze Abend verlief angenehm. Stübner achtete darauf, dass ihr Weinglas stets gefüllt war, und die Gesprächsthemen gingen ihnen nicht aus. Am Ende half er ihr in den Mantel, gab genügend Trinkgeld und brachte sie nach Hause. Vor der Tür blieben sie stehen.

«Ich würde Sie gern wiedersehen, Christa. Das haben Sie sicher bemerkt.»

«Das geht mir genauso. Kommen Sie doch morgen Abend zu unserem Literaturzirkel. Wir sprechen gerade über *Das Herz der Finsternis*. Sie würden unsere Veranstaltung lebendiger machen.»

Sie lag noch eine Weile wach und dachte über Uwe Stübner nach. Sechsundzwanzig Jahre war sie inzwischen. Das war nicht mehr richtig jung, aber auch noch nicht alt. Sie könnte noch einmal neu anfangen. Mit Mann und Kindern. Sie sehnte sich nach einem Partner, mit dem sie reden konnte, sich austauschen. Und ja, sie sehnte sich auch nach einem Baby. Nur eben Hausfrau wollte sie nicht werden. Jedenfalls nicht nur. Da gab es mehr. Zum Beispiel ihre Dissertation.

Gunda Schwalm begrüßte Herrn Stübner herzlich, und auch Gertie Volk schien sich über sein Kommen zu freuen. Nur Lilly Frühling verzog den Mund. «Zum Zirkel kommt er. Der ist ja auch kostenlos. Bin mal gespannt, ob er in den nächsten Tagen noch ein Buch kauft. Ich bin ja der Ansicht, dass er sein literarisches Interesse nur vorspielt, aber wer hört schon auf mich?»

Christa legte ihr eine Hand auf die Schulter. «Lilly, jeder darf zu unserem Zirkel kommen. Es besteht kein Kaufzwang. Außerdem hat er Conrads Buch ja schon.»

Die Veranstaltung begann, und bald waren alle in eine lebhafte Debatte verstrickt. Lilly fand, dass die Religion im Roman eine viel zu kleine Rolle spielte. Dr. Brinkmann attestierte Kurtz eine Persönlichkeitsstörung, die behandlungswürdig sei. Gunda merkte an, dass kaum Frauen in diesem Buch mitwirkten, und fragte, ob man es deshalb als ein Männerbuch bezeichnen könnte. Uwe fand, dass es überhaupt eine Unterscheidung zwischen Büchern für Männer und für Frauen geben sollte. Christa fragte, worin der Unterschied bestand.

«Nun, Frauen interessieren sich für andere Themen als Männer. Ich kann mir nicht vorstellen, dass eine Frau ein Buch wie *Das Herz der Finsternis* schreiben würde.»

Gunda hob die Hand. «So würde ich das nicht sagen. Die besten Schriftsteller der Gegenwart sind Frauen. Sie schreiben kluge und wichtige Bücher. Ilse Aichinger, Ingeborg Bachmann, Anna Seghers. Und was sie sagen, ist nicht nur für Frauen wichtig.»

«Aber wer liest diese Bücher? Ich kann mir schwer vorstellen, dass Männer danach greifen. Ich bleibe dabei: Es gibt Bücher für

Frauen, und es gibt Bücher für Männer. Gedichte sind Frauensache.»

«Nun, es gibt mehr Männer, die Gedichte lesen, als Sie denken!», versetzte Gunda, doch sie wusste, dass Uwe Stübner wenigstens zum Teil recht hatte. Auch Gertie und Lilly wussten es. Viele Frauen lasen Groschenhefte. Jedes neue ging in der Buchhandlung weg wie warme Semmeln. Auch Handarbeitszeitungen wurden häufig gekauft. Oder Ratgeber für die junge Ehefrau, die gern zu Verlobungen und Hochzeiten geschenkt wurden. Ja, es gab sogar ein ausgesprochenes Frauenregal. Erst letzte Woche war der Titel *Der gedeckte Tisch* erschienen und kurz davor ein Handbuch zur Säuglingspflege. Auf dem Tisch mit den Neuerscheinungen lag der Bestseller *Gutes aus Resten* und ein Benimmbuch für die junge Dame gleich neben dem absoluten Aufreger des Jahres: *Lolita* von Vladimir Nabokov. Zu dem allerdings beide Geschlechter griffen.

«Nun, Frauen brauchen viele Stimmen, die für sie sprechen», argumentierte Christa. «Ich lese zum Beispiel sehr gern Ingeborg Bachmann. Aber ein Kochbuch besitze ich auch.»

«Dagegen ist nichts einzuwenden», versicherte Uwe Stübner. «Gleichzeitig sind wir uns sicher darin einig, dass ein Bachmann-Buch in die Freizeitgestaltung fällt, während ein Kochbuch notwendige Lektüre ist.»

Das sah Christa anders, aber als sie sogar Gunda Schwalm nicken sah, verkniff sie sich die Bemerkung.

Am Ende des Abends, als die Stühle wieder weggeräumt und alle anderen gegangen waren, trat Uwe Stübner auf Christa zu.

«Es ist schade, dass Sie hier im Haus wohnen», erklärte er. «Ich hätte Sie gern nach Hause begleitet.»

«Oh, gegen einen kleinen Abendspaziergang habe ich nichts einzuwenden», sagte sie und schloss den Laden ab.

Dann hakte sie sich bei Uwe Stübner ein, und gemeinsam spazierten sie über die abendlich belebte Berger Straße. Beim Pinguin-Eissalon spendierte er eine Eiswaffel mit drei Kugeln, im Bethmannpark nahm er ihre Hand, und als sie wieder vor der Haustür standen, da küsste er sie. Es war ein zarter, sanfter Kuss, der Christa Lust auf mehr machte. Aber sie war eine anständige junge Frau, die sich zurückhalten konnte.

Kurz darauf klingelte sie an der Wohnungstür ihrer Mutter. Helene öffnete ihr mit Lockenwicklern in den Haaren. «Kind, ist etwas passiert?», fragte sie angstvoll.

«Nein, Mama. Ich glaube nur, ich habe einen Freund.»

Helene schob ihre Tochter in die Küche und setzte den Teekessel auf. Dann nahm sie Christa gegenüber Platz. «Erzähl!»

«Er heißt Uwe Stübner, ist zweiunddreißig Jahre alt und Lehrer am Gymnasium.»

«Das klingt sehr respektabel.»

«Ja, ich weiß. Vor allem aber ist er nett und höflich und zuvorkommend. Er weiß sich auszudrücken, und er liest ab und an sogar einen Roman.»

Über Helenes Gesicht glitt ein Lächeln. «Ich freue mich für dich, Christa. Du warst so lange allein. Es wird Zeit, dass du wieder einmal die Sonnenseiten des Lebens zu spüren bekommst.» Dann erlosch das Lächeln. «Hast du es ihm gesagt?»

«Was meinst du?»

«Hast du ihm gesagt, dass du eine reiche Frau bist? Eine Frau mit 80 000 Mark auf der Bank, mit Schmuck im Wert von 20 000 Mark im Tresor und einem Haus in Bergen-Enkheim, während eine durchschnittliche vierköpfige Familie im Monat mit 470 Mark auskommen muss.»

Christa schluckte. «Nein.»

«Aber das musst du.»

«Warum? Das geht nur mich etwas an.»

«Es gibt Männer, die es nicht mögen, wenn die Frau mehr besitzt als sie selbst. Und es gibt Männer, die geradezu scharf auf Reichtum sind. Die geben dein Geld schneller aus, als du schauen kannst.»

«So ist Uwe nicht.»

«Kennst du ihn schon so gut?»

«Nein … das nicht. Ehrlich gesagt, wir haben noch nie über Geld gesprochen. Das ist doch kein Thema für die ersten Rendezvous.»

«Nun, dass er dich angesprochen hat, ist ein gutes Zeichen. Weißt du denn, was er mit in die Beziehung bringt? Ich meine, wie es mit seinen Finanzen steht?»

«Das weiß ich nicht. Aber als Lehrer verdient er sicher nicht schlecht. Und ich brauche keinen Luxus.»

Helene tätschelte Christas Hand. «Ich will doch nur, dass du glücklich bist, Kind.»

«Das weiß ich, Mama.»

«Du hängst noch immer an Jago, nicht wahr?»

Christa zuckte mit den Schultern. «Ich denke ab und zu an ihn. Er wird jetzt verheiratet sein.» Sie blickte auf, und ihr Blick brannte. «Er hätte es mir selbst sagen müssen. Er hätte mir schreiben müssen. Oder anrufen.»

«Du hast Angst, dass er dich vergessen hat?»

«Ja. Das habe ich. Das dachte ich. Aber nun muss ich mich nicht mehr darum kümmern. Nun kann ich ihn vergessen, denn nun habe ich einen Freund.»

Kapitel 10

Zu Helenes 50. Geburtstag hatte Christa eine kleine Feier geplant. Heinz, August und Uwe würden kommen. Gertie, Lilly und Gunda waren eingeladen, und Martin würde extra aus Basel anreisen. Christa hatte den ganzen Tag in der Küche gestanden. Sie hatte mit Gertie zusammen einen Frankfurter Kranz gebacken, den Lieblingskuchen ihrer Mutter. Dazu gab es noch einen Schmandkuchen mit Pfirsichen, und für den Abend waren verschiedene Salate und ein paar kalte Platten vorbereitet. Sie hatte Schinkenscheiben um frischen weißen Spargel gewickelt. Die Tomaten waren bereits mit Fleischsalat gefüllt und ein Salatkopf mit Käsespießen bestückt. Dazu sollte es gefüllte Eier und Bowle geben.

Gerade war Christa dabei, noch eine Flasche Sekt in die Bowle zu schütten, als es klingelte. Sie wischte sich die Hände an ihrer Schürze ab und ging zur Tür. Martin stand davor und drückte ihr einen riesigen Blumenstrauß in die Hand.

«Halt, halt, du irrst dich. Nicht ich habe Geburtstag, sondern deine Schwester.»

«Aber das weiß ich doch. Darf ich meiner Lieblingsnichte keine Blumen mitbringen?» Er fasste sie um die Hüften und wirbelte sie einmal herum. «Du hast dich seit Weihnachten nicht verändert. Du bist sogar noch schöner geworden», rief er aus. Dann rieb er sich die Hände. «Ich habe einen Bärenhunger.» Er ging in die Küche, nahm sich ein gefülltes Ei, mopste zwei Scheiben Roastbeef von einer kalten Platte, brach sich ein Stück Stangenweißbrot ab und machte es sich auf dem Küchenstuhl gemütlich. «Wenn du jetzt noch einen Kaffee für mich hättest, würde ich mich wie im siebten Himmel fühlen.»

Christa setzte den Wasserkessel auf. Als der Kaffee fertig war, ließ sie sich aufatmend neben Martin auf einen Stuhl fallen. «Wir haben uns wirklich eine Pause verdient.» Augenzwinkernd schaute sie zu Gertie, doch die verschmähte den Kaffee. «In zwei Stunden kommen die ersten Gäste. Ich will noch nach Hause, mich umziehen und frisieren.»

Im Gehen schnappte sich Gertie auch ein gefülltes Ei, dann ließ sie Martin und Christa allein.

«Wie steht's in Basel? Laufen die Geschäfte gut?», fragte Christa.

«Ja, alles in Ordnung. Aber Werner fehlt mir!» Er fuhr sich über die Augen. «Ich habe dort nur wenige Freunde. Ich fühle mich oft einsam.»

«Gab es keinen Mann, der dir gefiel?», hakte Christa nach.

«Keiner war wie Werner.» Martin lächelte schmerzlich.

«Du wirst wieder jemanden finden», versprach Christa. «Ich habe ja auch lange gesucht.»

«Ich hoffe, dass dein Uwe der Richtige für dich ist, und freue mich darauf, ihn kennenzulernen. Du hast mir am Telefon schon so viel von ihm erzählt. Aber die Einsamkeit ist es nicht allein, die mir zu schaffen macht», fuhr Martin fort. «Ich habe Sehnsucht nach euch allen. Nach Heinz, Helene, nach dir. Ich sehne mich nach meiner Familie. Und deshalb dachte ich, ich kehre zurück. Zurück nach Frankfurt.»

Christa riss die Augen auf. «Wirklich? Geht das denn überhaupt? Hast du schon einen Nachfolger in Basel?»

«Es gibt einen Interessenten. Und wenn ich dann hier bin,

übernehme ich die Buchhandlung, und du kannst dich ganz deiner Doktorarbeit widmen.»

«Martin, ich weiß gar nicht, was ich sagen soll.»

Ganz kurz flammten Erinnerungen in Christa auf. Sie hatten sich immer nahegestanden. Damals, während des Zweiten Weltkrieges, als sie die verbotenen Bücher unten im Keller eingemauert hatten. Und als der Krieg vorbei war und Martin zurück aus dem KZ kam und sie gemeinsam die verbotenen Bücher zurück ans Licht holten. Und auch in der Zeit, als er wegen seiner Homosexualität im Gefängnis saß, nach dem Krieg. Immer hatten sie zusammengehalten, waren eher Bruder und Schwester als Onkel und Nichte. Mit Martin zusammen hatte sie Jago kennengelernt. Und auch Heinz mochte Martin, vertraute ihm. Was also lag näher, als jetzt endlich zurück in die Heimat zu kommen? Schließlich war Werner schon drei Jahre tot.

«Hör zu, Christa, ich habe Pläne gemacht, habe mir alles genau überlegt. Um Werners Andenken zu ehren, möchte ich unsere Buchhandlung hier um eine Musikalienabteilung erweitern. Was sagst du dazu?»

Christa schürzte die Lippen, Überraschung und Neugier huschten über ihr Gesicht. «Das klingt gut. Wirklich. Vor allem dein Gedanke an Werner. Doch woher willst du den Platz dafür nehmen?»

«Musikalienkäufer sind ein seltsames Völkchen. Da gibt es wenig Laufkundschaft. Deshalb denke ich, wir könnten das alte Waschhaus hinter dem Wohnhaus umbauen lassen.»

«Und wann? Wann soll das alles stattfinden?»

«Noch in diesem Sommer. Und mit Heinz' Vater will ich so schnell wie möglich besprechen, wie das mit dem Umbau am besten klappen kann. Was für ein Glück, dass wir mit August Nickel einen echten Handwerker in der Familie haben.»

Christa nickte und lächelte und war verständnisvoll, und

doch war sie insgeheim verärgert, auch wenn Martin so sprach, als wären alle mit einbezogen. Vor Jahren hatte er ihr die Buchhandlung regelrecht aufs Auge gedrückt. Erst musste er wegen des Paragraphen 175 ins Gefängnis, und dann eröffnete sich die Möglichkeit, dank Werner nach Basel zu gehen. Sie hatte den Laden über mehrere Jahre geführt und ihre Studienpläne dafür auf Eis gelegt. Gut geführt war die Buchhandlung Schwertfeger, Gewinn warf sie ab. Klar, man wurde nicht unbedingt reich als Buchhändler, doch für ein gutes Leben reichte es allemal. Und jetzt kam ihr Onkel einfach so daher und wollte alles rückgängig machen. Er hatte nicht einmal gefragt, ob sie damit einverstanden war. Mehr Zeit für die Doktorarbeit! Pah! Bisher war es ja auch gegangen!

«Hör mal.» Christa fasste den Mut, mit Martin über ihre Gefühle zu sprechen. Das war in ihrer Familie eigentlich nicht üblich, doch sie wollte mit ihrem Ärger nicht allein bleiben, wollte nichts unterdrücken, das sie später vielleicht belasten würde. «Hör mal», setzte sie noch einmal an. «Ich habe das Geschäft in all den Jahren gut geführt. Ich habe mich nie beklagt, habe sogar mein Studium dafür unterbrochen. Und jetzt kommst du so plötzlich daher und willst den Laden zurück und fragst mich nicht einmal nach meiner Meinung. Ich bin doch kein Lichtschalter, den man nach Belieben an- und ausknipsen kann.»

Martin blickte überrascht auf. «Das … Das habe ich nicht so gemeint.» Er schluckte mehrmals, sein Adamsapfel hüpfte. «Ich wollte dich nicht kränken. Und natürlich bist du kein Lichtschalter. Doch du musst zugeben, dass deine Situation leichter ist als meine. Du hast einen Freund. Bald wirst du heiraten und Kinder bekommen. Das tun schließlich alle Frauen. Was soll dann aus der Buchhandlung werden?»

Jetzt war es Christa, die schluckte. Das stimmte wohl. Wäre sie erst verheiratet und hätte Kinder, könnte sie keinesfalls mehr täglich im Laden stehen. «Noch ist es nicht so weit, Martin. Und ganz davon abgesehen: Du hättest wenigstens nach meinen Plänen fragen können.» Plötzlich erwachte in ihr der Trotz. «Und wenn ich gar nicht heiraten will und gar keine Kinder haben möchte?»

«Ach komm. Frauen sind dafür gemacht. Du hast schon mit deinen Puppen Familie gespielt.»

«Und ich habe studiert, unter schwierigen Bedingungen. Habe mir meinen Platz als Frau in der Uni erkämpft, wie du dich vielleicht erinnerst. Und nun schreibe ich an meiner Doktorarbeit. Denkst du, ich habe mir die viele Mühe und Arbeit gemacht, um Hausfrau zu werden?» Christa wurde von Minute zu Minute ärgerlicher.

«Nein … Nein, natürlich nicht. Versteh mich bitte nicht falsch. Aber auch als zukünftige Doktorin wirst du nicht mehr in der Buchhandlung arbeiten wollen. Oder?»

Da hatte Martin allerdings recht. «Du hättest mich trotzdem fragen können.»

«Ich tue es jetzt: Bist du damit einverstanden, dass ich die Buchhandlung wieder übernehme?»

Christa seufzte. «Ja. Schließlich hast du sie von deinem Vater übernommen.»

Am Abend kamen die Gäste. August und Heinz hatten für Helene einen Fernsehschrank gebaut. Christa und Martin hatten zusammengelegt und ihr den dazugehörigen Apparat geschenkt. Auch Uwe war gekommen. Mit Blumenstrauß und Bonbonniere. Christa war ein wenig aufgeregt, denn heute lernte Uwe ihre Familie kennen. Er hatte alle höflich begrüßt und saß jetzt neben Christa. Martin blickte immer mal wieder zu ihm herüber, und Christa hätte zu gern gewusst, was in seinem Kopf vorging. Helene tat das, was sie immer tat, wenn sie in männlicher Gesellschaft war. «Herr Stübner, noch ein gefülltes Ei? Sie haben noch gar nicht die Tomaten probiert. Alles ganz frisch. Nehmen Sie, nehmen Sie doch.»

Uwe ließ sich das nicht zweimal sagen und griff beherzt zu. Man konnte sehen, dass es ihm schmeckte. Und Christa sah auch, dass er mit seinem Lob an die Hausfrau Helenes Herz schon halb gewonnen hatte. Als er Heinz dann noch nach dem Abitur fragte und ihm rasch eine Physikfrage beantwortete, war Helenes Herz ganz gewonnen. Und auch Christa fühlte sich wohl mit Uwe. Er passt zu uns, dachte sie. Er ist wie wir. Das war Jago nie.

Der Frühling brachte viel Regen, im April fiel sogar noch einmal Schnee. Doch inzwischen prangte die ganze Stadt mit ihrer frisch gewaschenen Schönheit. Die Bäume hatten ausgeschlagen, die Vögel sangen, und beinahe unbemerkt war Sommer geworden. Chanel hatte in Paris eine neue Kleiderkollektion in A-Linie vorgestellt, im Kino lief *Das verflixte siebte Jahr* mit Marilyn Monroe, Eier und Kaffee waren billiger geworden, und Françoise Sagan veröffentlichte ihr Buch *Bonjour Tristesse*, das zum Erfolg wurde.

Uwe und Christa sahen sich inzwischen fast jeden Tag, übernachtet hatte er jedoch noch nie bei ihr. Manchmal stellte sich Christa vor, mit ihm zusammenzuleben. Im Badezimmer stünde seine Zahnbürste in einem Glas neben ihrem. Im Schrank hätte sie ein Fach für seine Sachen freigeräumt. Und neben dem Plattenspieler würden sich seine liebsten Schallplatten stapeln. Schlager hörte er gern. Udo Jürgens, Rita Pavone, *Der Mann am Klavier* von Paul Kuhn und *Ganz Paris träumt von der Liebe* von Caterina Valente. Auch ein paar Bücher würden im Regal ordentlich an Christas Büchern lehnen. Lilly Frühling würde den Mund verziehen. «Ihr lebt zusammen, als wärt ihr verheiratet. Diese neuen Moden! Könnt ihr nicht abwarten? Ich möchte nicht wissen, was die Kunden denken.» Christa lächelte bei dieser Vorstellung, aber so weit war es noch nicht. Und vielleicht würde Lilly ja auch etwas ganz anderes sagen.

Uwe liebte das Kino, und sie gingen oft in den Turmpalast. Sie hatten sich gemeinsam den neuen James-Bond-Film angeschaut, von dem Uwe begeistert war und in dem Christa sich gelangweilt hatte. «Es ist eben ein Männerfilm», erklärte er auf dem Heimweg.

«Ach so. Du träumst also auch von schnellen Flitzern, schönen Frauen und Martini?», neckte ihn Christa.

«Welcher Mann tut das nicht? Doch von schönen Frauen muss ich nicht träumen, ich habe ja dich.» Er beugte sich zu ihr hinunter und küsste sie sanft auf den Mund.

Christa lachte und machte sich los. «Wenn das die Leute sehen!»

«Sollen sie doch!», rief Uwe aus. «Alle können wissen, dass ich mich in dich verliebt habe!» Dann nahm er ihre Hand, rannte ein Stück mit ihr und blieb stehen, um sie erneut zu küssen.

Als sie endlich vor dem Haus in der Berger Straße ankamen, fragte Christa vorsichtig: «Möchtest du noch mit hochkommen?»

Uwe nickte und nahm ihre Hand. In der Wohnung wartete er nicht, bis sie im Schlafzimmer waren. Im Flur schon knöpfte er ihre Bluse auf und ließ sie einfach fallen. Dann nahm er sie auf den Arm und trug sie ins Schlafzimmer. Vorsichtig legte er sie auf dem Bett ab, entzündete zwei Kerzen und legte sich zu Christa. Langsam streichelte er ihre Brüste, ihren ganzen Körper, bis sie vor Lust zu zittern begann. Christa musste schlucken. So war sie noch nie geliebt worden. Als sie später einschliefen, schmiegte sie sich ganz dicht an Uwe und war glücklich.

August Nickel hatte tatsächlich das ehemalige Waschhaus ausgebaut. Er hatte Regale gezimmert und Ständer für Musikinstrumente gefertigt. Dann hatte er die Wände mit Eierkartons abgedichtet, sodass sich die Hausbewohner nicht von den Kunden, die die Instrumente ausprobieren wollten, gestört fühlten. Zum Schluss hatte er die Kartons unter rotem Samt versteckt und aus der Musikalienhandlung ein Wohnzimmer gemacht, in dem sich die Kunden wohlfühlen würden.

Heinz hatte im Juni sein Abitur bestanden. Nicht besonders gut, trotzdem, mit einem Durchschnitt von 2,3 konnte er fast alles werden, was er wollte. Doch er entschied sich tatsächlich für die Buchhändlerschule, die im Spätsommer starten sollte. Im Juli unternahm er mit Freund Willi eine Fahrradtour durch den Thüringer Wald.

An einem Donnerstag nach Ladenschluss fragte Uwe: «Willst du mit mir verreisen? Ich habe eine Unterkunft auf Sylt gefunden. Nichts Besonderes. Nur zwei Betten und eine Waschschüssel. Zwei Wochen, nur wir zwei. Was sagst du?»

Christa hätte gern ihre Arbeit fertiggestellt, doch sie wusste auch, dass sie Ferien nötig hatte. Seit sie Uwe kannte, arbeitete sie nicht mehr so fleißig an ihrer Dissertation, sondern verbrachte die freie Zeit viel lieber mit ihm. Sie war in der letzten Woche bei ihrem Doktorvater Professor Gerber gewesen. Er hatte ihre Arbeit gelobt, sie aber auch auf Schwachstellen hingewiesen.

«Wissen Sie, meine liebe Frau Hanf», hatte er gesagt. «Ich erwarte von Ihnen neue Erkenntnisse. Etwas, das wir zuvor nicht wussten. Sie sind begabt. Also legen Sie sich ruhig richtig ins Zeug. Mir haben Ihre Auslassungen zur nonverbalen Kommunikation gefallen, aber es gibt noch andere Gegensätze zur gesprochenen Sprache. Gegensätze, das Gegenteil, die zweite Seite der Medaille.»

Christa hatte genickt, aber nicht sicher gewusst, was Professor Gerber meinte. War der Gegensatz zur gesprochenen Sprache nicht die geschriebene? Oder meinte er auch die gesungene Sprache, die getanzte, die musizierte? Sie musste darüber nachdenken … Aber jetzt war Uwe wichtiger, denn er stand vor ihr. Sie fühlte sich so unbeschwert mit ihm, als wäre sie noch ein ganz junges Mädchen. Und es fühlte sich richtig an. Helene jedenfalls war glücklich. «Endlich hast du einen richtigen Mann an deiner Seite. Einen, der für dich sorgt, an den du dich anlehnen kannst.» Sie sagte nicht, dass Jago in dieser Hinsicht zu wünschen übrig gelassen hatte, aber Christa verstand ihre Mutter auch so. Und es gefiel ihr, Helenes Vorstellungen einmal zu entsprechen. Auch Martin mochte Uwe. Er war kürzlich mit Heinz und Uwe bei einem Fußballspiel der Frankfurter Eintracht gewesen, und dem Erzählen nach hatten die drei Männer viel Spaß miteinander gehabt. Und jetzt wollte er mit ihr in den Urlaub fahren. In ihrer Beziehung würde ein neues Kapitel aufgeschlagen. Und Christa war dazu bereit.

Also stimmte sie zu. Doch das war nicht der einzige Grund. Jagos Familie besaß auf Sylt ein Haus, denn Gideon von Prinz liebte das Meer und segelte gern. In List gab es einen Fischereihafen, in der auch die Jacht des Freiherrn lag. Sie würde Jago so gern demonstrieren, dass sie es geschafft hatte, auch ohne ihn glücklich zu sein.

Sie packte einen Koffer, nahm einen Korb voller Bücher mit, belud das Auto und fuhr zu Uwe, um ihn abzuholen.

Uwe nahm ihr wie selbstverständlich den Autoschlüssel ab und setzte sich hinter das Steuer.

«Ich kann fahren», erklärte Christa.

«Ich weiß, dass du das kannst. Aber jetzt hast du doch mich. Es sind immer die Männer, die ein Auto lenken.»

Christa widersprach nicht, sondern setzte sich auf den Beifahrersitz und versorgte Uwe mit Getränken. Es tat gut, einmal nicht verantwortlich zu sein. Sich zurücklehnen und die Dinge geschehen lassen zu können. Manchmal hatte sie auch bei Werner diese Geborgenheit und Sicherheit gespürt, dafür waren viele andere Dinge auf der Strecke geblieben. An Uwes Seite fühlte sie sich verstanden und aufgehoben. Bei ihm konnte sie die Frau sein, die sie für einen Mann sein wollte.

Als sie hinter Kassel auf die Autobahn nach Hamburg fuhren, fragte er: «Und, was macht deine Doktorarbeit?»

«Ich bin beinahe fertig. Doch irgendetwas liest sich noch nicht rund. So als hätte ich nicht alle Argumente bedacht. Auch mein Doktorvater findet das.»

«Nun, dann wirst du eben keine Frau Doktor. Das ist doch nicht so schlimm.»

«Doch. Ist es!», fuhr Christa auf. «Ich will den Titel ja nicht, um damit anzugeben. Ich möchte lernen, und am allerliebsten würde ich nie damit aufhören.»

Ihre Worte klangen entschlossener, als sie sich fühlte. Insgeheim hatte sie sich selbst schon gefragt, wie es wäre, die Arbeit aufzugeben. Sie hatte schon so viel kämpfen müssen in ihrem Leben. Und wenn sie erst einmal Frau Doktor war, dann würde sie erst recht kämpfen müssen. Eine Frau, das wusste sie längst, musste sich doppelt anstrengen und doppelt so gute Leistungen erbringen wie ein Mann, wenn sie sich auch nur halbwegs behaupten wollte. Sie erinnerte sich daran, dass sie vor wenigen Wochen Martin gegenüber noch anders gesprochen hatte. Aber da war sie noch nicht in Uwe verliebt gewesen. Wenn sie jetzt an die Zukunft dachte, dachte sie an Uwe.

Uwe nickte und überholte einen Lkw. «Das weiß ich doch. Also nenn mir die Argumente, die du hast. Vielleicht fällt mir noch etwas dazu ein.»

Christa schloss für einen kurzen Moment die Augen, um sich besser konzentrieren zu können, dann legte sie los: «Die Sprache macht den wichtigsten Unterschied aus zwischen Mensch und

Tier. Ohne Sprache ist es nicht möglich, die Welt zu begreifen und zu beschreiben. Oder wie Wittgenstein sagte: ‹Die Grenzen meiner Sprache sind die Grenzen meiner Welt.›»

«Stopp, stopp. Was genau meinst du mit diesem Zitat?»

«Na ja, es beschreibt den Zusammenhang zwischen Denken und Sprache. Ich kann nur verstehen, was ich auch benennen kann. Und ich kann nur denken, was ich benennen kann.»

«Gut. Verstanden. Weiter?»

«Sprache ist ein Kommunikationsmittel zwischen Menschen, sie kann aber auch als Machtmittel missbraucht werden. Beispiel dafür sind Beschimpfungen, Demütigungen, die Ausgrenzung ganzer Menschengruppen. Denke nur an den Umgang mit den Juden im Dritten Reich. Oder mit Homosexuellen wie Martin und Werner. Sprache wird instrumentalisiert, bestimmte Begriffe haben Konjunktur, Inhalte werden zurechtgestutzt, verengt. Sprache unterdrückt, grenzt aus. Sprache manipuliert. Auch im Alltag, denke nur an die Werbung.» Sie warf einen Blick in Uwes Richtung.

«Hm, ich verstehe. Hast du noch etwas?»

«Nein. Mir fällt nichts mehr ein.»

«Sprache ist ein Mittel der Diskriminierung», ergänzte Uwe.

«Das sagte ich doch: Sprache ist ein Mittel zur Ausübung von Macht.»

«Du denkst, Diskriminierung ist dasselbe wie Macht?»

«Natürlich. Wer diskriminiert, hat Macht. Nämlich die Macht, den anderen mittels Sprache zu verletzen und zu demütigen.»

«Christa, Schatz. Ich bin Lehrer. Jeden Tag benutze ich Sprache. Du kannst mir glauben, dass ich den Unterschied zwischen Diskriminierung durch Sprache und Machtausübung durch Sprache kenne. Wenn ein Schüler beispielsweise seine Hausaufgaben vergessen hat, dann kann ich ihm dafür einen Eintrag geben. Ich kann ihm aber zusätzlich noch sagen, wie enttäuscht ich von ihm bin. Was, glaubst du, wie sich der Schüler dann grämt? Oder ich lobe einen schwächeren Schüler für eine Drei in seiner Arbeit ebenso sehr wie einen Einserschüler und kann sicher sein, dass der Dreier sich weiter anstrengt.»

«Du hast recht. Ich werde darüber nachdenken.»

«Braves Mädchen.» Uwe tätschelte zufrieden ihr Knie und drehte das Radio etwas leiser, weil Bill Haley & His Comets *Rock Around The Clock* spielten.

«Lass doch», sagte Christa, die das Lied kannte, weil Heinz so davon geschwärmt hatte.

«Diese Hottentottenmusik? Das kann ja kein Mensch anhören.» Und Uwe knipste das Radio aus.

Nach zehn Stunden Fahrt erreichten sie endlich ihr Ziel. Sie waren um fünf Uhr in der Frühe losgefahren und hatten nur einmal eine kurze Pause eingelegt. Jetzt war es kurz nach drei am Nachmittag, und über Sylt strahlte die Sonne. In Westerland hatte Uwe ein Zimmer mit Frühstück in einer kleinen Pension gemietet. «Hach, riechst du es? Das Meer!», jubelte Uwe und überließ Christa das Auspacken, während er sogleich hinunter zum Wasser lief. Kurze Zeit später kam er zurück. «Ich habe uns einen Strandkorb gemietet. Die Sonne lacht, das Meer ist traumhaft. Komm, pack die Badesachen ein.»

Christa hätte gern zuerst einen Kaffee getrunken, aber Uwe war aufgeregt wie ein kleines Kind. Also packte sie Handtücher, Badekleidung, Wasser, ein Buch und Sonnencreme in die Strandtasche und folgte ihm. Sie richteten sich in ihrem Strandkorb ein, und dann trat Christa beinahe ehrfürchtig ans Wasser. Sie war noch nie am Meer gewesen. Und jetzt lag diese unendliche Weite vor ihr. Blaugrau und leise murmelnd schäumten ein paar Wellen an den Strand. Am Horizont zog ein winzig kleines Schiff vorüber. Neben ihr planschten ein paar Kinder im Wasser, ein Vater baute mit seinem Sohn eine Sandburg.

Vorsichtig ging Christa ein paar Schritte vorwärts. Am liebsten hätte sie sich dem Meer in die Arme gestürzt, doch sie war lange nicht mehr geschwommen. Plötzlich rannte Uwe auf sie zu, bückte sich, spritzte Christa übermütig nass, bis sie kreischte. Danach schwammen sie gemeinsam ein Stück hinaus. Als sie einen gebührenden Abstand vom Ufer erreicht hatten, zog Uwe sie in seine Arme. Sie küssten sich das Salzwasser von den Lippen, genossen das Gefühl von Haut an Haut unter Wasser.

Später saßen sie nebeneinander im Strandkorb und sahen dem Sonnenuntergang zu. Die meisten Badenden hatten den Strand verlassen, sodass sie beinahe allein waren. Christa hatte sich an Uwe geschmiegt und kuschelte sich in seinen Arm.

«Möchtest du vielleicht ein Glas Rotwein?», fragte er.

Christa seufzte. «Das wäre schön. Aber leider gibt es hier kein Restaurant.»

Uwe löste sich vorsichtig von ihr. «Ich habe an alles gedacht.» Und schon zauberte er aus seiner Tasche eine Flasche Wein, einen Korkenzieher und zwei Gläser hervor.

Christa strahlte ihn an. «Das habe ich mir gewünscht», gestand sie. «Einen Sonnenuntergang mit einem Glas Wein dabei.»

«Vielleicht kenne ich dich schon besser, als du glaubst», erwiderte Uwe und küsste sie. Dann saßen sie ganz still, blickten aufs Meer und nach einer Weile seufzte Christa: «Es ist so schön hier mit dir.»

In den nächsten Tagen erkundeten sie die Insel, aßen frischen Fisch, saßen am Strand und gingen zusammen ins Kino. *Denn sie wissen nicht, was sie tun* hieß der Streifen mit James Dean und Natalie Wood. Christa war immer tiefer in den Kinosessel gerutscht, so sehr ging ihr das Drama um die Mutprobe mit Todesfall, das Überschreiten von Grenzen, Aushebeln der Gesetze, die

die Alten machten und die junge Generation befolgen musste, zu Herzen. Sie versuchte, darüber mit Uwe zu sprechen, der überraschend feinfühlig reagierte und von einem Jugendlichen aus seiner Schule erzählte, der immer gegen den Strom schwamm und damit gehörig aneckte. «Ich kenne diese Art von Jungen. Sie sind längst nicht so stark, wie sie tun. Ich habe immer ein besonderes Auge, wenn sich einer meiner Schüler in diese Richtung entwickelt.»

Christa hatte ein wenig Bedenken vor diesem gemeinsamen Urlaub gehabt. Noch nie war sie so lange am Stück mit Uwe zusammen gewesen. Aber ihre Bedenken waren unnötig gewesen. Er entpuppte sich als aufmerksamer, rücksichtsvoller Begleiter. Nur einmal zogen Wolken am Urlaubshimmel auf. Das war, als Christa lieber in der Unterkunft bleiben und lesen wollte, als ans Wasser zu gehen.

«Du hast Ferien, Christa. Das heißt, du hast auch Ferien von deiner Arbeit.»

Im Grunde stimmte sie ihm zu. Sie würde auch lieber im Meer schwimmen und sich von der Sonne braun brennen lassen. Aber das schlechte Gewissen ihrer Dissertation gegenüber ließ sich nicht mehr unterdrücken. Zudem war ihr beim Frühstück noch ein Einfall gekommen, den sie notieren wollte. Schweigen. Sich und anderen das Wort versagen. Auch das Schweigen konnte als Machtinstrument eingesetzt werden. Sie wollte noch einmal ihre letzten Seiten lesen und sehen, wie sich der Gedanke an das Schweigen darin unterbringen ließ. Denn auch das Schweigen, das genaue Gegenteil von Sprache, konnte sehr beredt sein.

Auf der Stelle begann Uwe zu schmollen. «Dein Doktortitel ist dir wichtiger als ich», murrte er. «Und überhaupt. Hast du schon einmal daran gedacht, wie ich mich fühle, wenn du diese beiden

Buchstaben vor deinem Namen hast und ich nicht? Was sollen die Leute denken? Aber das ist dir ja gleichgültig. Du bist erst zufrieden, wenn man dich Frau Dr. Hanf nennt. Wie stehe ich dann da? Als Dummling, der es nur zum Lehrer gebracht hat.»

Christa schaute überrascht auf. So hatte Uwe noch nie gesprochen. «Nein, das ist nicht so. Die Leute denken sowieso, was sie wollen. Das interessiert mich gar nicht. Und du bist nicht dumm. Das weißt du selbst.» Ein Teil in ihr verstand Uwe sogar, aber akzeptieren konnte sie seine Meinung nicht. «Du könntest auch stolz auf mich sein. Schließlich gibt es nicht viele Frauen mit einem Doktortitel.»

«Die Frau Dr. und der Herr Nur-Lehrer», wiederholte Uwe ein wenig bitter. Dann griff er nach seinem Handtuch und verließ die Unterkunft.

Ein paar Stunden später waren sie einander wieder gut, und der Tag endete ebenso schön und glücklich wie die vorherigen.

Am letzten Abend hatten sie sich schick gemacht und besuchten Die alte Friesenstube, ein elegantes Lokal in Westerland. Christa trug ein ärmelloses Kleid mit Petticoat. Die gelbe Farbe schmeichelte ihrer Urlaubsbräune. Das Haar hatte sie hochgesteckt, und an den Füßen trug sie spitze weiße Pumps. Uwe hatte sich in einen blauen Anzug geworfen und trug die schmale Lederkrawatte, die Christa ihm zum Geburtstag geschenkt hatte.

Sie aßen als Vorspeise einen Krabbencocktail, als Hauptgang nahmen sie Lammfilet von den Salzwiesen und als Dessert einen kleinen Schokoladenkuchen. Dazu tranken sie Wein aus dem Rheingau.

«Puh! Jetzt bin ich wirklich pappsatt», erklärte Christa nach dem Dessert, legte die Stoffserviette neben ihren Teller und lehnte sich im Stuhl zurück. «Danke für den wunderschönen Abend.»

Uwe lächelte. «Der Abend war schön, doch das Schönste kommt noch. Herr Ober, bitte zwei Gläser Champagner.»

«Champagner?», fragte Christa. «Haben wir denn etwas zu feiern?»

«Warte es ab.»

Der Ober brachte die beiden Gläser, Christa und Uwe stießen an, und in diesem Augenblick ging die Tür auf, und neue Gäste traten ein. Christa hielt die Luft an. Jago! Er war hier. Auf Sylt. Ganz in ihrer Nähe, und an seiner Seite hatte er eine junge, bildhübsche Frau. An ihrem Finger glänzte ein breiter Goldreif. Christa hätte es wissen müssen. Den Sommer verbrachten die von Prinz gern auf Sylt. Hatte sie nicht sogar ein wenig gehofft, ihn zu sehen? Hatte er ihr Glück mit Uwe nicht sehen sollen? Jetzt kamen ihr diese Gedanken recht kindisch vor.

Christa duckte sich ein wenig und hoffte, hinter Uwes Rücken zu verschwinden, doch nun hatte Jago sie auch entdeckt. Er nickte ihr zu, dann führte er seine Frau – denn nur das konnte sie sein, seine Frau! – zu einem kleinen Tisch und setzte sich so, dass er Christa sehen konnte.

«Was hast du denn auf einmal?», erkundigte sich Uwe und klang ein wenig verärgert.

«Es ist nichts. Gar nichts. Du wolltest etwas sagen.»

Christa spürte, wie ihr Gesicht glühte. Ihr Herz raste, und sie wäre gern zur Toilette gegangen, um sich zu beruhigen, doch damit hätte sie Uwe vollends aus dem Konzept gebracht. Sie ließ den Blick durch den Raum schweifen, streifte dabei immer wieder Jagos Frau. Sie hatte kurz geschnittenes Haar und trug eine weiße Siebenachtelhose, dazu eine blaue, ärmellose Bluse, in der ihre schlanken Arme ausgezeichnet zur Geltung kamen. Sie war nicht geschminkt und strahlte jugendliche Frische und Unbeschwertheit aus. Einmal erwiderte sie kurz und fragend Christas

Blick. Ihre braunen Augen musterten Christa, ehe sie sich Jago wieder zuwandte.

«Ja, also.» Uwe kramte in der Tasche seines Sakkos und holte eine kleine Schachtel hervor. Er öffnete sie, das Innere in schwarzen Samt gehüllt, reichte sie über den Tisch und fragte: «Christa Hanf, willst du meine Frau werden?»

Sie blickte auf den Ring, dann zu Jago. Er sah so gut aus in seinem schwarzen Hemd und dem schwarzen Sakko. Seine Hände mit den langen schmalen Fingern hielten die Speisekarte, aber er schaute über den Rand mit brennenden Augen zu ihr. Und Christa lachte ein wenig geziert, strich sich eine Haarsträhne kokett hinters Ohr, spitzte ihren Mund.

Uwe räusperte sich, und sie erkannte, dass er auf eine Antwort von ihr wartete. Sie straffte den Rücken und sagte laut und deutlich: «Aber natürlich will ich dich heiraten.»

Kapitel 11

Die Hochzeit sollte noch im Herbst 1955 stattfinden. Christa hätte lieber bis zum nächsten Frühjahr gewartet. Eine Hochzeit im Mai hatte sie sich gewünscht und hätte sich bis dahin gern geduldet, aber Uwe hatte zur Eile gedrängt. Also waren sie sofort nach dem Urlaub aufs Standesamt gegangen und hatten das Aufgebot bestellt. Danach ging alles rasend schnell. Uwe hatte nur eine kleine Wohnung im Nordend, ein Zimmer und Küche, Toilette auf der halben Treppe. Also zog er zu Christa, die in drei Zimmern mit Bad wohnte. Uwe sprach auch schon von Kindern. Er hätte gern zwei, einen Jungen und ein Mädchen. Und er sprach davon, dass sein Gehalt knapp ausreichen würde, sie alle zu ernähren.

Ein heikler Moment für Christa. Sie konnte nicht mehr schweigen, sie musste ihrem zukünftigen Ehemann ihre finanziellen Verhältnisse offenlegen. «Mach dir über das Geld keine Sorgen», erklärte sie. «Mein verstorbener Mann hat mich wohlversorgt.» Sie ging zum Schrank und brachte einen Hefter zum Tisch mit allen Unterlagen.

Uwe blätterte den Hefter durch, Seite um Seite, und seine Augen wurden immer größer. «Du bist ja vermögend!», rief er endlich aus, als hätte er eine große Lüge aufgedeckt.

«Ich habe geerbt. Das habe ich dir doch erzählt.»

«Ja. Aber ich wusste nicht, wie viel Geld du besitzt. Dazu ein

Grundstück, Schmuck und eine Werkstatt und Aktienpapiere und Sparfonds.»

Christa lächelte noch immer. «Du siehst also, dass du dir keine Sorgen des Geldes wegen machen musst.» Sie hatte erwartet, dass er sich freuen würde. Sie hatte sogar daran gedacht, ihm die Verwaltung ihres Vermögens zu überlassen. Doch Uwe sah aus, als hätte er einen Schlag in die Magengrube erhalten. Er stand auf, trat ans Fenster und fuhr sich durch die Haare. «Jetzt bist du mir auch noch in dieser Hinsicht überlegen», presste er hervor, und Christa erkannte, dass sie seinen Stolz verletzt hatte, ohne es zu wollen.

«Es ist nicht mehr nur mein Geld», sagte sie leise. «Wenn wir verheiratet sind, gehört es uns beiden. Ich würde dir gern die Verwaltung übertragen. Du verstehst mehr davon als ich.» Das stimmte nicht. Sie hatte von ihrer Mutter einiges über Buchhaltung gelernt. Sie kannte ihre Kontostände, die Entwicklung auf dem Aktien- und Immobilienmarkt. Aber sie wollte verhindern, dass Uwe sich schlecht fühlte. Außerdem hatte Helene ihr dazu geraten. «Mach ihn zu deinem Finanzverwalter. In den meisten Haushalten ist das so. Der Mann teilt der Frau das Geld zu. So kommt er nicht auf die Idee, du wärst ihm in dieser Hinsicht überlegen.»

Noch immer stand Uwe am Fenster, blickte hinaus, so als ob es ihn Überwindung kostete, mit ihr zu reden. Endlich drehte er sich um. «Wenn du das möchtest», presste er zwischen zusammengebissenen Zähnen hervor. «Stets zu Diensten, Madam.»

Am Nachmittag saß Christa unten bei Helene in der Küche. «Ich habe mit Uwe über das Geld gesprochen.»

«Und? Was hat er gesagt?»

Christa seufzte. «Er hat so getan, als hätte ich ihn verraten.»

«Das kann ich mir denken. Uwe ist kein schlechter Kerl, aber er hat einen Dünkel und einen riesigen Stolz.»

«Ich habe ihm angeboten, das Vermögen zu verwalten. So wie du es mir geraten hast.»

«Das war klug, Kind.»

«Das weiß ich nicht, Mama. Ich habe Angst, dass ich Uwe in Zukunft um jede Mark bitten muss, obwohl es mein Geld ist.»

«Tja, Kind. So ist die Welt nun einmal. Du musst wissen, was dir wichtiger ist: die Hoheit über die Finanzen oder der Frieden in der Ehe. Der Streit ums Geld vergiftet jede Beziehung. Deshalb möchte ich dir einen Kompromiss vorschlagen. Hast du schon mal etwas von einem Ehevertrag gehört?»

«Ja, das habe ich tatsächlich. Darin wird sichergestellt, dass ich im Falle einer Scheidung nicht die Hälfte meines Vermögens verliere …» Christa schaute Helene an. «Findest du eigentlich noch immer, dass ich zu viel will? Nach all den Jahren, die ich gekämpft habe?»

«Du warst immer ein wenig anders als andere junge Frauen.»

«So, wie du das sagst, klingt es wie etwas Schlechtes.»

Helene seufzte und schwieg.

«Am Ende bist du auch noch dafür, dass ich meine Doktorarbeit auf Eis lege.» Christas Stimme war ein einziger Vorwurf.

«Kind, du bist sehr klug. Klüger, als man es sich gemeinhin für eine Frau wünscht. Ich denke, es ist nicht gut, einen Doktortitel zu tragen, wenn der Mann keinen hat.»

«Er wird sich daran gewöhnen müssen.»

«Nein, das wird er nicht. Immer, wenn Post für euch beide kommt, bemerkt er die beiden Buchstaben vor deinem Namen. Immer, wenn ihr jemanden trefft, wirst du mit ‹Frau Doktor› angesprochen werden, während er nur der ‹Herr› Stübner ist. Er wird sich zurückgesetzt fühlen, wird darunter leiden. Und vielleicht wird er eines Tages seinen Ärger gegen dich richten.»

«Und, was soll ich deiner Meinung nach tun?»

«Liebst du Uwe?»

«Ja.» Christa nickte bekräftigend. «Anders als ich Jago geliebt habe, aber ja.»

«Dann gib die Doktorarbeit auf.»

«Wie? Das ist nicht dein Ernst, Mama! Ich habe dafür schwer gearbeitet. Ich bin beinahe fertig. Ich kann doch jetzt so kurz vor Schluss nicht alles hinwerfen.» Sie blickte Helene empört an, doch auch jetzt zog es Helene vor zu schweigen.

Am Abend traf sich Christa mit ihrer Freundin Gunda, promovierte Germanistin, die seit einigen Jahren an der Mainzer Universität unterrichtete.

«Hat dir eigentlich nie jemand vorgeworfen, dass du zu viel willst? Ich meine als Frau, als Frau mit einem Doktortitel», fragte Christa.

Sie saßen in einer kleinen Weinstube auf Holzbänken an einem blank polierten Holztisch. Vor ihnen standen eine Flasche Weißwein von der Mosel und eine kleine Schale mit Erdnüssen.

«Oh, das hat man mir oft vorgeworfen. Der Weg in die Wissenschaft war ein steiniger. Du erinnerst dich sicher noch an die Ablehnung, die ich von Professorenseite in Frankfurt erlebt habe. Und auch für den Doktortitel bezahlt man als Frau einen hohen Preis. Dazu bin ich unverheiratet und gelte nicht nur deshalb als alte Jungfer. Männer, mit denen ich ausgegangen bin, meldeten sich nicht mehr, als sie hörten, dass ich promoviert bin. Selbst kluge, souveräne Männer sind eingeknickt.»

«Dann bist du also nicht freiwillig ledig und kinderlos, sondern durch die Umstände?»

Gunda Schwalm, die zwölf Jahre älter war als Christa, nickte. «Im Grunde bin ich mit meinem Leben zufrieden. Aber hin und wieder wünschte ich mir schon einen Mann an meiner Seite. Einen, der mir zuhört, der für mich da ist. Und Kinder habe ich auch immer gewollt. Am liebsten vier Jungs.»

Christa schluckte. «Würdest du denn tauschen? Ich meine deinen Doktortitel gegen eine Familie?»

«Manchmal ja, manchmal nein. Christa, meine Liebe, ich kann dir nicht raten. Du willst in einer Woche heiraten. Das Einzige, was ich sagen kann, ist: Tritt mit Uwe nur dann vor den Traualtar, wenn du dir ganz sicher bist, das Richtige zu tun.»

Am 21. September 1955, genau an Heinz' 18. Geburtstag, führte Martin Schwertfeger seine Nichte Christa zum Altar der St.-Josefs-Kirche in Frankfurt-Bornheim. Sie trug ein schlichtes weißes Kleid mit einer kleinen Schleppe. Es war schmal geschnitten und hatte einen viereckigen Ausschnitt, dazu einen zarten Schleier, der an ihrer Hochsteckfrisur befestigt war. In den Händen hielt sie einen hübsch gebundenen Strauß mit weißen und roten Rosen.

Sie ging auf Uwe zu und konnte nicht verhindern, dass Schmetterlinge in ihrem Bauch flatterten. Er sah so gut aus in seinem schwarzen Anzug mit dem strahlend weißen Hemd.

Als der Pfarrer sie wenig später zu Mann und Frau erklärte, da schwoll Christas Herz, und sie fühlte sich so glücklich wie lange nicht mehr.

Die Hochzeitsnacht begann kichernd. Christa hatte einen Schwips. Sie hatte zwei Gläser Sekt und zwei Gläser Wein getrunken. Sie hatte getanzt und gelacht, hatte ihre Freunde umarmt. Sie hatte Heinz und Martin an sich gezogen und Helene vor Glück einen Kuss auf die Wange gegeben. Sie hatte zu Gunda gesagt: «In meiner Ehe wird alles anders werden», und sie hatte Gertie und Lilly zugehört, als die ihr Tipps für die Hochzeitsnacht geben wollten. Mein Gott, war das altmodisch! Sie hatte schon lange mit Uwe geschlafen, und es war immer schön gewesen. Nicht so wie mit Jago, nicht so zärtlich und verspielt, sondern so, wie ein Mann seine Frau lieben sollte.

Während Christa sich abschminkte und die Zähne putzte, lag Uwe schon mit freiem Oberkörper auf dem Bett. «Endlich verheiratet», rief er so laut, dass sie es im Bad hören konnte. «Endlich bist du meine Frau. Wir sollten sofort damit anfangen, unsere kleine Familie zu vergrößern. Was sagst du dazu?»

Die Frage brachte Christa zum Lachen. «Bist du nicht viel zu müde dafür?»

«Ganz und gar nicht. Ich brenne darauf, es dir zu beweisen.»

Eine Woche später fuhr Christa zur Universität nach Mainz, wo sie ihre Doktorandenstelle hatte. Sie ging zu Professor Gerber, ihrem Doktorvater. Sie hatte sich angekündigt und wurde sofort empfangen.

«Was führt Sie zu mir, meine liebe Frau Hanf?»

«Frau Stübner. Ich heiße jetzt Stübner. Ich habe geheiratet.»

«Herzlichen Glückwunsch.» Professor Gerber griff nach ihrer Hand und drückte sie, die grauen Augen hinter den dicken Brillengläsern waren voller Wärme.

«Ich danke Ihnen, Herr Professor.»

«Nun, Frau Stübner, was kann ich für Sie tun? Aber bitte, nehmen Sie doch erst einmal Platz. Möchten Sie einen Kaffee oder eine Limonade?»

«Danke, nein.» Sie räusperte sich und hielt ihre Handtasche gegen den Bauch gepresst. «Herr Professor, ich muss leider meine Doktorandenstelle aufgeben. Auch meine Dissertation werde ich nicht beenden.»

Gerber lehnte sich zurück. Er spielte ein wenig mit dem Füllhalter in seiner Hand, dann nickte er. «Das überrascht mich nicht. Leider. Es sind immer die Frauen, die aufgeben. Schade, denn es gibt nicht viele Frauen wie Sie, die sich die Promotion zutrauen. Liegt es an Ihrem neuen Ehemann, wenn ich fragen darf?»

«Nein … Ja …», stotterte Christa, bevor sie sich einen Ruck gab und mit fester Stimme antwortete: «Er hat nichts gesagt, aber ich denke, dass mein Titel unserer Ehe nicht guttun würde.»

«Welchen Beruf übt Ihr Mann denn aus?»

«Er ist Lehrer an einem Gymnasium.»

Wieder nickte der Professor. «Ich verstehe. Und jetzt sind Sie mit der Familienplanung befasst. Das ist das Recht einer jeden jungen Ehefrau. Trotzdem bedaure ich sehr, dass Sie nicht weitermachen wollen. Sie sind begabt. Ich kann Sie nicht überreden zu bleiben?»

Christa schluckte, dann schüttelte sie den Kopf. «Nein. Es tut mir leid, Herr Professor.»

«Nun, dann hoffe ich, dass Sie Ihre Entscheidung nicht eines Tages bedauern.» Professor Gerber stand auf und geleitete Christa zur Tür. «Ich wünsche Ihnen alles Gute, Frau Stübner.»

Und mit diesem Satz endete Christas akademische Laufbahn.

Kapitel 12

Ein Jahr später, am 10. September 1956, brachte Christa ihre Tochter Viola zur Welt. Uwe hatte den Namen Christine vorgeschlagen, weil er fand, dass Christa und Christine gut zueinander passten, aber Christa war es gelungen, ihm klarzumachen, dass die jugendliche Christine nicht unbedingt Lust haben würde, so ähnlich zu klingen wie ihre Mutter. Ingeborg, Uwes Mutter, hätte gern eine kleine Grace gehabt, denn sie war ein großer Fan der ehemaligen US-Schauspielerin Grace Kelly, die im April Fürst Rainier III. von Monaco geheiratet hatte und nun Fürstin Gracia Patricia hieß. Doch selbst Uwe, der seiner Mutter nur ungern widersprach, fand den Namen unpassend.

August hatte gemeinsam mit Heinz eine Wiege gezimmert. Heinz hatte sie rosa gestrichen und mit Blumen verziert. Uwe hatte eingewandt, dass das nächste Kind auch wieder ein Mädchen werden müsse, einen Jungen lasse er keinesfalls in einer rosa Wiege schlafen. Augenzwinkernd hatte Heinz versprochen, die Farbe bei Bedarf zu ändern.

Uwe holte Christa und die winzige Viola mit dem Auto aus dem St.-Marien-Krankenhaus ab. Er achtete darauf, dass Christa, die Viola im Arm hielt, nicht stolperte. Er stützte sie, als sie die Treppen hinabstiegen, und schützte den Kopf der Kleinen beim Einsteigen ins Auto. Christa hatte sich kurz nach der Hochzeit von ihrem VW Käfer getrennt. Die Stübners fuhren jetzt einen

Opel Rekord. Das heißt, Uwe fuhr den Wagen. Frauen am Steuer fand er gefährlich und ungeschickt. Und da Christa das Autofahren nicht besonders liebte, war sie einverstanden.

Ein Zimmer in der Wohnung zwei Stockwerke über der Buchhandlung war als Kinderzimmer hergerichtet worden. Die Wände trugen einen hellen Anstrich, der Fußboden war mit einem Flickenteppich belegt. Uwe hatte darauf bestanden, dass sein Kind neue Möbel bekam: einen kleinen Tisch mit zwei Stühlchen, einen Schrank und natürlich eine Wickelkommode. Neben der Wiege stand ein Sessel, damit Christa die Kleine in der Nacht in Ruhe stillen konnte. Die Vorhänge am Fenster waren mit Tiermotiven bedruckt, und eine Spieluhr hing über der Wiege.

Als die Kleine das erste Mal in ihrem neuen Zuhause gestillt wurde, sah Helene dabei zu. Sie gab Christa ein paar Tipps, und auch die Hebamme in der Klinik hatte die junge Mutter gut auf die nächsten Tage vorbereitet. Doch schon in der ersten Nacht schlief Viola keine Stunde durch. Sie schrie und wimmerte. Christa eilte in ihr Zimmer, denn Uwe hatte nicht gewollt, dass der Säugling im elterlichen Schlafzimmer übernachtete. «Was ist, wenn wir uns lieben wollen? Dabei kann ein Baby doch nicht zusehen! Nein, sie sollte gleich an ihr eigenes Zimmer gewöhnt werden.» Lediglich die beiden Zimmertüren durften offen bleiben.

Christa nahm die Kleine aus der Wiege, strich ihr sanft über den Rücken und wiegte sie hin und her. Doch das Kind schrie weiter. Christa setzte sich in den Sessel, knöpfte ihre Schlafanzugjacke auf und wollte Viola stillen, doch Viola weinte ohne Trost. Christa wickelte das kleine Mädchen, doch die Windel war trocken und Viola schrie. Nach einer Stunde war Christa schweißgebadet und wusste sich keinen Rat mehr. Sollte sie Helene zu Hilfe rufen? Versagte sie gleich am ersten Tag mit dem

Baby zu Hause? Sie lief mit dem Kind auf dem Arm hin und her und her und hin. Jede Viertelstunde gab sie ihr die Brust, doch die Kleine trank nicht. Christa war bald so erschöpft, dass sie in ihren Stillsessel sank und kurz darauf einschlief. Uwe fand sie am Morgen aneinandergekuschelt. Das Kind mit schlafroten Wangen und Christa mit Ringen unter den Augen.

«Warum sitzt du im Sessel?»

«Ich war so erschöpft, ich muss eingeschlafen sein. Hauptsache, Viola hat nicht länger geweint.» Christa lächelte matt.

Uwe schüttelte den Kopf. «Du machst das falsch, Schatz. Tut mir leid, dass ich dir das sagen muss. Ein Säugling darf nur zu gewissen Stunden aus seinem Bettchen geholt werden. Viola muss lernen durchzuschlafen.»

«Aber ich kann sie doch nicht einfach brüllen lassen», begehrte Christa auf.

«Doch. Das hat die Hebamme dir selbst so erklärt. Und meine Mutter hat es im Übrigen bei uns auch so gehalten. Dabei fällt mir ein: Sie kommt heute Nachmittag, um Viola kennenzulernen. Vielleicht kannst du ja einen Kuchen backen?»

Christa schluckte. «Muss das schon heute sein? Ich dachte, wir hätten ein paar Tage Zeit, um uns aneinander zu gewöhnen.»

«Deine Mutter war sogar schon gestern bei uns. Da kannst du meiner Mutter wohl schlecht einen Besuch verweigern.»

«Aber Helene wohnt im selben Haus. Und ich bin dankbar für ihre Ratschläge.»

«Auch meine Mutter hat schon Kinder aufgezogen und weiß, was zu tun ist … Übrigens, ich habe bereits gefrühstückt, aber der Kaffee ist noch warm. Ich muss jetzt in die Schule. Gegen zwei Uhr bin ich zurück, und für halb vier hat sich meine Mutter angesagt.»

Uwe gab Christa einen Kuss und strich seiner Tochter kurz über die Wange. Dass Christa noch einmal schwer schluckte, bekam er nicht mehr mit. Kurz darauf klappte die Wohnungstür, und Christa war mit dem Baby allein. Sie legte Viola behutsam in die Wiege. Die Kleine hatte die winzigen Fäustchen neben dem Kopf geballt und schmatzte leise. Christa berührte sie zart und sog den Duft ein, der aus der Wiege aufstieg. «Wirst du jetzt schlafen, kleine Viola?», fragte sie und schloss leise die Tür hinter sich.

Die nächsten Stunden wirbelte sie in der Wohnung umher, um auf ihre Schwiegermutter einen guten Eindruck zu machen. Sie sammelte die schmutzige Wäsche ein, räumte Bücher und Zeitungen weg, wischte auf Uwes Schreibtisch Staub. Sie stillte das Kind zu den Zeiten, die die Hebamme vorgegeben hatte, wickelte Viola und war froh, dass die Kleine Ruhe gab. Sie wusch die Teller und Tassen vom Frühstück, dann backte sie einen Kuchen. Es war ein einfacher Rührkuchen, für mehr reichte ihre Kraft nicht. Um halb zwei war sie endlich mit allem fertig. Sie setzte sich neben Violas Bettchen in den Sessel und machte die Augen zu.

Als sie sie wieder aufschlug, stand Uwe vor ihr. «Du bist wieder eingeschlafen», stellte er fest.

«Weil ich so unfassbar müde bin. Die Geburt war anstrengend. Ich blute. Ich bin eine Wöchnerin. Und eine Wöchnerin braucht Schonung.»

«Das verstehe ich ja. Aber meine Mutter kommt gleich. Sie soll den besten Eindruck von uns haben.» Er wandte sich ab und ging ins Wohnzimmer, wo unter dem Fenster sein Schreibtisch stand.

Um drei stand für die Kleine die nächste Stillzeit an. Danach trug Christa das Baby herum und klopfte ihm sanft auf den Rücken, damit Viola ihr Bäuerchen machte. Sie hatte sowohl sich als auch das Kind frisch angezogen, sodass die Schwiegermutter keinen Grund zur Klage hatte. Doch leider fiel Violas Bäuerchen etwas kräftiger aus, Milchbrei befleckte den Strampler und Christas Bluse. Hastig kleidete sie die Kleine um, doch bevor sie noch die Windel wechseln konnte, klingelte es an der Haustür. Uwes Mutter, pünktlich wie immer. Christa warf einen kurzen Blick auf ihre beschmutzte Bluse, seufzte tief und öffnete dann die Tür, ungeschminkt und unfrisiert.

«Oh!», rief Ingeborg Stübner mit kritischem Blick. «Mir scheint, ich bin zu früh dran. Ist es denn noch nicht halb vier?»

«Doch. Du bist pünktlich. Aber Viola hat gespuckt, und ich bin noch nicht dazu gekommen, mich umzuziehen.»

Ingeborg Stübner legte den mitgebrachten Blumenstrauß auf die Kommode im Korridor. «Herzlichen Glückwunsch. Ab jetzt beginnt der Ernst des Lebens.»

Christa hoffte, Ingeborg würde ihr den Säugling abnehmen, komische Geräusche machen und die Kleine zum Lachen bringen, aber Ingeborg äugte nur vorsichtig in das kleine Kindergesicht.

«Niedlich», urteilte sie. «Aber letztendlich sind alle Babys niedlich. Wo ist mein Sohn?»

«Im Wohnzimmer. Geh ruhig zu ihm, ich ziehe mich rasch um.»

Christa legte Viola behutsam auf dem Ehebett ab, strich ihr mit der einen Hand über den kleinen Bauch und versuchte mit der anderen Hand, frische Kleidung aus dem Schrank zu angeln. Zum Glück schlief die Kleine, und Christa konnte sich sogar noch einen Hauch Lippenstift auftragen und ihr Haar im Nacken mit einer Schleife zusammenbinden.

Dann legte sie den Säugling in die Wiege und ging rüber ins Wohnzimmer. Ihre Schwiegermutter saß in einem Sessel, hatte ein Bein übergeschlagen und unterhielt sich mit Uwe. Der Tisch war nicht gedeckt, das Kaffeewasser nicht aufgesetzt. Christa stammelte eine Entschuldigung.

«Du musst unbedingt deinen Haushalt in den Griff bekommen, meine Liebe», gebot Ingeborg Stübner.

«Uwe hätte mir ja helfen können. Er hätte den Tisch decken können, während ich mit dem Kind beschäftigt war.»

«Also, wirklich!» Ingeborg Stübner richtete sich kerzengerade auf. «Das ist doch nicht die Aufgabe des Ehemannes. Uwe hat gearbeitet. Du solltest ihm wahrlich mehr Respekt entgegenbringen. Er sagt, er konnte gar nicht schlafen, weil die Kleine so geschrien hat.»

Christa seufzte, hetzte in die Küche, setzte Kaffeewasser auf, hetzte zurück ins Wohnzimmer, nahm das gute Geschirr aus dem Schrank und deckte den Tisch. Sie goss in der Küche Kaffee durch den Melittafilter, schnitt den Kuchen ab, füllte Sahne in ein Kännchen. Als sie endlich am Kaffeetisch saß, fühlte sie sich so erschöpft wie nach einem Marathonlauf.

Sie kostete den Kuchen, fand ihn ein wenig zu trocken, doch zum Glück schien er Ingeborg zu schmecken. Dann unterhielten sich Mutter und Sohn über gemeinsame Bekannte. Keiner von beiden machte Anstalten, Christa in das Gespräch einzubeziehen.

«Ich habe ein Geschenk für das Kind», verkündete Ingeborg schließlich großspurig und legte ein Kinderbesteck auf den Tisch. «Das ist noch von Uwe.»

«Danke sehr», erwiderte Christa, bemüht um Höflichkeit. «Aber wir haben schon ein Kinderbesteck. Mein Onkel Martin hat es aus Silber anfertigen und gleich Violas Initialen eingravieren lassen.»

Ingeborg rümpfte die Nase. «Ich hatte schon davon gehört, dass die Neureichen nichts auf Traditionen geben, aber nun weiß ich, dass es wahr ist.»

Der Rest des Nachmittags verlief in angespannter Stimmung. Leider fand Oma Ingeborg keine Zeit, nach der kleinen Enkelin zu schauen, und auch Uwe sah sich nicht in der Lage, die Atmosphäre zu heben. Christa hätte gern etwas gesagt, aber sie war so unglaublich müde, dass sie es vorzog zu schweigen.

«Was sollte das mit dem Besteck?», wollte Uwe wissen, als seine Mutter endlich gegangen war. Vorwurf schwang in seiner Stimme.

«Das, was ich gesagt habe. Martin hat Viola bereits ein Besteck geschenkt.»

«Du hast sie damit gekränkt.»

«So? Habe ich das? Und sie? Hat sie mich nicht gekränkt? Und du? Wie hast du dich benommen? Du hast mir nicht geholfen, du hast einfach nur dagesessen und Kuchen in dich hineingestopft.» Christa hatte das nicht sagen wollen, aber die Worte waren ihr schneller über die Zunge gerutscht, als sie denken konnte.

«Ach? Hätte ich vielleicht den Tisch decken sollen?»

«Zum Beispiel.»

«Ich gehe jeden Tag in die Schule und sitze nachmittags am Schreibtisch. Du dagegen bist den ganzen Tag zu Hause. Meine Mutter hat schon recht. Du bist unorganisiert. Und du hätschelst das Kind zu sehr.»

«Viola ist gerade mal eine Woche alt. Sie muss sich erst an unseren Rhythmus gewöhnen.» Christa stellte das Geschirr, die Kaffeekanne, die Zuckerdose und das Sahnekännchen aufs Tablett und trug alles in die Küche. Uwe brachte den restlichen Kuchen.

«Jetzt sei doch nicht gleich beleidigt. Meine Mutter, na ja, sie ist eben eine Perfektionistin. Sie hasst es, wenn etwas nicht hundertprozentig ist. Schatz, komm doch mal her.» Uwe breitete die Arme aus und zog Christa an seine Brust, strich ihr übers Haar, küsste sanft ihren Mund. Und Christa begann zu weinen. Weil sie gerade entbunden hatte und ihre Hormone noch taten, was sie wollten. Weil sie erschöpft war. Weil Uwe sie zu verstehen schien. Sie ließ ihren Tränen freien Lauf – und danach ging es ihr wieder besser.

Zwei Tage später schien die Sonne vom Himmel. Die Luft duftete herbstlich, und Christa beschloss, einen ersten Ausflug mit Viola zu unternehmen. Sie legte die Kleine in den tief liegenden hellgrünen Kinderwagen, deckte sie ordentlich zu und drapierte sogar eine Zierdecke über dem Deckbett. Stolz schob sie den Wagen über die Berger Straße, und dieser Weg glich einem Laufsteg. Frau Lehmann kam aus ihrer Metzgerei gerannt, warf einen Blick in den Kinderwagen. «Sie sieht aus wie du, Christa», stellte sie fest. «Die Nase und den Mund hat sie von dir.»

Lilly Frühling, die dazutrat, fand: «Nein. Sie sieht wie Uwe aus. Mädchen kommen immer nach ihren Vätern und die Söhne nach den Müttern.»

Gertie Volk hatte Tränen in den Augen. «Sie ist wunderhübsch. Wirklich wunderhübsch.»

Erst nach zehn Minuten konnte Christa weitergehen. Sie schaffte es gerade bis zum Uhrtürmchen, da traf sie auf Marlies. Sie waren gemeinsam in die Schule gegangen, hatten zusammen gespielt, waren als Jugendliche um die Häuser gezogen. Doch als Marlies ihr erstes Kind bekam, war für Treffen und Tanzabende, für Kinobesuche und Wochenendausflüge in die Umgebung keine Zeit mehr gewesen. Jetzt ging der Junge schon in die erste Klasse, und Marlies hatte vor acht Monaten ihr zweites Kind bekommen. Auch sie schob einen Kinderwagen. Darin lag ihre Tochter Melanie, die mit wachen Augen in die Welt schaute.

«Wohin gehst du?», wollte Marlies wissen, nachdem sie Christa in den Arm genommen und beglückwünscht hatte. Sie beugte sich über den Wagen und strich Viola sanft mit dem Zeigefinger über die Wange. «Hübsch ist sie, deine Kleine.»

«Oh, ich wollte in den Park.»

«Wir kommen mit, wenn du nichts dagegen hast. So lange haben wir uns nicht mehr richtig unterhalten. Ich hatte schon Sehnsucht nach dir. Aber die Hochzeit, der neue Mann an deiner Seite und jetzt die Kleine – du warst ja ganz schön beschäftigt … Also, wie geht es dir?»

Sie tauschten Details zur Geburt aus, und als sie am Park angelangt waren, fragte Marlies: «Ist unser Leben nicht wunderschön? Hättest du vor zehn Jahren geglaubt, dass es uns einmal so gut gehen würde?»

«Du hast recht. Damals war der Krieg gerade vorbei, wir haben gehungert und konnten uns Normalität kaum mehr vorstellen. Und sieh uns jetzt an.»

«Ja, das war eine schwierige Zeit.» Marlies schüttelte den Kopf. «Aber wir haben es gut getroffen. Ich bin froh, Dieter gefunden zu haben. Er ist ein wunderbarer Mann und ein toller Vater. Stell dir vor, er hat mir sogar eine neue Waschmaschine zu Melanies Geburt gekauft. Und nächstes Jahr will er mir einen Kühlschrank schenken. Dafür verwöhne ich ihn aber auch. Jeden Sonntag gibt es einen Braten auf den Tisch, und Kuchen backe ich auch.» Marlies strich die Zierdecke auf ihrem Kinderwagen glatt und lächelte stolz. «Was hat dir Uwe eigentlich zur Geburt geschenkt?»

«Nun, wir haben eine Waschmaschine, einen Fernseher, einen Kühlschrank, einen Staubsauger und sogar einen Mixer. Aber als Geschenke betrachte ich diese Dinge nicht und schon gar nicht als Geschenke zur Geburt. Zumal Uwe ja auch davon profitiert.» Viola rührte sich, und Christa schob den Kinderwagen ein wenig vor und zurück, um die Kleine zu beruhigen.

Marlies beobachtete die Freundin, dann meinte sie: «Da hast du schon recht. Aber kennst du nicht dieses Gefühl von Stolz, wenn alles passt? Es macht mich zum Beispiel stolz, wenn mein

Mann mit einem frisch gebügelten Hemd und abgebürsteten Hut morgens zur Arbeit geht. Es ist nun einmal so: Jede Nachlässigkeit fällt auf uns Frauen zurück.»

Christa hörte zu und hatte gleichzeitig den Eindruck, dass Marlies von einer fremden Welt sprach, unvertraut, weit entfernt von ihr. War die Freundin immer schon so konventionell gewesen? Oder hatte die Nachkriegszeit sie geformt, die unglückliche Liebe zu dem GI, das uneheliche Kind, das zu so viel Gerede und harscher Ablehnung führte. Damals hätte sich Marlies wohl nie träumen lassen, einen Ehemann zu finden und ein normales Leben zu führen.

Ohne auch nur etwas von Christas Gedanken zu erahnen, plauderte Marlies ungebrochen weiter: «Sag mal, backst du den Käsekuchen mit oder ohne Boden? Mein Dieter mag den ohne Boden lieber, aber ich bin nicht sicher, welcher besser schmeckt.»

«Ich weiß es nicht», gab Christa stirnrunzelnd zu. «Ehrlich gesagt habe ich noch nie einen Käsekuchen gebacken.»

«Nicht? Was bringst du denn am Wochenende auf den Tisch?»

«Na ja, ich kann Zimtschnecken, Rührkuchen und Streuselkuchen. Meist aber backt Helene.»

Marlies verzog ein wenig den Mund. «Aber du kochst doch jeden Tag, oder?»

Christa schüttelte den Kopf. «Nein, nur manchmal. Weißt du, Uwe isst in der Schulkantine, und ich gehe runter zu meiner Mutter.»

«Und am Wochenende?»

«Da koche ich. Oft etwas mit Kartoffeln. Frikadellen gelingen mir nicht. Aber wie ein Schweinebraten gemacht wird, das weiß ich noch aus der Bräuteschule.»

«Oh ja, die Bräuteschule. Damals bin ich nicht gern hingegangen, heute bin ich gottfroh, dass meine Mutter darauf bestanden hat», erklärte Marlies und lächelte. «Und ich war gern auf dem

Amt. Damals, vor den Kindern, als Sachbearbeiterin. Das war nach dem Krieg schon was. Aber jetzt bin ich froh, zu Hause zu sein. Man ist ja erst wirklich eine Frau, wenn man verheiratet ist und Kinder hat, findest du nicht?»

Sie saßen noch eine ganze Weile im Park, und Marlies erzählte von ihrem Alltag, von Haushaltstricks und von den anderen Frauen, die sie so kannte und die samt und sonders ebenso glückliche Hausfrauen und Mütter geworden waren. Als Viola schließlich aufwachte und ihre Stillzeit gekommen war, sprang Christa geradezu erleichtert auf und verabschiedete sich von der Freundin. Früher dachten wir oft dasselbe, haben zusammen gelacht und geträumt, überlegte Christa. Früher haben wir sogar über Bücher gesprochen. Und jetzt?

TEIL 3

1959–1965

Kapitel 13

Als Viola drei Jahre alt war, sollte sie in den Kindergarten gehen, so der Wunsch Christas. Dass Uwe dagegen sein würde, hatte sie befürchtet, und tatsächlich protestierte er entschieden.

«Unser Kind im Kindergarten? Was soll sie denn da?»

«Sie ist ein Einzelkind. Sie lernt andere Kinder kennen, kann mit ihnen spielen, erlebt einen anderen Alltag.»

«Das alles kommt noch früh genug. Erst mal gehört ein Kind zu seiner Mutter. Und überhaupt: Was willst du denn während der Zeit machen?»

Christa schluckte. Am liebsten hätte sie die Arbeit an ihrer Dissertation wieder aufgenommen, doch sie wusste, dass Uwe das unmöglich dulden würde. Und ob Professor Gerber sie noch einmal betreuen würde, war auch nicht ausgemacht …

«Ich könnte arbeiten gehen. Halbtags. Nur ein paar Stunden. Damit ich mal rauskomme. Heinz hat seine Ausbildung beendet, und sein halbes Jahr als Volontär in diesem Londoner Antiquariat neigt sich seinem Ende zu. Anfang Oktober kommt er zurück und will Anfang nächsten Jahres sein eigenes Antiquariat eröffnen. Wie du weißt, hat Martin schon Räume für ihn gefunden, der Laden neben der Metzgerei Lehmann wird bald frei, gleich gegenüber der Buchhandlung. Und Heinz' Vater übernimmt die Innenausstattung.»

Uwe schüttelte den Kopf. «Jede andere Frau wäre froh, zu

Hause bleiben zu können, aber ausgerechnet du willst arbeiten.»

Für den Sonntagnachmittag hatte er seine Mutter zur Verstärkung eingeladen. Auch sie fand natürlich, dass ein Kind wenigstens bis zum Schuleintritt zu Hause bleiben sollte. «Du bist undankbar, Christa, und … nun ja … verzogen. Es ist nie gut, wenn eine Frau zu viel Geld hat. Das macht sie nur hochmütig.» Ingeborg seufzte.

Christa hatte keine Ahnung, was ihr Vermögen mit dem Kindergarten zu tun hatte, aber es interessierte sie auch nicht besonders, da konnte ihre Schwiegermutter noch so bestimmend auftreten. Sie warf Uwe und Ingeborg einen Blick zu, dann sagte sie mit klarer Stimme: «Viola geht in den Kindergarten. Ich habe sie schon angemeldet, ab November hat sie einen Platz, und es bleibt viel Zeit fürs Eingewöhnen.»

«Was? Wo?» Uwe starrte seine Frau entgeistert an.

«In den Kindergarten der St.-Josefs-Gemeinde. Dort ist sie gut aufgehoben.»

Ingeborg seufzte theatralisch. «Ich fürchte, mein lieber Sohn, ihr müsst schnell noch ein zweites Kind bekommen. Dann kann Viola auch wieder zu Hause bleiben.»

Christa ließ sich nicht beirren und setzte nach. «Viola wird es gefallen. Und sie hat bereits eine Freundin dort.»

«Was für eine Freundin?» Uwe schien immer noch fassungslos ob der Entschiedenheit, die seine Frau an den Tag legte.

«Die kleine Melanie, die Tochter meiner Freundin Marlies. Sie ist nur acht Monate älter als Viola. Die beiden kommen gut miteinander aus und haben schon oft zusammen gespielt.»

Ingeborg Stübner rümpfte die Nase. Christa stand auf, um das Sahnekännchen neu zu füllen. Als sie in der Küche war, hörte sie, wie ihre Schwiegermutter sagte: «Hättest du mal lieber die Marion Sauer geheiratet. Ein anständiges, ordentliches Mädchen mit guten Manieren. Aber nein, du musstest ja diese neureiche Studierte heiraten. Das hast du jetzt davon. Nichts als Ärger gibt es mit ihr.»

Christa verzog das Gesicht. Laut klapperte sie mit dem Kännchen, um beschäftigt zu scheinen, im Stillen aber wartete sie auf Uwes Antwort. Und die kam prompt: «Ach, die Marion. Sie war wirklich ein liebes Mädchen. Wie geht es ihr?»

«Oh, recht gut, soweit ich weiß. Ich habe ihre Mutter letzte Woche zufällig getroffen.»

«Ist sie eigentlich verheiratet?»

«Nein. Du weißt ja selbst, dass es zu wenige Männer gibt. So viele junge Frauen sind allein. Aber um die Marion ist es wirklich schade. Sie hätte eine gute Ehefrau abgegeben.»

Am Abend beschwor Uwe seine Frau noch einmal: «Bitte, Schatz, lass Viola noch zu Hause. Du musst nicht arbeiten gehen. Und du kennst die Meinung meiner Mutter.»

«Stimmt, die hat sie deutlich formuliert. Aber meine Mutter ist dafür», widersprach Christa. «Außerdem bin ich der Meinung, dass es hier um meine Entscheidung geht, denn sie betrifft mein Leben. Wenn du nicht willst, dass Viola in den Kindergarten geht, kannst du ja mit ihr zu Hause bleiben.»

Schon als die Worte auf ihrer Zunge lagen, wusste sie, dass es klüger gewesen wäre, sie hinunterzuschlucken. Aber sie hatte es so satt, dauernd gesagt zu bekommen, was richtig und was falsch war. Sie war kein dummes Schulmädchen mehr. Sie wollte mehr vom Leben.

Uwe warf wütend den Stift hin, mit dem er das Kreuzworträtsel in der Tageszeitung ausgefüllt hatte. «Mit dir ist wirklich nicht zu reden», brüllte er, dann klappte hinter ihm die Wohnungstür.

Als die Uhr der St.-Josefs-Kirche die zehnte Abendstunde

verkündete, ging Christa zu Bett. Uwe war noch nicht wieder nach Hause gekommen, aber sie machte sich deswegen keine Sorgen. Erst als am nächsten Morgen das Bett neben ihr immer noch unbenutzt war, bekam sie ein schlechtes Gewissen. Sie stand auf, begab sich ins Wohnzimmer und fand ihren Mann schlafend auf der Couch. Behutsam weckte sie ihn. «Es ist sieben. Du musst in die Schule.»

Brummend erhob sich Uwe, wich jedoch ihrem Blick aus. Während er sich wusch, kochte Christa Kaffee und schmierte ihm zwei Scheiben Brot mit Marmelade. Aber Uwe mied die Küche. Stattdessen schnappte er sich wortlos seine Aktentasche, zog den Staubmantel über und verließ die Wohnung.

Christa schluckte. Da Viola noch schlief, setzte sie sich an den Küchentisch, trank eine Tasse Kaffee und dachte über ihren Mann nach. Er war schon öfter über sie verärgert gewesen. Er fand, sie rede in Gesellschaft zu viel, ja, einmal hatte er ihr sogar vorgeworfen, sie würde sich aufspielen. Und das nur, weil sie, als sie bei einem seiner Kollegen zu Besuch waren, von ihrer aufgegebenen Doktorarbeit erzählt hatte. Aber noch nie hatte Uwe auf der Couch geschlafen. Noch nie war er ohne Abschiedsgruß zur Arbeit gegangen. War sie wirklich eine so schlechte Ehefrau? War sie tatsächlich egoistisch und selbstbezogen?

Sie erhob sich, weckte Viola, zog sie an und ging mit ihr hinunter zu Helene. Sie gab die Kleine bei ihrer Mutter ab und betrat kurz darauf die Buchhandlung. Lilly und Gertie waren schon da, während Martin hinten in seiner Musikalienhandlung Notenhefte zum Versand fertig machte.

«Gertie, Lilly, ich muss euch etwas fragen. Jetzt. Sofort. Aber ihr müsst ganz ehrlich antworten, ja?»

Lilly nickte und ließ das Staubtuch sinken, mit dem sie die Regale ausgewischt hatte, und Gertie sagte: «Schieß los. Was willst du wissen?»

«Was meint ihr, bin ich eine schlechte Ehefrau? Bin ich egoistisch und selbstbezogen?» Christa ließ ihre Blicke von Lilly zu Gertie und zurück schweifen. Die beiden kannten sie seit Jahren, sie vertraute ihnen.

Lilly widmete sich weiter den Regalen, die bereits vor Sauberkeit blitzten, und Gertie räusperte sich. «Tja», meinte sie dann, während Lilly weiter schwieg. «Dazu kann ich eigentlich nichts sagen.»

«Aber könntet ihr euch vorstellen, dass ich egoistisch und selbstbezogen bin?», fragte Christa.

«Nun, es ist nicht jede für die Ehe gemacht», murmelte Lilly, ohne sich nach Christa umzuwenden.

«Wenn Mann und Frau nicht dasselbe wollen, wird es schwierig», fiel Gertie noch ein.

Christa wusste, dass sie nichts weiter aus den beiden herausbekommen würde. Doch das, was sie nicht gesagt hatten, bestätigte ihre Befürchtung. Die einen waren für die Ehe gemacht, liebten es, Hausfrau und Mutter zu sein, gingen auf in ihrer Rolle. Sie dachte an Marlies und an die junge Frau Holländer von gegenüber, die jeden Morgen mit Lockenwicklern im Haar die Betten zum Lüften in die Fenster legte. Sie dachte an alle jungen Frauen, die sie kannte. Und keine war wie sie.

Keine Woche später wusste sie mit Sicherheit, dass sie wieder schwanger war. Sie sprach mit niemandem darüber, sie wollte das Kind nicht. Eigentlich hatte sie immer mehrere Kinder gewollt. Doch jetzt, mit nur einem Kind, fühlte sie sich wie in Ketten an den Laufstall geschmiedet. In den letzten drei Jahren, in denen ihre Tochter auf der Welt war, schien sie nur noch in Kindersprache gesprochen zu haben. Kam Uwe nach Hause, küsste er sie, dann fragte er auf der Stelle nach seiner Tochter. Und sie erzählte, dass sie im Park gewesen waren oder im Zoo oder in Bergen-Enkheim bei August und Heinz. Heinz liebte seine kleine ... – ja, was war sie eigentlich für ihn? Seine Nichte, Viola sagte Onkel Heinz, und dieser Onkel liebte sie über alles, fuhr mit ihr spazieren, ging mit ihr auf den Spielplatz, sammelte im Wald Kastanien und Eicheln, während Christa endlich mal eine Stunde für sich hatte. Manchmal nutzte sie die Zeit für einen Friseurtermin, manchmal las sie einfach nur ein gutes Buch, freute sich an der herrlichen Sprache eines Siegfried Lenz oder einer Ingeborg Bachmann. Gerade las sie einen Roman, der in den USA die Bestsellerlisten gestürmt hatte. *On The Road* von Jack Kerouac. Eine Textstelle darin hatte sie so begeistert, dass sie sie auswendig gelernt hatte:

Denn die einzig wirklichen Menschen sind für mich die Verrückten, die verrückt danach sind zu leben, zu sprechen, verrückt danach, erlöst zu werden, und nach allem gleichzeitig gieren – jene, die niemals gähnen oder etwas Alltägliches sagen, sondern brennen, brennen, brennen wie phantastische gelbe Wunderkerzen.

Die Stelle machte Christa traurig. Ja, auch sie hatte einmal gebrannt. Aber jetzt? Jetzt war sie eine von denen, die gähnten und beinahe nur noch über Alltägliches sprachen. Sie vermisste so viel. Gespräche über Bücher und philosophische Themen, Ausstellungen, Theaterbesuche. Uwe ging nicht gern ins Theater. «Warum soll ich mich da hinsetzen, wenn ich es zu Hause vor dem Fernseher doch viel bequemer habe?» Er liebte Sendungen wie *Was bin ich?* mit Robert Lembke und bedauerte sehr, dass gerade diese Quizsendung abgesetzt worden war.

Als sie einmal über die Stationierung von Atomwaffen mit ihm diskutieren wollte, winkte er ab. «Warum soll ich mir über so was Gedanken machen? Die da oben machen ja doch, was sie wollen – und was der Ami will.»

Und nun sollte noch ein zweites Kind kommen? Sie würde überhaupt keine Zeit mehr für sich haben, würde mit noch stärkeren Ketten an Haus und Haushalt gefesselt sein, denn Uwe war ihr keine Hilfe. Für ihn stand fest: Er erwirtschaftete das Geld, und sie musste sich im Gegenzug um alles andere kümmern. Nur um das Auto nicht. Uwe liebte seinen Opel Kapitän mit Chromverzierung und schnittigen Heckflossen. Und geriet jedes Mal ins Schwärmen, wenn die Rede auf die PS-Leistung seines Wagens kam. Dieses taubenblaue Wunderfahrzeug wusch er jeden Samstag, polierte und wachste es stundenlang. Manchmal wünschte Christa sich, er würde auch mit ihr so hingebungsvoll und zärtlich sein. Aber der Sex hatte in diesen Ehejahren ebenso gelitten wie ihre Kommunikation. Ein Mal in der Woche schliefen sie miteinander. Immer samstags, nach dem Baden. Sie sahen eine Familiensendung im Fernsehen, dann gingen sie ins Bett. Uwe schob ihr Nachthemd hoch, rollte sich auf sie, drang in sie ein, befriedigte seine Lust und rollte wieder von ihr herunter. Sie verspürte keine Lust. Und manchmal war sie derart unwillig, dass Uwe ihr sogar Schmerzen bereitete. Aber das schien ihn nicht zu stören. So, wie es am Anfang war, so schön und so zärtlich, war es seit Langem nicht mehr.

Sie weinte, als sie vom Arzt kam. Sie wollte dieses Kind nicht und hatte gleichzeitig ein schlechtes Gewissen, aber ihr Entschluss stand fest: Sie musste abtreiben. Von Frau Lehmann hatte sie gehört, dass es im Westend eine Frau gab, die sich auskannte. Aber Frau Lehmann war eine Klatschbase. Würde sich Christa nach der Adresse erkundigen, wüsste es am nächsten Tag das ganze Viertel. Und das ganze Viertel würde sie verachten, und manche würden sicher denken, sie sei eine Mörderin.

Den ganzen Tag grübelte sie, und am Abend, als Uwe es sich mit einer Flasche Bier vor dem Fernseher gemütlich gemacht hatte und Viola schlief, machte sie sich auf den Weg zu Gunda.

Gunda freute sich über ihren Besuch. Sie führte die Freundin ins Wohnzimmer, goss ihr ein Glas Wein ein, das Christa jedoch verschmähte.

Gunda runzelte die Stirn. «Geht es dir nicht gut? Du siehst blass aus.»

«Ich … Ich bin schwanger. Und ich will dieses Kind nicht.» Christa fasste nach Gundas Hand. «Was soll ich nur tun?»

«Du willst es wirklich nicht? Da bist du ganz sicher?»

«Ja. Das bin ich.»

«Dann musst du es wegmachen lassen.»

«Ich weiß. Aber ich kenne niemanden, der das tut.»

Gunda schürzte die Lippen. «Es gibt da eine Klinik in Polen. Dort sind Schwangerschaftsabbrüche erlaubt. Die Kosten musst du allerdings selbst tragen.»

«Hast du eine Adresse?»

«Ja.»

«Woher?» Christa konnte sich keinen Grund vorstellen, warum Gunda sich auskennen sollte.

«Ich war schon mal dort. Im letzten Jahr.»

«Du warst schwanger?» Christa riss verblüfft die Augen auf.

Gunda lächelte. «Ich bin eine Frau wie du. Ich habe auch Bedürfnisse. Und manchmal einen Liebhaber. Nichts fürs Leben, nur für die Nacht.»

«Das … Das wusste ich nicht», stammelte Christa.

«Wenn du willst, fahre ich mit dir dorthin. Wir brauchen allerdings dein Auto, und du weißt, dass ich nicht fahren kann. Es wäre gut, es käme noch jemand mit, der einen Führerschein besitzt, damit wir wieder nach Hause kommen.»

Uwe hatte einen Führerschein. Martin fuhr Auto. August Nickel auch. Doch wer sonst?, überlegte Christa.

«Frag Heinz. Er kann fahren. Und er wird dich nicht verurteilen», schlug Gunda vor.

Eine Woche später fuhren sie los. Christa hatte lange überlegt, was sie Uwe erzählen sollte. Dann hatte sie ihm erklärt, dass Heinz in Polen eine seltene Bibliothek aufgetan hatte und sie mit ihm dorthin müsste, weil sie mehr von alten Büchern verstand als er. Das stimmte nicht. Heinz tat seit Jahren nichts anderes, als auf Auktionen zu gehen und die entsprechenden Kataloge zu wälzen. Uwe hatte gemurrt, doch schließlich hatte er zugestimmt. Allerdings hatte es Christa nicht gewagt, Geld von ihrem Konto zu nehmen. Uwe führte die Bücher, und eine Summe von fast fünfhundert Mark hätte sein Misstrauen erregt. Also hatte Heinz das Geld von seinem Konto genommen. Und Gunda war dabei geblieben: Sie saß im Fond als seelische Stütze.

«Ich gebe dir jeden Pfennig zurück», versprach Christa, als sie in Heinz' Auto die Stadt verließen.

«Das brauchst du nicht. Du hast so viel für mich getan. Ich bin froh, dass ich endlich für dich etwas tun kann.»

«Nein, Heinz, du bekommst alles zurück.»

Heinz sah zu ihr rüber. Er nickte, dann fragte er, unsicher, wie sehr er in sie dringen durfte: «Bist du ... Bist du traurig?»

«Ja, das bin ich. Ich wollte immer mehr als ein Kind. Aber ich habe auch Träume und Hoffnungen, und die kann ich nicht alle aufgeben.» Sie schwieg und seufzte, dann sprach sie weiter: «Ich hatte mir das alles ganz anders vorgestellt. In meinen Träumen war ich mit Jago zusammen. Wir hatten ein kleines Mädchen und einen kleinen Jungen. Tagsüber habe ich in der Buchhandlung gearbeitet, abends haben wir über Literatur geredet oder uns gegenseitig etwas vorgelesen.»

«Und wer hat deinen Haushalt gemacht?», warf die praktisch denkende Gunda von hinten ein.

«In meinem Traum hatten wir natürlich jemanden dafür. Ich hätte auch ohne Traum genug Geld, um mir eine Frau für die Hausarbeit zu leisten. Aber Uwe hat das rundheraus abgelehnt.

Alles hat er abgelehnt. Sogar den Kindergarten für Viola, wie ihr wisst. Es hat mich all meine Überredungskunst gekostet, dass sie drei Stunden am Tag dort sein darf.» Plötzlich brach Christa in Tränen aus. «Es ist alles so furchtbar», schluchzte sie. «Es ist alles so anders, als ich es gewollt habe. Und nun … nun werde ich sogar zur Mörderin.» Sie sagte es nicht, aber insgeheim gab sie Uwe die Schuld daran, dass sie jetzt in diesem Auto auf dem Weg nach Polen war.

«Du musst das Kind nicht abtreiben lassen. Wir können sofort umkehren, wenn du das willst», erklärte Heinz.

«Nein.» Christa schluckte. «Wir fahren zu dieser Klinik. Wir fahren nach Polen.»

«Und … wenn … nun, ich meine, wenn du es bereust. Eines Tages?» Heinz hatte ganz behutsam gesprochen.

Gunda legte die Hand auf Christas Schulter. «Es stimmt, eine Abtreibung ist keine einfache Sache. Man nimmt ein Leben.»

«Ich weiß, dass ich ein schlechter Mensch bin», stieß Christa plötzlich hervor, tiefer Schmerz lag in ihrer Stimme. «Ich bin keine normale Frau. Aber was soll ich machen? Wann kommt endlich die Zeit, in der ich tun darf, was ich möchte?»

Heinz legte Christa sanft eine Hand aufs Knie, Gunda reichte ihr ein Taschentuch. Beide fühlten Christas Schmerz – und konnten doch nichts anderes tun, als jetzt für sie da zu sein.

Die Abtreibung verlief reibungslos in der kleinen Klinik kurz hinter der polnischen Grenze. Auf der Rückfahrt saß Gunda vorn, neben Heinz. Hinten hatte sich Christa ausgestreckt. Immer wieder liefen ihr die Tränen übers Gesicht. Sie trauerte um das ungeborene Kind. Trauerte um ihre Träume, um ihre Wünsche, ihre Ziele. Um alles, was sie versäumt hatte, seit sie mit Uwe Stübner verheiratet war.

Kapitel 14

Das Jahr 1959 endete mit einer riesigen Party zur Einweihung des Antiquariats, das Heinz gegründet hatte. In dem neuen Laden mit zwei Hinterräumen befand sich in der Mitte ein großer Schreibtisch, der einst in der Musikalienhandlung in Basel gestanden hatte und ein Geschenk von Werner an Martin gewesen war. Auch das Klavier aus Basel hatte hier seinen Platz gefunden, und Heinz hatte vor, hin und wieder einen literarisch-musikalischen Abend abzuhalten. Der Schreibtisch war ein wahres Prachtstück aus Kirschholz mit Einlegearbeiten und einem Geheimfach. Vor dem Tisch standen zwei gepolsterte Stühle mit Lehne, links und rechts prangten nagelneue, von August Nickel angefertigte Bücherregale, an einem Fenster, das nach hinten zu einem winzigen Gärtchen hinausging, stand ein weiterer Schreibtisch.

Der Boden war mit Dielen bedeckt, und im Schaufenster hing ein großes Plakat, das auf die Eröffnung des Ladens hinwies.

Heinz hatte alle eingeladen, die er kannte und mochte. Zuerst seinen Vater, Martin, Helene, Christa und Uwe, aber auch seinen besten Freund Willi und die Leute aus dem Lesezirkel, dem er sich ebenfalls angeschlossen hatte. Dazu kamen zwei junge Männer, mit denen er die Ausbildung absolviert hatte, und zwei junge, schüchterne und kichernde Mädchen, die Heinz bei einem Tanzabend, an dem er in einer Combo Klavier gespielt hatte, kennengelernt hatte.

Helene und Christa hatten plattenweise Schmalzstullen mit Gurken geschmiert, sie hatten Eier gekocht und gefüllt, einen riesigen Topf Gulaschsuppe gekocht, und Martin hatte ein Fass Bier aus der Henninger-Brauerei gestiftet.

Heinz hatte einen Plattenspieler in eines der noch leeren Regale gestellt, und sein Freund Willi betätigte sich als Schallplattenunterhalter. Gerade lief *Living Doll* von Cliff Richard, und die beiden Mädchen ließen ihre Röcke schwingen. Danach wurde *Twist* von Chubby Checker gespielt, doch als die älteren Gäste sich über die Musik beschwerten, legte Willi eine Schallplatte von Connie Francis auf, die da sang *Die Liebe ist ein seltsames Spiel*, gefolgt von Vico Torrianis *Kalkutta liegt am Ganges*.

Es war noch nicht einmal neun Uhr, als bereits alle tanzten. Martin wirbelte Helene herum, Heinz tanzte mit einem der Mädchen. Gunda übte am Arm von Dr. Brinkmann den Walzerschritt, und Lilly Frühling hoppelte mit Gertie Volk übers Parkett.

Christa tanzte mit Uwe. Er hielt sie im Arm und lächelte sie an, doch Christa wusste, dass er das nur für die Leute tat. Um ihre Ehe stand es nicht besonders. Sie sprachen nur noch über Viola, mehr gemeinsame Themen hatten sie nicht, und Christa fragte sich nicht zum ersten Mal, wie es dazu gekommen war. Seit Violas Geburt hatte sich so vieles in ihrer Ehe geändert. Für Uwe schien vor allem wichtig zu sein, was es zu essen gab und ob sein blaues Lieblingshemd gebügelt war. Fragte sie ihn nach der Schule, antwortete er ihr mit einem knappen: «Von Naturwissenschaften verstehst du nichts.» Als sie einmal den Wunsch aussprach, eine neue Couch kaufen zu wollen, fand er das vollkommen überflüssig. «Solange Viola noch klein ist, brauchen wir kein neues Sofa. Du achtest ja auch nicht darauf, dass sie mit Schuhen nicht auf das Polster darf.» Ein offener Streit entzündete sich fast, als Viola bei der Weihnachtsfeier im Kindergarten nur einen der mittleren Plätze beim Ballwerfen belegte. Prompt tat Uwe so, als hätte Christa ihre Erziehungspflichten nicht erfüllt – und ignorierte dabei geflissentlich, dass die Kleine mit Hilfe eines Abzählverses schon bis zwanzig zählen konnte. Uwe arbeitete jetzt auch nach Unterrichtsschluss meist noch in der Schule. Es sei zu laut daheim, erklärte er, Viola hätte nicht gelernt, leise zu spielen. Kam er nach Hause, aß er, was Christa ihm vorbereitet hatte, dann nahm er sich ein Bier und schaute fern, ganz gleich, ob Christa im Sessel saß und ein Buch las und er sie dabei störte. Die Samstagnachmittage verbrachte er bei seiner Mutter. Manchmal nahm er Viola mit, manchmal nicht. Sonntags schlief er lange, dann ging er mit Viola in den Park oder auf den Spielplatz. Nie blieb er länger als eine Stunde. Dann, hatte Christa das Gefühl, langweilte er sich mit seiner Tochter. Doch nach außen tat er, als hätte er mit Viola und Christa das große Los gezogen. Er nannte Christa «Schatz» und Viola «Schätzchen», er kaufte Blumen und sprach darüber, dass erst die Familie einen Mann zu einem ganzen Mann machte, aber er hatte aufgehört, auf weiteren Nachwuchs zu drängen. Christa war erleichtert darüber.

«Liebst du mich eigentlich noch?», hatte Christa ihn am Weihnachtsabend gefragt, als er ihr ein sicherlich teures Salatbesteck mit Mahagonigriffen geschenkt hatte anstatt einen Opernabend, den sie sich so gewünscht hatte. Zwar war die Alte Oper 1944 zerstört worden, erfolgreiche Aufführungen fanden aber in dem hochmodernen Gebäude am Willy-Brandt-Platz statt.

«Wieso?», fragte er zurück.

«Ich möchte es gern wissen. Manchmal habe ich den Eindruck, als interessierte ich dich kein bisschen. Du hast dich ja nicht einmal bemüht, mir mit deinem Weihnachtsgeschenk wirklich Freude zu machen.»

«Ach, Liebe. Das ist doch nur ein flüchtiges Gefühl. Am Anfang jeder Beziehung brennt man lichterloh, aber das Feuer wird recht schnell zu einem Herdfeuer. Und von einem Salatbesteck haben wir alle mehr als von Kultur.»

«Nein, das sehe ich anders. Geschenke haben etwas mit Achtung und Respekt vor dem anderen zu tun. Du hast meine Wünsche ignoriert.»

«Meine Mutter meinte, du würdest dich darüber freuen.» Uwe runzelte die Stirn, dann brach es aus ihm heraus: «Nichts kann man dir recht machen, immer denkst du nur an dich. Viola und ich, wir bedeuten dir gar nichts. Du hast sie in den Kindergarten gesteckt, um Zeit für deine verdammten Bücher zu haben. Du bist nicht wie die anderen Frauen. Du bist so … so selbstbezogen, dass es kaum zu ertragen ist.»

Christa wich zurück. «Das heißt, du bist nicht glücklich in unserer Ehe?», fragte sie, doch sie wartete Uwes Antwort nicht ab. «Das trifft sich gut, unglücklich bin ich nämlich auch.»

Das war vor genau einer Woche gewesen. Und jetzt – tanzend – tat Uwe so, als wäre alles in Butter. Sie wirbelten an Helene vorbei, und als das Lied endete, führte Uwe sie am Arm zurück zu ihrem Platz. Helene setzte sich neben ihre Tochter. «Möchten die Damen etwas trinken?», wollte Uwe höflich wissen. Helene bat um ein Glas Wasser, Christa wünschte noch ein Glas Sekt.

Kaum war Uwe weg, beugte sich Helene zu Christa: «Er hat Manieren, das muss man ihm lassen.»

Christa lächelte gezwungen, vermied es aber einmal mehr, ihre Mutter über den wahren Zustand ihrer Ehe aufzuklären.

Am 4. Januar 1960, einem Montag, eröffnete das Antiquariat Nickel seine Türen, und Christa war dabei. Viola hatte sich ohne große Schwierigkeiten an den Kindergarten gewöhnt und freute sich jeden Tag auf die vielen Kinder und ihre Erzieherin. Außerdem hatte Helene sich bereit erklärt, das Kind zu bringen oder abzuholen und auch stundenweise zu betreuen, sollte es für Christa mal eng werden. So stand sie bereit, als Heinz sie bat, in den ersten Tagen auszuhelfen. Er erwartete einen kleinen Ansturm, denn er hatte sowohl in der *Frankfurter Rundschau* als auch in der *Frankfurter Allgemeinen Zeitung* Anzeigen geschaltet. Nun saß Christa am Schreibtisch und übernahm das Telefon, während Helene mit Enkeltochter Viola einen Schneemann baute. Anschließend wollten die beiden noch Waffeln backen.

Heinz bediente gerade die erste Kundin, eine ältere Frau, die auf einem Handwagen drei Kisten mit alten Büchern hergezogen hatte. «Die sind von meinem Mann, aber der ist schon vor Jahren gestorben. Jetzt ziehe ich zu meiner Tochter. Deshalb müssen die Bücher weg.»

Behutsam öffnete Heinz die erste Kiste, und sofort schlug ihm der Geruch von unzähligen Zigaretten ins Gesicht. «Ihr Mann war wohl ein starker Raucher?», fragte er.

«Ja. Wie alle Männer. Der Geschmack von Freiheit, hat er immer gesagt.»

In der Kiste fanden sich alte rororo-Zeitungen, die es gegeben hatte, bevor der Rowohlt-Verlag auf Taschenbücher umstellte. Dazu gab es viel Heimatliteratur und beinahe die gesamte Schullektüre aus der Nazizeit.

«Die Schulbücher sind von Jürgen, unserem Sohn. Aber der will sie auch nicht mehr», erklärte die alte Frau bereitwillig.

Als Heinz seufzte und sich durch die Haare fuhr, stand Christa auf und stellte sich neben den jungen Antiquar. Sie sah, dass er die Bücher nicht haben wollte, und sie merkte auch, dass er nicht «Nein» sagen konnte zu der kleinen alten Frau, die die Kisten mühevoll hierhergebracht hatte.

Christa blickte Heinz an, der das Gesicht verzog. «Nun, wissen Sie …», stammelte er und sah aus, als wünschte er sich ganz weit weg.

«Es tut uns leid», griff Christa endlich ein. «Diese Bücher können wir leider nicht ankaufen. Die Nachfrage fehlt.»

«Aber Sie kaufen doch alte Bücher. Das hat sogar in der Zeitung gestanden.» Die Frau verzog mürrisch das Gesicht.

«Das ist richtig. Aber wir kaufen nicht alle alten Bücher, sondern nur die, die wir auch weiterverkaufen können. Bei Ihren Büchern wird das schwierig.»

«Aber meine Bücher sind doch alt. Und ich will ja auch gar nicht den Neupreis dafür haben. Die Hälfte davon genügt mir schon.»

«Ich gebe Ihnen fünfzig Mark für die drei Kisten», mischte sich Heinz in das Gespräch.

Die alte Dame krauste die Stirn, dann nickte sie. «Fünfzig Mark. Aber bar auf die Hand.»

Heinz zückte seine Geldbörse, und kaum hatte die Frau den Schein in der Hand, wieselte sie auch schon aus dem Laden.

«Die Bücher können wir wegschmeißen», erklärte Christa. «So, wie sie sind. Warum hast du das gemacht?»

Heinz grinste schief. «Sie hat die Kisten gepackt und hier zu uns gewuchtet. Außerdem sah sie aus, als bräuchte sie das Geld.»

Am Abend, nachdem das Antiquariat geschlossen hatte, erklärte Christa: «Heinz, wir müssen reden.»

«Das dachte ich mir schon», erwiderte er und nahm hinter seinem Schreibtisch Platz, während Christa sich auf den Stuhl davor setzte.

«Du bist Geschäftsmann. Du musst bei allem, was du tust, zuerst an die Bilanz denken. Heute hast du Bücher gekauft, die du nur noch wegwerfen kannst. Du hast Geld verloren.»

«Ich kann es mir leisten, hin und wieder so etwas zu tun.»

«Wer so spricht, ist schneller arm, als er denken kann. Ja, du hast Geld, aber du musst es zusammenhalten. Es geht nicht nur um deine Kontostände, es geht auch um deinen Ruf. Stell dir vor, die alte Frau erzählt all ihren Nachbarinnen, was du getan hast. Dann steht morgen früh eine Karawane von alten Frauen mit Handwagen vor der Tür. Und irgendwann wird man dir nur noch Schrott anbieten. So etwas spricht sich schneller rum, als du denken kannst.»

Heinz seufzte. «Ich weiß, wie man handelt, das weißt du. Der Schwarzmarkt früher war meine Welt. Ich habe die besten Geschäfte gemacht.»

Christa lächelte. «Ja, das hast du wirklich. Aber heute Morgen hast du aus Mitleid gehandelt. Und Mitleid ist schlecht fürs Geschäft.»

«Du hast recht», erklärte Heinz. «Manchmal ist es nicht einfach, ein Geschäftsmann zu sein.»

Christa erhob sich.

«Warte, ich wollte auch noch etwas mit dir besprechen.»

«Ja?» Christa setzte sich wieder.

«Ich muss mir Bibliotheken und Nachlässe ansehen. Ich kann nicht immer im Laden sein. Kannst du nicht doch für mich arbeiten? Ich meine regelmäßig, ein paar Stunden pro Tag?»

Christa hätte am liebsten «Ja! Ja! Ja!» gerufen. Aber da war Uwe. «Ich würde gern, nur weiß ich nicht, wie. Bis jetzt findet Uwe immer neue Einwände, warum ich nicht arbeiten soll, obwohl Violas Eingewöhnung in den Kindergarten gut geklappt hat. Er wird dagegen sein, da nutzt auch unser schönes neues Gleichberechtigungsgesetz nichts.» Christa wusste, dass mit dem Gesetz vor anderthalb Jahren auch die Berufstätigkeit der Frau erleichtert werden sollte. Aber Uwe war stur, und sie hatte eigentlich keinen Bedarf an noch mehr Auseinandersetzung.

«Was ist, wenn ich mit ihm rede? Wärst du damit einverstanden? Es wären ja nur ein paar Stunden am Tag.» Heinz sah

Christa an, und es war deutlich zu merken, dass er ihr unbedingt helfen wollte, sich aber nicht richtig wohl in seiner Rolle als Mann fühlte.

Christa strich Heinz über den Arm und nickte. Uwe mochte Heinz, vielleicht hatte er ja Glück.

«Sehr gern. Und wenn Uwe nicht einverstanden sein sollte, komme ich trotzdem. Ich bin eine erwachsene Frau. Er kann den Arbeitsvertrag nur aufkündigen, wenn ich meine Pflichten im Haushalt vernachlässige. So will es das Gesetz.»

Christa verließ das Antiquariat und besorgte in der Metzgerei Lehmann noch schnell Koteletts. Kotelett mit Bohnen und Kartoffeln waren Uwes Lieblingsgericht. Christa hatte vor, alles dafür zu tun, dass Uwe ihr heute wohlgesonnen war. Und wirklich freute er sich über das Essen.

«Es schmeckt fast wie bei meiner Mutter», erklärte er, als er sich am Tisch die geschmolzene Butter über seine Kartoffeln löffelte.

«Soll ich dir noch ein Bier holen?», fragte Christa und nahm die leere Flasche.

«Oh, danke. Das wäre nett.»

Christa holte das Bier, öffnete die Flasche, goss Uwe das Glas voll.

«Sag mal, ist was passiert?», wollte er wissen. «Hast du eine Beule ins Auto gefahren? Ist dir die Blumenvase meiner Mutter runtergefallen?»

«Nein. Es ist nichts. Alles wie immer.»

In diesem Augenblick schrillte die Türglocke. «Ich geh schon», erklärte Christa und kam gleich darauf mit Heinz zurück in die Küche, in der die Familie an den Wochentagen ihre Mahlzeiten einnahm. Nur sonntags deckte Christa den großen Esstisch im Wohnzimmer.

«Oh, ich störe beim Essen. Das tut mir leid», sagte er.

«Unfug, du störst nicht. Ich habe noch ein Kotelett in der Pfanne. Bohnen und Kartoffeln sind auch noch da», bot Christa an, und Uwe ergänzte: «Einem Bier bist du sicher auch nicht abgeneigt?»

«Wenn du etwas übrig hast, gern. Ich habe heute den ganzen Tag noch nichts gegessen.»

Christa holte noch eine Flasche Bier aus dem Kühlschrank und stellte kurz darauf einen wohlgefüllten Teller vor Heinz. Er aß und trank mit gutem Appetit.

«Gibt es einen bestimmten Grund für deinen Besuch?», fragte Uwe.

«Ich wollte schauen, wie es bei euch so geht. Viola schläft schon?»

«Ich habe sie vor einer halben Stunde ins Bett gebracht», antwortete Christa.

«Das ist alles? Du kommst sonst auch nicht, um zu sehen, wie es uns geht», drängte Uwe und verschränkte die Arme vor der Brust.

«Ich brauche Hilfe», rückte Heinz mit der Sprache raus. «Und ich wünsche mir, dass du Christa erlaubst, täglich ein paar Stunden bei mir zu arbeiten.»

«Wusst ich's doch!» Uwe feuerte seine Serviette auf den Tisch und drehte sich zu Christa um. «Und ich Trottel hatte wirklich geglaubt, du hättest die Koteletts gebraten, um mir eine Freude zu machen.»

«Das habe ich auch», verteidigte sich Christa, aber Uwe hatte sich schon von ihr abgewandt und nahm Heinz in den Blick. «Du wirst jemand anderes für dein Antiquariat finden müssen, Heinz.»

«Aber Christa wäre mir die Liebste. Sie hat Ahnung von Büchern. Ich vertraue ihr. Und ich könnte von ihr lernen.»

Uwe verzog den Mund. «Tut mir leid, Kleiner. Christa hat mit dem Haushalt und Viola genug zu tun.»

«Helene würde jederzeit einspringen und sich um Viola kümmern, wenn Christa im Antiquariat mal länger zu tun hat.»

«Na, dann habt ihr schon alles abgesprochen. Hinter meinem Rücken. Und jetzt wollt ihr mich vor vollendete Tatsachen stellen?»

Heinz blickte schuldbewusst auf seinen Teller. Auch Christa fühlte sich nicht wohl in ihrer Haut, dann aber streckte sie sich und sagte so ruhig wie möglich: «Du würdest gar nichts davon merken, Uwe, für dich würde sich nichts ändern. Und wenn du aus der Schule kommst, bin ich zu Hause.»

«Das sagst du jetzt. Und wer macht die Wäsche? Wer bügelt meine Hemden? Wer bringt Viola all die Dinge bei, die ein Kind in ihrem Alter wissen muss?»

«Meine Mutter freut sich, wenn sie für die ganze Familie kochen kann. Es wäre doch schön, wenn wir alle zusammen zu Abend essen.»

«Aha, es geht um die Familie. Leider immer um deine. Was ist denn mit meiner Mutter? Habt ihr sie auch gefragt, ob sie auf Viola aufpassen könnte?»

Christa schwieg, Heinz ebenso. Da stand Uwe auf, stieß seinen Stuhl zurück und ging zur Tür.

«Wo willst du hin?», fragte Christa.

«In die Kneipe. Dorthin, wo Männer noch Männer sein dürfen.»

Kapitel 15

Am nächsten Morgen stand Christa pünktlich um neun Uhr vor dem Laden.

«Was tust du hier?» Heinz warf ihr einen misstrauischen Blick zu.

«Ich komme zur Arbeit.»

«Aber Uwe ist doch dagegen.»

«Wir haben gestern Nacht noch geredet. Solange er nicht den Eindruck hat, dass ich Viola oder den Haushalt vernachlässige, ist er einverstanden.»

«Na gut», gab Heinz zur Antwort. «Aber so richtig wohl ist mir dabei nicht. Ich möchte nämlich nicht, dass du Ärger bekommst.»

Er schloss den Laden auf, und sofort klingelte das Telefon. Eine junge Frau bot ihm den literarischen Nachlass ihres Vaters an, der Professor an der Frankfurter Universität gewesen war.

«Bleibst du im Laden?», fragte Heinz, nachdem er den Hörer aufgelegt hatte. «Dann könnte ich mir die Bibliothek gleich anschauen.»

«Ich bin hier.»

«Wenn Kunden kommen und dir etwas anbieten, entscheide du.»

Christa sortierte einen Wäschekorb mit Büchern. Sie staubte die Titel ab und legte für jedes Buch zwei Karteikarten an und notierte jeweils Autor, Titel, Verlag, Jahr, Einband, Illustrationen, Zustand, Schlagwort und Datum. Dazu schrieb sie den Preis, zu dem sie das Buch verkaufen wollten. Eine der Karteikarten wanderte in den Autorenkatalog, die andere – ebenfalls alphabetisch – in das Schlagwortverzeichnis. Danach stellte sie die Bücher ins Regal.

Als sie damit fertig war, kamen die ersten Kunden. Ein junger Mann bot ihr ein Universallexikon in zwölf Bänden an, das noch vor dem Krieg erschienen war. Sie gab ihm pro Band eine Mark, und der Mann war es zufrieden. Ein Ehepaar wollte sich umschauen, eine ältere Dame fragte nach einer bestimmten Schiller-Ausgabe, die Christa leider nicht bieten konnte. Sie bot eine andere Ausgabe an und war glücklich, als das Ehepaar zufrieden mit den Büchern das Geschäft verließ. Danach wurde es wieder ruhig im Laden. Christa blickte auf ihre Uhr, es war halb elf. Um zwölf sollte sie Viola vom Kindergarten abholen, um danach bei Helene zu essen. Während Viola ihren Mittagsschlaf hielt, würde Christa noch eine weitere Stunde bei Heinz arbeiten, ehe sie sich dem Haushalt widmete. Sie seufzte und hoffte inständig, dass Heinz rechtzeitig zurückkam.

Wieder klingelte die Türglocke. In Gedanken fuhr Christa herum und erstarrte. Vor ihr stand Jago.

«Darf ich reinkommen?», fragte er.

«Natürlich. Dies ist ein Geschäft.» Christa spürte, dass ihre Hände zitterten. Auch ihr Herz schlug einen raschen Takt. Sie hatte seit dem Urlaub auf Sylt vor fünf Jahren nichts mehr von Jago gehört oder gesehen.

«Ich habe in der Zeitung von dem Antiquariat gelesen und wollte Heinz einen Besuch abstatten.»

«Er … Er prüft einen Nachlass.»

«Darf ich mich umsehen?»

«Selbstverständlich.»

Jago ging an den Reihen der Regale vorbei. Er nahm ein dünnes Bändchen mit Wolfgang Borcherts Theaterstück *Draußen vor der Tür* in die Hand, dann blätterte er in Walter Benjamins Essayband *Einbahnstraße*. Christa machte sich derweil an einem Bücherstapel zu schaffen, doch ihr Blick glitt immer wieder zu Jago. Gut sah er aus. Er war nicht mehr ganz so mager und trug einen modischen Mantel mit passendem Schal. Wäre der Mantel nicht gewesen, hätte man denken können, er arbeite im Laden. Sie und er in ihrem eigenen Laden. Nur einen kurzen Augenblick lang gestattete sie sich diesen Tagtraum. Alles andere tat zu weh.

«Ihr handelt ja nicht nur mit alten Büchern, sondern habt auch modernes Antiquariat dabei», rief Jago.

«Stimmt, aber nur ausgewählte Sachen», rief sie zurück.

Ein paar Minuten später kam er mit den Benjamin-Essays zu dem Schreibtisch, hinter dem sich Christa verschanzt hatte. Sie spürte ihre Wangen glühen und auch ein leichtes Zittern, das ihren ganzen Körper ergriffen hatte.

«Was kostet der Band?»

12,50 Mark, wollte sie sagen, doch die Worte kamen ihr nicht über die Lippen. «Nimm den Band einfach so mit. Ich schenke ihn dir.»

«Nein, das möchte ich nicht.» Jago schlug das Buch auf, fand auf dem Vorsatz oben rechts den Preis, den Heinz mit dem Bleistift hineingeschrieben hatte. 12,50 Mark. Er kramte in seinen Hosentaschen, zog einen 20-Mark-Schein hervor und schob ihn Christa zu.

Sie holte die Stahlkassette aus der obersten Schreibtischschublade und reichte Jago das Wechselgeld. Plötzlich hatte sie Angst, dass er gehen würde, um erneut aus ihrem Leben zu verschwinden. Sie nahm all ihren Mut zusammen und fragte mit blasser Stimme: «Wie geht es dir?»

«Gut. Und dir?»

Was sollte sie antworten? Ich habe solche Sehnsucht nach dir? Ich will nicht, dass du gehst? «Mir auch. Ich bin verheiratet und habe ein Kind bekommen. Viola. Ich muss sie bald abholen. Sie geht in den Kindergarten.»

«Dann will ich dich nicht aufhalten.» Jago wandte sich zum Gehen.

«Nein. Bitte bleib noch. Ich … Ich habe dich so lange nicht gesehen. Erzähl mir von dir. Kommt bald ein neuer Lyrikband heraus?» Christa hörte selbst, wie flehend ihre Stimme klang.

Jago blickte ihr in die Augen. «Ich arbeite daran. Das letzte Buch lief nicht so gut. Ich weiß nicht, ob Suhrkamp noch etwas von mir publizieren wird.»

«Das wird der Verlag sicher. In der Buchhandlung haben wir dein Buch gut verkauft.»

Er lächelte. «Vielleicht habt ihr es besonders empfohlen.»

«Das … Das haben wir. Und sonst? Wie geht es dir sonst?»

«Was soll ich sagen?» Er zuckte mit den Schultern. «Ich habe eine Anstellung als Redakteur bei der *Frankfurter Rundschau*. Geld will verdient sein.»

«Hast du … Hast du auch Kinder?» Christa versuchte, auf Jagos rechte Hand zu blicken. Sie wollte unbedingt wissen, ob er einen Ehering trug, so wie damals auf Sylt. Aber Jago hatte die Hand in die Hosentasche gesteckt.

«Nein. Ich habe keine Kinder.»

«Bist du glücklich?» Die Worte hatten sich schneller ausgesprochen, als Christa es wollte, und sie wusste, dass sie sich damit auf ganz dünnes Eis wagte.

«Glücklich? Glücklich, wer ist das schon?», erwiderte Jago vage. «Bist du denn glücklich?»

«Nein.» Auch dieses Wort kam schneller heraus, als Christa denken konnte. Aber sie konnte nicht anders. Sie fühlte sich ihm so nah. Sie hatten sich so lange nicht gesehen, und doch hatte sie das Gefühl, dass sich an ihrer Vertrautheit nichts geändert hatte.

«Oh, das tut mir leid zu hören. Was macht dich denn unglücklich?»

«Ich führe nicht das Leben, das ich mir erträumt habe. Ich bin die geworden, die ich niemals sein wollte.»

«Das klingt traurig.» Jago sah sie an. «Und daran ist nichts zu ändern?»

Christa seufzte. «Das versuche ich gerade. Und du?»

«Ich bin nicht glücklich, aber auch nicht unglücklich. Ich schreibe, ich arbeite in der Redaktion. Ich denke.»

«Und deine Frau?»

Jago lächelte schief. «Ulrike kümmert sich gemeinsam mit meinem Vater um die Ländereien. Sie haben vor ein paar Jahren ein Gestüt gekauft und züchten Rennpferde.»

«Dann hat also dein Vater die Schwiegertochter, die er sich gewünscht hat?»

«Ja, das kann man wohl so sagen.»

Sie grinsten sich plötzlich an, als gäbe es keine Fremdheit zwischen ihnen, als wäre alles da, Liebe, Vertrauen … Wie früher. Gefühle, die eine Brücke schlugen zwischen Fremdheit und Vertrauen. Zwischen Gleichgültigkeit und Liebe, zwischen Vergangenheit und Gegenwart. Jetzt wusste sie, dass auch Jago noch immer an sie dachte. Doch dann klingelte die Türglocke, und Heinz stand plötzlich im Laden. Die Magie verflog.

«Jago!» Heinz ließ sich von Jago die Kisten abnehmen, dann schüttelte er ihm fest die Hand. «Wie schön, dich zu sehen. Was führt dich zu uns?»

«Du! Ich habe deine Anzeige in der *Rundschau* gesehen und

wollte mir dein Antiquariat mit eigenen Augen anschauen. Wie ich sehe, läuft alles hervorragend.»

Christa schaute auf die Uhr, griff dann widerstrebend nach Strickjacke und Tasche. «Ich muss jetzt los. Viola wartet auf mich.» Sie streifte Jago im Vorübergehen und atmete tief seinen Geruch ein. Einen Geruch, der noch immer ihre Knie weich werden ließ.

Den Rest des Tages verbrachte sie in Gedanken an ihn. Sie stellte sich vor, mit ihm statt mit Uwe verheiratet zu sein. Ja, sie konnte überhaupt nicht mehr aufhören, an diese Möglichkeit zu denken. Sie hatte ihn so lange nicht gesehen – und spürte doch ganz tief in sich drin, dass sie nie aufgehört hatte, ihn zu lieben.

Kapitel 16

Ein halbes Jahr war seit der Eröffnung des Antiquariats ver-
gangen, als Christa einen Anruf entgegennahm, der vieles ver-
änderte. Der Mann am Telefon fragte an, ob sie das Buch *Das
Wunderbare oder die Verzauberten. Propheten in deutscher Krise* aus
dem Rowohlt Verlag ankaufen würden. Sofort spürte Christa ein Kribbeln im Bauch, das sich so ähnlich anfühlte wie die
Schmetterlinge der Verliebtheit. Sie hatte dieses Kribbeln immer, wenn ihnen ein Schatz angeboten wurde oder endlich ein
Buch erschien, auf das sie lange gewartet hatten. Sie hatte selbst
gehört, wie Ernst Rowohlt auf der Frankfurter Buchmesse 1954
von diesem Titel sprach. Er saß damals an einem Tisch am Ro-
wohlt-Stand und rauchte eine Zigarre. Um ihn herum hatte sich
eine kleine Menschenmenge gebildet, die staunend zuhörte, was
der bekannte Verleger zu berichten hatte. Eine Redakteurin des
Hessischen Rundfunks hielt ihm ein Mikrofon vor die Nase und
fragte: «Welches Buch ist für Sie das wichtigste, das Sie je ver-
legt haben?»

Und Rowohlt antwortete: «Ich habe nur wichtige Bücher ver-
legt, aber eines liegt mir besonders am Herzen. *Das Wunderbare
oder die Verzauberten*, herausgegeben von einem der bedeutendsten Journalisten in der Weimarer Republik und im Dritten
Reich. Rudolf Olden, der in gefährlicher Zeit für die Menschen-
rechte kämpfte. Wissen Sie, in diesem Buch aus dem Jahre 1932

herrscht Magie.» Er lachte, dann sprach er rasch weiter: «Die erstaunlichsten Geschichten werden erzählt, und das Besondere daran ist: Sie handeln von Menschen, die etwas Außergewöhnliches wagten. Von Menschen, die ein wenig Kind geblieben sind und sich den Kinderblick auf die Welt bewahrt haben. Menschen, die uns weiterbringen, uns Mut machen und unsere Herzen öffnen.» Christa erinnerte sich, wie Ernst Rowohlt genüsslich an seiner Zigarre gezogen hatte und dann noch ein paar Zeilen aus dem *Schneider von Ulm* zitierte, einem Gedicht von Bertolt Brecht.

Bischof, ich kann fliegen
Sagte der Schneider zum Bischof.
Paß auf, wie ich's mach!
Und der stieg mit so 'nen Dingen
Die aussahn wie Schwingen
Auf das große, große Kirchendach.
Der Bischof ging weiter.
Das sind lauter so Lügen
Der Mensch ist kein Vogel
Es wird nie ein Mensch fliegen
Sagte der Bischof vom Schneider.
Der Schneider ist verschieden
Sagten die Leute dem Bischof.
Es war eine Hatz.
Seine Flügel sind zerspellet
Und er liegt zerschellet
Auf dem harten, harten Kirchenplatz.
Die Glocken sollen läuten
Es waren nichts als Lügen
Der Mensch ist kein Vogel
Es wird nie ein Mensch fliegen
Sagte der Bischof den Leuten.

Die Umstehenden klatschten, aber Rowohlt sprach weiter: «*Der Schneider von Ulm*, das ist ein Träumer, ein Mensch, der das Unmögliche wahrt. Von solchen Menschen gibt es nicht viele. Deshalb liebe ich das Buch so.»

Christa erinnerte sich an diese Szene mit Ernst Rowohlt, als wäre sie erst gestern geschehen. «In welchem Zustand ist das Buch?», fragte sie den Mann am anderen Ende des Telefons.

«In einem guten, würde ich sagen.»

«Flecke? Schimmel? Ausgerissene Seiten? Anmerkungen der Leser am Rand?»

«Nein, nichts von alledem. Nur eine abgestoßene Ecke, als das Buch einmal heruntergefallen ist.»

«Welche Auflage?»

«1. Januar 1932.»

Christas Herzschlag beschleunigte sich. Das war die erste Auflage, und erste Auflagen waren im Antiquariatshandel besonders begehrt und teurer als alle Auflagen danach.

«Und warum wollen Sie es verkaufen?»

«Na ja, es steht schon über zwanzig Jahre hier im Bücherschrank, und niemand interessiert sich dafür.»

«Was haben Sie für Preisvorstellungen?», fragte Christa weiter, blätterte aber dabei in einem Karteikasten, in dem Suchaufträge von Kunden einsortiert waren. Rasch hatte sie die entsprechende Karteikarte gefunden. Dr. Wilhelm Scholz wollte das Buch unbedingt erstehen und war bereit, 100 D-Mark dafür zu zahlen.

«Ich weiß nicht, wie viel ist es denn wert?», fragte der Anrufer.

«Nun, es ist sicher kein gewöhnliches Buch», erklärte Christa. «Doch es hat sich damals, als es herauskam, nicht besonders gut verkauft. Aber es gibt sicher ein paar Sammler dafür.»

«Dann machen Sie mir doch einen Preisvorschlag.»

«Gut. Ich würde Ihnen 25 DM zahlen.»

«25?»

«Ja, ganz recht.»

«Mit so viel hatte ich gar nicht gerechnet.»

«Dann würden Sie uns das Buch verkaufen?»

«Ich komme in einer halben Stunde bei Ihnen vorbei.»

Christa konnte kaum erwarten, Heinz von diesem Ankauf zu erzählen. 75 DM würden sie an einem einzigen Buch verdienen! Dann fiel ihr ein, dass sie Heinz nicht gleich davon erzählen konnte. Er war vor zwei Tagen in die Ostzone gefahren, um auch dort nach alten Schätzen zu suchen. In Leipzig war er schon erfolgreich gewesen, und in einem kleinen Ort vor den Toren Leipzigs war es ihm sogar gelungen, alte Ausgaben der Zeitschrift *Der Sturm* von Herwarth Walden anzukaufen. Diese berühmte *Wochenzeitschrift für Kultur und die Künste* war von 1910 bis 1932 erschienen und versammelte Artikel über das Bauhaus und über die Maler des Expressionismus. Else Lasker-Schüler, Alfred Döblin, Heinrich Mann, Karl Kraus und andere hatten für Walden geschrieben, bis dieser 1932 Deutschland verließ, aus Angst vor den Nazis. Seither waren alle Ausgaben von Kunstkennern sehr gesucht, und Heinz glaubte, damit ein großes Geschäft machen zu können.

Christa freute sich schon auf seine Rückkehr. In der letzten Woche hatten sie darüber gesprochen, ob er daran denke, sich zu spezialisieren. Es gab noch ein paar andere Antiquariate in Frankfurt. Eins in der Nähe des Doms, andere waren über die Stadt verteilt. Zu den Spezialisierungen gehörte zum Beispiel die Konzentration auf Inkunabeln, Bücher aus der Frühzeit des Buchdrucks, die auch als *Wiegendrucke* bekannt waren. Heinz hatte daran kein Interesse. Er wollte sich auf verbotene Bücher und Zeitschriften spezialisieren.

Pünktlich eine halbe Stunde später war der Anrufer da.

Christa wusste es sofort, als er den Laden betrat und sich halb ehrfürchtig, halb neugierig umschaute.

«Kann ich Ihnen helfen?», fragte Christa nach einer kleinen Weile.

«Haben Sie auch technische Bücher?», fragte der Mann.

«Direkt im Regal neben Ihnen. Allerdings keine neuen, nur gebrauchte. Die meisten sind Ende des 19. Jahrhunderts erschienen.»

«Und wer kauft so etwas?»

Christa musste über seine Verblüffung lächeln. «Es gibt für alles Sammler», erwiderte sie.

Endlich trat der Mann an ihren Schreibtisch heran und zog aus einem Einkaufsbeutel das angekündigte Buch. Er behandelte es sorgsam, legte es behutsam auf den Tisch.

«Wir hatten telefoniert, nicht wahr?», sagte Christa.

«Ja, ich habe Sie angerufen und gesagt, dass ich vorbeikommen würde.»

«Das ist ein gut erhaltenes Exemplar. Ich freue mich.» Christa holte die stählerne Geldkassette hervor, öffnete sie und zählte dem Mann zwei Zehnmarkscheine und fünf einzelne Markstücke ab. «Das Antiquariat Nickel dankt Ihnen.»

Der Mann steckte das Geld ein. «Sind Sie noch an anderen alten Büchern interessiert?»

«Nicht an allen, aber an vielen. Machen Sie doch eine Liste von denen, die Sie verkaufen wollen, und kommen Sie mit der Liste wieder zu uns.»

«Das werde ich tun.» Er hob grüßend die Hand und verschwand.

Die nächste Kundin suchte einen Atlas «mit den alten Grenzen, von damals, als Deutschland noch Deutsches Reich hieß». Christa legte ihr zwei verschiedene Atlanten vor, die Kundin entschied sich für ein Werk von 1937. Eigentlich widerstrebte es

Christa, Bücher aus der Zeit der Nationalsozialisten zu verkaufen, aber Geld stank nicht. Sie hatte erst kürzlich gelesen, woher dieser Ausdruck eigentlich kam. Vom römischen Kaiser Vespasian. Er erhob eine Steuer auf die öffentlichen Toiletten, weil die Staatskasse leer war. Vor seinem Sohn Titus rechtfertigte er sich mit den Worten: «Geld stinkt nicht.» Sie hatte lange mit Heinz darüber diskutiert, ob man Bücher, die zwischen 1933 und 1945 erschienen waren, im Laden haben wollte. Sie war dagegen, Heinz dafür. «Bücher sind immer auch Zeitzeugen», argumentierte er. «Wenn wir alles verdrängen und verstecken, was in jener Zeit geschehen ist, wird sie bald vergessen sein. Ich verkaufe diese Bücher gegen das Vergessen.»

Gunda Schwalm war bei der Diskussion dabei gewesen. Sie hatte heftig widersprochen: «Du gehst davon aus, Heinz, dass das Bewusstsein der Leute sich ebenfalls gewandelt hat. Dass aus Nationalsozialisten plötzlich Demokraten geworden sind. Aber so ist das nicht. Du musst damit rechnen, dass diese Titel dazu missbraucht werden, die Nazizeit zu glorifizieren.»

Gunda arbeitete seit Neuestem am Institut für Sozialforschung im Westend und war ungeheuer stolz auf ihre Tätigkeit als wissenschaftliche Assistentin von Theodor Adorno. Christa beneidete sie, sie hätte selbst nur zu gern für diesen außergewöhnlichen Philosophen an diesem außergewöhnlichen Institut gearbeitet. Gunda hatte erzählt, dass es bei ihrer Arbeit darum ging herauszufinden, warum es der Arbeiterklasse zwischen den beiden Weltkriegen nicht gelungen war, eine sozialistische Revolution auf die Beine zu stellen. Tatsache war, so Gunda: «Die Arbeiterklasse war damals gespalten. Es gab die Arbeitslosen, die sich zumeist in der Kommunistischen Partei sammelten. Und die Arbeiter, die eher der Sozialistischen Partei anhingen; sie hatten noch eine Arbeit und taten alles dafür, ihre Anstellung nicht zu gefährden.»

«Was hätte denn passieren müssen, um die Revolution in Gang zu bringen?», hatte Heinz gefragt.

«Nun, die Kommunisten und Sozialisten hätten sich zusammenschließen müssen. Dann wäre die Arbeiterschaft vereint gewesen.»

Einmal hatte Christa zusammen mit Viola die Freundin vom Institut in der Senckenberganlage abgeholt. Beim Anblick von Gundas hellem Arbeitszimmer, in dem es unzählige philosophische und soziologische Werke gab, war Christa ganz neidisch geworden. Gunda schien das bemerkt zu haben, denn sie hatte an diesem Nachmittag immer wieder darauf hingewiesen, wie schön es doch sei, ein Kind zu haben. «Alles auf einmal geht nicht», hatte sie hinzugefügt. «Man muss immer auf bestimmte Dinge verzichten, um andere haben zu können.»

Christa hatte in Gundas Worten eine leise Kritik gehört, doch sie hatte nicht widersprochen.

Jetzt erhob sie sich, räumte den Schreibtisch auf und wartete, dass Lilly Frühling aus der Buchhandlung herüberkam, um sie abzulösen. Doch dann kam nicht Lilly, sondern Martin.

«Und? Wie sieht's bei euch aus?», fragte er.

«Ich habe ein Buch für 25 Mark angekauft, das wir für 100 Mark wieder verkaufen können.» Sie hörte selbst, wie stolz ihre Stimme klang, und schob das besagte Buch in Richtung ihres Onkels. Der blätterte aufmerksam darin herum, und Christa sah, dass er es am liebsten behalten hätte.

«Und gibt's was Neues bei euch da drüben?», fragte sie.

«Die neuen Bücher für den Sommer sind da. Und ich habe zwei Bücher für dich zur Seite gelegt. Von Robert Musil *Der Mann ohne Eigenschaften* und *Das lyrische Stenogrammheft* von Mascha Kaléko.»

Auf der Stelle musste Christa wieder an Jago denken. Er mochte die Gedichte der Galizierin, die einen Teil ihrer Schul-

zeit in Frankfurt verlebt hatte. *Jago.* Sie sollte sich ihn aus dem
Kopf schlagen, musste ihn vergessen. Ein für alle Mal. Aber es
war so schwer. Sie sehnte sich nicht nur nach seiner Zärtlichkeit,
sie sehnte sich nach ihren Gesprächen, nach ihren gemeinsamen
Interessen.

«Danke, Martin, das ist lieb von dir. Ich habe zu Musil schon
einige Besprechungen gelesen. Und Kaléko kann ich immer genießen, wie du weißt. Ich hole mir die Bücher vielleicht noch heute Nachmittag ab. Aber jetzt muss ich erst mal los, Viola wartet.»

«Gib ihr einen Kuss von mir», bestellte Martin, küsste Christa
auf die Wange und schob sie auf die Straße.

Am Nachmittag schlenderte Christa mit ihrer kleinen Tochter
über die Zeil, die Haupteinkaufsstraße in Frankfurt. Sie war me-
lancholisch und wehmütig gestimmt und hatte sich vorgenommen, ihre Stimmung durch eine Einkaufstour zu heben. Zudem
brauchte Viola dringend neue Schuhe und Sommerkleidung.

Die beiden kamen gerade am Kaufhaus Schneider vorüber, als
sie Marlies trafen. «Wie schön, euch zu sehen. Wollen wir einen
Kaffee trinken gehen?»

Eigentlich hatte Christa keine große Lust, wollte der Freundin
die Bitte aber nicht abschlagen. Also saßen sie kurze Zeit später
im Café Bauer an der Hauptwache. Vor ihnen standen Kaffee-
tassen mit Rosenmuster, Viola hatte einen Kakao mit Strohhalm
bekommen. Marlies war mit ihrer Familie vor ein paar Monaten
in den Stadtteil Seckbach umgezogen. Tochter Melanie, die anfangs gemeinsam mit Viola den Kindergarten in Bornheim besucht hatte, ging nun in eine Seckbacher Einrichtung. Ein paar
Wochen lang hatte Viola die etwas ältere Melanie heftig vermisst, doch schon bald hatte sie neue Freunde gefunden. Wie die
beiden Mütter. Trotzdem freute sich Christa, die Schulfreundin
zu sehen.

«Wie geht es dir?», fragte Marlies aufgeräumt, wartete aber die Antwort gar nicht erst ab. «Dieter hat heute die Kinder. Er hat gesagt, ich bräuchte einmal Zeit für mich. Ist das nicht großartig?»

«Ja, das ist es», erwiderte Christa und seufzte. Uwe war so etwas noch nie eingefallen.

«Ich möchte mir ein Sommerkleid kaufen. Weißt du, eines, das oben eng anliegt, in der Taille aber weiter wird. Ich dachte an einen leichten Baumwollstoff. Grün sollte es sein. Für Rot fühle ich mich allmählich zu alt. Immerhin bin ich jetzt über dreißig.»

«Ein Sommerkleid. Ja, Grün steht dir bestimmt.»

Marlies lächelte, dann hielt sie stolz ihre Handtasche hoch. «Hast du schon gesehen? Hat mir Dieter zum Geburtstag geschenkt.»

«Sie sieht sehr hübsch aus. Richtig elegant. Und das Leder ist so weich.» Christa strich mit einer Hand über die Tasche.

«Und letzte Woche hat er mir Blumen mitgebracht. Einfach so.» Marlies klang glücklich und war nicht zu bremsen. «Und bei dir? Ich frage mich, wie du das alles schaffst. Meine Mutter hat mir erzählt, dass du jetzt im Antiquariat arbeitest. Dazu hast du deinen Haushalt und musst bestimmt auch noch kochen. Und Viola verlangt sicher ihr Recht. Ich selbst weiß manchmal am Abend gar nicht, wo mir der Kopf steht, aber bei dir ist es wohl anders.»

«Nein, meine Liebe. Das ist es nicht. Ich war zum letzten Mal im vergangenen Jahr auf der Zeil. Und zum Friseur möchte ich auch mal wieder, doch mir fehlt die Zeit. Heute habe ich sie mir einfach genommen.» Christa trank ihren Kaffee aus und erhob sich. «Marlies, es tut mir leid, wir müssen los. Es stehen noch ungeheuer viele Dinge auf unserer Einkaufsliste.» Sie umarmte die Freundin, nahm Viola an die Hand und ging.

Ihre Wehmut hatte sich während des Gesprächs in eine Leere

verwandelt, die Christa am ganzen Körper spürte. Und die danach schrie, endlich gefüllt zu werden. Im Kaufhaus Hertie erstand sie Kleider und Blusen, Strümpfe und Nachtwäsche für Viola. Dann gingen sie ein paar Schritte weiter zu Peek & Cloppenburg. Die Preise lagen etwas höher, und das Publikum war ein anderes. Hier kauften die vornehmen Damen aus dem Taunus ein, Zahnarzt- und Professorengattinnen. Und hier traf man Chefsekretärinnen, die sich neue Kostüme fürs Büro leisteten. Christa schlenderte zwischen den Ständern umher, nahm dort ein Kleid heraus und hielt es sich an, probierte da ein paar Schuhe, ließ sich von einer Verkäuferin ein paar Blusen und Röcke zeigen, aber nichts davon gefiel ihr.

Viola begann zu quengeln, weil sie sich langweilte. Also entschied sich Christa endlich für zwei helle Blusen und einen karierten Rock, dazu einen leichten Sommermantel in Blau. Dann eilten die beiden in die Lebensmittelabteilung vom Kaufhof, erwarben französischen Käse und französisches Stangenweißbrot, aufgeschnittenen Braten, die ersten, noch sehr teuren, reifen Kirschen, belgische Schokolade und sogar eine Flasche schottischen Whisky für Uwe. Weil sie so viel zu tragen hatten und Viola inzwischen müde war, leistete sich Christa ein Taxi nach Hause.

Als sie die Berger Straße erreichten, stieg gerade Uwe aus seinem Opel. Er nahm Viola auf den Arm, beäugte die vielen Einkaufstaschen und fragte ohne Begrüßung: «Na, habt ihr wieder Geld ausgegeben?»

Er meint es nicht böse, dachte Christa, trotzdem konnte sie nicht an sich halten. «Es ist mein Geld. Und ich habe dir sogar etwas mitgebracht.»

Uwe verzog das Gesicht, freute sich dann aber doch über den Whisky, wenn er auch keine lobenden Worte für Christas und Violas neue Garderobe fand.

Beim Abendbrot kostete er zögernd den französischen Käse und erkundigte sich gleich nach dem Preis. «Genieß ihn einfach», schlug Christa vor. «Es gibt schließlich nicht jeden Tag solche Leckereien bei uns.»

Ihm schmeckte der aufgeschnittene Braten, er merkte aber an, ob Christa ihn nicht hätte selbst machen können. «Du hättest beim Metzger Lehmann ein Stück Fleisch kaufen und es braten und aufschneiden können. Das wäre billiger gewesen.»

«Ich hatte aber keine Zeit.»

Uwe schüttelte den Kopf. «Tja, wenn du auch noch in der Stadt herumstreuselst.»

Christa schwieg, wollte nicht wieder mit ihm streiten. Sie schob ihren Teller von sich und wagte sich auf ein neues Terrain vor. «Was hältst du davon, wenn wir im Sommer in den Urlaub fahren? Nur wir drei – Viola, du und ich. Wir könnten in Italien Campingurlaub machen. Du hast selbst gesagt, du würdest gern mal dorthin fahren.»

«Ja, das möchte ich tatsächlich. Die Beyer, die bei uns Deutsch unterrichtet, war im letzten Jahr dort. Und Fischer, der Sportlehrer, war sogar schon in Griechenland.»

Christa lächelte. «Dann ist es also abgemacht?»

Uwe nickte. «Strand, Sonne, Meer. Dazu das gute italienische Essen.»

«Der Wein und die Sonnenuntergänge.»

«Ja, das wäre wirklich schön.» Uwe griff über den Tisch nach Christas Hand. «Ein Urlaub ist ganz sicher das, was wir brauchen.»

Sie nickte und verstand, was Uwe zwischen den Zeilen gesagt hatte: Auch unsere Ehe braucht diesen Urlaub. Mehr noch als alles andere. Vielleicht kommen wir uns in Italien wieder näher.

«Besitzt du eigentlich eine Badehose?», fragte Christa belustigt.

«Noch nicht. Aber am Samstag könnten wir alle drei auf die Zeil gehen und Badesachen einkaufen. Und danach lade ich meine beiden Frauen ins Café Bauer ein.»

Kapitel 17

Im August fuhren sie an den Gardasee, das Auto bis unter das Dach vollgepackt. Christa hatte Kartoffelsalat gemacht, Eier gekocht und Frikadellen gebraten. Viola saß hinten und blätterte in *Jim Knopf und Lukas, der Lokomotivführer*, dem abenteuerlichen Kinderbuch von Michael Ende, das Martin schon vor dem Erscheinen als Leseexemplar vom Verlag bekommen hatte.

Hinten am Opel hing ein Wohnwagen, den sich die Stübners ein paar Wochen zuvor gekauft hatten. Es hatte natürlich Streit deswegen gegeben. Christa fand, dass ein Zelt ausreichte, aber Uwe bestand auf ein wenig Komfort. Also fuhren sie eines Nachmittags nach Karben zu einem Wohnwagenhändler. Während Christa mit Viola *Ich sehe was, was du nicht siehst* spielte, kroch Uwe in jeden der ausgestellten Wagen. Schließlich entschied er sich für einen Wohnanhänger, der Christa viel zu groß vorkam. Doch sie schwieg, obwohl der Kaufpreis von ihrem Konto gezahlt wurde. Sie wusste längst, dass für Uwe der äußere Schein mehr zählte als für sie.

Am Abend hatte Uwe den Anhänger geholt, und nun fuhren sie auf der Autobahn in Richtung München. Auf einer Raststätte aßen sie den Kartoffelsalat und tranken dazu Kaffee aus einer Thermoskanne, für Viola gab es Apfelsaft. Am Abend suchten sie sich einen Campingplatz, auf dem sie übernachten konnten.

Christa klappte den Tisch weg, richtete die Betten, und dann lagen sie alle drei nebeneinander. Christa spürte Uwes Hand unter ihrem Nachthemd und griff danach. «Nicht jetzt», flüsterte sie. «Viola wird sonst wach.»

«Ach was, sie schläft tief und fest. Und ich denke, wir sollten unseren Urlaub richtig beginnen.»

Doch Christa war müde. Sehr müde. Außerdem schlief sie nicht mehr gern mit Uwe. Er dachte nur an seine Befriedigung, überdies wollte Christa auf gar keinen Fall noch einmal schwanger werden. Also versuchte sie, es so einzurichten, dass sie mit Uwe nur noch dann verkehrte, wenn sie ihre unfruchtbaren Tage hatte. Und doch wollte sie ihre Ehe retten. Für Viola und für sich, denn eine Scheidung käme ihr wie eine Niederlage vor. Quasi als Bestätigung dafür, dass sie keine «richtige» Frau war, dass sie versagt hatte, dass sie einen Mann nicht glücklich machen konnte.

Gegen 14 Uhr am nächsten Tag gelangten sie an ihr Ziel. Der Campingplatz war schon älter, und sie konnten ihren Wohnwagen unter hohen Pinien parken.

«Oh Gott, hab ich einen Durst», klagte Uwe, als er ausstieg.

«Trink etwas Wasser.»

«Ich bin doch kein Fisch!»

Christa zuckte mit den Schultern. «Etwas anderes habe ich nicht.»

«Dann werde ich mal ein paar Flaschen Bier besorgen.»

«Ist gut, aber nimm bitte Viola mit, damit ich in Ruhe auspacken kann.»

«In Ordnung.» Lächelnd nahm Uwe seine Tochter an die Hand, die fröhlich neben ihm her hüpfte.

Christa öffnete die Koffer, sortierte Kleidung in die Fächer unter dem Bett und unter der Sitzbank. Kurz hielt sie sich den sonnengelben Bikini an, den Uwe unbedingt an ihr sehen wollte. Sie wusste jetzt schon, dass sie sich in dem wenigen Stoff nicht besonders wohlfühlen würde. Herrgott, sie war kein junges Ding mehr. Sie war jetzt einunddreißig. Ein Badeanzug wäre angemessener gewesen. Sie räumte Geschirr in den winzigen Küchenschrank, platzierte Kissen und Decken. Eine Stunde später war sie fertig, doch Uwe und Viola waren noch nicht zurück. Christa verließ den Wohnwagen und blickte sich um. Was für ein idyllischer Ort! Es duftete würzig, und der Himmel war strahlend blau, kein Wölkchen störte. Sie ließ die Blicke schweifen, als sie plötzlich Viola entdeckte. Sie spielte vor dem Nachbarwohnwagen mit einem kleinen Jungen, der in ihrem Alter zu sein schien. Eine Frau stand in der Tür ihres Wohnwagens und beobachtete die beiden.

«Guten Abend, ich bin Christa Stübner. Die Mutter dieses kleinen Mädchens.»

«Ach, wie nett, Sie kennenzulernen. Mein Name ist Helga Schubert. Ihr Mann fragte, ob er die Kleine bei uns lassen könnte.»

Christa zog die Stirn in Falten.

«Oh, das ist Ihnen gar nicht recht, oder?»

«Doch, doch. Aber ja. Es ist ja schön, dass die Kinder zusammen spielen. Und mein Mann hat sicher nur vergessen, mir Bescheid zu sagen. Jedenfalls herzlichen Dank dafür.» Sie beugte sich runter zu Viola und gab ihr einen Kuss. «Komm, Liebling, wir zwei gehen jetzt mal den Papa suchen.»

«Schauen Sie da vorne nach. Neben der Rezeption gibt es einen kleinen Biergarten.» Frau Schubert deutete mit dem Finger auf das kleine hell gestrichene Haus, in dem sie sich vorhin angemeldet hatten.

«Danke», sagte Christa munterer, als ihr zumute war. Sie mochte es nicht, wenn Uwe trank. Zuerst war er fröhlich und gesprächig, doch spätestens nach dem vierten Bier schlug seine gute Stimmung in Verärgerung um. *Emotionale Enthemmung* hieß das, Christa hatte in einem Artikel darüber gelesen. Auch jetzt hörte sie schon Uwes Gelächter. Es klang scheppernd, und sie wusste, dass er genug hatte.

Mit einem aufgesetzten Lächeln und Viola an der Hand näherte sie sich dem Tisch, an dem ihr Mann mit drei anderen Männern saß, die allesamt Deutsch sprachen.

«Ah, da bist du ja», sagte Christa und grüßte.

Einer der Männer pfiff, als er sie sah. «Mensch, Uwe, deine Alte ist ja 'n scharfes Geschoss.»

Christa hätte am liebsten etwas erwidert, doch sie riss sich zusammen. Es war ihr erster Urlaubstag auf dem Campingplatz, miese Stimmung war da nicht angesagt. Also sagte sie so freundlich sie konnte: «Kommst du, Uwe? Viola und ich wollen mit dir zu Abend essen.»

«Ich würde lieber noch ein Bier mit meinen neuen Freunden trinken.» Seine Worte klangen verwaschen, doch hörbar genervt. «Ich esse später, ja?»

Christa zuckte mit den Schultern. «Du kannst natürlich machen, was du möchtest. Ich hebe dir einfach eine Portion Kartoffelsalat auf.» Viola gab ihrem Papa schon mal vorsorglich einen Gute-Nacht-Kuss, dann nickte Christa den Männern zu und ging.

Als Uwe endlich zum Wohnwagen kam, war es bereits spät, und Viola schlief schon. Er schwankte, das Gesicht aufgequollen, die Augen gerötet. «Christa!», grölte er. «Chrihista!»

Christa sprang aus dem Bett, zog sich einen Bademantel über und öffnete leise die Tür vom Wohnwagen. «Pssst. Sei bitte etwas leiser. Viola wacht sonst auf.»

Uwe verharrte für einen Moment. Dann rülpste er laut, griff nach Christas Hand und zog sie in den Wohnwagen. Dort schubste er sie aufs Bett und löste den Gürtel seiner Hose.

«Uwe. Nicht. Hör auf. Die Kleine wird wach.» Christa versuchte, ihn wegzuschieben, aber Uwe gab nicht auf. «Komm schon, Chrihista-Schatz. Wir haben schließlich Ur…urlaub. Ich liebe dich. Ich will jetzt Liebe machen mit dir.» Er schob ihr Nachthemd hoch und versuchte, sie zu küssen. Christa drehte das Gesicht weg, er stank nach Bier, vor allem aber wollte sie ihm nicht in die Augen sehen. Sie verabscheute ihn, aus tiefstem Herzen. Aber seine Kraft war größer, sie gab nach, schaltete das Denken und Fühlen aus, während er sich Befriedigung verschaffte. Als er endlich fertig war, rollte er zur Seite und schlief sofort ein.

Am nächsten Morgen hatte Uwe schon Brötchen geholt und Kaffee gekocht. Da er normalerweise nie Frühstück machte, sah Christa darin ein Zeichen seines schlechten Gewissens. In ihr rebellierten die Gedanken. Sie wollte nicht mit ihm sprechen, wollte nicht in seiner Nähe sein. Sie mochte weder den betrunkenen noch den verkaterten Uwe. Und doch überwand sie sich, Viola zuliebe, sie wollte die Kleine nicht verunsichern.

«Danke für das Frühstück», sagte sie also, setzte sich an den Tisch und schnitt ein Brötchen auf. Neben Uwes Platz stand ein Glas Wasser, in dem sich ein Aspirin auflöste.

«Was wollen wir heute unternehmen?», fragte Uwe mit einer betont fröhlichen Stimme.

«SPIELEN!», rief Viola.

Uwe räusperte sich. «Es wird heute nicht so warm. Morgen soll wieder die Sonne scheinen, da gehen wir schwimmen und probieren deinen neuen Schwimmring aus.» Er strich Viola übers Haar, dann wandte er sich an Christa. «Wir könnten nach Verona fahren, das ist nicht weit von hier. Du wolltest dir doch dieses berühmte Theater anschauen, in dem Opern aufgeführt werden.»

Christa hatte sich tatsächlich gewünscht, nach Verona zu fahren. Sie liebte Shakespeare und wollte unbedingt den berühmten Balkon aus *Romeo und Julia* sehen, aber sie hatte sich diesen

Ausflug ganz anders vorgestellt. Zumindest nicht als Belohnung für einen Liebesakt, dem es gänzlich an Liebe gefehlt hatte. Wie nannte man das, was gestern Nacht geschehen war? Ein schrecklicher Gedanke durchzuckte sie. Vergewaltigung? Nein, er hatte keine Gewalt angewendet. Aber es war gegen ihren Willen geschehen, eindeutig, sie hatte sich nicht wehren können. In diesem Augenblick wäre sie am liebsten weggelaufen, doch so einfach ging das nicht. Und sollte der Urlaub nicht ihre Ehe kitten? Sie musste mit Uwe leben.

In Verona hielt sie Violas Hand und erzählte ihr auf kindgerechte Art die Geschichte der beiden Liebenden. Sie erzählte von den Familien Capulet und Montague, und als sie endlich unter dem berühmten Balkon standen, staunte Viola. Christa hatte die ganze Zeit über nicht mit Uwe gesprochen. Jetzt stand er neben ihr, griff nach ihrer Hand.

«Ob es eine Liebe wie die von Romeo und Julia wirklich gibt?», fragte er.

«Ja. Die gibt es», erwiderte Christa, dachte an Jago und entzog ihm ihre Hand.

Am Nachmittag aßen sie Eis vor einem Straßencafé, anschließend kauften sie auf einem Markt frische Tomaten, Butter, Ciabatta und eine Flasche Rotwein.

«Willst du Bier zum Abendessen?», fragte Christa, aber Uwe schüttelte den Kopf. Christa wartete auf eine Entschuldigung, doch die kam nicht. Und schon bald war es Uwe leid, in der Stadt umherzustreifen. Er drängte zur Heimfahrt, noch ehe Christa sich die Häuser von Palladio und die berühmte Opern-Arena angesehen hatte.

Der Rest des Urlaubs verging scheinbar unaufgeregt. Sie badeten im See, fuhren mit einem Tretboot, erkundeten die Städtchen ringsum, nahmen an einer Weinprobe teil. Am letzten

Tag kauften sie ein paar Souvenirs für die Daheimgebliebenen. Christa erstand für Helene ein Lavendelpuder und ein auf Deutsch geschriebenes Kochbuch der italienischen Küche, für Heinz, August und Martin Rotwein aus dem Chianti, für Gunda elegante Hausschuhe und für Gertie Volk und Lilly Frühling bunte Halstücher.

Uwe verhielt sich in der Öffentlichkeit seiner Frau gegenüber so zuvorkommend und rücksichtsvoll wie lange nicht mehr. Jemand, der die kleine Familie beobachtete, konnte meinen, alle wären glücklich miteinander. Aber Christa und Uwe wussten, dass das eine Lüge war. Sie hatten sich noch weiter voneinander entfernt. Die Lücke zwischen ihnen war kaum mehr zu füllen.

Drei Tage später schloss Christa pünktlich um neun das Antiquariat auf. Kurz nach ihr kam Heinz.

«Und? Wie war's im Urlaub?», fragte er gut gelaunt.

«Schön», murmelte Christa.

«Wie klingt das denn? Hast du gar nichts zu erzählen?»

Christa seufzte. Sie sehnte sich danach, mit jemandem zu sprechen, aber Heinz war dafür nicht der Richtige. Nicht als Mann und nicht als Adoptivsohn. Also gab sie ihm eine kurze Zusammenfassung: «Sommer, Sonne, Strand. Ein wenig Kultur, was willst du mehr? Dazu guten Wein und gutes Essen und ein Kind, das die Aufmerksamkeit ihrer Eltern genossen hat. Ich habe dir übrigens Wein mitgebracht. Hier, zwei Flaschen für dich und zwei für August.»

Heinz bedankte sich, doch Christa spürte seinen besorgten Blick. Sie ahnte, dass er ihr anbieten wollte zu reden, doch er schwieg. Und zum Glück gab es so viel zu tun, dass Heinz bald in die Arbeit vertieft war. Die Stapel der neuen Bücher waren turmhoch angewachsen. Christa verdrängte alle Trübsal und machte sich ans Sortieren und Beschriften.

Erst nach einer Weile blickte sie auf und richtete sich an Heinz: «Und, was war hier los?»

«Nicht viel. Ich habe ein paar tolle Bücher gefunden. Es gab neue Anfragen und Suchaufträge. Die Rezensenten waren am Monatsende da, um ihr Taschengeld aufzubessern.»

«Also alles wie immer?»

«Ja. Beinahe.»

Christas Kopf fuhr hoch. «Was ist passiert?»

«Du weißt ja, dass dieser Eichmann verhaftet wurde, schon im Mai, wir hatten darüber kurz gesprochen.»

Christa nickte. Sie hatten mit Martin, Helene und Uwe zu Abend gegessen, als Heinz den Namen erwähnte.

«Nun, ich habe zufällig einen ausführlichen Zeitungsartikel gefunden. Darin heißt es, dass Adolf Eichmann während der Nazizeit die Verfolgung und Deportation der Juden organisiert hat. Außerdem schreibt der Journalist, dass der Mossad, der israelische Geheimdienst, Eichmann damals aus Argentinien entführt hat. Ihm soll in den nächsten Monaten der Prozess gemacht werden. In Israel.»

Sofort fiel Christa Gideon von Prinz ein. Hatte er nicht Ähnliches getan? Er war in Buchenwald gewesen, und später hatte er die grauen Busse organisiert, in denen unzählige Euthanasie-Opfer in den Tod transportiert worden waren. Er war ein Massenmörder wie Eichmann. Musste nicht auch ihm der Prozess gemacht werden?

«Christa, hörst du mir zu?» Heinz fuhr mit einem Bleistift durch die Luft. «Ich wollte dir aber noch was anderes erzählen. Ich … Ich habe ein Mädchen kennengelernt.»

Christa ließ das Buch in ihrer Hand sinken. «Wirklich? Heinz, wie schön. Wer ist es, wo hast sie kennengelernt, was macht sie?»

Heinz musste grinsen. «Bis jetzt haben wir uns zwei Mal getroffen. Und am Samstag waren wir in einem Tanzlokal, in dem Beatmusik gespielt wurde. Sie tanzt wunderbar.»

«Und, wie heißt sie?»

«Jule. Sie war hier im Laden, suchte nach Lyrik. Nach mittelalterlicher Lyrik, um genau zu sein.»

«Walther von der Vogelweide, Oskar von Wolkenstein ...»

«Genau. Und am liebsten auch noch Texte von weniger bekannten Dichtern aus der Zeit.»

«Und ihr seid ins Gespräch gekommen und du hast sie zu einem Glas Wein eingeladen?»

Heinz lachte. «Nein. Jule hat mich eingeladen.»

«Bitte?»

«Ja, stell dir vor. Sie hat einfach gefragt, ob wir mal zusammen etwas machen wollen.»

Christa musste schlucken. Nie im Leben hätte sie es gewagt, einen Mann von sich aus anzusprechen und ein Rendezvous zu vereinbaren. Und sie war sich auch gar nicht sicher, ob Männer das gut fanden. Sie jedenfalls wollte erobert werden. Aber Heinz war schon immer anders gewesen. «Und du hast zugestimmt?»

«Ja, habe ich. Sie ist klug, weißt du. Und sie weiß, was sie will.» Heinz geriet ins Schwärmen. «Sie hat die schönsten grauen Augen, die ich je gesehen habe. Sie liebt die Literatur. Mit fünf Jahren hat sie ihr erstes eigenes Buch geschrieben, die Geschichte *Vom alten Baum*.» Er lächelte ganz versonnen.

Er ist bis über beide Ohren verliebt, dachte Christa, und ihr wurde warm ums Herz. Sie freute sich für Heinz. Laut fragte sie: «Wie sieht sie aus?»

«Sagte ich doch schon, sie hat die schönsten grauen Augen der Welt. Dazu dunkelblondes Haar. Sie trägt es sehr lang, fast schon altmodisch lang.» Er lächelte wieder. «Dazu ist sie schlank und nur ein wenig kleiner als ich. Und wenn sie lacht, muss man einfach mitlachen.»

«Wann stellst du sie mir vor?», wollte Christa wissen.

Da wurde Heinz ernst. «Das wird noch eine Weile dauern.»

«Warum?»

«Ich möchte sie erst richtig kennenlernen. Ich möchte genau wissen, mit wem ich es zu tun habe.»

«Warum?» Christa schüttelte verwundert den Kopf. Bedrückte ihn etwas?

«Unsere Familie ist sehr verletzlich», begann Heinz seine Erklärung. «Martin ist homosexuell, und das ist noch immer verboten. Außerdem war er im KZ. Und August in einem Straflager in Sibirien. Ich möchte da nichts riskieren.»

Seine Umsicht berührte sie tief. Und wenn sie ihn noch nicht so sehr geliebt hätte, wie sie es seit Jahren tat, so hätte er spätestens heute ihr Herz gestohlen.

Kapitel 18

Ein paar Monate später hatte Christa den ersten Verdacht. Sie sprach mit Gunda darüber. Sie saßen in einer Apfelweinwirtschaft, und jede von ihnen hatte einen Teller mit Handkäs vor sich stehen.

«Ich glaube, Uwe hat eine Affäre», sagte sie. Sie seufzte. Es machte ihr mehr aus, als sie zugeben mochte. Uwe war ihr Mann. Und wenn er sie zurückwies, dann kränkte sie das, obschon auch sie einen immer größeren Abstand zu ihm spürte.

«Was sagst du da?» Gunda ließ die Gabel mit dem aufgespießten Handkässtückchen sinken. «Wie ... Wie kommst du darauf?»

«Das kann ich gar nicht so genau sagen. Mir ist manches aufgefallen, Kleinigkeiten. Erst alle zusammen ergeben ein Bild.» Christa nahm einen kräftigen Schluck, dann sah sie Gunda an. Entschlossenheit im Blick.

«Und was genau meinst du? Hast du ein Beispiel?»

«Na ja. Er geht öfter zum Friseur, und das ganz und gar freiwillig. Früher musste ich ihn regelrecht dahin prügeln. Dann trägt er Rasierwasser. Old Spice. Ich weiß nicht, ob du das kennst. Ich mag den Geruch nicht, und das weiß er auch. Trotzdem hat er sich erst letzte Woche wieder eine neue Flasche gekauft. Manchmal bringt er mir Blumen mit. Aber er will immer seltener mit mir schlafen. Das ist mir natürlich recht, fällt mir jedoch auf. Und manchmal sitzt er einfach im Sessel und guckt in die Luft. Dabei lächelt er.»

«Hat er Lippenstift am Kragen? Hast du Hotelrechnungen bei ihm gefunden? Du weißt, das Klassische …»

«Großer Gott, nein. So sind vielleicht Affären im Kino oder im Fernsehen, aber nicht im Alltag. Er kommt später von der Arbeit und sagt, das hätte damit zu tun, dass er nun Konrektor sei. Besprechungen, Konferenzen, Fortbildungen. Aber die dauern im Allgemeinen nicht bis nach Mitternacht.»

Gunda strich behutsam über die Hand der Freundin. «Und wie geht es dir damit? Was fühlst du? Und was willst du jetzt tun?», fragte sie vorsichtig.

«Keine Ahnung.»

«Nun, ich weiß, dass du schon lange unzufrieden bist mit dieser Ehe. Besser gesagt, unglücklich, nicht wahr? Liebst du ihn denn überhaupt noch?»

«Nein. Und ich weiß auch nicht, ob ich es je getan habe.» Christa lachte unfroh und dachte an Heinz, der nicht mehr mit seiner Jule zusammen war, weil sie in München studierte. Sie hatten die Trennung gemeinsam beschlossen, weil sie fanden, für eine Fernbeziehung nicht geeignet zu sein. Sie hatte die beiden um die Klarheit ihrer Gefühle beneidet, aber sie musste auch an Viola denken.

«Hast du schon mal daran gedacht, dich scheiden zu lassen? Ehebruch ist ein guter Grund dafür.»

«Trotzdem wäre ich danach ‹die Geschiedene›. Ganz gleich, ob schuldig oder unschuldig geschieden. Und Viola würde ganz sicher darunter leiden.» Christa verschwieg, dass sie sich wie eine Versagerin vorkommen würde. Das konnte sie selbst Gunda gegenüber nicht eingestehen.

«Dann willst du also gegen diese Konkurrentin kämpfen?» Gunda trank von ihrem Äppelwoi und orderte ein zweites Glas.

Dann wandte sie sich wieder an Christa. «Hast du vielleicht vor, sie auszuspionieren und zur Rede zu stellen? Dir Gewissheit zu verschaffen?»

«Nein. Nein, das will ich nicht. Ach, Gunda, ich weiß nicht, wie ich reagieren soll.» Christa zuckte mit den Schultern.

«Und ich weiß nicht, wozu ich dir raten soll. Würdest du ihm denn noch eine Chance geben, wenn er es möchte?»

Ihm eine Chance geben? Christa hielt inne. Wäre nicht der Ehebruch tatsächlich die Chance, sich endlich aus dieser Ehe zu lösen? Sich zu befreien? Neues zu wagen? War sie mutig genug dafür? Früher vielleicht, aber jetzt hatte sie ein Kind. Und was würden die Nachbarn sagen, die Bekannten, die Freunde. Helene, Martin, Heinz? Wie von Ferne hörte sie, dass Gunda weitersprach.

«… oder du bekommst doch noch ein Kind. Das hat schon so manche Ehe wieder zusammengeschweißt.»

«Ganz bestimmt nicht!», rief Christa so entschieden, dass sie auf einmal Angst hatte, am Nachbartisch hätte man sie gehört. Leiser erklärte sie: «Ich habe mir die neue Antibabypille verschreiben lassen. Ich werde kein Kind mehr bekommen. Ich will mich auf gar keinen Fall noch stärker an Uwe binden.»

Christa dachte die ganze Nacht darüber nach, was sie tun sollte, doch ihr fiel nichts ein. Also tat sie nichts, ließ die Zeit verstreichen, verschloss alle Gedanken in sich. Sie bereitete das Frühstück wie immer, brachte Viola in den Kindergarten, arbeitete im Antiquariat, arrangierte sich an den Wochenenden, wenn die kleine Familie mal zusammen war. Arbeit lenkt ab, oder?, dachte sie, doch das funktionierte nicht. Wochenlang quälte sie sich, spielte eine Scharade, kreiste immer mehr um sich selbst.

Auch heute saß sie an ihrem Schreibtisch und versuchte sich zu konzentrieren. Gedankenverloren blätterte sie in einem alten

Buch, als die Türglocke bimmelte und ein Mann den Laden betrat. Er grüßte nicht, sah sich nur um. Erst als er merkte, dass kein anderer Kunde da war, näherte er sich ihrem Schreibtisch.

«Den Chef will ich sprechen. Allein.»

Christa erhob sich, trat hinter den roten Vorhang, der den Laden von den beiden Hinterzimmern trennte. «Heinz, komm mal bitte. Da ist ein Kunde, der nur mit dir sprechen will.» Sie räusperte sich, senkte ihre Stimme. «Er wirkt nicht sehr vertrauenswürdig ... Sei vorsichtig, ja?»

«Bin ich immer», raunte Heinz. Dann begrüßte er den Kunden, während Christa hinter dem Vorhang stehen blieb, um alles mitanhören zu können.

«Wie kann ich Ihnen behilflich sein?», hörte sie Heinz fragen.

«Hört hier jemand mit?»

«Nein. Wir sind unter uns. Also, was kann ich für Sie tun?»

Etwas schabte und raschelte, dann sagte der Fremde: «Hier ist es.»

Jetzt hörte Christa Papier knistern und sogleich Heinz' Stimme: «Das ist *Mein Kampf* von Adolf Hitler. Das Buch ist verboten. Wir kaufen so was nicht an.»

«Betrachten Sie den Einband.»

«Hmm. Pergament? Dünnes Ziegenleder?»

«Menschenhaut.»

Christa hörte ein Knallen, so als hätte Heinz das Buch fallen gelassen.

«Menschenhaut? Wie um alles in der Welt ...»

«Ilse Koch, Gattin des Lagerkommandanten Karl Otto Koch. Die Kommandeuse von Buchenwald. Sie hat es in Auftrag gegeben. Hier, sehen Sie, da können Sie noch einen Teil der Häftlingsnummer erkennen.»

«Woher ... Woher haben Sie dieses Buch?» Die Erregung hatte Heinz' Stimme schrill gemacht.

«Sagen wir, ich kenne einen, der einen kennt, der dabei war, als die Weimarer Bevölkerung auf den Ettersberg geladen wurde, um das Lager anzusehen.»

Heinz schnappte hörbar nach Luft. Dann fragte er: «Ist es das ... das Einzige? Ich ... Ich meine ... gibt es noch mehr davon?»

Jetzt lachte der Mann tatsächlich auf. Christa schüttelte es. «Sie glauben gar nicht, wie heiß begehrt diese Ware ist.»

«Wie viel?» Heinz' Stimme klang rau und dunkel.

«Fünfhundert.»

Christa hörte, wie die oberste Schublade des Schreibtisches aufgezogen wurde, hörte den Schlüssel in der Stahlkassette kreisen. Sie hörte Geldscheine knistern, während Heinz schwieg.

Kurz darauf ertönte die Ladenklingel erneut, der Fremde war gegangen.

Christa schob vorsichtig den Vorhang zur Seite. Ein eiskalter Schauer rann ihr über den Rücken, als sie sich neben Heinz stellte. Sie hob einen Finger, um den Einband zu berühren, doch dann kam ihr das so ungeheuerlich vor, dass sie ihn gleich zurückzog. Ein Buch, eingebunden in Menschenhaut! Noch nie hatte sie von so etwas Entsetzlichem gehört, geschweige denn mit eigenen Augen gesehen. Sie spürte einen Kloß im Hals, einen Klumpen im Bauch. Tränen traten ihr in die Augen, der Magen schmerzte. Sie blickte zu Heinz, sah, wie er bleich und mit brennenden Augen auf das Buch starrte.

«Warum hast du es gekauft?», fragte sie leise.

«Damit niemand Schindluder damit treiben kann. Es aus dem Verkehr gezogen ist.»

«Du ... Du willst es also nicht verkaufen?»

Heinz fuhr herum. «Nein! Natürlich nicht! Wie kannst du so was nur denken?»

Christa berührte seine Schulter. «Du hast es für Martin getan, nicht wahr?»

«Für Martin und für all die anderen, die im KZ waren.»

«Und was hast du jetzt vor?»

«Keine Ahnung, Christa. Ich … Ich will es nur nicht mehr vor Augen haben. Schließt du es bitte in den Tresor?»

Christa nickte ganz automatisch. Als sie aber nach dem Buch griff, zog sich ihre Hand zurück. Sie wagte es nicht. Glaubte, dem Toten noch einmal wehzutun. Und doch hatte sie den Eindruck, durch ihre Berührung zu verletzen. Sie zog sich die weißen Stoffhandschuhe an, die sie immer trug, wenn ein besonders kostbares Buch bearbeitet werden musste. Doch wieder weigerten sich ihre Finger, das Buch zu berühren.

«Ich kann es nicht, Heinz. Du musst es machen.» Sie zog die Handschuhe aus und reichte sie ihm, doch auch seine Hand schwebte über dem Buch. Auch er war unfähig, es anzurühren.

In diesem Augenblick kam Martin herein. «Hallo, ihr beiden. Ich will zum Markt. Braucht ihr was?», fragte er gut gelaunt. Dann stutzte er. «Was ist denn mit euch los? Ihr seht ja aus, als hättet ihr den Leibhaftigen gesehen.»

Heinz schluckte und warf die Tageszeitung über das Buch, doch Martin zog die Augenbrauen nach oben. «Was versteckt ihr da vor mir?»

«Nichts. Es ist nichts», erklärte Christa und zwang sich ein starres Lächeln ins Gesicht.

«Wollt ihr mich etwa für dumm verkaufen? Ihr habt doch was.» Er trat zu ihnen, zog die Zeitung weg. Sein Blick fiel auf das Buch. Martin erstarrte, wurde blass, biss sich auf die Unterlippe. «Ist es … Ist es das, was ich denke?»

Christa sah zu Heinz. Was würde er sagen?

«Ein … Ein Mann war da», sagte Heinz. «Er … Er hat es mir verkauft.»

«Verkauft? Bist du wahnsinnig? Weißt du nicht, was das ist? Hast du die Tätowierung auf dem Einband nicht erkannt?» Martin fing an zu zittern, bevor er fortfuhr. «Ich … In Buchenwald kannte ich zwei Polen. Ich weiß, dass ihre Haut zu Lampenschirmen verarbeitet wurde.» Er blickte von Christa zu Heinz, dann schüttelte er den Kopf. «Ich fasse es nicht. Warum hast du das getan?»

Heinz senkte den Kopf. «Damit es kein anderer in die Hände kriegt und wer weiß was damit treibt. Ich … Ich habe es für dich getan.»

Da entspannten sich Martins Züge. Er legte kurz seine Hand auf Heinz' Schulter «Und was hast du jetzt damit vor?»

Christa sah die Erleichterung im Blick des Jungen, spürte, dass ihm gerade ein Riesenfels vom Herzen fiel. «Wie viele es wohl davon geben mag?»

«Das weiß ich nicht sicher. Im Lager war einmal von drei Büchern die Rede», antwortete Martin. «Aber ich danke dir für das, was du getan hast. Ich kann mir vorstellen, wie schwer das gewesen sein muss.»

Heinz warf noch einen Blick auf das Buch, das so nackt und ungeschützt vor ihnen lag. «Ich werde es aufbewahren. Und dann werde ich versuchen, die anderen Bücher zu finden. Wenn ich sie alle habe, werde ich sie verbrennen und die Asche in den Main streuen.»

«Du willst ihnen ein Begräbnis ausrichten?»

«Ja. Das werde ich. Das hier ist ein Stück Mensch. Ein Stück toter Mensch. Entweder er wird in der Erde begraben oder in den Fluss gegeben.»

Martin wischte sich die Tränen aus den Augenwinkeln. Er musste zwei Mal schlucken, bevor er seine letzte Frage stellen konnte: «Wie viel hast du dafür bezahlt, Heinz?»

«Das ist gleichgültig.»

Martin beharrte nicht auf einer Antwort. Stattdessen setzte er sich in den Besucherstuhl, schlug die Beine übereinander und lehnte sich zurück. Er hat seine Fassung wiedergewonnen, dachte Christa. Dann fing Martin an zu sprechen: «Die Idee, Bücher in Menschenhaut zu binden, ist nicht neu. Im 19. Jahrhundert hat man die Kriminalakten zum Tode Verurteilter in ihre eigene Haut binden lassen. Das war keine übliche Praxis, aber man hat davon gehört. Es gibt sogar ein französisches Buch, von dem es heißt, es sei in die Rückenhaut einer Frau eingebunden worden, die an einem Herzinfarkt starb.»

«Wirklich?» Christa konnte ein Schaudern nicht unterdrücken. «Und wo ist dieses Buch?»

«Es befindet sich im Besitz der Harvard University in den USA. *Das Schicksal der Seele* ist der Titel, und geschrieben wurde es von einem gewissen Arsène Houssaye, der ebenfalls im 19. Jahrhundert lebte. Soweit ich weiß, fehlen allerdings die wissenschaftlichen Beweise.»

«Es ist so unvorstellbar, so grausam. Aber … Aber wenn du sagst, dass die Wissenschaft sich noch nicht sicher ist, woher wissen wir dann, dass der Mann die Wahrheit gesagt hat? Müssten wir nicht auch dieses Buch untersuchen lassen?»

«NEIN!», widersprach Heinz energisch. «Ich glaube, der Mann hat die Wahrheit gesagt. Und wenn er gelogen hat, ist es auch egal. Jedes Buch, das auch nur den Anschein erweckt, in menschliche Haut gebunden zu sein, werde ich aus dem Verkehr ziehen. Und wenn mir dabei Irrtümer unterlaufen, dann ist es halt so. Aber ich bin fest entschlossen, die Welt von diesen Grausamkeiten zu befreien.»

Martin stand auf. «Wie willst du vorgehen?»

«Vielleicht kommt er wieder. Schließlich habe ich auf Anhieb den verlangten Preis bezahlt. Und ich werde andere Antiquare anrufen und nach diesen Büchern fragen.»

«Gut. Wenn ich dir dabei helfen kann, sag Bescheid. Aber jetzt muss ich zurück in die Buchhandlung.»

Christa sah ihm hinterher, den geplanten Einkauf auf dem Markt schien Martin vollkommen vergessen zu haben. Dann schaute sie auf die Uhr. Viola wartete im Kindergarten.

«Lass uns morgen früh telefonieren», schlug Christa leise vor. «Ich möchte dabei sein, wenn du deine Kollegen anrufst. Dir helfen, dich unterstützen.»

Am nächsten Morgen setzte sich Heinz ans Telefon. Er rief im Antiquariat Schmitt an, das sich auf der anderen Seite des Mains in Sachsenhausen befand. Christa stand neben ihm.

«Nickel hier. Mir gehört das Antiquariat in der Berger Straße. Ich habe eine Frage. Ist Ihnen vielleicht ein Buch mit einem Einband aus Menschenhaut angeboten worden? Ich interessiere mich sehr dafür und bin bereit, gut zu zahlen.»

Leider verstand Christa, deren Hand leicht auf Heinz' Schulter lag, nicht, was am anderen Ende der Leitung gesagt wurde, doch sie hörte seine Antwort: «Danke. Dann komme ich heute Nachmittag bei Ihnen vorbei. Nein, der Preis spielt keine Rolle.» Er legte auf.

«Was hat man zu dir gesagt?»

«Es war der Inhaber selbst, mit dem ich gesprochen habe. Er meinte, dass ihnen gestern tatsächlich ein Buch angeboten wurde. Er hat es gekauft. Für 1000 Mark, aber das glaube ich nicht. Er will 1500 Mark von mir haben.»

Christa schlug die Hände vor das Gesicht. «So viel Geld!»

«Das ist mir egal. Und ich denke, Werner wäre damit einverstanden, dass ich sein Erbe für solche Dinge nutze.»

Kapitel 19

Der Prozess gegen Adolf Eichmann begann am 11. April 1961 in Jerusalem. Die *Tagesschau* hatte darüber berichtet. «Endlich!», hatte Martin dazu gesagt und dabei über seine Häftlingsnummer am Arm gestrichen.

Am 12. April hatten sich Helene, Heinz, August, Martin, Christa und Uwe vor dem Fernseher versammelt. Sie wollten sehen, wie der erste Mensch im All herumflog. Der erste Mensch im Weltraum! Die Russen hatten das Raumschiff *Wostok 1* mit dem Kosmonauten Juri Gagarin hinauf in den Himmel geschossen. Der Start war gelungen, und auch die Landung fast zwei Stunden später klappte reibungslos.

«Unsere Welt ist größer geworden», stellte Heinz zufrieden fest. «Wir sind nicht nur auf der Erde, wir sind auch im All.»

«Ob der Russe da oben auch Außerirdische gesehen hat?», wollte Helene wissen, die es ganz und gar unschicklich fand, im Weltall herumzudüsen.

Vier Monate später saßen Christa, Uwe und Viola am Frühstückstisch und lauschten gebannt den Nachrichten des Hessischen Rundfunks:

Am heutigen 13. August 1961 hat die Regierung der sogenannten Deutschen Demokratischen Republik eine Mauer mitten durch Ber-

lin gebaut. *Damit wurde die sowjetische Besatzungszone endgültig von den drei westlichen Besatzungszonen getrennt. Ein Grenzübertritt ist nicht mehr ohne Weiteres möglich. Die Bundesregierung hat bereits eine Protestnote unterzeichnet. Nun zum Wetter ...*

Christa hatte dem Nachrichtensprecher mit angehaltenem Atem zugehört. «Die haben die Grenze dichtgemacht!», rief sie aus.

«Warum regst du dich so darüber auf?», wollte Uwe wissen. «Du kennst doch niemanden da drüben. Das kann dir doch ganz egal sein.»

«Ist es mir aber nicht. Es sind Deutsche, so wie wir. Sie haben nur das Pech, in der falschen Besatzungszone zu leben. Reicht es denn nicht, dass sie in den Läden kaum etwas kaufen können? Reicht es nicht, dass sie nach irrsinnig hohen Normen arbeiten müssen? Warum wird ihnen jetzt auch noch das letzte bisschen Freiheit genommen?» Sie hatte rote Wangen vor Aufregung bekommen.

«Ja, ja, ja.» Uwes Ton war gleichgültig. So wie meistens, egal ob es um politische Fragen ging oder um etwas anderes. Sie sprachen kaum noch miteinander. Sätze wie «Reichst du mir bitte mal die Butter?» oder «Wir müssen neue Schuhe für Viola kaufen» bedeuteten den Austausch von Informationen, es waren aber keine Gespräche. Christa vermied es sogar, die wenigen Abende, an denen Uwe zu Hause war, mit ihm zu verbringen. Ohnehin sah er meistens fern. Und seit es die *Sportschau* im Fernsehen gab, ging er auch nicht mehr mit Viola in den Park. «Sie ist alt genug, um allein zu spielen», behauptete er und nickte der Fünfjährigen zu. «Lad ihr doch eine Freundin ein.»

Und so zog sich Christa nach der *Tagesschau* normalerweise ins Schlafzimmer zurück, setzte sich dort in ihren alten Lieblingssessel und las ein Buch. Doch heute war es anders.

«Wie soll es eigentlich mit uns weitergehen?», fragte sie. Das kam so plötzlich, dass sie selbst ganz erschrocken darüber war. Aber sie mussten miteinander reden. Viola schlief in ihrem Bettchen, jetzt war die Gelegenheit gekommen.

«Was meinst du?» Uwe schnitt sich ein neues Brötchen auf und sah zu, wie Christa den Fernseher ausschaltete.

«Mit uns. Wir sind doch unglücklich miteinander. Und du hast eine Affäre.»

Uwe ließ das Messer sinken. «Woher weißt du das?»

Christa war ein wenig beleidigt, dass er nicht einmal so tat, als wäre da nichts. «Ach, Uwe. Da gibt es so viele Anzeichen, die kann ich dir gar nicht alle aufzählen. Aber das ist auch gleichgültig. Die Frage ist: Planst du eine Zukunft mit dieser anderen Frau?»

Christa beobachtete, wie er schluckte. «Ich … Ich habe noch nicht darüber nachgedacht.»

«Und wieso nicht?» Sie glaubte ihm kein Wort.

«Birgit hat nur eine sehr kleine Wohnung.»

«Das ist es? Das hält dich hier bei uns? Die kleine Wohnung deiner Geliebten?» Christa schüttelte ungläubig den Kopf. «Oder steckt noch etwas anderes dahinter? Das Auto vielleicht? Das kannst du haben, mach dir darum keine Sorgen. Du kannst überhaupt alles haben, was du möchtest. Den neuen Küchenschrank? Gerne. Den Fernseher? Bitte nimm ihn. Alles, was du willst, kannst du haben, aber erzähle mir nichts von einer zu kleinen Wohnung.»

«Aber es ist so.»

«Wenn du sie liebst, ziehst du mit ihr sogar in eine alte Gartenlaube.»

Uwe schwieg, aber Christa konnte schier dabei zugucken, wie es hinter seiner Stirn arbeitete.

«Liebst du sie?», bohrte sie weiter.

«Müssen wir jetzt darüber sprechen?»

«Ja, das müssen wir! Ich möchte nämlich nicht länger so weiterleben. Wir reden kaum noch miteinander, und seit dem Urlaub am Gardasee haben wir nur noch zweimal miteinander geschlafen.» Sie hielt kurz inne. «Und ehrlich gesagt, möchte ich das auch nicht mehr. Wir sind Wohngenossen. Partner, geschweige denn Ehepartner, sind wir schon lange nicht mehr.»

«Partner waren wir wohl noch nie.» Uwe biss von seinem Brötchen ab.

«Wie meinst du das?»

«Das weißt du doch ganz genau. Du hast mehr Geld als ich, du wärst beinahe eine Frau Doktor geworden, du hast die interessantere Familie. Zwischen uns gab es nie ein Gleichgewicht. Und mit meiner Mutter hast du dich auch nie verstanden. Vielleicht, weil sie nur eine einfache Frau ist.»

«Ihre Herkunft interessiert mich nicht, Uwe. Und deine hat mich auch nie interessiert. Richtig ist, dass sich deine Mutter von Anfang an in Dinge eingemischt hat, die sie nichts angehen. Deshalb mag ich sie nicht.»

«Aber deine Mutter darf sich einmischen, ja?»

Christa erhob sich. Sie tupfte sich im Stehen den Mund mit der Serviette ab, dann sagte sie: «Das bringt jetzt nichts. Ich möchte aber, dass du weißt, dass ich keinen Wert mehr darauf lege, mit dir verheiratet zu sein.»

«Und Viola?» Uwe klang ehrlich bestürzt.

«Was soll mit ihr sein?»

«Sie hat dann keinen Vater mehr.»

«Das ist Unsinn. Du kannst sie jederzeit besuchen.»

«Man wird sie in der Schule hänseln.»

«Was erscheint dir schlimmer? Dass sie gehänselt wird, weil ihre Eltern geschieden sind oder weil sich ihr Vater eine Geliebte hält?»

Kapitel 20

Als Christa am Montag rüber ins Antiquariat ging, saß Heinz wieder einmal am Telefon. Seitdem der Mann ihm das Buch mit dem Einband aus Menschenhaut angeboten hatte, hatte er monatelang alle Antiquariate in Deutschland angerufen, und Martin hatte die Telefonate in die Schweiz und nach Österreich übernommen. Jetzt hatte Heinz einen Hinweis auf ein Geschäft im Elsass erhalten, in Colmar. Er hatte Christa in der letzten Woche davon erzählt, doch unter der Nummer hatte sich niemand gemeldet.

«Guten Morgen, Heinz. Hast du schon was erreicht?», fragte Christa und holte die beiden in Menschenhaut eingebundenen Bücher aus dem Tresor, um sie zu bibliografieren.

Heinz nickte. «Der elsässische Kollege war im Urlaub. Und er hat nie von derartigen Büchern gehört. Was mich aber auch beschäftigt, sind die Ereignisse vom Wochenende. Es ist nicht nur politisch gesehen ein Drama, dass die Grenze dicht ist. Falls es noch ein Exemplar im Osten geben sollte, wird es nun schwer sein, daran zu kommen.»

Vor ihm lag ein dünnes Buch, das ihm gerade aus Halle an der Saale zugeschickt worden war.

«Was ist das für ein Einband?», wollte Christa wissen und betrachtete das gelbliche Buch misstrauisch. Seit diese beiden schrecklichen Bücher aufgetaucht waren, sah sie bei allen neuen

Büchern im Antiquariat zuerst auf den Einband. Und jedes Mal, wenn ein Einband an Pergament erinnerte und eine gelbliche Farbe hatte, zuckte sie innerlich zusammen.

«Ziegenleder, denke ich. Es ist ein Büchlein über Balthasar Permoser, einen Bildhauer aus dem Barock. Das Werk erschien 1879.»

«Wie kannst du im Zweifelsfalle eigentlich sicher sein?» Christa strich mit der Hand über das dünne Büchlein. Es fühlte sich kühl und glatt an.

«Ich habe mit der Universitätsbibliothek in Bockenheim telefoniert. Dort kann man herausfinden, wenn ein Einband tatsächlich aus Menschenhaut gemacht ist. Aber zunächst möchte ich erst alle Bücher kaufen, die verdächtig sind.»

«Weißt du noch immer nicht, um wie viele Exemplare es sich handelt? Du und Martin, ihr recherchiert doch nun schon seit Monaten?» Christa versuchte einmal mehr, ihren Widerwillen und ihre Fassungslosigkeit im Zaum zu halten. Obwohl sie seit vier Monaten davon wusste, hatte sie sich noch immer nicht an die Grausamkeit der Einbände gewöhnen können.

Heinz schüttelte den Kopf. «Nein, genau weiß ich es nicht, trotz aller Anstrengung. Ich habe nur gehört, dass Ilse Koch in Buchenwald drei Bücher anfertigen ließ. Außerdem noch Lampenschirme, wie Martin erzählte. Und es wird gemunkelt, dass es sogar ein Paar Handschuhe gab.»

Christa schüttelte sich. «Hatte die Frau überhaupt kein Gewissen?»

«Wohl nicht, aber wenigstens sitzt sie im Gefängnis. Lebenslang.»

Das Telefon klingelte, Heinz ging ran. Es war ein Kunde, der einen Suchauftrag für einen Kunstband aus dem 19. Jahrhundert aufgab, Heinz notierte die Bestellung. Als er wieder aufblickte, sah er, dass Christas Fragen noch nicht beantwortet waren.

«Du hast gesagt, es gibt drei Bücher, zwei davon hast du. Glaubst du tatsächlich, du findest auch das dritte?», wollte sie wissen.

«Nein, ich befürchte nicht. Es ist mehr als unwahrscheinlich, dass alle drei Bücher zugleich auf den Markt kommen. Aber ich muss es wenigstens versuchen.»

Die Ladentür schwang auf, und zwei Herren in Trenchcoats, für die das Wetter viel zu warm war, kamen herein. Sie schauten sich gar nicht erst um, sondern wandten sich direkt an Heinz.

«Wir suchen Bücher aus Buchenwald.»

Heinz erhob sich und ging ihnen entgegen. «Sie meinen Bücher über das Konzentrationslager? Da gibt es nicht viele.»

«Nicht über Buchenwald, sondern aus Buchenwald.»

«Ich fürchte, ich verstehe nicht, was Sie meinen.»

Christa betrachtete die Männer. Sie wirkten unheimlich, bedrohlich. Was sollte sie tun? Dann fiel ihr Blick auf den Schreibtisch. Die beiden Bücher lagen zum Greifen nah. Geistesgegenwärtig beugte sich Christa vor, ließ alle Bedenken hinter sich und legte ihre Hände, so unauffällig sie konnte, auf die Umschläge.

Derweil raunte der Mann, der offenbar das Wort führte: «Bücher aus Menschenhaut.»

«So etwas haben wir nicht», hörte sie Heinz sagen. «Ist das eigentlich erlaubt? Ich meine, das wäre ja Leichenschändung.»

Doch der Fremde gab nicht auf. «Ich will die Hinterräume sehen. Und in Ihren Schreibtisch schauen.»

Heinz lachte auf. «Das kommt ja überhaupt nicht infrage. Sie können sich im Laden umschauen, und wenn Sie nichts finden, das Sie interessiert, dann gehen Sie wieder.»

«Hinterraum!», bellte der Mann, und Christa schrak zusammen. Er kam um den Schreibtisch herum und wollte gerade den roten Vorhang aufziehen, als Heinz sich ihm in den Weg stellte. «Christa, ruf die Polizei. Sofort!»

Ein ängstlicher Schauer lief ihr über den Rücken, dennoch zögerte sie keine Sekunde. Christa nahm den Hörer ab und wählte die Nummer des 5. Polizeireviers, doch zuvor hatte sie rasch eine Zeitung über die beiden Bücher gebreitet.

Endlich ließ der Mann von ihnen ab. Er hob die Hände und trat den Rückzug an. «Ist ja gut, schon gut. Wir gehen.» Er gab dem anderen ein Zeichen, und die Tür fiel hinter ihnen ins Schloss.

Als sie weg waren, fing Christa an zu zittern. Sie drehte sich um zu Heinz und holte tief Luft. «Ich ... Ich hatte Angst.»

«Ich auch.» Heinz warf einen Blick auf die beiden Bücher, die die ganze Zeit verborgen gewesen waren. «Wir müssen sie wegschaffen. Sie sind gefährlicher und gefährdeter, als ich dachte.»

Anfang September sollte ein junger Dichter mit dem Namen Rasmus Herbert, der kürzlich einen viel beachteten Band mit Gedichten und kurzen Prosastücken herausgebracht hatte, eine Lesung abhalten. Die Veranstaltung würde in einer Stunde in der Buchhandlung Schutt beginnen, ganz in der Nähe des Bornheimer Uhrtürmchens.

Christa stand in Unterwäsche vor dem Kleiderschrank und blätterte in ihren Sachen. Sollte sie eine Bluse und einen Rock tragen? Oder lieber das himmelblaue Kleid mit dem weißen Gürtel und dazu ihre weißen Pumps? Der Tag war heiß gewesen, und auch jetzt noch zeigte das Thermometer über 25 Grad an. Oder doch lieber das rote, ärmellose, das mit gelben Zitronen bedruckt war und das sie in Italien gekauft hatte? Schließlich entschied sie sich für das himmelblaue, band die schmale Goldkette mit dem Perlenanhänger, ein Geschenk von Werner, um den Hals, dazu gab es passende Ohrringe. Sie schminkte sich die Lippen, zog die Augenbrauen nach und fabrizierte einen dunklen Lidstrich. Dann drehte sie sich ein wenig hin und her, überprüfte den Sitz ihrer Frisur und war endlich zufrieden. Sie nahm die weiße Handtasche, packte Geldbörse, Kamm, Taschentuch, Lippenstift und Hausschlüssel hinein und überlegte, ob sie Uwe sagen sollte, dass sie heute Abend ausging. Schließlich klinkte sie die Tür zum Wohnzimmer auf, steckte den Kopf hinein und sah Uwe mit einer Bierflasche vor dem Fernseher sitzen. Wenigstens war er heute nicht bei seiner Freundin, er konnte also auf Viola aufpassen.

«Ich gehe zu einer Lesung bei Schutts.»

«Aha. Warum sagst du mir das?»

«Falls was mit Viola ist.»

«Es ist nichts mit Viola.»

«Dann ist ja alles in Ordnung.»

Wenig später traf sie Gunda Schwalm, die am Uhrtürmchen auf sie gewartet hatte. Christa reichte der Freundin das Buch des jungen Dichters. «Hier, für dich. Ein Geschenk von Martin. Ich habe auch eins.»

«Hast du schon reingeguckt?» Gunda nahm das Buch dankend entgegen und schlug es auf.

«Ja. Die Prosastücke gefallen mir besser als seine Ged…» Christa brach ab und starrte in Richtung Saalburgstraße.

«Was ist?», fragte Gunda und wandte sich ebenfalls um.

«Guten Abend, die Damen. Gunda, wie schön dich einmal wiederzusehen. Und dich ganz besonders, Christa.»

«Jago! Was machst du hier?» Christas Stimme klang piepsig. Sie räusperte sich. «Bist du wegen der Lesung gekommen?»

Er lächelte, wie nur Jago lächeln konnte. Seine Blicke schienen Christas Gesicht zu streicheln. «Nicht nur. Ich hatte gehofft, dich zu treffen.»

Warum?, dachte Christa, aber sie sprach es nicht aus. Sie freute sich unbändig, ihn zu sehen, und begriff erst jetzt, dass sie eigentlich die ganze Zeit darauf gehofft hatte.

Gunda blickte auf ihre schmale goldene Armbanduhr. «Wir

sollten langsam hineingehen, damit wir gute Plätze bekommen.»

Sie betraten den Laden, grüßten Herrn Schutt, mit dem sie gut bekannt waren. Und fanden tatsächlich drei Plätze in der ersten Reihe.

Rasmus Herbert begann zu lesen, doch Christa konnte sich überhaupt nicht konzentrieren. Jago saß neben ihr, und sie spürte seine Wärme an ihrer bloßen Haut. Sie roch seinen Duft, und einmal streifte er sogar mit seiner Hose ihr strumpfloses Bein. Sie achtete auf jede seiner Regungen, auf jeden Atemzug. Alles in ihr drängte danach, ihn zu berühren. Er hatte seine Hände im Schoß liegen, keine dreißig Zentimeter von ihr entfernt. Sie sah die schmalen, gepflegten Finger, erinnerte sich, wie sie zärtlich über ihre Haut gefahren waren und sie zum Klingen gebracht hatten. *Jago. Jago.* Christa hörte und sah, roch und schmeckte nichts als ihn. Würde sie doch nur für den Rest ihres Lebens hier neben ihm sitzen können!

Doch viel zu rasch war die Lesung vorüber. Einige Leute stellten Fragen, dann hob Jago die Hand. «Warum sind Sie Dichter geworden?», wandte er sich an den jungen Mann.

«Eine wirklich interessante Frage», meinte Schutt, der Buchhändler, der sich nun neben den Autor auf die Bühne gesetzt hatte.

«Warum ich Dichter geworden bin? Ehrlich gesagt, weiß ich das nicht. Es kommt mir so vor, als hätte ich gar keinen Einfluss darauf gehabt. So, als wären die Worte zu mir gekommen, ohne dass ich sie gesucht hätte.» Rasmus Herbert räusperte sich und schaute ins Publikum. «Ich weiß nicht, ob Sie das verstehen können.» Er lachte kurz auf. «Ich verstehe es ja selbst nicht.»

«Danke für die ehrliche Antwort», erwiderte Jago herzlich. «Ich weiß genau, wovon Sie reden. Darf ich Sie noch etwas fragen? Es ist ein wenig persönlich, und Sie müssen mir natürlich nicht antworten, wenn Sie nicht wollen. Gehören Sie zu den glücklichen Dichtern? Ich meine zu denen, die sich keinen schöneren Beruf denken können?»

Rasmus Herbert schürzte die Lippen. «Auch das weiß ich nicht sicher. Manchmal denke ich tatsächlich, den schönsten Beruf der Welt zu haben. Und dann gibt es Tage, an denen ich mich frage, ob eine Existenz als Handwerker mich nicht zufriedener machen würde. Das Schreiben an sich ist wunderschön, wenn es gut läuft, wenn die Gedanken sprudeln wie ein Wasserfall. Aber so ist es nicht immer. Dazu kommt natürlich noch die Frage, ob ich meine Gedichte veröffentlichen kann, ob ich einen Verlag dafür finde …»

Eine halbe Stunde später waren auch die allerletzten Fragen gestellt, und Gunda reihte sich in die Schlange ein, um sich ihr eigenes Buch und das von Christa signieren zu lassen. Christa wartete derweil mit Jago vor dem Buchladen. Sie standen sich gegenüber und blickten sich an. Sie sprachen kein Wort, aber ihre Blicke sprachen Bände.

«Ich sehne mich nach dir», las Christa in seinem Blick. Doch das reichte ihr nicht. Sie wollte es aus seinem Mund hören.

Als Gunda zu ihnen trat, schlug sie vor, noch auf ein Glas Wein einzukehren. Christa schluckte. So gern sie Gunda hatte, sie wäre jetzt lieber mit Jago allein. «Hast du nicht vorhin gesagt, du musst noch einen Vortrag für Herrn Adorno vorbereiten?»

Gunda runzelte die Stirn, dann verstand sie. «Stimmt, du hast recht, das hatte ich ganz verdrängt.» Sie umarmte Jago. «Es war so schön, dich zu sehen.» Dann gab sie Christa einen Kuss auf die Wange und verschwand.

Christa wartete darauf, dass Jago etwas sagte. Aber das tat er nicht. Er sah sie einfach nur an, und seine Augen wurden dabei immer dunkler. Schließlich gab sie sich einen Ruck. «Wollen wir beide noch ein Glas Wein trinken gehen?»

Da schüttelte er den Kopf. «Nein, keinen Wein. Ich möchte, dass du mit zu mir kommst.»

«Zu dir? Was heißt das?»

«Zu mir, in meine Wohnung im Nordend. Und ich sterbe vor Durst, ich verdurste schier, wenn ich dich nicht bald küssen kann.»

Sie rannten die Wiesenstraße entlang, hielten sich an den Händen, und Christas Herz schlug rasend schnell. Ihr schien, als würde jede einzelne Faser ihres Körpers vibrieren. Es ging ein leiser Wind, der über ihre Haut strich und sich wie ein Streicheln anfühlte. Die Luft schien zu prickeln, es roch nach Blumen mitten in der Stadt.

Endlich blieb Jago stehen. «Hier wohne ich. Hallgartenstraße 40.» Er sah sie forschend an. «Du willst es doch auch, oder?»

Christa gab ihm einen schmetterlingsleichten Kuss. «Nichts will ich mehr als das.»

Kapitel 21

Christa kam gegen sechs Uhr am Morgen zurück nach Hause. Uwe war bereits aufgestanden und empfing sie in der Küche. «Wo warst du?» Er schrie sie beinahe an, fuhr sich mit allen zehn Fingern durch die Haare. «Wo in aller Welt bist du gewesen? Hast du bei Gunda übernachtet? Aber warum seid ihr nicht ans Telefon gegangen?»

Christa lächelte. Sie konnte nicht anders. Alles an ihr lächelte. Ihr Körper, ihre Haut, sogar die Haare.

«Hast du schon Kaffee gekocht?», fragte sie, ohne auf ihn einzugehen.

«Ja.»

«Ist mit Viola alles in Ordnung?», wollte Christa wissen.

«Sie schläft noch.»

«Das ist gut.»

«Also, warst du bei Gunda?»

Einen Augenblick lang überlegte Christa, was sie antworten sollte. Es wäre so einfach, die Freundin vorzuschieben. Sie würde sich eine Menge Ärger damit ersparen. Aber nein, sie wollte und konnte nicht mehr so leben wie bisher.

«Ich war bei einem Mann.»

«Was? Wie bitte?» Uwes Stimme schraubte sich erneut in die Höhe.

«Ja. Und ich werde nicht sagen, dass es mir leidtut.» Sie sah, wie er die Lippen aufeinanderpresste, wie sein Kinn ganz kantig und weiß wurde.

Uwe schluckte. «Bei einem Mann also.»

«Ja.»

«Ich glaube es nicht. Meine Frau setzt mir Hörner auf!»

Er beugte sich nach vorn und fauchte: «Du bist nicht besser als eine Hure. Kein Stück.»

Christa wich zurück vor seinem flammenden Blick, vor der Wut, die ihm ins Gesicht geschrieben stand. Das Wort Hure bewirkte, dass sie sich auf der Stelle schuldig fühlte. Obschon Christa die Macht der Worte kannte, kam sie doch nicht gegen den ersten Impuls der Scham an.

«Was denkst du dir eigentlich?», brüllte Uwe, ohne Rücksicht darauf zu nehmen, dass Viola noch schlief. «Du benimmst dich wie eine Stadtstreicherin. Ich sitze hier und male mir die schlimmsten Dinge aus, während Frau Stübner geruht, mit einem anderen Mann zu schlafen.»

«Und du? Was tust du seit Langem mit deiner Geliebten in ihrer kleinen Wohnung?»

Christa hatte ganz leise gesprochen, ohne jegliche Aggression, trotzdem holte Uwe aus und versetzte ihr eine so heftige Ohrfeige, dass ihr Kopf in die andere Richtung schoss. Mit vor Entsetzen aufgerissenen Augen starrte sie ihn an.

«Du … Du hast mich geschlagen», flüsterte sie ungläubig. «Uwe, du hast mich geschlagen.»

Er betrachtete seine Hand, als könne er selbst nicht glauben, was er da gerade getan hatte. Dann drehte er sich um, ging in den Flur und kurz darauf klappte die Wohnungstür.

«Was hast du da an der Wange?», wollte Heinz wissen, als Christa eine Stunde später das Antiquariat betrat.

Wie ertappt fühlte sie nach der brennenden Stelle. «Ach das,

das ist nichts weiter. Ich war wohl mit dem Waschlappen energischer, als gut für meine Haut ist.»

Heinz setzte sich auf die Schreibtischkante. «Was ist los mit dir, Christa? Du hast dich verändert, wirkst unzufrieden, fast bedrückt. Ich vermisse dein Lachen.»

«Es ist nichts», sagte Christa und zwang sich zu einem Lächeln.

«Na gut, wenn du nicht darüber reden willst. Anscheinend hältst du mich noch immer für ein Kind.» Er stieß sich vom Schreibtisch ab.

«Nein, Heinz. Bestimmt nicht. Es ist nur so, dass ich im Augenblick gar nicht weiß, was ich denken und fühlen soll.»

«Uwe?»

«Ja. Es geht nicht mehr weiter mit uns. Wir sind einfach zu verschieden, wollen zu unterschiedliche Dinge.»

«Er hat dich geschlagen.»

Sie nickte beschämt.

«Warum?»

«Weil … weil … weil ich die letzte Nacht mit einem anderen Mann verbracht habe. Ich … Ich habe Jago getroffen. Gestern, bei der Lesung.»

«Oha!» Heinz pfiff durch die Zähne. «Nicht unverdient also.»

«Was redest du da? Mein Mann hat mich geschlagen!» Christa zog die Stirn in Falten. «Und selbst wenn ich Strafe verdient hätte, ist er sicher nicht der Richtige, mich zu strafen. Und schon gar nicht mit Gewalt.»

Heinz erwiderte nichts darauf. Er hob ein Buch vom Stapel der neu hinzugekommenen Bücher, blätterte es durch. «Und was willst du jetzt machen?»

«Wenn ich das wüsste, wäre mir wohler.»

«Du hast Jago immer geliebt. In all den Jahren. Und das sind inzwischen sechzehn.»

«So genau weißt du das?» Christa musste unwillkürlich lächeln.

«Ja, ich weiß es ganz genau. Und ich weiß, wie du geradezu geleuchtet hast, als es Jago an deiner Seite gab. Willst du wissen, was ich denke?»

«Ja.»

«Du musst dich entscheiden, Christa! Entweder du ziehst das jetzt mit Jago durch und ihr seid endlich ein richtiges Liebespaar. Oder du schlägst ihn dir ein für alle Mal aus dem Kopf.»

«Ich weiß.»

«Und noch was. Werner hat einmal zu mir gesagt: ‹Wenn du wissen willst, ob es die Richtige ist, dann frage dich, was du tun würdest, müsstest du dich auf der Stelle entscheiden: Entweder bleibst du für den Rest deines Lebens mit ihr zusammen, oder du siehst sie nie wieder.›»

Werner! So viele Jahre war er nun tot und doch immer noch anwesend. Christa seufzte. «Du hast recht, Heinz. Ich werde mit Uwe reden. Noch heute Abend.»

«Gut, dann können wir ja jetzt an die Arbeit gehen. Ich muss etwas mit dir besprechen.»

Erleichtert, dass sie zur Tagungsordnung übergehen konnten, setzte sich Christa auf den Besucherstuhl. «Ich höre.»

«Unser Antiquariat braucht ein unverwechselbares Profil, das es von anderen unterscheidet. Ich habe lange nachgedacht, was das sein könnte. Wiegendrucke? Nein, das machen andere. Literatur des 16., 17., 18. oder 19. Jahrhunderts? Ebenfalls nein, denn auch die haben andere im Angebot. Ich habe deshalb beschlossen, mich auf alle die Bücher zu spezialisieren, die zu ihrer Zeit verboten waren. Verstehst du?»

«Ja, du hast vor Monaten so etwas in Erwägung gezogen.» Christa lächelte. «Gilt das auch für erotische Literatur?»

«Ja. Wichtiger sind mir aber andere Werke. Es gab schon immer verbotene revolutionäre Schriften. Bücher, deren Inhalt die Welt erschüttert hat oder hätte. Denke nur an Galileo. Ich habe eine Liste mit Titeln zusammengestellt und will gezielt danach suchen.»

«Woher kennst du die Titel?»

«Ich habe mich mit anderen Antiquaren unterhalten. Jeder hat schon mal was von heimlichen Büchern gehört. Und ich habe angefangen zu notieren. Dabei wurde meine Liste immer länger.»

«Im Dritten Reich gab es unendlich viele verbotene Bücher», erklärte Christa. Sie dachte an Martin und daran, wie sie heimlich die Kisten mit verbotenen Titeln im Keller der Buchhandlung eingemauert hatten, um sie vor den Schergen zu retten. Bücher von Bertolt Brecht, Heinrich Mann oder Erich Kästner landeten damals im Feuer.

«Heute stehen diese Bücher nicht mehr auf dem Index, zum Glück. Und viele von ihnen sind wieder lieferbar. Wichtig ist, dass ich auch nicht jedes verbotene Buch nehme, das zum Verkauf steht. Bücher mit rassistischem, menschenverachtendem und hetzerischem Inhalt kommen mir nicht in den Laden. Auch solche nicht, die Gewalt verherrlichen.»

«Kann ich sie sehen, die Liste, meine ich?»

«Aber ja.» Heinz reichte ihr mehrere zusammengeheftete Blätter, und Christa las: «*Index Librorum Prohibitorum oder Index Romanus*. Was ist das?»

«Das ist eine Liste aller zwischen 1559 und heute verbotenen Bücher der katholischen Kirche. Allein diese Liste umfasst rund sechstausend Titel, die angeblich gefährlich waren oder es noch sind, weil sie die Leser zu Sündern machen. Es stehen weltbekannte Dichter darauf: Heinrich Heine, René Descartes, Immanuel Kant, Victor Hugo.»

«Victor Hugo?»

«Ja, sein *Glöckner von Notre-Dame* war wegen seiner Kritik an den sozialen Missständen in Frankreich verboten. Ich hoffe, irgendwann eine Erstausgabe zu finden.»

Christa las weiter, traute aber kaum ihren Augen. Da stand Flauberts *Madame Bovary* neben Kants *Kritik der reinen Vernunft*. *Justine*, ein Buch des Marquis de Sade, neben *Geschichte meines Lebens* von Giacomo Casanova.

«Du willst also alles sammeln, was irgendwann einmal verboten war? Heinz, das ist eine Mammutaufgabe. Verbote gibt es, seit es Gedrucktes gibt. Denk nur an die Flugblätter zur Reformation.»

«Das stimmt natürlich, Christa. Deshalb werde ich mich auf die Bücher beschränken, die im 19. und 20. Jahrhundert verboten wurden. Gelingt es mir, auch ältere Titel aufzuspüren, umso besser.»

«Um sie dann zu verkaufen», stellte Christa fast ein wenig betrübt fest. «Eigentlich schade. Man könnte eine Bibliothek der verbotenen Bücher anlegen.»

«Jede große, alte, bedeutende Bibliothek hat eine solche Sammlung. Auch die Deutsche Bücherei in Leipzig besitzt einen sogenannten Giftschrank. Ich denke, dass es eine ganze Reihe Sammler für diese Schriften gibt.» Erwartungsvoll sah er sie an.

Christa strahlte. «Du bist auf dem richtigen Weg, Heinz. Und wo ich kann, werde ich dich unterstützen. Und Martin sicher auch!»

Heinz grinste. «Gut, dass du das sagst. Hier sind zwei Kisten mit Büchern, die ich angekauft habe. Schau doch mal, ob du darin Erstausgaben findest.» Er legte ihr eine Hand auf die Schulter. «Ich muss kurz weg, ich soll mir einen Nachlass anschauen. In spätestens einer Stunde bin ich wieder da.»

Kaum war sie allein, rief Jago an. Er wusste, dass sie heute bei Heinz arbeiten würde.

«Wir müssen uns treffen. Müssen reden», erklärte er.

Christa hatte erwartet, dass er etwas Liebevolles sagen würde, etwas, das ihr zeigte, dass auch er sie noch liebte und die letzte Nacht mit ihr genossen hatte.

«Ja, natürlich müssen wir reden.»

«Gut, dann treffen wir uns heute Nachmittag. Kannst du zu mir in die Wohnung kommen?»

«Nein, das geht nicht. Viola wird dabei sein. Lass uns in den Günthersburgpark gehen.»

«Um 15 Uhr?»

«Das passt.»

Sie trafen sich am Rande des Spielplatzes. Jago saß schon auf einer Bank, als Christa mit Viola an der Hand dazukam. Christa schickte Viola in den Sandkasten, dann wandte sie sich Jago zu.

«Sie kann sehr schön alleine spielen.»

«Sie ist hübsch. Sie sieht dir ähnlich», sagte Jago. Er griff nach Christas Hand, führte sie an seinen Mund, drückte einen Kuss darauf.

«Nicht. Wenn uns jemand sieht!»

«Darüber wollte ich mit dir reden», setzte Jago an. «Ich ertrage es nicht, wenn ich dich nur heimlich treffen kann. Ich möchte das, was ich schon immer wollte: dich für mich allein haben.»

«Aber du bist auch verheiratet.»

«Ja, das bin ich. Ich habe heute Morgen mit Ulrike gesprochen. Wie du weißt, lebt sie in der Villa meiner Eltern und arbeitet für meinen Vater. Natürlich will sie keine Scheidung, dann würde sie ja nicht mehr zur Familie von Prinz gehören. Aber ich habe sowohl ihr als auch meinem Vater ein Angebot gemacht, das sie nicht ablehnen konnten.»

«Was für ein Angebot?»

«Ich habe vorgeschlagen, dass mich meine Eltern enterben und Ulrike adoptieren. Meine Mutter hat geweint, als ich das vorschlug, aber ich bin fest entschlossen. Auch mein Vater war überrascht. Einzig meine Großmutter war nicht erstaunt. ‹Vielleicht ist die Liebe doch nicht mit Geld aufzuwiegen›, hat sie gesagt und mir schöne Grüße an dich ausgerichtet.»

Christa riss die Augen auf. «Du hast was gemacht?»

«Auf mein Erbe verzichtet. Ich will mit dir leben. Endlich.»

«Hast du dir das auch gut überlegt?» Unbändige Freude erfüllte Christa. Noch nie im Leben hatte jemand etwas so Weitreichendes für sie getan. Die meisten, die sie kannte, strebten nach Geld. Jago wollte für sie darauf verzichten.

Und zugleich spürte sie Angst. Was, wenn er diesen Schritt später bereute? Wenn die Beziehung nicht das hielt, was er sich jetzt davon versprach? Was, wenn sie nicht hielt, was er sich von ihr versprach? Sie konnte Männer nicht glücklich machen, Uwe hatte ihr das mehr als einmal an den Kopf geworfen. Weil sie zu egoistisch und selbstbezogen sei. Weil sie sich nicht unterordnen könne.

Jago nahm ihre Hand. «Seit Jahren wünsche ich mir, mit dir Tag und Nacht zusammen zu sein. Tag und Nacht. Selbst während meiner Ehe. Ich will nicht länger warten. Lass dich von Uwe scheiden, so wie ich mich von Ulrike scheiden lasse.»

«Ist … ich meine … ist deine Frau denn damit einverstanden?»

«Ich glaube, sie kann sich nichts Schöneres vorstellen. Sie liebt meine Eltern, liebt das Leben und ihre Arbeit dort. Sie ist meinem Vater eine bessere Tochter, als ich ihm je Sohn war.»

Kapitel 22

Christa schwebte vom Spielplatz nach Hause. Und daran war nicht nur Jagos Entscheidung schuld, sondern auch die Tatsache, dass er sich mit der kleinen Viola gut verstand. Ganz selbstverständlich war er zu ihr in den Sandkasten gestiegen und hatte mit ihr gebuddelt. Geduldig hatte er wieder und wieder ihre selbst gebackenen Sandkuchen gekostet. Später waren sie zusammen Eis essen gegangen. Viola in der Mitte sowohl an Christas als auch an Jagos Hand. Und auf dem Heimweg hatte sie ihrer Mutter erzählt, dass Jago ihr Freund sei. Das war ein hohes Lob, denn Viola tat sich im Kindergarten manchmal ein wenig schwer damit, Kontakte zu knüpfen.

Und dann waren sie zu Hause. Christa deckte den Abendbrottisch. Sie wünschte sich von ganzem Herzen, dass Uwe heute wieder Zeit mit seiner Birgit verbringen würde, doch er war schon da. Er nahm Viola auf den Arm. «Und? Was hat mein Mäuschen heute gemacht?»

Und Viola plapperte drauflos und erzählte ihrem Vater, dass sie einen neuen Freund hatte, mit dem sie Eis essen war. Uwe nickte dazu, aber Christa konnte sehen, wie sich sein Gesicht verdüsterte. Das Abendbrot verlief schweigend. Selbst die Kleine spürte, dass die Stimmung umgeschlagen war. Sie aß so ordentlich wie selten, dann brachte Christa sie ins Bett und las ihr noch eine Geschichte vor.

Viola hatte die Augen bereits geschlossen, als sie murmelte: «Ist mein neuer Freund böse?»

«Aber nein, wie kommst du denn darauf?»

«Weil Papa ihn nicht mag.»

«Da täuschst du dich, mein Liebes. Papa wäre nur gern mit uns im Park gewesen.»

Viola klappte die Augen wieder auf. «Nein, das stimmt nicht. Er mag Jago nicht. Aber ich mag Papa, und deshalb ist Jago nicht mehr mein Freund.»

In diesem Augenblick begriff Christa, dass noch sehr viel größere Schwierigkeiten vor ihr lagen, als sie sowieso schon ahnte. Das Glück bekommt man nicht geschenkt, dachte sie. Man muss es sich verdienen.

Endlich schlief Viola, und Christa begab sich zu Uwe ins Wohnzimmer. Er hatte sich eine Flasche Asbach Uralt neben sein Bier gestellt, und ein Drittel Weinbrand fehlte bereits.

«Schenk mir bitte auch ein Glas ein», bat Christa.

Uwe erhob sich und grinste hämisch. «Wenn einem so viel Gutes widerfährt, das ist schon einen Asbach Uralt wert», zitierte er die Werbung.

Christa trank das Glas in wenigen Schlucken aus. Sie spürte den Alkohol durch ihre Blutbahn rauschen, fühlte sich aber nicht besser.

«Du gehst jetzt also mit meiner Tochter und deinem Geliebten in den Park, ja? Und ihr spielt glückliche Familie?» Uwe wurde mit jedem Wort lauter. «Vor allen Leuten!»

«Sei still», bat Christa. «Du weckst das Kind auf.»

«Und dann ist es müde und kann morgen gar nicht richtig mit dem neuen Papa spielen.» Uwe wurde immer wütender.

«*Du* bist ihr Vater. Und das wird auch so bleiben.»

«Ach, wird es das? Du denkst, ich bin dann so ein Wochenendpapa, der Geschenke vorbeibringt?»

«Es wird so sein, wie du es willst.»

«Und wenn ich es gar nicht will? Wenn ich die ganze Scheidung nicht will? Was dann? Was sagst du dann?»

«Aber was willst du?»

Uwe verschränkte die Arme vor der Brust und wirkte wie ein trotziger Jugendlicher. «Ich will hierbleiben. Hier bei euch. Ich werde mit Birgit Schluss machen, und wir beide fangen noch einmal ganz von vorne an.»

Vorgestern noch hätte Christa vielleicht zugestimmt. Seit letzter Nacht war das nicht mehr vorstellbar. «Ich möchte, dass du ausziehst.»

Der Satz hing wie ein Schwert in der Luft. Uwe rang nach Atem. «Ausziehen? ICH soll ausziehen, obwohl DU unsere Ehe zerstört hast?»

«Die Wohnung gehört mir.»

«Jaja, ich weiß. Alles gehört dir. Die Wohnung, das Auto, das Kind.»

«Es ist, wie es ist. Wir haben vor der Hochzeit zwar einen Ehevertrag geschlossen und Gütertrennung vereinbart, aber du kannst haben, was du möchtest, um neu anzufangen. Ich werde sicher nicht kleinlich sein.»

«Und wenn ich mich trotzdem weigere?» Christa schwieg. «Willst du mir Geld bieten, damit ich gehe?»

Daran hatte Christa bisher noch nicht gedacht. Und wenn sie es getan hätte, wäre sie sich schäbig vorgekommen. Aber nun hatte Uwe es selbst vorgeschlagen. «Wie viel willst du?»

«Du willst handeln? Du willst dich von meiner Liebe freikaufen?»

«Nein, das will ich nicht. Du liebst mich nicht, und vielleicht hast du mich nie geliebt. Aber das ist egal. Ich möchte, dass wir uns trennen. Und ich möchte eine ruhige, friedliche Scheidung. Was dazu nötig ist, werde ich tun.»

«Und wo soll ich so schnell eine neue Wohnung herbekommen? Überall herrscht Wohnungsnot.»

Christa zuckte mit den Schultern. «Vielleicht kannst du ja doch zu Birgit ziehen.»

«Nein, das kann ich nicht. Sie bewohnt ein Zimmer, und die Toilette ist eine halbe Treppe tiefer.»

«Dann geh zu deiner Mutter. Ihre Wohnung ist groß genug. Hauptsache, du ziehst am Wochenende aus.»

Ein gutes halbes Jahr später, Anfang April 1962, waren Uwe und Christa geschieden. Sie hatte ihm ein Drittel ihres Vermögens überlassen. Jagos Scheidungsverfahren lief noch. Viola kam in die Schule, und zur Feier des Schulanfangs würden sich Jago und Uwe das erste Mal von Angesicht zu Angesicht begegnen. Sie war noch keine sechs Jahre alt, aber ihre Kindergärtnerinnen und auch Christa waren der Meinung, dass sie die Schulreife besäße. Der Schulpsychologe teilte diese Ansicht, und die Kinderärztin stimmte ebenfalls zu.

«Ich werde mich nicht mit ihm unterhalten», hatte Jago im Vorfeld angekündigt.

«Das musst du auch nicht. Ich bin gespannt, ob er seine Birgit mitbringt.»

Und dann zogen Jago, Christa, Helene, Martin, August und Heinz neben dem kleinen bezopften Mädchen im weißen Kleid, zur Parkschule. Viola hatte vor lauter Aufregung noch Nasenbluten bekommen. Und auch jetzt zappelte sie an Heinz' Hand herum, während Jago die bunte Schultüte trug.

Für den Nachmittag hatte Christa zu sich nach Hause eingeladen. Helene hatte drei Torten gebacken und einen Pflaumenkuchen, Christa hatte kalte Platten für das Abendbrot hergerichtet, während Jago den großen Tisch im Wohnzimmer ausgezogen hatte.

Seit Christas Scheidung wohnte er mit ihr und Viola zusammen. Sie hatten sich neue Möbel gekauft, weil Christa einen Neuanfang in jeder Beziehung wollte. Das Wohnzimmer war kaum wiederzuerkennen. Unter dem Fenster stand ein Nierentisch, daneben zwei Sessel auf grazilen Beinen. Eine Stehlampe mit Glühbirnen in bunten Tüten befand sich in der Ecke. Die lange Wand vom Fenster zur Tür war mit Bücherregalen gefüllt, an der gegenüberliegenden Wand gab es eine Couch, die so ausgerichtet war, dass man von dort gut fernsehen konnte. Heute hatten sie die Couch ganz an die Wand gerückt, um für den ausgezogenen Esstisch Platz zu haben.

Zur Feier wurden noch Uwe, seine Freundin und seine Mutter erwartet, sodass Platz für zehn Leute geschaffen werden musste.

Christa stellte eine Vase mit bunten Blumen auf den Tisch, verteilte das Geschirr, Besteck und die Servietten. Helene schnitt in der Küche die Torten an, und kaum war alles bereit, kamen auch schon die Gäste. August und Heinz schleppten einen kleinen Schreibtisch herbei, den sie für Viola gezimmert hatten und an dem die Kleine ihre Schularbeiten machen konnte. Martin schenkte ein gut gefülltes Federmäppchen und einen Malkasten, Helene hatte Violas neues Kleid bezahlt, und Jago hatte eine Geschenkausgabe von *Grimms Märchen* für Viola ausgesucht, eingebunden in rotes Saffianleder und mit einem goldgeprägten Rotkäppchen auf dem Einband.

Sie saßen am Tisch und warteten auf Uwe, Birgit und Oma Ingeborg, doch die kamen nicht.

Martin spielte mit seiner Kuchengabel. Er schaute zu Viola, die an ihrem neuen Schreibtisch saß und in Gedanken versunken malte. Dann sagte er zu Christa: «Ich glaube, er macht das absichtlich. Er scheint so gekränkt zu sein, dass ihm jedes Mittel recht ist, dich zu bestrafen.»

«Wir sind geschieden. Er hat eine Freundin und eine neue Wohnung. Was will er noch?»

August räusperte sich. Er sagte nie viel, und Christa meinte manchmal, dass er noch immer ein wenig Ehrfurcht vor ihrer Familie hatte, in der es Akademiker und sogar einen Adligen gab, dessen Familie nicht nur Land und Wald besaß, sondern überdies Reitpferde und sogar einen eigenen See. «*Du* hast dich von ihm getrennt, Christa. Andersherum wäre es leichter gewesen.»

In diesem Augenblick klingelte es, und Uwe und seine Mutter Ingeborg erschienen. Ingeborg hatte für Viola einen selbst genähten Turnbeutel mitgebracht, auf dem ihr Name eingestickt war.

Uwe ging um den Tisch herum, begrüßte August und Martin und die anderen, nur an Jago ging er vorbei, als hätte er ihn nicht gesehen.

«Wo ist denn deine Birgit?», wollte Christa wissen. «Warum hast du sie nicht mitgebracht?»

«Birgit hat anderes zu tun», erklärte Uwe knapp.

Das Tischgespräch verlief angespannt. Oma Ingeborg fragte Viola nun schon zum dritten Mal, ob sie sich auch wirklich auf die Schule freue. Viola erzählte von ihren Geschenken und davon, was alles in der Zuckertüte war. Uwe warf Christa und Jago über den Tisch hinweg missmutige Blicke zu, dann war der Kuchen endlich gegessen.

«Viola, kommst du mit Oma und mir Eis essen?», fragte Uwe dann.

«Ja!», schrie Viola begeistert, aber Christa erhob Einspruch. «Es ist ihre Feier, du kannst sie jetzt nicht einfach mitnehmen. Wir hätten das absprechen müssen.»

«Sie ist meine Tochter. Ich habe ebenso viele Rechte wie du. Und ich möchte jetzt mit ihr ein Eis essen.»

Jago hatte eine Hand auf Christas Arm gelegt. «Lass ihn», sagte er leise.

«He! Hör mal, mein Freund. Du hast mir gar nichts zu erlauben oder zu verbieten.» Uwe richtete den gestreckten Zeigefinger auf Jago.

«Das hatte ich auch nicht vor», erklärte Jago ruhig.

«Dann ist ja gut.» Uwe reckte sein Kinn vor. Er packte Violas Hand und zog sie hinter sich her zur Tür. Ingeborg blickte entschuldigend in die Runde und folgte.

Da saßen sie nun alle an der Festtafel und schwiegen verlegen. Helene ging in die Küche und kochte noch mal eine Kanne frischen Kaffee. Christa fragte, ob jemand ein Glas Cognac wollte. Und Martin räusperte sich und erkundigte sich bei Heinz nach seinen neuesten Errungenschaften. Die Anspannung löste sich vernehmbar.

«Was macht deine Spezialisierung? Hast du neue Schätze an Land gezogen? Zum Beispiel den Flaubert, von dem du letztens erzählt hast?»

Martin spielte damit auf eine Auktion an, die kürzlich in Würzburg stattgefunden hatte. Dort waren größtenteils Bücher aus dem 19. Jahrhundert versteigert worden, die meisten waren Erstausgaben. Es war überdies ein neuer Gemeinschaftskatalog der deutschen Antiquare erschienen, und die Suchlisten des Antiquariatsbuchhandels lagen seit Neuestem dem Börsenblatt des Deutschen Buchhandels bei.

«Nein, den Flaubert hat mir jemand anderes weggeschnappt. Ein Antiquar aus Stuttgart. Und gleich nach der Auktion hat er mich kontaktiert und wollte mir den Flaubert verkaufen. Für den doppelten Preis!»

«Hast du ihn genommen?», wollte Helene wissen, die eine neue Runde Kaffee ausschenkte.

Heinz nickte. Sein Vater August aber seufzte. «Ich verstehe

nichts von alten Büchern, aber mir gefällt nicht, wie du dein Geld zum Fenster hinauswirfst.»

«Ich weiß, Vater. Aber der Handel mit alten Büchern ist ein Geschäft wie jedes andere auch. Kaufen und verkaufen. Und ich gebe mein Geld nur für Bücher aus, die ich im Laufe der Zeit mit Gewinn verkaufen kann.»

August nahm sich noch ein Stück Kuchen, das Christa ihm anbot. Ihr Blick streifte Heinz' Vater. Es war zu sehen, dass ihn sein Sohn nicht überzeugen konnte.

Christa hatte erwartet, dass Uwe seine Tochter bis zum Abendbrot wieder nach Hause bringen würde, aber das tat er nicht. Es wurde sieben, es wurde acht Uhr, Viola musste zu Bett, aber noch immer war Uwe nicht zurückgekehrt.

«Was soll ich tun?», fragte Christa, presste verärgert die Lippen zusammen und sah in die Runde. Sie hatten schon mit dem Abendessen angefangen, so richtig Appetit hatte keiner.

Martin erhob sich. «Ich gehe runter zur Eisdiele. Vielleicht sind sie ja noch dort.»

«Gut, dann fahre ich zu seiner Wohnung», erklärte Christa.

Auch Jago stand auf. «Dann sollte ich vielleicht zum Park gehen.»

«Nein, das mache ich», erklärte Heinz. «Er ist auf dich nicht so gut zu sprechen. Könnte sein, dass er dir Viola gar nicht übergibt.»

«Da hast du recht. Dann bleibe ich mit Helene und August hier.»

August widersprach. «Viola ist so etwas wie meine Enkelin. Ich will auch nach ihr suchen.» Es stimmte, Viola nannte ihn «Opa August», was August Nickel immens freute.

«Dann könntest du vielleicht den Weg zu ihrer Schule noch einmal abgehen?», schlug ihm Christa vor. «Sie wird womöglich Uwe zeigen wollen, wo sie ab Montag Lesen und Schreiben lernt.»

Um neun war Christa so weit, die Polizei zu informieren. Sie zitterte am ganzen Leib, seit niemand auf ihr Klingeln bei Uwes Wohnung reagiert hatte. Anschließend war sie noch zu Ingeborg gefahren, aber auch da war keiner zu Hause. Die anderen hatten Viola vergebens gesucht.

«Wir müssen die Polizei einschalten», drängte Christa. «Vielleicht ist ihnen etwas passiert.»

Jago zog sie an sich, strich ihr beruhigend über den Rücken. «Lass uns noch warten.»

«Nein. Ich bin auch dafür, die Polizei einzuschalten», erklärte Martin. «Ich glaube, dass Uwe ein Machtspiel abzieht. Und das dürfen wir ihm auf gar keinen Fall durchgehen lassen.»

Er reichte Christa den Telefonhörer, und sie rief tatsächlich beim 5. Polizeirevier in der Turmstraße an. «Wir kommen vorbei», sagte der Beamte, doch ihre Angst wurde nicht kleiner. Zehn Minuten später waren die Polizisten da. Jago erklärte, was vorgefallen war. Und gerade, als Christa ein Foto von Viola heraussuchen sollte, hörte sie unten die Tür zur Straße gehen und gleich darauf Violas müde Stimme.

«Was hast du dir dabei gedacht?», fauchte Christa Uwe an, kaum dass sie ihn sah. «Du hast Viola entführt.»

Als Uwe die Polizisten sah, verschwand das breite Grinsen aus seinem Gesicht. «Wir hatten es so schön zusammen, dabei müssen wir die Zeit vergessen haben.»

Der eine Polizist tippte an seine Mütze. «Dann werden wir hier ja nicht mehr gebraucht.»

Martin hatte noch eine Bitte. «Sie tragen dieses Vorkommnis doch irgendwo ein, oder?»

«Natürlich. Wir tragen alles ein. Der Vorfall erhält eine Tagebuchnummer.»

«Könnte ich eine Kopie davon bekommen?»

«Aber ja. Kommen Sie morgen aufs Revier.»

Die Beamten verließen das Haus, während Christa Viola an sich presste und sie gar nicht mehr loslassen wollte. «Komm, mein Schatz, du musst jetzt ins Bett», erklärte sie mit leicht zitternder Stimme.

Und während die anderen zurück ins Wohnzimmer gingen, blieb Martin bei Uwe stehen. «Du hast es gehört, ich hole mir den Tagebucheintrag gleich morgen. Ab sofort werde ich alles notieren, was du tust. Und du kannst gewiss sein, dass ich dafür sorgen werde, dass weder Christa noch Viola irgendein Leid angetan wird.»

Mit diesen Worten ging auch er zurück in die Wohnung, blieb aber in der offenen Tür stehen, bis er die Haustür klappen hörte.

Kapitel 23

Christa hatte im Februar von ihrer Schwangerschaft erfahren. Im Mai 1963 heirateten sie und Jago im Frankfurter Römer. Von seiner Seite war nur seine Cousine Patricia gekommen. Seine Mutter hatte ihr ein kleines Päckchen mitgegeben, das sie Christa überreichte. Darin waren ein Paar Diamantohrringe, und die Freifrau hatte dazu geschrieben: «Der Schmuck ist von meiner Großmutter und war von jeher für Jagos Frau bestimmt. Ich würde mich sehr freuen, wenn du ihn tragen würdest.»

Von seinem Vater waren weder Geschenk noch Karte noch Glückwunsch eingetroffen. Christa ahnte, dass Jago darüber traurig war, obgleich er wusste, dass er für seinen Vater nicht länger ein Sohn war, seit er sich von Ulrike hatte scheiden lassen. Der alte von Prinz hatte seine Schwiegertochter tatsächlich an Jagos Stelle im Testament eingesetzt. Nur seine Mutter hielt Kontakt zu ihm, wenn auch heimlich. Einmal im Monat kam sie nach Frankfurt, um ihn zu treffen. Auch Christa verstand sich gut mit ihr, wenn sie auch jedes Mal ein wenig eingeschüchtert war ob der Eleganz der Freifrau. Nie vergaß Jagos Mutter, für Viola ein Geschenk mitzubringen. Und jedes Mal freute sie sich, wenn Viola auf ihren Schoß kletterte und sie bat, ihr etwas vorzulesen. Als sie von der Schwangerschaft erfuhr, war die Freude grenzenlos, und sie telefonierte wöchentlich mit Christa, um sich nach deren Befinden zu erkundigen.

Im Sommer 1963 erhielt Jago eine Einladung zum Treffen der Gruppe 47 im Hotel Kleber Post in Saulgau, Baden-Württemberg, das vom 23. bis zum 27. Oktober stattfand. Er hatte mittlerweile seinen dritten Lyrikband veröffentlicht und arbeitete gerade an ein paar Prosastücken. Die Einladung der Gruppe 47 war für ihn wie ein Ritterschlag. Auch Christa freute sich darüber – die Gruppe 47 war in Deutschland tonangebend für eine neue Antikriegsliteratur nach dem Zweiten Weltkrieg.

«Ich würde so gern mitkommen», sagte sie, doch Jago legte seine Hand auf Christas gewölbten Bauch. «Das wird leider nichts, mein Liebes. Aber ich wünschte, du könntest dabei sein.»

Auch Martin war begeistert. Er schleppte Jago immer wieder nach unten in seine Buchhandlung, holte Bücher von Ilse Aichinger, Ingeborg Bachmann, Siegfried Lenz, Günter Grass, Hans Magnus Enzensberger, Erich Fried und Peter Weiss aus den Regalen und packte sie vor Jago auf einen Stapel. «Die nimmst du alle mit. Ich möchte von jedem Autor eine Signatur.»

Jago lächelte. «Das mache ich gern. Und ich werde euch alles darüber erzählen.»

«Das musst du auch, dazu bist du quasi verpflichtet.» Martin lächelte. «Und wenn Gunda davon erfährt, wird sie dir ebenfalls einen Stapel Bücher mitgeben.»

Und dann war es endlich so weit. Jago war in Saulgau und telefonierte in der Mittagspause mit Christa. «Es ist toll hier», erklärte er. «Ich lerne so viel. Und die Kollegen erst! Viele sind berühmt, aber sie behandeln mich als Gleichen unter Gleichen.»

«Hast du schon deinen Text vorgetragen?», wollte Christa wissen, denn es war üblich, dass jeder Teilnehmer vor den anderen aus seinem Werk las und sich der Kritik stellte.

«Nach der Mittagspause. In einer halben Stunde bin ich dran.

Oh, ich bin so aufgeregt, das kannst du dir gar nicht vorstellen. Aber wie geht es dir? Was macht das Baby?»

Christa hatte seit gestern Abend Wehen, aber sie erzählte Jago nichts davon. Er wäre imstande und würde die Tagung sausen lassen, um bei ihr zu sein. Sie wusste genau, wie wichtig das Treffen für ihn war. Außerdem wollte Jago ohnehin am nächsten Abend zurück sein. Das Baby würde bis dahin sicher warten.

Eine Stunde später fuhr Christa unter Sirenengeheul mit dem Krankenwagen ins Markus-Krankenhaus, und eine weitere Stunde später war ihr Sohn geboren.

Jago brach seine Tagung vorzeitig ab, Martin hatte ihm ein Telegramm geschickt:

```
52 Zentimeter großes und 3450 Gramm schweres
Glück eingetroffen
```

Am ganzen Körper zitternd, strahlte Jagos Gesicht vor Freude. Er hatte Tränen in den Augen, als er seinen Sohn sah. Ganz vorsichtig strich er ihm mit dem Zeigefinger über die Wange, dann setzte er sich auf Christas Bett und nahm ihre Hand: «Ich danke dir, meine Schöne, meine Liebste.»

«Wofür?»

«Dafür, dass du mir einen Sohn geschenkt hast.»

Christa musste lächeln, weil Jagos Worte ein klein wenig pathetisch klangen, aber sie konnte seine Rührung verstehen. «Jedes Baby ist ein kleines Wunder, nicht wahr?»

Jago nickte, küsste ihre Hand.

«Wie soll er heißen?», fragte Christa.

«Wenn du nichts dagegen hast, würde ich ihn gern nach meinem Großvater nennen. Er war ein guter Mann. Großzügig und freundlich. Er hieß Heinrich.»

Christa verzog ein wenig das Gesicht. «Heinrich? Wirklich?»

Jago nickte unsicher.

«Was hältst du davon, wenn wir ihn Henri nennen, nach deinem Großvater, und außerdem noch Arno nach meinem Vater? Henri Arno von Prinz. Wie klingt das?»

Jago lächelte, und dann liefen ihm Tränen über die Wangen. Er presste Christas Hand so fest, dass es fast wehtat. «Danke», flüsterte er. «Ich danke dir von ganzem Herzen.»

Vor der Tür wurde es laut. Heinz und Gunda platzten herein. Heinz hielt einen riesigen Blumenstrauß in der Hand, Gunda schleppte an einem Teddy.

«Herzlichen Glückwunsch, herzlichen Glückwunsch.» Die beiden sprudelten vor Freude. «Wo ist er? Wie heißt er? Wie groß? Wie schwer? Wie war die Geburt? Um welche Zeit ist er geboren?» Die Fragen kamen so schnell wie Regentropfen im Gewitter.

«Henri Arno von Prinz», erklärte Jago und versuchte vergeblich, seine Tränen zu zügeln.

Christa beantwortete alle anderen Fragen, doch sie fühlte sich unendlich erschöpft und konnte ein Gähnen nicht unterdrücken.

«Wir sollten dich jetzt ausruhen lassen.» Jago erhob sich.

«Bringst du morgen Viola mit? Sie soll ihren kleinen Bruder kennenlernen.»

«Das mache ich. Sie hat mir vorhin schon erzählt, dass ich sie künftig mit ‹große Schwester› ansprechen soll.» Jago lachte, dann verschwand die kleine Abordnung.

Draußen, vor dem Markus-Krankenhaus, wischte sich auch Gunda über das Gesicht. «Ein Wunder. Jedes neugeborene Kind ist ein Wunder.» Jago lächelte, weil Christa kurz zuvor etwas Ähnliches gesagt hatte.

«Wollen wir noch etwas trinken gehen? Auf Henri anstoßen?», fragte Heinz, und kurze Zeit später saßen sie in der Apfelweingaststätte Zur alten Laterne und hatten einen Drei-Liter-Krug und drei Gläser vor sich stehen. Sie redeten über Henri, stießen auf ihn an, dann fragte Gunda: «Jago, wie war es auf der Tagung? Ich möchte alles darüber wissen.»

Jago lächelte und drehte sein geripptes Apfelweinglas. «Es war traumhaft schön. Unbeschreiblich. Ich war mit klugen Leuten zusammen, die alle dasselbe machen wie ich. So viel habe ich gelernt. Einer war dabei, der las ein Gedicht, in dem es kein einziges Adjektiv gab. Alles ganz verdichtet. Vielleicht probiere ich das auch einmal. Ein anderer las ein Gedicht, in dem jedes Wort mit dem Buchstaben W begann. Die Sprachmelodie hat davon sehr profitiert.»

Er dachte an die erste Lesung seiner Gedichte, die vor vielen Jahren in der Buchhandlung Schwertfeger stattgefunden hatte. Und Heinz dachte an Jagos ersten Gedichtband, den er sich gleich am Erscheinungstag gekauft und den Jago später signiert hatte: «Für meinen Freund Heinz», hatte er geschrieben, und der junge Heinz hatte sich riesig über die Widmung gefreut. Ja, damals waren sie Freunde gewesen, jetzt waren sie eine Familie.

«Ich habe den jährlichen *Almanach* der Gruppe 47 gekauft», erzählte Gunda. «Und ich habe alles über die Tagung von 1962 gelesen. Jetzt warte ich gespannt auf den Almanach des diesjährigen Treffens.»

«Ich auch», ergänzte Heinz.

«Und ich ebenfalls.» Jago lächelte.

Sie stießen wieder an, dann begann er zu erzählen: «Wir waren ungefähr hundert Schriftsteller aus aller Welt, und alle logierten in dem alten Hotel Kleber Post in Saulgau. Ein Autor kam sogar aus Ostdeutschland. Jeder, der wollte, las aus seinen Texten vor. Keine fertigen Manuskripte, sondern Texte, die gerade in Arbeit waren. Man setzte sich vorn auf einen Stuhl und las vor einem ungeheuer anspruchsvollen und kenntnisreichen Publikum. Und dann musste man sich die Kritik anhören, ohne etwas sagen zu dürfen.» Er lachte kurz auf. «Wisst ihr, wie sie den Stuhl, auf dem die Schriftsteller sitzen, um ihre Werke vorzutragen, nennen? Den elektrischen Stuhl. Und ich sage euch, genauso habe ich mich darauf gefühlt. Da liest du vor den bedeutendsten Schriftstellern deutscher Sprache deiner Zeit, vor der geistigen Elite, aber auch vor den einflussreichsten Rezensenten, den Chefs der großen Feuilletons und den Kulturredakteuren von Funk und Fernsehen. Und vor Leuten aus großen Verlagen, die Ausschau nach neuen Talenten halten. Du sitzt vor Menschen, die du mehr bewundert hast als alles andere, denen gegenüber du dir klein und unbedeutend vorkommst. Und dann sollst du lesen, deinen unfertigen Text vortragen. Ich glaube, ich hatte noch nie solches Herzrasen. Schon beim Lesen hatte ich den Eindruck, dass mein Text schlecht ist. Am Tag zuvor war ich noch zufrieden gewesen, aber plötzlich kam mir der Rhythmus zu langsam vor, die Sprachbilder zu wenig originell, die Sprache zu wenig eindringlich.»

«Was hast du gelesen?»

Jago lächelte. «Eine Kurzgeschichte, die ich nur wenige Tage vor der Tagung geschrieben habe. Sie heißt *Neugeboren*.»

«Du hast über Henri geschrieben?»

«Ja, aber da wusste ich noch nicht, dass es ein Henri werden würde. Es hätte ebenso gut eine Henriette werden können. Aber nicht nur darüber, sondern über die Neuerfindung des Ichs.»

«Was heißt das?», fragte Heinz.

«Es geht im Grunde darum, dass du nicht an deine Herkunft gefesselt bist. Du kannst dich freimachen davon. Du kannst sein, wer du sein möchtest.»

«Und wie haben die anderen Schriftsteller reagiert?»

Jagos Lächeln erstarb. «Nun, sie meinten, der Text wäre zu

konventionell. Dass man solche Sätze schon früher gehört hätte. Dass der Text unpolitisch sei. Dass die Metaphern alle bekannt wären. Einzig Walter Jens sagte, ich hätte einen ganz neuen Blick auf das veränderbare Ich gerichtet. Meist würden Frauen darüber schreiben, aber die Ängste und Gedanken der Männer kämen bei diesem Thema zu kurz.»

«Das klingt doch wie ein Lob», sagte Gunda und hob ihr Glas.

«Ja, das war es wohl auch. Jedenfalls hat mich der Literatur-kritiker Marcel Reich-Ranicki beim Mittagessen zur Seite genommen. Er ist nicht sonderlich beliebt, wisst ihr. Schon vor zwei Jahren sind einige der eingeladenen Autoren nicht angereist, weil er da war. Hans Werner Richter, der Organisator der Treffen, ist sogar der Meinung, dass Reich-Ranickis Kritik den Autoren schadet. Und Erich Fried hat ihn eine ‹selbstzufrieden-unbekümmerte Dampfwalze der Schnellkritiken› genannt. Na, zu mir war er jedenfalls ganz freundlich.»

«Und was hat er zu dir gesagt?» Heinz war so interessiert, dass sich Gunda fragte, ob er nicht am liebsten mit dabei gewesen wäre.

«‹Lesen Sie, junger Mann. Lesen Sie, so viel Sie können. Lesen Sie Hilde Domin. Heinrich Heine. Erich Fried. Sie sind begabt. Aus Ihnen kann etwas werden. Aber lassen Sie die Finger von Günter Grass!› Andere Autoren hat er dagegen regelrecht in der Luft zerrissen. Ich hatte also Glück.»

«Und wie ging es weiter? Ihr habt nicht nur gelesen.»

«Nun, ich musste ja etwas verkürzen. Wegen Henri. Aber ich habe mitgekriegt, dass heftig und offen diskutiert wird. Habe mich aber zurückgehalten und meist nur zugehört.» Jago trank einen Schluck. «Es war jedenfalls das eindrucksvollste und schönste Erlebnis meiner gesamten Laufbahn. Und ich hoffe, ich werde das nächste Mal wieder dabei sein.»

Dann blickte Jago Heinz und Gunda an und sagte leise und

mit bewegter Stimme: «Ich bin so glücklich wie noch nie in meinem Leben. Dichter und Vater. Mehr wollte ich nie sein.»

Am nächsten Morgen, als Christa den Kleinen gerade stillte, eilte eine Krankenschwester in ihr Zimmer, das Christa mit drei weiteren jungen Frauen teilte, die ebenfalls gerade entbunden hatten. «Packen Sie Ihre Sachen», sagte sie. «Sie bekommen ein Einzelzimmer.»

«Wieso das?», wollte Christa wissen.

«Jemand war da und hat dafür bezahlt. Er kommt in einer Stunde wieder.»

Christa glaubte, Heinz oder Martin hätten ihr diesen Luxus spendiert, den sie gar nicht brauchte. Sie hatte gern mit den anderen Müttern geredet. Zwei von ihnen hatten bereits Kinder und kannten sich aus mit dem, was im Körper der Frau nach der Geburt geschah. Aber Christa wollte gegenüber dem Spender nicht undankbar erscheinen, deshalb folgte sie der Krankenschwester, die den kleinen Wagen mit Henri schob und Christas Tasche trug. Sie hatte sich noch nicht gänzlich neu eingerichtet, als es an der Tür klopfte. Christa strich sich über das Haar, knöpfte das Stillnachthemd bis oben zu und rief: «Herein.»

Als die Tür aufging, wollte sie ihren Augen nicht trauen: Gideon von Prinz betrat das Zimmer.

«Guten Tag!» Seine dröhnende Stimme und seine massige Gestalt füllten den ganzen Raum, und Christa hatte den Eindruck, dass es darin plötzlich dunkler geworden war.

«Guten Tag.» Sie richtete sich auf, legte eine Hand an den kleinen Wagen, in dem Henri schlief.

«Gestatten Sie?» Der Freiherr zeigte auf den Säugling.

«Bitte. Er ist Ihr Enkel.»

Gideon von Prinz trat an den Wagen und betrachtete das neugeborene Kind sehr lange. Sein Gesicht wurde weicher dabei, stellte Christa fest. Nach einigen Minuten nickte Jagos Vater ihr zu. «Ein Sohn. Das haben Sie gut gemacht. Wie ist sein Name?»

«Henri nach Jagos Großvater, Arno nach meinem Vater.»

«Freiherr Henri Arno von Prinz. Aha.»

Dann ging er, ohne sich von Christa zu verabschieden.

Am Nachmittag berichtete sie Jago, der sich über die Verlegung in ein Einzelzimmer schon gewundert hatte, von dem unerwarteten Besuch. Christa erklärte, sein Vater hätte es für sie gebucht. Nein, wahrscheinlich nicht für sie, sondern für Henri.

«Er hat Henri angesehen, als wolle er ihn malen», erzählte Christa, die sich noch immer nicht von der Überraschung erholt hatte.

«Und dann?»

«Dann hat er mich nach dem Namen gefragt, hat ihn samt Titel wiederholt und ist ohne Gruß gegangen.»

Jago presste die Lippen aufeinander. In seinen Augen funkelte es gefährlich. «Er wollte seinen Enkel sehen, seinen Nachfolger.»

«Meinst du?»

«Es geht immer um die Erbfolge. Ulrike ist davon ausgeschlossen, weil sie keine echte von Prinz ist. Er will unseren Sohn.»

Christa hielt einen Moment inne. «Ist es nicht normal, dass ein Großvater seinen Enkel sehen will? Wenn ich auch zugeben muss, ich hatte eher mit deiner Mutter gerechnet als mit ihm.»

«Mit meiner Mutter habe ich heute Vormittag telefoniert. Sie lässt dich herzlich grüßen und fragt an, wann sie dich und Henri besuchen darf.»

«Jederzeit», antwortete Christa und sah zu ihrem Sohn. «Jederzeit.»

Kapitel 24

Es klingelte Sturm an der Wohnungstür. Christa hatte gerade Henri gefüttert, jetzt sprang sie auf und öffnete rasch. Heinz stand vor ihr, das Haar zerrauft, mit Blut an den Fingern und erschütterter Miene.

«Was ist los? Was ist passiert?» Christas Herz pochte in einem schnelleren Takt.

«Es ist eingebrochen worden. Im Antiquariat.»

«Oh mein Gott. Ist was gestohlen worden?»

Heinz schüttelte den Kopf. «Kannst du kommen?»

Christa nickte. Sie nahm Henri auf den Arm, gab ihn eine Etage tiefer bei ihrer Mutter ab. Als sie kurz darauf das Antiquariat betrat, stockte ihr der Atem! Die Wände waren mit roter Farbe beschmiert, auf dem Fußboden war «Deutscher Verräter» zu lesen. Auch die Fensterscheiben waren befleckt. «Das ist ein Hakenkreuz!», rief Christa empört aus. «Was in aller Welt soll das?»

Die Bücher waren aus den Regalen gerissen, die Lampen zerklirrt, die Stuhlpolster aufgeschlitzt. Der Laden sah aus, als hätte eine Bombe eingeschlagen.

Sie drehte sich zu Heinz um. «Weißt du, was das bedeutet?»

Er nickte. «Ich habe dir nichts erzählt, weil ich dich nicht ängstigen wollte. Aber ich habe Drohbriefe bekommen. Vier Stück insgesamt. Und Anrufe.»

«Was stand drin? Was wollen die von dir? Wer sind die überhaupt?»

«Genau weiß ich es nicht. Sie bezeichnen sich als *Zusammenschluss Endsieg*. Ich denke, es sind Nazis. Sie wollten mir mit aller Macht die beiden Bücher abkaufen. Jetzt sind sie in der Nacht eingebrochen, um die Bücher zu stehlen.»

«Die mit dem Einband aus Menschenhaut.»

«Ja. Zuerst haben sie mir Angebote gemacht. 5000 Mark pro Stück. Aber du weißt, dass ich nicht verkaufe. Dann haben sie Drohbriefe geschrieben. Darin stand, dass meine Haut bald einen Bucheinband zieren wird. Und jetzt das.»

«Du musst die Polizei rufen, Heinz.»

«Wenn ich das tue, muss ich die Bücher abgeben.»

«Dann tust du es eben.»

Heinz schüttelte den Kopf. Er deutete auf seinen Schreibtisch, der aufgebrochen war. Die Schubladen waren herausgerissen, und der Inhalt lag auf dem Boden. «Sie haben die Bücher nicht gefunden. Im Tresor sind sie sicher.»

Christa schlang die Arme um ihren Oberkörper. «Das macht mir Angst», sagte sie.

«Mir auch.»

«Und was willst du jetzt tun?»

«Ich weiß es nicht. Ich weiß nur, dass du hier nicht mehr sicher bist. Mit Martin habe ich schon gesprochen. Er wird mir an deiner Stelle helfen.»

Auf gar keinen Fall, wollte Christa erwidern. Sie war in den letzten Wochen jeden Morgen mit Henri im Kinderwagen in den Laden gekommen. Zwei Stunden lang hatte sie die Neueingänge registriert. Manchmal, wenn Heinz Termine außerhalb hatte, war sie sogar am Nachmittag noch einmal da gewesen. Henri hatte die meiste Zeit geschlafen, Jago und Helene kümmerten sich um Viola. Nur einmal hatte eine ältere Frau sie beschimpft, als sie Henri auf dem Arm hatte: «Dieser Ort ist kein Ort für einen Säugling.»

Christa liebte es, das Antiquariat. Sie mochte die Kunden, sie mochte die Recherche. Beinahe jeden Tag kamen neue Kataloge von anderen Antiquariaten. Sogar aus dem Ausland. Erst gestern war eine Sendung aus London eingetroffen, und Christa, dick eingemummelt, hatte den sonnigen Novembernachmittag im Park damit zugebracht, den Katalog durchzugehen, während Viola mit einer Freundin die Klettergerüste unsicher gemacht und Henri satt und zufrieden in seinem Wagen geschlafen hatte. Das Antiquariat Nickel gab es mittlerweile schon drei Jahre. Heinz hatte sich einen Namen gemacht. Er fuhr zu allen Auktionen im ganzen Land. Letzten Monat war er in Hamburg gewesen, in der nächsten Woche würde wieder eine Auktion in Frankfurt stattfinden. Er hatte Bibliotheken durchstöbert, sich mit Wappenkunde befasst und viele Schlossbesitzer angeschrieben, um deren Bibliotheken kennenzulernen. Mittlerweile gehörten die Grafen von Dörnberg aus Nordhessen und auch die Katzenelnbogens zu seinen Kunden. Jagos Herkunft hatte zudem viele Türen geöffnet. Christa war diejenige, die solche Kontakte anbahnte.

«Hier ist die Freifrau Christa von Prinz vom Antiquariat Nickel. Ich bin Jago von Prinz' Ehefrau und habe von ihm von Ihrer beeindruckenden Bibliothek erfahren. Darf man sie besichtigen? Gibt es Bücher, die Ihnen noch fehlen? Haben Sie vielleicht etwas aus dem Bestand zu verkaufen?»

Und jetzt das! Christas Blick schweifte über die Zerstörungen. «Du solltest wirklich die Polizei rufen», aber Heinz blieb standhaft.

«Ich werde die beiden Bücher verbrennen. Öffentlich. Ich werde es in der Presse bekannt geben, werde Anzeigen schalten. Sind die Bücher erst weg, wird es keine Einbrüche mehr geben.»

«Du würdest dir Feinde zuziehen. Das Dritte Reich ist kaum zwanzig Jahre her. Es gibt noch überall Männer und Frauen, die die Zeit unter Hitler nicht vergessen haben. Die von dieser Zeit profitiert haben. Es ist, wie es ist: Die Nazis sind überall.»

«Das ist mir egal. Dann beziehe ich eben öffentlich Stellung dagegen. Das wird mir nicht nur Feinde, sondern auch Unterstützer einbringen.»

Plötzlich stürzte Jago in den Laden.

«Was machst du hier?», wollte Christa von ihrem Mann wissen. «Du müsstest doch in der Redaktion sein.»

«Heinz hat mich angerufen und gebeten zu kommen. Ich habe mir freigenommen. Wegen der Zerstörung. Und …» Jago zögerte einen Moment.

«Und weswegen?»

Heinz und Jago wechselten einen kurzen Blick. «Weil ich die Anzeigen in den Zeitungen formulieren soll. Wegen der Bücher. Morgen sollen sie in der *Frankfurter Rundschau* und in der *Frankfurter Allgemeinen Zeitung* erscheinen, und heute Mittag ist Anzeigenschluss. Wir müssen uns also beeilen. Und wir müssen schon morgen Abend die beiden Bücher verbrennen. Vielleicht kann ich den ein oder anderen Kulturredakteur dazu bewegen, einen Artikel zu schreiben.»

Christa verstand. «Ihr wollt Öffentlichkeit herstellen, die uns alle schützt?»

«Ja», bestätigte Heinz, «vor allem dich und die Kinder. Und wäre es nicht auch gut, Anzeigen oder Flugblätter in der Universität auszuhängen? Die Studenten haben eine eigene Stimme. Eine politische Stimme, die gehört wird.»

Jago nickte begeistert. Es gab noch viel zu tun.

«Sie steht drin. Die Anzeige zur Bücherverbrennung», sagte Christa am nächsten Morgen beim Frühstück und reichte Jago die Zeitung. Der hatte gerade die neuesten Beiträge in der *konkret* gelesen, einer links orientierten *Monatsschrift für Politik und Kultur*. Heinz liebte die Zeitschrift und gab sie immer weiter, sobald er sie gelesen hatte.

«Denkst du, dass viele Leute kommen werden?», fragte Jago.

Christa zuckte mit den Schultern. «Also Dr. Brinkmann kommt, Gunda, Lilly Frühling, Gertie Volk und die anderen vom Literaturzirkel. Ich habe ja gestern Nachmittag noch einen Rundruf gestartet. Sogar August will dabei sein. Helene übrigens auch, aber dann hat sie sich doch bereit erklärt, auf die Kinder aufzupassen.»

«Meine Cousine Patricia hat zugesagt und erwähnt, dass sie vielleicht sogar meine Mutter mitbringt. Dazu ein paar Kollegen. Ich habe auch den Suhrkamp Verlag eingeladen, obschon ich nicht glaube, dass Siegfried Unseld persönlich kommt.»

Nach dem Frühstück begab sich Christa ins Antiquariat. Henri hatte sie bei Helene gelassen, und Viola war in der Schule.

«Ich habe alle Zeitungen angerufen», verkündete Heinz gut gelaunt. «Vielleicht schicken sie Leute. Und meine Kunden habe ich auch informiert. Die Flugzettel hängen in der Universität und den Instituten. Es wird ziemlich viel los sein.»

Christa bestaunte Heinz' Garderobe. Normalerweise trug er einen dreiteiligen Anzug, darunter ein helles Hemd und Budapester Schuhe. So, wie er es von Werner gelernt hatte. «Ein Geschäftsmann muss in erster Linie seriös aussehen», hatte Werner immer gesagt. Doch heute hatte Heinz Nietenhosen an, dazu ein kurzärmeliges Hemd mit flachem Kragen und Sportschuhe. Er sah aus wie alle jungen Männer, und Christa fragte sich, ob er auch das Leben der meisten jungen Männer führte. Sie wusste natürlich, dass er an den Wochenenden in den Beatclub St. Pauli in der Münchner Straße oder ins Weindorf auf der Kaiserstraße ging, um dort abzuhotten. Er hatte sogar für den Laden einen

Plattenspieler gekauft und spielte darauf, sobald der Laden leer war, die Songs der Beatles und der Rolling Stones. Seit Christa die beiden Kinder hatte, sah sie Heinz nur noch selten außerhalb des Antiquariats.

«Hast du dich erkundigt, ob es überhaupt erlaubt ist, auf dem Platz vor dem Uhrtürmchen eine Bücherverbrennung abzuhalten?», fragte sie nun.

Heinz verneinte. «Wer viel fragt, hat das Nachsehen.» Er ging zur Tür und schloss den Laden auf.

Im Laufe des Tages kamen viel mehr Kunden als gewöhnlich. So viele, dass Christa ihre Mutter bitten musste, auch am Nachmittag die Kinder zu hüten. Sie war so froh, dass sie Viola und Henri ohne Sorgen bei ihr lassen konnte. Henri und Viola liebten ihre Oma, und Christa wusste sie gut versorgt. Und sie war froh über die Putzfrau, die einmal wöchentlich kam. Mit Uwe wären ihr diese Erleichterungen nicht vergönnt gewesen.

Die Kunden gaben sich die Klinke in die Hand. Viele liefen an den Regalen entlang und studierten die Titel, und Christa war klar, dass sie auf der Suche nach den beiden besonderen Büchern waren. Eine junge Frau mit unendlich langen Haaren, die ihr bis zum Po reichten, wollte ein Interview für die Studentenzeitung der Uni machen, und Heinz ging mit ihr nach nebenan in das neu eröffnete Café Berger.

Danach kam er gut gelaunt zurück und rieb sich die Hände. «Das erste Interview ist im Kasten», sagte er. «Der Sozialistische Deutsche Studentenbund steht hinter unserer Aktion. Sie werben heute Mittag in der Mensa.»

«Es wird auch Gegenwind geben.» Plötzlich hatte Christa Angst vor dem Abend.

Heinz lachte übermütig. «Was wäre das für eine Veranstaltung, wenn sie nicht auch ihre Feinde anlocken würde?»

Christa schüttelte den Kopf. «Wir hatten schon einmal eine

Bücherverbrennung. Verhöhnt es nicht die Opfer, wenn ausgerechnet wir eine abhalten?»

«Aber nein. Wieso denn? Doro hat gesagt, dass damit eine neue Generation die alte Generation auffordert, endlich Rechenschaft abzulegen und Buße zu tun.»

«Doro?»

«Dorothea. Die junge Frau vom SDS. Sie will heute Abend auch kommen, und wir haben ausgemacht, dass sie ein paar Worte sagt.»

«Das finde ich nicht gut», erklärte Christa.

«Warum nicht? Je mehr Leute hinter uns stehen, umso weniger kann die Aktion verschwiegen werden.»

«Ja, aber du machst dich mit den Linken gemein. Mit den Sozialisten. Das war doch nicht deine Absicht.»

«Was die Linken wollen, das will ich auch. Der Krieg in Vietnam soll aufhören, Frauen und Männer sollen gleichberechtigt sein, und Atombomben möchte ich auch keine. Die Aufrüstung muss ein Ende haben.»

Christa stimmte ihm zu, gleichzeitig hatte sie Angst, dass Heinz auch so ein Halbstarker werden würde, wie man sie jetzt allerorten sah. Revolte wollten sie machen, die Studenten mit ihren ewigen Demos, die die halbe Stadt verstopften.

Auch Gunda Schwalm war eher links eingestellt, aber das musste sie ja sein, schließlich arbeitete sie für die Frankfurter Schule. *Frankfurter Schule*, so wurde das Institut für Sozialforschung auch genannt. Gunda hielt Theodor W. Adorno für eine Lichtgestalt am Philosophenhimmel. Sie arbeitete als Forschungsassistentin bei ihm und hatte die Aufgabe, die Sprache im Nazireich zu analysieren, während andere Kollegen versuchten herauszufinden, was die Nazis überhaupt möglich gemacht hat. Zudem verstand sich das Institut als Einrichtung, die den Marxismus theoretisch weiterentwickelte. Gunda wusste genau, was sie da tat, aber Heinz war noch nicht einmal dreißig – und in Christas Augen würde er wohl immer das kleine Heinzchen sein, das sie 1945 auf der Haustürschwelle gefunden hatte.

«Ich bitte dich ja nur aufzupassen», sagte sie und schaute ihn an.

«Worauf soll ich aufpassen?»

«Vor welchen Karren dich andere spannen wollen.»

Heinz lachte, umarmte sie kurz und drückte ihr einen Kuss auf die Wange. «Du musst dich nicht mehr um mich sorgen, Christa. Das hast du lange genug getan. Jetzt hast du Viola und Henri.»

«Ich weiß», erwiderte sie leise. «Aber ich kann nicht damit aufhören. Und deinem Vater wird es sicher ähnlich gehen.»

Kurz vor 18 Uhr holte Heinz die beiden Bücher mit den Einbänden aus Menschenhaut aus dem Tresor. Er legte sie vor sich auf den Tisch und strich sanft mit der Hand darüber.

Christa stand neben ihm. «Ich würde sie gerne streicheln», flüsterte sie. «Ihnen sagen, warum wir sie verbrennen müssen. Schließlich sind es einmal Menschen gewesen.»

«Mir geht es ebenso. Für mich waren es nie nur Bücher in einem schrecklichen Einband. Es waren immer Teile von Menschen. Menschen, die wir nicht gekannt haben.»

Martin kam herein. Er trug noch immer seinen Anzug, hatte nur die Krawatte abgelegt, seinen warmen Mantel hatte er sich über den Arm gehängt. «Geht es los?», wollte er wissen und deutete auf den Benzinkanister, den er in der Hand hatte.

«Meinst du, die Männer, die ihre Haut hierfür hergeben mussten, wären einverstanden mit dem, was wir tun?», wandte sich Christa an ihren Onkel.

«Ja. Ich denke, das wären sie. Wir geben ihnen ihre Haut zurück und damit ihre Würde. Jeder, der das anders sieht, sieht es mit Absicht falsch.»

Sie liefen über die Berger Straße. Heinz in der Mitte mit einer ledernen Aktentasche unter dem Arm. Als sie am Uhrtürmchen ankamen, traute Christa ihren Augen nicht. An die zweihundert Menschen hatten sich versammelt. Die meisten von ihnen waren jung. So jung, dass sie nichts von den Gräueln des Faschismus selbst erlebt hatten. Aber auch Ältere hatten sich eingefunden. Dr. Brinkmann mit seiner Frau, ein paar Kunden der Buchhandlung, Nachbarn.

Doro trat auf Heinz zu, lächelte ihn an und schüttelte ihre langen Haare. «Soll ich zuerst sprechen und dann du?»

«Zuerst sprichst du. Dann wird Martin Schwertfeger ein paar Worte sagen. Er hat selbst im KZ Buchenwald gesessen, ihm steht es mehr zu als mir.»

Doro hob eine Flüstertüte an die Lippen und rief: «Hört mal her, Leute. Es geht gleich los.»

Währenddessen hatte Christa ihre Freundin Gunda entdeckt, die mitten auf dem kleinen Platz einen Kreis aus Steinen legte.

«Hallo. Was tust du da?»

«Ich kenne die Feuerwehrbestimmungen nicht, aber ich denke, dass diese Steine dafür sorgen, dass das Feuer nicht übergreift.»

Jago hatte am Brunnen zwei Eimer mit Wasser gefüllt, und Gertie Volk hatte den Feuerlöscher aus der Buchhandlung herbeigeschafft, während Lilly Frühling ein Kehrblech und einen Besen in der Hand hielt.

Doro stellte sich in die Mitte des Steinkreises und rief durch die Flüstertüte: «Freunde und Genossen. Die Jungen müssen die Alten endlich zur Rechenschaft ziehen für alles, was im Dritten Reich passiert ist. Wieder sitzen an entscheidenden Machtstellen ehemalige Nazis. Sie verfügen, lehren, beurteilen und gestalten.

Das darf nicht länger sein. Wir setzen ein Zeichen der Hoffnung dagegen. Heute Abend werden zwei Bücher verbrannt, die die gesamte Grausamkeit und den Zynismus der Nazis enthüllen. Zwei Bücher, die einen Einband aus Menschenhaut haben. Die Haut zweier Ermordeter des Konzentrationslagers Buchenwald. Wir wissen nichts über diese Männer. Aber wir wissen, dass sie gequält und verbrannt worden sind. Diesen Männern wird heute Gerechtigkeit gegeben, wenn auch nur im kleinen Umfang. Ich rufe euch alle auf AUFZUSTEHEN, wenn ihr Nazis begegnet. AUFZUSTEHEN, wenn ihr Ungerechtigkeit, Grausamkeit und Zynismus erlebt. Für eine bessere Gesellschaft!» Sie ballte die Hand zur Faust und schüttelte sie. Dann reichte sie die Flüstertüte an Martin weiter.

Der fuhr sich mit dem Finger in den Kragen, als wäre der zu eng, dann räusperte er sich. «Ich weiß nicht, ob ich die beiden Männer gekannt habe, die ihre Haut lassen mussten. Es ist auch gleichgültig, denn ich stehe hier für alle Männer, die in Buchenwald gewesen sind. Ich stehe hier für jeden Einzelnen, der grausam ermordet wurde. Und ich stehe hier für die Überlebenden, die Buchenwald niemals vergessen können. Ich stehe hier, damit niemals wieder ein solcher Bucheinband hergestellt werden kann. Und ich stehe hier, weil ich trotz allem an das Gute im Menschen glaube und die Hoffnung habe, dass dieses Gute am Ende siegen wird.»

Die Leute klatschten. Jago schoss Fotos. Er war heute nicht nur als Familienmitglied hier, sondern auch als Reporter der *Frankfurter Rundschau*. Martin stieg aus dem Steinkreis, und Heinz legte die beiden Bücher so behutsam hinein, als fürchte er, ihnen wehzutun. Dann goss er Benzin darüber und warf ein brennendes Streichholz in den Kreis. Die Flammen loderten hell auf.

Plötzlich entstand am Rande der Menschenmenge ein Gerangel. «Kommunistenpack!», rief jemand, und ein anderer schwang einen Knüppel.

Christa blickte wie erstarrt auf eine Gruppe junger Männer, alle mit schwarzen Lederjacken, kampfbereit. Sie drängelten und rempelten. Einer stieß Dr. Brinkmann so rüde zur Seite, dass der alte Arzt stolperte und sich an Lilly festhalten musste. Es dauerte nur wenige Minuten, bis eine Schlägerei im Gange war. Die Schwarzjacken prügelten auf die Studenten ein. Jemand schrie auf, jemand stürzte zu Boden, jemand riss das Megafon an sich und brüllte: «Deutschland, erwache!» Schon waren Polizeisirenen zu hören, der erste Streifenwagen kam die Wiesenstraße heruntergebraust, während sich auf der Berger Straße ein Feuerwehrwagen näherte.

Christa hatte keine Zeit, sich um die prügelnden Menschen zu kümmern. Sie kümmerte sich lieber um die Bücher. Mit der Spitze eines alten Regenschirms schob sie die Bücher so, dass sie in Windeseile verbrannten. Lilly löschte ein paar Minuten später die letzte Glut, und Gertie kehrte die Aschenreste vorsichtig auf, während Gunda die Steine wieder einsammelte.

Ein weiterer Streifenwagen heulte die Straße hinab, dahinter ein Lkw der Bereitschaftspolizei. Zwei Dutzend Polizisten sprangen von der Ladefläche, die Gummiknüppel griffbereit. Sie kämpften sich durch die Prügelnden hindurch, zerrten Männer auseinander, drängten die Frauen zur Seite. Ein Höllenlärm lag über dem kleinen Platz. In den Fenstern hingen Leute und kommentierten, was sie unten sahen. Eine Frau goss einen Eimer kaltes Wasser hinunter, ein Mann schimpfte auf das Studentenpack und erklärte, was Hitler mit denen gemacht hätte. Christa fasste Lilly bei der Hand, nahm Gertie den Eimer mit der Asche ab und zu dritt rannten sie in die Arnsburger Straße, die an den Platz mit dem Uhrtürmchen grenzte. Vor der Buchhandlung Schutt blieben sie stehen. Die Menge war noch immer ineinander verkeilt, und jetzt sah Christa, wie ein junger Polizist Doro an ihren langen Haaren über die Erde schleifte.

Entschlossen stellte sie den Eimer ab. «Passt gut drauf auf und bleibt hier stehen!», rief sie ihren Kolleginnen zu, dann drängte sie sich zu dem Polizisten durch. Sie packte ihn beim Arm und schrie: «Lassen Sie die Frau los. Keine Gewalt!» Doch der Beamte versuchte, Christa abzuschütteln. Sie hängte sich mit beiden Händen an seinen rechten Arm, bis er schließlich Doro losließ, Christa mit dem Gummiknüppel einen Schlag auf die Schulter gab und sich dann umdrehte. Christa biss die Zähne zusammen, half Doro auf die Beine und zog sie aus der Menge, hin zu Lilly und Gertie, bei denen inzwischen auch Gunda stand. Unterdessen hatten die Polizisten die Überhand gewonnen. Etlichen jungen Männern wurden Handschellen angelegt. Sie wurden zu dem Lkw gebracht und aufgeladen wie Säcke voller Mehl. Nach einer halben Stunde war der ganze Spuk vorbei.

Als die Polizei und die Feuerwehr abgefahren waren, blickte Christa sich nach Jago, Martin und Heinz um. Doch sie erspähte nur ihren Mann und ihren Onkel. Von Heinz war nichts zu sehen.

Kapitel 25

Sie saßen alle in Christas und Jagos Wohnung und redeten aufgeregt durcheinander. Jago verteilte Bierflaschen, Christa reichte Schmalzbrote herum, die Helene geschmiert hatte. Doro hatte Kopfschmerzen und bekam von Helene ein Aspirin. Christas Schulter tat weh, und Jago packte ein paar Eiswürfel in ein Geschirrtuch und presste es gegen die Verletzung, die schon rot und blau zu leuchten begann. August hatte eine dicke Lippe, weil er sich mit einem der Nazijungs geprügelt hatte, und Jago selbst beklagte seine zerrissene Jacke. Nur Heinz fehlte, und Helene rang die Hände. «Wenn sie ihn nur nicht einsperren. Wenn er nur nicht ins Gefängnis kommt.» Christa fand die Klagen ein wenig übertrieben, doch Helene hatte schon zwei Mal erleben müssen, wie ihr Bruder verhaftet worden war. Martin hatte sich unterdessen ruhig in einem der Sessel niedergelassen.

Auch Gunda hatte die Ruhe wiedergefunden und wollte gerade gehen, als Heinz endlich nach Hause kam.

«Und?» Alle redeten auf ihn ein, wollten wissen, was die Polizei gesagt hatte.

Er grinste und entblößte einen fehlenden Zahn. «Eine Anzeige werde ich wohl kriegen. Allerdings weiß die Polizei noch nicht genau, weswegen. Ruhestörung kommt in Betracht, Feuerlegen, Störung der öffentlichen Ordnung und eine unerlaubte Zusammenkunft.»

«Und was bedeutet das?» Helene war blass geworden.

«Mach dir keine Sorgen. Das sind alles Kleinigkeiten. Dafür kommt man nicht in den Knast. Ich werde wohl eine Geldstrafe zahlen müssen.»

«Wir legen zusammen», verkündete Gunda, aber Heinz schüttelte den Kopf. «Nein, das tut ihr nicht. Das war allein meine Sache. Ich wollte die Bücher verbrennen. Nicht gewollt habe ich allerdings, dass ihr alle verletzt seid.»

«Nicht du hast uns geschlagen», wandte Christa ein, «sondern die Polizei und diese Nazis.»

«Hast du den einen gesehen, den mit der braunen Lederkappe und der dicken Sonnenbrille?», wollte Heinz von Christa wissen.

«Nein, habe ich nicht. Warum fragst du?»

«Es war einer von denen, die im Laden waren und mich bedroht haben.»

«Hast du das der Polizei erzählt?», fragte Martin.

Heinz schüttelte den Kopf. «Ich wollte, doch dann habe ich auf der Wache festgestellt, dass er sich ganz gut mit der Polizei steht. Da habe ich verzichtet.»

«Und was passiert nun mit dem Eimer voller Asche?» Gertie hatte rote Wangen vor Aufregung. Sie saß neben Lilly, die versuchte, ein mürrisches Gesicht zu ziehen, doch darunter war ein Lächeln zu erkennen.

«Vielleicht», überlegte Martin laut, «vielleicht sollten wir die Asche in den Main schütten.»

«Oder auf dem Friedhof vergraben. Wir kaufen eine Urne, füllen die Asche hinein und mieten ein Grab», schlug Lilly vor.

Christa schüttelte den Kopf. «Ein Grab kann geschändet werden. Und das könnte ich nicht ertragen.»

Schließlich stimmten alle für die letzte Ruhe im Main, und Jago, Martin, August und Heinz machten sich noch am Abend auf den Weg, weil sie befürchteten, dass der Vorfall nicht nur ein

Nachspiel hatte, sondern bald in aller Munde war. Doch bei dem, was sie vorhatten, brauchten sie keine Zuschauer.

Gertie, Helene, Gunda, Christa, Doro und Lilly tranken noch einen Likör auf den Schreck und die Aufregung. Lilly wischte sich die Lippen ab, dann meinte sie: «Ein bisschen Angst habe ich schon, dass es bald eine Revolution geben wird. Die jungen Leute demonstrieren sich ja die Seele aus dem Leib. Die Amerikaner und die Russen rüsten, was das Zeug hält, und dann noch im letzten Jahr diese Kubakrise.»

Doro schüttelte den Kopf. «Ich glaube, da kann ich Sie beruhigen. Es wird so bald keine Revolution in Deutschland geben, auch wenn ich mir sie wünsche.»

«Was macht Sie da so sicher, junge Frau?», wollte Gertie erfahren.

«Herbert Marcuse, ein Philosoph, hat kürzlich gesagt: ‹Warum sollte die Überwindung der bestehenden Ordnung eine Notwendigkeit für die Menschen sein, die gute Kleidung, eine wohlgefüllte Vorratskammer, ein Fernsehgerät, ein Auto, ein Haus und so weiter besitzen oder jedenfalls darauf hoffen können und all das innerhalb der bestehenden Ordnung?›»

Lilly zog die Stirn in Falten, und Gunda half: «Ein voller Bauch revolutioniert nicht gern», übersetzte sie.

Die Frauen räumten das Geschirr in die Küche, dann ging jede nach Hause. Zum Abschied sagte Gertie: «Ob ihr's glaubt oder nicht, aber mir hat das Ganze einen Riesenspaß gemacht.» Sie reckte kämpferisch die Faust, aber Lilly stieß sie in die Seite. «Los, ab ins Bett mit uns.»

Am nächsten Morgen kam Heinz mit Brötchen, und Martin und Helene erschienen von unten. Sie hatten sich zum Frühstück in der oberen Wohnung verabredet. Jago war schon beim Zigarren-Herrmann gewesen und hatte die neuesten Tageszeitungen unter dem Arm. Sogar die *BILD*, ein Produkt, das er verabscheute. «Skandal in Bornheim» lautete die Überschrift auf Seite 3. Die *Frankfurter Rundschau* hatte eine halbe Seite für die Bücherverbrennung reserviert und feierte Heinz und Martin, aber das war kein Wunder, Jago war noch spät am Abend in die Redaktion gefahren und hatte den Artikel geschrieben. Der Chefredakteur hatte extra eine Stelle in der Zeitung frei gehalten. Die *FAZ* fragte vorsichtig nach, ob es rechtens sei, Gleiches mit Gleichem zu vergelten, und das *Bornheimer Wochenblatt* schrieb: «Nicht jede Schlägerei ist ein Statement.»

Jago las die Artikel vor, und alle freuten sich, nur Martin blieb seltsam unbewegt. Bis Christa ihm in die Seite pikte. «Du sagst ja gar nichts!»

Er zündete sich eine Zigarette an, ehe er antwortete: «Ich wollte keine Gewalt. Nie mehr in meinem ganzen Leben. Die Prügelei gestern hat mir nicht gefallen.»

«Aber die anderen haben angefangen!», empörte sich Heinz.

«Ja, aber das ist kein Grund zurückzuschlagen.»

«Das sehe ich anders», widersprach Jago. «Bist du tatsächlich der Meinung, dass man die andere Wange hinhalten muss?»

Martin zog an seiner Zigarette. «Der Faschismus scheint überwunden, aber die Männer, die ihn bejubelt haben, die leben noch. Sie prügeln. Für uns wünsche ich mir andere Waffen.»

Später, im Antiquariat, wirkte Heinz immer noch aufgeregt. Er zeichnete einen Preis falsch aus und warf die Ankündigung der neuesten Auktion aus Versehen in den Papierkorb. Christa rettete sie.

«Was ist los mit dir? Steckt dir der gestrige Abend noch so in den Knochen?»

«Ja, das tut er.» Er grinste sie an, sodass man seine neue Zahnlücke sehen konnte. «Ich treffe mich heute mit Doro.»

«Oh, ein Rendezvous?»

«Nein. Wir wollen die Reaktionen unter den Studenten besprechen. Doro ist ja im SDS.»

Christa wollte gerade fragen, was das hieß, da stürzten drei junge Männer in den Laden. Sie klopften Heinz auf die Schulter. «Krasse Aktion gestern. Gut gemacht.» Dann verschwanden sie wieder, und Christa sah ihnen kopfschüttelnd nach. Als Christa später in der Metzgerei Lehmann nach gekochtem Schinken und Rippchen anstand, wurde sie von Frau Lehmann missbilligend gemustert.

«Hatte das sein müssen?»

«Was meinen Sie?»

«Na, dieser Aufruhr gestern. Mein Sohn ist kaum durchgekommen.»

«Ja, ich denke, das musste sein.»

Frau Lehmann schüttelte den Kopf und packte Christa vier Rippchen mit dickem Fettrand ein, obschon Christa immer mageres Fleisch verlangte.

«Immer wird alles wieder aufgewühlt. Immer wieder die alten Geschichten. Es reicht doch nun langsam, oder? Der Krieg ist seit zwanzig Jahren vorüber. Wir müssen nach vorn schauen.»

«Kann man denn nach vorn schauen, ehe man das Vergangene bewältigt hat?», wollte Christa wissen.

«Ach, ihr Studierten! Ihr redet immer so, dass euch kein Mensch versteht. Wer eine Zukunft will, muss nach vorn gucken. Das ist jedenfalls meine Meinung. 8 Mark 70 wären das dann. Wenn's geht, passend.»

So ging es weiter und immer weiter. Christa traf kaum jemanden, der zur Bücherverbrennung keine Meinung hatte. Manche taten, als wären sie, Heinz und die anderen Vaterlandsverräter. Zwei Mal wurden die Fensterscheiben sowohl der Buchhandlung als auch des Antiquariats beschmiert. Andere klopften ihnen auf die Schultern und lobten die Aktion. Kalt schien sie keinen zu lassen.

Zwei Tage später stand ein Mann im Laden, dessen Haar lang und ungewaschen bis auf den Kragen reichte, und fummelte ein Buch aus der Innentasche seines Mantels und legte es auf den Ladentisch vor Christa. «Ist zwar keine Menschenhaut, dafür geht's drinnen zur Sache.» Er lachte schmierig.

«Ich verstehe nicht, was Sie meinen.»

«Hä, hä, da geht's rund, da werden endlich mal die Schlampen bestraft, die nicht tun wollen, was ihre Ehemänner verlangen.»

«Es geht um Sex?» Christa hätte sich am liebsten geschüttelt, so schmierig kamen ihr Buch und Anbieter vor.

«Klar. Sex. Aber das ist nicht alles. Da werden die Weiber mal so richtig rangenommen. Und wenn eine nicht pariert, wird nachgeholfen.»

Mit spitzen Fingern schob Christa das Buch zurück, ohne es weiter anzusehen. «Tut mir leid, so was kaufen wir nicht an.»

«Das wär ein Fehler. Ist nämlich 'ne Liebhaberedition. Von Männern für Männer.»

«Aus welchem Verlag?»

«Hä, hä, aus keinem. Selbst gemacht.»

«Kein Interesse.» Christa verschränkte die Arme vor der Brust.

«Sie sind eine Frau. War ja klar. Ich lass es Ihnen mal da, bis der Chef reinschauen kann. Komme morgen wieder.»

«Nein!» Christas Stimme wurde lauter. «Sie nehmen dieses … dieses Ding da auf der Stelle wieder mit und kommen niemals wieder.»

Der Mann lachte. «Da sieht man's wieder. Mit Frauen kann man einfach nicht reden. Frauen kann man nur …»

«Stopp! Halten Sie auf der Stelle den Mund. Nehmen Sie Ihr Drecksding und verschwinden Sie, sonst rufe ich die Polizei.»

Der Mann zischte ihr ein Schimpfwort zu, dann verschwand er. Kaum war er weg, musste Christa sich erst einmal setzen und nach Luft schnappen. Sie hatte Angst vor diesem Mann gehabt. Angst auch vor dem Buch. Der Ladentisch kam ihr auf einmal schmutzig vor, ebenso ihre Hände. Also stand sie auf, reinigte die Finger, füllte einen Eimer mit heißem Wasser, streute Scheuerpulver auf den Tisch und schrubbte so lange und gründlich, bis sie Angst um das Holz bekam.

Heinz war bei der Haushaltsauflösung eines Oberstudienrats, der Geschichte unterrichtet hatte. Er kehrte mit drei Obststeigen voller Bücher und bester Laune wieder. «Schau, was ich gefunden habe!», rief er. «Die ersten rororo-Ausgaben, noch als Zeitung im Rotationsverfahren gedruckt. Und hier, hier ist ein signiertes Buch von Walter Benjamin. *Einbahnstraße* heißt es, 1. Auflage. Dafür gibt es viele Sammler. Und die *Dialektik der Aufklärung* von Horkheimer und Adorno. Ebenfalls signiert.»

«Das lässt sich sicher gut verkaufen», bemerkte Christa, ohne sich anmerken zu lassen, wie mies sie sich eben noch gefühlt hatte. «Zwanzig Mark kannst du ruhig dafür verlangen. Und für den Benjamin sogar dreißig.»

«Na ja, die *Dialektik* verkaufen wir nicht.»

«Was hast du denn sonst damit vor?»

«Ich werde sie Doro schenken.»

«Für zwanzig Mark? Du kennst sie doch kaum. Dafür muss ich vier Stunden bei dir arbeiten und bekomme beim Metzger mehr als zwei Kilo Rindfleisch.»

Diese Bemerkung wischte Heinz das Lächeln aus dem Gesicht. «Doro ist es wert, Christa. Du kennst sie nicht.»

Christa nickte. Sie würde sich nicht einmischen, das hatte sie noch nie getan. Und Jago mochte Doro. «Das ist eine junge Frau, die weiß, was sie will. Keine von den Hausmütterchen. Heinz braucht jemanden, der ihn antreibt und inspiriert.» Sie hatte Jago versprochen, sich zurückzuhalten, und doch hatte sie ein unbehagliches Gefühl, wenn es um Doro ging, und vergaß dabei ganz und gar, dass sie früher ähnlich rebellisch gewesen war. Christa wusste jetzt schon, dass diese Frau nur Ärger machen würde. Sie wollte zu viel. Mehr, als ihr zustand. Und so etwas war noch nie gut gegangen.

Drei Monate später fand in Frankfurt erneut eine Buchauktion statt. Es war die größte in Hessen, und Heinz hatte sich schon Tage zuvor den Katalog angesehen und einzelne Titel angestrichen.

«Es wird Zeit, dass du mal mitkommst zu einer Auktion», teilte er Christa mit. «Ich habe Gertie gebeten, morgen das Antiquariat zu übernehmen. Martin weiß Bescheid. Ich hoffe, du hast Lust.»

Christa strahlte. «Ich möchte unbedingt. Danke.»

Insgeheim war sie der Meinung, dass Heinz häufig zu viel Geld für die Ankäufe bezahlte. Er handelte nie. Verlangte ein Kunde zehn Mark, zahlte er zehn Mark, obgleich Christa ahnte, dass er das Buch auch für fünf Mark bekommen hätte. Heinz wusste Bescheid über den Antiquariatsmarkt. Und er kaufte geschickt ein, wenn auch zu viel zu guten Preisen. Taschenbücher machten den Großteil der Buchverkäufe in den Buchhandlungen aus, aber Heinz wusste, dass sich etliche Kunden nicht an die Bücher mit dem weichen Einband gewöhnen wollten und nach wie vor Bücher suchten, die in Leinen eingebunden waren. Außerdem betrieb er weiter seine Suche nach verbotenen Werken, die er in einem speziellen Schrank aufbewahrte. Zuletzt hatte er eine Erstausgabe von de Sades *Justine* ergattert. Eine kleine, aber feine Sammlung erotischer Bücher hatte er bereits zusammengetragen, und Christa fragte sich, ob er diese Bücher wohl heimlich las. Er bot sie nie öffentlich zum Verkauf an, sondern nur an ihm bekannte Sammler. Es gab einige Herren, die regelmäßig kamen und sich im Hinterzimmer anschauten, was Heinz zu bieten hatte. Ein Staatsanwalt kaufte sogar unbesehen, was Heinz ihm am Telefon offerierte, und sie brachte dann das Päckchen zur Post. Ein anderer Sammler aus der Schweiz kam nur einmal im Jahr, kaufte dafür aber für mehrere hundert Mark ein.

«Ich muss noch mal weg», erklärte Heinz jetzt. «Nach Kronberg. Da wird die Bibliothek eines Unternehmers aufgelöst. Seine Bibliothek ist im ganzen Rhein-Main-Gebiet bekannt, wenn es sich auch größtenteils um Militaria handelt. Gleichst du bitte die Suchaufträge unserer Kunden mit dem Katalog ab? Ach ja, und falls ich mich verspäte, kümmere dich bitte um Doro. Sie wollte mich zum Ladenschluss abholen.»

Christa nickte und hörte kurz darauf Heinz' Auto starten. Sie erledigte ihre Arbeit, schaute dann in die Buchhaltungsunterlagen und bestellte bei der Bank für den nächsten Morgen Bargeld im Wert von 1500 Mark für die Auktion. Einige Kunden kamen und kauften Bücher aus den Restbeständen der Verlage, die als Mängelexemplare ausgezeichnet waren. Eine Frau suchte eine alte Ansicht von Frankfurt und verließ zufrieden den Laden. Lilly schaute herein und brachte Christa einen Kaffee. Viola erledigte ihre Hausaufgaben am Schreibtisch im Hinterzimmer, und Henri winkte ihr an Helenes Hand auf dem Weg zum Spielplatz zu. Der kleine Kerl war inzwischen dreizehn Monate alt und wackelte behände auf seinen stämmigen Beinchen. Der Nachmittag verging schneller, als Christa dachte, und plötzlich ertönte die Ladenklingel, und Doro trat ein.

«Hi, Christa», sagte sie und blickte sich um. Sie trug eine Hose mit sehr weitem Bein, eine geblümte Bluse und darüber eine Schaffellweste. Das lange Haar hatte sie mit einem Stirnband gebändigt, und an den Füßen leuchteten weiße Lackstiefel. «Alles gut bei dir?», fragte Doro, als Christa mit ihrer Betrachtung fertig war.

«Ja, alles gut. Und bei dir?»

«Ach, viel zu tun. Der SDS hat herausgefunden, dass ein wissenschaftlicher Mitarbeiter aus dem Fachbereich Jura unter den Nazis am Landgericht tätig war. Wir haben ihn zur Kündigung aufgefordert, aber er geht natürlich nicht. Und auch der Dekan hält ihn für unverzichtbar. Dann gab es eine Versammlung über eine geplante Demo gegen den Vietnamkrieg und die Ankündigung von Gunther Schlicht.»

«Gunther Schlicht? Du meinst den Liedermacher? Der lebt doch hier in Frankfurt, oder?»

«Stimmt. Er wird demnächst ein Konzert in der Uni geben, im Hörsaal VI. Möchtest du nicht auch kommen?»

Christa schüttelte den Kopf. «Weißt du, abends ist es schwierig auszugehen. Unsere Kinder sind noch zu klein, um allein zu bleiben.» Das war natürlich eine Ausrede, denn Helene war jederzeit bereit, die Enkel zu betreuen.

Doro verzog den Mund. «Na ja, Schlicht ist vielleicht auch nicht das Richtige für dich.»

Obwohl Christa den Liedermacher nicht besonders schätzte, war sie jetzt leicht gekränkt. «Wieso denkst du, er wäre nichts für mich?»

«Nimm's mir nicht übel, Christa, aber ich denke, dass dein Schwerpunkt auf Haushalt und Familie liegt und nicht auf unserem Kampf gegen Unterdrückung und Krieg.»

«Woher willst du das wissen?» Christa war nun ehrlich gekränkt.

«Ich weiß es nicht, aber ich schätze dich so ein. Schau nur, wie du dich anziehst. Der Rock reicht bis zum Knie, die Bluse ist in gedeckten Tönen, deine Schuhe sind in erster Linie praktisch.

Du arbeitest zwar hier, bist aber sonst nur für deine Familie da.»

«Aha.» Christa stützte beide Ellenbogen auf ihren Schreibtisch. «Und was ist daran falsch?»

«Nichts. Irgendwer muss sich ja kümmern. Und dein Jago ist vormittags in der Redaktion oder unterwegs, und nachmittags dichtet er.»

«Was soll das heißen?»

Doro lächelte und strich sich eine Haarsträhne aus dem Gesicht. «Das soll heißen, dass du dich um andere kümmerst, aber nie um dich selbst. Nun ja, das ist ja wohl auch normal in deiner Generation. Aber wir sind anders. Wir wollen keine Heimchen am Herd sein. Wir wollen unsere Träume verwirklichen, mitgestalten und mitbestimmen.»

«Du wirst anders reden, wenn du erst mal Kinder hast.»

«Meine Kinder werden einen Vater haben, der sich kümmert. Und den Haushalt besorge ich auch nicht alleine, das kannst du mir glauben. Männer finden die Waschmaschinenknöpfe genauso schnell wie wir Frauen.»

«Und wann soll Jago deiner Meinung nach schreiben, wenn er nachmittags die Knöpfe der Waschmaschine bedient?», fragte Christa aufgebracht.

«Hör mal, Christa, ich will nicht mit dir streiten. Jeder soll nach seiner Fasson glücklich werden.»

«*Wann* soll Jago schreiben? Das will ich jetzt wissen.»

«Nachdem der Haushalt erledigt ist. Am Abend vielleicht oder am Wochenende.»

«Zum Dichten braucht man Zeit und Ruhe. Das geht nicht zwischen Tischdecken und Abwasch.»

«Ja, da hast du recht. Dann muss er vielleicht auf etwas verzichten. *Du* hast doch sogar auf deine Doktorarbeit verzichtet.»

«Woher weißt du das?»

«Heinz hat es mir erzählt. Er ist traurig darüber. Er denkt, aus dir hätte eine Professorin werden können. Und Professorinnen brauchen wir, damit die feministische Theorie zu ihrem Recht kommt.»

«Aber Jagos Gedichte sind wichtig für die Menschen.»

Doro musterte Christa. «Meinst du, der Welt würde etwas fehlen, wenn Jago keine Gedichte mehr schreiben würde? Sie sind ja nicht mal politisch!»

Diese Frage fand Christa nun wirklich unverschämt. Doch noch während sie überlegte, was sie darauf erwidern sollte und wie sie die freche junge Frau in ihre Schranken weisen könnte, kam Heinz zurück. Er hatte nur ein halbes Dutzend Bücher unter dem Arm, die er jetzt vor Christa auf den Schreibtisch legte. «Ich bin spät dran. Entschuldigt alle beide. Ich hoffe, ihr habt euch nicht gelangweilt.»

«Oh, wir haben ein dialektisches Gespräch geführt, sind aber nicht über These und Antithese hinausgekommen», erklärte Doro fröhlich. Dann küsste sie Heinz auf den Mund, packte ihn am Arm und zog ihn aus dem Laden.

«‹Ein dialektisches Gespräch›», äffte Christa Doro nach, schloss die Kasse ab und ging nach Hause.

Zwei Stunden später, die Kinder waren im Bett und Jago saß hinter seinem Schreibtisch, traf sich Christa mit ihrer Freundin Gunda in der Weinstube Heller.

«Ich hatte heute ein ungemütliches Gespräch mit dieser Doro», erzählte sie Gunda.

«So? Was war denn so unangenehm?»

«Sie hat mich als spießig bezeichnet. Also nicht direkt, aber ich habe das zwischen den Zeilen rausgehört. Als Hausmütterchen ohne eigene Träume.»

Christa hatte erwartet, dass Gunda sich ebenso empörte wie

sie selbst, doch zu ihrer großen Verwunderung fragte die Freundin nur: «Und? Hat sie recht?»

«Natürlich nicht. Aber die eigenen Interessen mit einem Mann und zwei Kindern gleichzusetzen, das wäre schon sehr egoistisch.»

«Wieso egoistisch?»

«Weil die Kinder und der Mann darunter leiden würden.» Christa blickte Gunda verwundert an.

«Du, das sehe ich anders. Jeder Mann kann einkaufen gehen, jeder Mann kann seine Kinder vom Kindergarten abholen oder die Hausaufgaben kontrollieren. Er kann auch seine Hemden in die Reinigung bringen. Und ja, er kann sogar kochen. Wenn er denn wollte! Aber welcher Mann möchte schon auf seine Privilegien verzichten?»

«Uwe war so. Er hat nichts gemacht. Aber Jago ist anders. Er bezahlt die Haushaltshilfe, bringt seine Hemden tatsächlich selbst zur Reinigung und hilft mir im Haushalt.»

Gunda lachte ein wenig und lehnte sich zurück.

«Lachst du mich etwa aus?»

«Nicht wirklich. Aber bedenke noch einmal, was du da gerade gesagt hast.»

«Was denn?»

«Jago ‹hilft› mir im Haushalt.»

«Ja, das tut er.»

«Aber deine Worte zeigen, dass *du* den Haushalt für *deine* Aufgabe hältst. Sonst hättest du auch sagen können: Ich helfe Jago im Haushalt.»

Christa verzog den Mund. «So ist das Leben aber nicht.»

«Du kannst es dir aber so einrichten. Du musst nichts tun, was du nicht möchtest. Gib einen Teil der Verantwortung an deinen Mann ab.»

Jetzt lachte Christa. «Jago ist ein Freiherr. Sie hatten stets Personal im Haus. Er weiß ja gar nicht, wie ein Haushalt funktioniert.»

«Er würde es lernen. Lass ihn doch mal seine schwarzen Socken zu den weißen Unterhemden in die Waschmaschine stecken. Er würde es nur einmal tun. Lass ihn das Salz vergessen, du kannst dein Essen ja nachwürzen. Das Schlimme ist nicht, dass die Frauen für den Haushalt verantwortlich gemacht werden, sondern dass sie selbst glauben, allein dafür verantwortlich zu sein. Aber aus welchen Gründen? Weil es schon immer so war? Muss denn das, was immer schon so war, auch so bleiben?»

«Du meinst, ich gehe nachher nach Hause und erkläre Jago, dass er zukünftig für den Einkauf und das Kochen zuständig ist?»

Gunda fasste nach Christas Hand. «Warum eigentlich nicht? Auf seinem Weg von der Redaktion nach Hause liegen mehrere Lebensmittelgeschäfte. Es gibt einen Bäcker, es gibt eine Metzgerei. Warum sollte er nicht einkaufen gehen? Er kann sprechen. Er kann Geld abzählen.»

Christa trank einen Schluck von ihrem Wein. Sie wusste, dass Gunda recht hatte, aber es behagte ihr nicht. Sie erinnerte sich noch genau an die abschätzigen Blicke von Frau Lehmann, als ein Mann einen Braten für den Sonntag kaufte. Kaum war er weg, erklärte die Metzgerin im Brustton der Überzeugung: «Na, was seine Kollegen wohl sagen würden, wenn sie wüssten, dass seine Frau ihn zum Einkaufen schickt? Pantoffelheld wäre wohl noch das Netteste. Ts! Was manche Frauen sich so einbilden!»

Christa hatte ja jetzt schon Schuldgefühle, weil sie es nicht schaffte, jeden Tag mit den Kindern nach der Arbeit auf den Spielplatz zu gehen. Sie bekam ein schlechtes Gewissen, wenn sie nur Nudeln mit Tomatensoße kochte und am Wochenende kein Drei-Gänge-Menü servierte. Und sie kannte Helenes missbilligende Miene, wenn sie Kuchen kaufte, statt selbst zu backen.

«Lass uns mal von etwas anderem reden», sagte sie und prostete Gunda zu, obwohl ihr das Herz bis zum Hals klopfte. «Ich wollte dich noch etwas fragen. Wie findest du eigentlich Jagos Gedichte? Glaubst du, dass der Welt etwas fehlen würde, würde er nicht mehr schreiben?»

Gunda lachte. «Na, das klingt mir so gar nicht nach dir. Hat Doro das gefragt?»

Christa nickte ein wenig beschämt.

«Nun, würde der Welt etwas fehlen, wenn es einen Günter Grass nicht gäbe? Das wissen wir nicht, wir haben ihn ja. Und wir haben Jago. Er ist einer der meistverkauften Lyriker des Landes. Ich bin sicher, seine Arbeit bereitet vielen Menschen Freude, bringt sie zum Nachdenken. Nein, Christa, ich kann dich beruhigen, diese Frage stellt sich für mich nicht.»

Kapitel 26

Die Auktion fand in einem Saal der Saalbau-Gesellschaft statt, unweit des Antiquariats. Christa war zu früh da und blickte sich um. Sie erkannte zwei andere Antiquare aus Frankfurt, mehrere Männer, die bei Heinz Kunden waren, und sogar einen Vertreter der Universitätsbibliothek. Heinz kam auf den letzten Drücker und setzte sich, nach Luft japsend, neben Christa.

Der Auktionator bat um Ruhe. «Wir versteigern heute einen Teil der Bibliothek des Herzogs von Gotha. Sie ist nach dem Zweiten Weltkrieg von den Amerikanern beschlagnahmt worden. Ich beginne mit dem ersten Buch, der *Cosmographia* von Ptolemäus, Ulm 1482, gedruckt auf Pergament mit zeitgenössisch kolorierten Karten. Das Startgebot liegt bei 1000 Mark.»

«1100», rief sofort ein Mann dazwischen und hielt eine Karte mit der Nummer 17 in die Höhe.

«1200!»

«1250!»

«1500!» Ein Raunen ging durch den Saal, als dieser Preis genannt wurde, und Heinz drehte sich nach dem Bieter um. Es war einer der Frankfurter Kollegen, der sich – anders als Heinz – auf diese frühen Erzeugnisse des Buchdrucks spezialisiert hatte.

Die Rufe wurden lauter, dringlicher, der Auktionator schwang den Hammer, aber erst als das Gebot bei 32 000 Mark lag, ließ er den Hammer drei Mal auf den Tisch schlagen.

Danach kamen weitere Wiegendrucke, und Christa staunte über die Begeisterung der Bieter. Den Wiegendrucken folgte eine Bibel aus dem 13. Jahrhundert und eine Kopie der *Nürnberger Weltchronik* von Hartmann Schedel, die auch die *Schedel'sche Weltchronik* genannt wurde, das Original 1493 gedruckt von Anton Koberger mit Holzschnitten von Michael Wolgemut. Christa wusste von Heinz, dass dieses Buch eines der am weitesten vertriebenen Bücher seiner Zeit war. Zweitausend Kopien hatte es vom Original gegeben. Und wie viele dieser Kopien noch im Umlauf waren, wusste niemand. Ein kleiner Wiener Verlag hatte zum Ende des 19. Jahrhunderts ein Faksimile des Originals hergestellt und angeboten. Dafür wurde ein Preis von 480 Mark geboten ...

Der Auktionator, sichtlich erschöpft, gab eine Pause bekannt.

Christa und Heinz verließen den Saal und tranken im Foyer einen Kaffee. «Jetzt wird es erst richtig interessant», erklärte Heinz und zeigte Christa im Katalog, was als Nächstes drankommen würde: die Erstausgabe der Märchen der Gebrüder Grimm im Originalumschlag. Der Startpreis war mit 12 000 Mark angegeben, doch Heinz schätzte, dass das Buch nicht unter 20 000 Mark unter den Hammer kommen würde.

Christa zuckte mit den Schultern. Sie liebte Bücher von ganzem Herzen, aber 20 000 Mark für ein Märchenbuch erschienen ihr unglaublich hoch. Außerdem hatte sie ohnehin nur 1500 Mark einstecken. Wie viel Geld Heinz in der Tasche hatte, ahnte sie nicht.

Heinz räusperte sich. «Ich werde darauf bieten.»

«Wie bitte? Für so viel Geld? Hast du dir das gut überlegt?»

«Ja. Und ich habe sogar schon einen Kunden dafür. So ein Märchenbuch kommt selten auf den Markt. Da muss man sofort zuschlagen.»

«Trotzdem. Das ist zu viel.»

Heinz grinste schief. «Es ist alles, was ich noch besitze.»

«Wie meinst du das?»

«Werners Erbe ist aufgebraucht. Ich habe das meiste davon ins Antiquariat gesteckt.»

Christa schluckte. Sie hätte es wissen müssen, sie kannte ja seine Erwerbungen. Und der Laden trug sich nicht. Christa ahnte auch, woran das lag. Heinz war zu jung, noch keine dreißig. Und dann das viele Geld, das er geerbt hatte. Den Umgang damit hatte ihm niemand beigebracht. Sie hatte sein Vermögen bis zu seinem 21. Geburtstag verwaltet und dafür gesorgt, dass alles gut angelegt war. Danach hatte sie sich nicht mehr gekümmert. Sie hatte Heinz damit allein gelassen – und er hatte nie um Hilfe gebeten.

«Tu es nicht», bat sie ihn. «Biete nicht auf dieses Buch.»

«Doch, das werde ich. Der Kunde zahlt mir den doppelten Preis. Ich hätte mit einem Schlag wieder Geld zur Verfügung und könnte Bücher kaufen, die schnell weiterverkauft werden können.» Er fasste nach Christas Hand. «Ich muss es tun. Mir bleibt gar keine Wahl.»

Christa seufzte. Dann dachte sie daran, dass Heinz noch eines der beiden Häuser in Bergen-Enkheim gehörte. Es war an eine private Musikschule vermietet, einschließlich des Flügels, was die Kosten des Alltags deckte. Hunger leiden musste Heinz gewiss nicht. Er selbst und sein Vater wohnten im Nachbarhaus, welches Christa gehörte und in dem die Tischlerwerkstatt von August Nickel eingerichtet war. Christa betrachtete Heinz und bemerkte jetzt die Schatten unter seinen Augen. Er hatte Sorgen, und sie hatte nichts davon bemerkt.

«Heinz, wenn du Geld brauchst, kann ich dir etwas leihen. Du musst die Märchen jetzt nicht ersteigern.»

Doch Heinz antwortete nicht. Stattdessen kehrte er zurück in den Saal, der sich allmählich wieder mit Bietern füllte.

«Die Erstausgabe der *Grimm'schen Märchen* steht zu Gebot. Wir beginnen mit 12 000 Mark», erklang die Stimme des Auktionators.

Christa wartete darauf, dass Heinz sein Schild mit der Nummer 32 in die Höhe hielt, doch das tat er nicht. Andere reckten ihre Schilder, die Gebote erreichten 15 000 bis 18 000 Mark. Als jemand 19 000 Mark bot, hob auch Heinz sein Schild.

«19 500», rief er.

«Gibt es weitere Gebote?», wollte der Auktionator wissen. «Nicht? Dann zum Ersten, zum Zweiten … Ah, da sehe ich noch eine Hand.» Er deutete auf einen Mann in der letzten Reihe, der die Nummer 47 hochhielt.

«20 500», bot der Mann.

«20 600», rief Heinz.

Im Saal wurde es still. Alle Blicke schweiften von Heinz zu dem anderen Bieter.

«20 700.»

Christa sah die kleinen Schweißtropfen auf Heinz' Oberlippe. «Lass!», bat sie ihn. «Es geht schon um mehr als 20 000 Mark.» Heinz schüttelte den Kopf. «20 800», hörte sie ihn rufen.

«21 000!», rief der andere.

«Es ist genug. Hör auf!» Christa versuchte, Heinz das Bieterschild aus der Hand zu nehmen. Doch er klammerte sich daran wie an einen Rettungsring.

«21 500!»

«Noch jemand? Das letzte Gebot liegt bei 21 500 Mark. 21 500 Mark zum Ersten, zum Zweiten und zum Dritten.» Der Hammer krachte auf den Tisch. «Die *Grimm'schen Märchen* gehen an den Herrn mit der Bieternummer 32. Herzlichen Glückwunsch.»

Kapitel 27

«Glaubst du an mich?», wollte Heinz ein paar Tage später von Christa wissen.

Christa hatte mit niemandem über die Auktion gesprochen. Sie war noch immer erschüttert über die finanzielle Lage des Antiquariats. Stattdessen hatte sie sich die gesamten Geschäftsbücher vorgenommen, die Heinz ohne Hilfe führte. Es waren tatsächlich kaum noch Reserven auf den Konten. Klar, da war noch der Warenbestand, der mehr als 20 000 Mark wert war, doch diese Ware musste erst einmal verkauft werden. Außerdem hatte sie festgestellt, dass Heinz nicht für alle angekauften Bücher doppelte Karteikarten angelegt hatte, sodass es schwierig war, überhaupt zu wissen, welche Ware wo im Regal stand. Christa hatte beschlossen, mit Martin darüber zu sprechen, aber die Gelegenheit hatte sich noch nicht ergeben.

«Ja, ich glaube an dich. Aber ich glaube auch, dass du Hilfe brauchst.»

Heinz nickte, und das überraschte Christa sehr. «Was ist passiert?»

«Der Kunde, für den das Märchenbuch bestimmt war, hat abgesagt.»

«Oh!» Mehr wusste Christa nicht zu sagen. Sie schwieg, während Heinz vor dem Schreibtisch stand und auf die Tischplatte starrte, ohne sich zu bewegen.

«Weißt du, wer der andere Bieter war? Ich meine den Mann aus der letzten Reihe», fragte Christa nach einer Weile.

«Ein Märchenbuchsammler aus dem Saarland.»

«Du könntest ihn anrufen und fragen, ob er es haben will.»

«Er will, aber er würde mir nur 16 000 Mark zahlen.»

«Hmm.» Christa überlegte hin und her. Sie wusste, dass es Kunden für das ersteigerte Buch gab, aber die musste man erst mal finden. «Du solltest mit Martin sprechen.»

Heinz schüttelte den Kopf. «Er wird enttäuscht sein von mir.»

«Oh nein. Es spricht für Stärke, um Hilfe zu bitten.» Sie stand auf, trat neben Heinz und legte einen Arm um seine Hüfte. «Wir werden das schon hinkriegen.»

Heinz legte kurz seinen Kopf auf ihre Schulter. «Ich hab's versaut.»

«Nein, das hast du nicht. Wir haben dich im Stich gelassen. Wir hätten dir zur Seite stehen sollen.»

«Aber du warst doch jeden Tag im Laden.»

«Das schon. Trotzdem hätte ich besser aufpassen können.»

«Du hast mich behandelt wie einen Erwachsenen. Und … Und ich bin ja auch erwachsen.»

«Ja. Erwachsen, aber unerfahren. Es liegt nicht nur an dir.»

Und dann geschah etwas, das Christa so nie erwartet hätte. Heinz fing an zu weinen. Ganz still rannen die Tränen über seine Wangen. «Ich hatte mir das alles so schön vorgestellt. Aber vielleicht habe ich mich getäuscht. Vielleicht hätte ich auf August hören und Tischler werden sollen.»

«Ruf Martin an. Sag ihm, was los ist. Und dann beraten wir, was zu tun ist. Du musst damit nicht allein fertigwerden.»

Wie Heinz so dastand, mit eingezogenem Kopf und hängenden Schultern, erinnerte ihn Christa an den kleinen Jungen, den sie früher beim Handeln auf dem Schwarzmarkt erwischt hatte. Mein Gott, wie lange war das her?

Sie drehte sich zu ihm. «Früher wolltest du immer studieren.»

«Warum sagst du das jetzt?»

«Es ist mir gerade so eingefallen. Ich habe daran gedacht, was wir alle wollten und was daraus geworden ist.»

Helene hatte sich die Geschäftsbücher des Antiquariats sofort gründlich vorgenommen. Sie hatte Einkünfte und Ausgaben miteinander abgeglichen, sie hatte die zu zahlende Steuer und den Wert des Ladens berechnet. Eine Woche später saßen sie alle am Abend bei Jago und Christa im Wohnzimmer. Wie immer, wenn es etwas zu feiern oder zu besprechen gab. Christa fand, dass Martin zufrieden wirkte. Schon in den ganzen letzten Wochen. Und ihr fiel auf, dass sie nicht nur nicht gewusst hatte, wie es Heinz gerade ging. Sie wusste auch nicht, was Martin erlebt hatte. Gab es einen neuen Mann in seinem Leben? Ging er noch manchmal nachts in den Bethmannpark, den heimlichen Treffpunkt der Schwulen? Sie waren sich früher so nah gewesen. Jetzt lebten sie nebeneinanderher.

Heinz fiel beständig eine Haarsträhne ins Gesicht. Er hatte sich einen Pilzkopf wachsen lassen, über den Helene den Kopf geschüttelt hatte, und Christa hatte oft das Gefühl, ihm eine Strähne aus dem Gesicht streichen zu müssen. Er blickte stur auf den Tisch vor sich und spielte mit seinem silbernen Zigarettenetui, das früher Werner gehört hatte.

«So!», sagte Martin, als alle ein Glas Wein vor sich stehen hatten. «Wo stehen wir mit dem Antiquariat? Helene, was sagen die Bücher?»

Helene blickte auf ein Blatt Papier, das sie vor sich liegen hatte. «Die Einkünfte und die Ausgaben halten sich die Waage. Das ist nicht schlecht.»

«Aber gut ist das auch nicht», meinte Martin. «Wenn ein Geschäft laufen soll, musst du Einkünfte erwirtschaften, die über den Ausgaben liegen. Bei einer normalen Buchhandlung rechnet man mit rund einem Drittel. Also die Einnahmen sollten um ein Drittel höher liegen als die Ausgaben. Das klappt natürlich nicht immer. Ein Laden gilt als gut geführt, wenn die Einnahmen um zwanzig Prozent höher liegen. Zehn Prozent gelten auch noch als rentabel. Alles darunter wird kritisch. Du müsstest also an den Ausgaben arbeiten, Heinz, und außerdem die Einnahmen erhöhen.»

Heinz blickte auf. «Ich weiß gar nicht, ob ich das Antiquariat überhaupt weiterführen kann.» Seine Stimme klang rau und belegt.

Christa riss die Augen auf. «Aber warum denn nicht?»

Heinz schluckte. «Ich weiß noch viel zu wenig. Nicht über Bücher, aber darüber, wie man ein Geschäft führt. In meiner Buchhändlerlehre gab es zwar einen umfangreichen kaufmännischen Teil, aber da dachte ich noch, im Antiquariat läuft alles anders. Ich habe nicht gut aufgepasst.» Jetzt hob er den Kopf, ließ den Blick von Helene und Christa hinüber zu Martin und Jago schweifen.

«Du willst also aufgeben», stellte Martin fest.

«Nein. Ich gebe nie auf, das müsstest du wissen. Ich möchte vorher nur lernen, wie man es richtig macht. Wie man Gewinne macht.»

«Aha. Hast du auch schon einen Plan?»

Heinz streckte den Rücken, reckte das Kinn, sah Martin fest in die Augen. «Ich möchte zur Uni gehen. Ökonomie und Germanistik studieren und während des Studiums weiter im Antiquariat arbeiten.»

«Das schaffst du nicht, Heinz. Du brauchst jemanden, der sich ganztags um den Laden kümmert, wenn du in der Universität bist.» Christa griff über den Tisch nach seiner Hand.

«Ich dachte, dass du vielleicht den Laden führen könntest.»

Christa wusste nicht genau, wieso, aber plötzlich platzte ihr der Kragen. «Wieso falle ich euch immer ein, wenn Not am Mann ist? Denkt ihr, ich habe keine eigenen Träume?»

«Kind, du hast Familie!», warf Helene streng ein.

«Und das heißt, dass ich nicht mehr träumen darf?» Christa spürte Tränen aufsteigen.

Martin und Jago hatten geschwiegen, jetzt aber fragte Martin: «Gibt es hier sonst noch jemanden, der gern ein anderes Leben hätte?»

Helene schüttelte den Kopf und lehnte sich zurück, während Jago sagte: «Ich bin zufrieden.» Alle anderen starrten auf die Tischplatte.

Christa hob als Erste den Kopf und blickte ihren Mann an. «Ja, Jago, du bist zufrieden. Du hast alles, was man sich wünschen kann. Vormittags gehst du in die Redaktion und tust dort Sachen, die dir Spaß machen, die dich interessieren, die dich weiterbringen. Nachmittags arbeitest du an deinem Buch. Der Tisch ist gedeckt, wenn du etwas essen möchtest. Dass die Betten frisch überzogen, die Fenster geputzt sind und die ganze Wohnung vor Sauberkeit blitzt, bekommst du nicht einmal mit. Ja, wir haben eine Putzfrau, doch ich sage ihr, was sie putzen soll. Die meiste Arbeit drum herum bleibt an mir hängen. Und um die Kinder kümmere ich mich auch ohne dich. Wenn Helene mir dabei nicht helfen würde, sähe es noch schlimmer aus.»

Jago starrte seine Frau an. «Aber das … das hast du mir nie gesagt! Ich dachte, du bist glücklich.» Er wirkte ehrlich betroffen.

Martin zündete sich eine Zigarette an, reichte das Päckchen an Jago und Heinz weiter, die sich gerne bedienten. Sogar Christa griff danach, obschon sie selten rauchte.

«Wir legen heute mal alles auf den Tisch, was bisher unter dem Teppich lag», schlug Martin schließlich vor. «Heinz hat bereits gesagt, was er sich wünscht. Christa hat angefangen, aber nicht erzählt, *wie* sie ihr Leben gern hätte. Also!»

«Ich habe immer davon geträumt, meine Doktorarbeit fertig zu schreiben. Aber jetzt gehe ich auf die vierzig zu. Jetzt passt es gar nicht mehr.»

«Aber du möchtest es trotzdem?», hakte Martin nach.

Christa nickte. «Und ich möchte nicht allein für die Kinder und den Haushalt verantwortlich sein. Es ist ebenso Jagos Haushalt.»

«Noch etwas?»

«Nein, das ist alles.» Die Worte klangen trotzig, denn Christa wusste, dass der Haushalt und die Kinder nicht wirklich das waren, was sie unzufrieden sein ließ. Sie hatte kein Projekt mehr. Jagos Projekt war das nächste Buch, Martins Projekt die Musikalienhandlung, Heinz' Projekt das Studium. Es war nicht einmal so, dass Christa nur darauf wartete loszulegen. Nein, es war viel schlimmer: Sie hatte nichts vor. Da gab es plötzlich nichts mehr, wofür sie brannte.

«Und Helene, was möchtest du an deinem Leben ändern?» Martin schaute seine Schwester an.

Helene schürzte die Unterlippe. «Ich bin zufrieden. Aber vielleicht sollte ich die gesamte Buchhaltung für das Antiquariat übernehmen. Falls es nicht geschlossen wird.»

«Jago?»

«Ich wusste wirklich nicht, dass du so unglücklich bist, Christa. Warum hast du nicht mit mir gesprochen?»

Christa sah ihn schweigend an und zuckte mit den Schultern. Was hätte ich auch sagen sollen?, fragte sie sich insgeheim. Dass ich keine Träume mehr habe? Andere Frauen in ihrem Alter – Marlies zum Beispiel –, die träumten vom nächsten Urlaub, von einer Schrankwand, von einem Schrebergarten. Das war ihr zu wenig.

«Und du, Martin? Was ist mit dir?» Es war Helene, die fragte, und schon hatte Christa wieder ein schlechtes Gewissen, weil sie nicht an Martin gedacht hatte.

«Danke, mit mir ist alles in Ordnung.» Er sah seine Nichte an. «Christa, du hast recht, du hast schon auf vieles verzichten müssen. Deshalb schlage ich vor, dass ich ab sofort einen halben Tag im Antiquariat bin, während du mittags nach Hause gehst. Wie ihr das zu Hause regelt, ist eure Sache. Heinz beginnt im Herbst sein Studium und hilft am Nachmittag im Laden. Die Ankäufe bleiben weiter allein deine Sache, Heinz, nur bei den Preisen würde ich gern mitreden. Sind alle damit einverstanden?»

Heinz reckte seinen Finger, als wäre er in der Schule. «Ich soll euch etwas von August ausrichten. Er konnte heute Abend nicht kommen, weil er und seine Kegelbrüder heute gegen die Kegelbrüder aus Schwanheim antreten. Aber er hätte nichts dagegen, die Kinder öfter zu sehen. Er sieht sich als ihr Großvater, obwohl er dafür eigentlich noch zu jung ist. Er könnte Viola zum Klavierunterricht abholen und danach wieder nach Hause bringen, da der Unterricht ja ohnehin in Bergen-Enkheim stattfindet. Und er könnte auch Henri mitnehmen und in der Zeit von Violas Unterricht mit ihm spielen. Dann hättest du jeden Mittwoch zwei Stunden mehr Freizeit, Christa.»

«Danke», flüsterte Christa, die wirklich gerührt war. «Ich bin froh, dass wir uns alle miteinander haben.» Doch dann fiel ihr noch etwas ein. «Was wird mit der Buchhandlung, wenn du im Antiquariat bist, Martin? Und die Musikalienhandlung im ehemaligen Waschhaus ist ja auch noch da …»

«Am Mittwochnachmittag könnten wir das Antiquariat schließen. Und am Samstag könnte Heinz allein im Laden stehen. An den restlichen vier Nachmittagen müssen Gertie und Lilly allein klarkommen. Aber sie schaffen das, das haben sie bereits bewiesen.»

Christa lag die halbe Nacht wach. Noch nie war ihr so klar vor Augen geführt worden, dass sie ihre Träume und Wünsche verloren hatte. Da waren die Arbeit, der Haushalt, die Kinder, sie hatte kaum Zeit, mal zum Friseur zu gehen. Wenn sie über ihr Leben nachdachte, spürte sie Dankbarkeit und Enttäuschung zugleich. Ja, sie war unendlich dankbar für Jago, Viola und Henri. Die drei Menschen machten ihr Leben reich, nie hätte sie dieses Leben mit Uwe erreicht. Sie liebte ihre Kinder und ihren Mann über alles, und sie war glücklich mit den Gesprächen über Bücher, Filme und Ausstellungen. Es war alles so viel besser als früher …

Sie drehte sich auf die Seite und blickte zu Jago, der ruhig atmete und tief schlief. Sanft strich sie ihm über den Rücken, spürte ihre tiefe Liebe zu ihm.

Und trotzdem war sie enttäuscht.

Unendlich enttäuscht von sich selbst.

Unwillkürlich musste sie an Marlies denken, die Freundin aus Kindertagen. Marlies war glücklich, sie hatte immer nur Hausfrau und Mutter sein wollen. Doch letztens hatte auch sie erzählt, dass sie sich stundenweise Arbeit suchen wollte, wenn ihre Tochter Melanie auf die weiterführende Schule kam. Arbeit, damit das Geld für den Urlaub gesichert ist, keine Arbeit, um sich berufliche Wünsche zu erfüllen. Und was war schlecht daran? Christa seufzte. Wenn sie ganz ehrlich zu sich war, musste sie zugeben, dass sie jemanden wie Marlies ein wenig von oben herab betrachtete. Marlies mit ihrem neuen Mixer und dem Staubsauger mit Polsterdüse …

Nein, es lag nicht an Jago oder am Antiquariat. Es lag an ihr.

Nur, was sollte sie jetzt tun?

TEIL 4

1966–1968

Kapitel 28

Die 28. Tagung der Gruppe 47 fand 1966 in Princeton, New Jersey, USA, auf Einladung des Professors für Germanistik Victor Lange statt. Jago hatte gejubelt, als er die Einladung von Hans Werner Richter erhielt. Er war noch nie in den USA gewesen. Christa konnte seine Freude nur allzu gut verstehen. Zur Feier des Tages waren die beiden zum Essen ausgegangen, August hatte das Hüten der Kinder übernommen. Es war ein wunderschöner Abend gewesen, ganz innig und nah.

Anstatt zu fliegen, hatte sich Jago entschieden, eine Schiffspassage auf der *Queen Mary* zu buchen und die siebentägige Reise über den Ozean zu genießen. Dadurch war er zwar länger von seiner Familie getrennt, doch auch Christa fand, dass diese Reise vom ersten bis zum letzten Tag voll ausgekostet werden sollte. Jago war nicht der Einzige der Gruppe 47, der mit der *Queen Mary* fuhr. Eine kleine Gruppe hatte sich zusammengefunden und wollte noch ein paar Tage in New York bleiben. Jago hatte die neue, sechsbändige Goethe-Ausgabe dabei, die Christa ihm zum Geburtstag geschenkt hatte, und während der Überfahrt immer wieder darin geblättert. 48 Mark hatte sie gekostet, und sie war jeden einzelnen Pfennig wert.

Er verbrachte drei Tage in New York, bestieg das Empire State Building, spazierte durch den Central Park, kaufte Geschenke für Henri, Viola und Christa und machte ganz viele Bilder. Am

22. April – es war kühl und diesig in Princeton – betrat er zum ersten Mal die Whig Hall, in der die Tagung stattfinden sollte.

Jago hatte innerhalb des letzten Jahres in einigen Literaturmagazinen Artikel über das prophezeite Ende der Gruppe 47 gelesen, doch nun war er hier mit Günter Grass, Walter Jens, Peter Rühmkorf, Erich Fried, Uwe Johnson, Peter Handke … Anwesend waren auch der Literaturkritiker Hellmuth Karasek, der Rowohlt-Lektor Fritz J. Raddatz, Handkes Verleger Siegfried Unseld vom Suhrkamp Verlag und viele Kollegen aus anderen Verlagen. Doch anders als bei ihrem Treffen im Jahr zuvor herrschte eine spürbar angespannte Stimmung. Ob es daran lag, dass Schriftsteller wie Ingeborg Bachmann, Martin Walser, Heinrich Böll und Ilse Aichinger fehlten? Jago hatte die dieses Mal fehlenden Kolleginnen und Kollegen in der Vergangenheit als ungeheure Bereicherung empfunden. Ihre Diskussionsbeiträge waren allesamt klug gewesen, und die Kritiken hatten ihn zum Nachdenken angeregt.

Jago fiel auf, dass in diesem Jahr kritische Bemerkungen von Seiten der Schriftsteller eher seicht ausfielen. Warum? Wollte keiner der Autoren als Meckerer gegenüber den Kollegen dastehen? Der Geist der Gruppe 47 war immer ein anderer gewesen, sie lebte von lebendigem Austausch, fundierter Kritik zum Wohle der Literatur. Gleichzeitig rissen die professionellen Kritiker die Beurteilung der einzelnen Lesungen an sich, allen voran Marcel Reich-Ranicki.

Gerade hatten Walter Jens und Peter Bichsel gelesen, nun war Jago an der Reihe. Er hatte ein fast fertiges Manuskript dabei, das aus Gedichten und kurzen Prosastücken bestand. Hätte ihn jemand gefragt, er hätte nicht sagen können, wovon das Manuskript im Einzelnen handelte. Es war eher wie ein Zettelkasten, ein Zettelkasten, der Martin Schwertfegers Leben thematisierte. Jago hatte zuvor nur mit Christa über seine Arbeit gesprochen.

«Warum ausgerechnet Martin?», hatte sie gefragt.

«Weil er all das ist, was ich nicht bin», hatte Jago erwidert.

Als er auf den elektrischen Stuhl gebeten wurde, las Jago einen Ausschnitt aus dem Kapitel über die Bücherverbrennung vor dem Uhrtürmchen vor. Er befürchtete ein Donnerwetter nach der Lesung, aber im Saal blieb es still. Jago blickte zu Reich-Ranicki, der seine Brille ausgiebig putzte. Er ließ seinen Blick zu Hellmuth Karasek schweifen, der ihn freundlich musterte. Schließlich war es Fritz Raddatz, der sich zu Wort meldete.

«Ein interessantes Thema. Aber mir scheint, da fehlt noch ein aussagekräftiger Gegenpol. Was würde geschehen, träfe Martin einen seiner Peiniger von damals wieder? *Darüber* würde ich gern lesen.»

Jago musste heftig schlucken. Er wusste genau, was Raddatz meinte, denn sie hatten kürzlich über seinen Vater gesprochen, über Gideon von Prinz und seine unrühmliche Vergangenheit. Eigentlich bewahrte Jago Stillschweigen darüber, doch er hatte Raddatz von Anfang an großes Vertrauen geschenkt. Und in ihrem Gespräch war es ja um sein Buch gegangen und nicht um seinen Vater. Doch ehe er antworten konnte, meldete sich Unseld zu Wort, in dessen Verlag ja auch Jagos Gedichte erschienen. «Ich kann die Person des Martin nicht sehen, ich sehe nur, was Sie, lieber junger Freund, aus ihm machen. Ich habe die ganze Zeit das Gefühl, es geht hier gar nicht um Martin. Geht es nicht in Wahrheit um Sie, Herr von Prinz? Es ist Tagebuchprosa, wenn Sie verstehen, was ich meine.»

Tagebuchprosa! Wieder schluckte Jago.

Der junge Peter Handke ergriff das Wort. «Beschreibungsimpotent!», schrie er, sodass Jago auf seinem elektrischen Stuhl förmlich zusammenzuckte. «Alle hier! Nicht nur Jago von Prinz. Alle hier!» Dann setzte er sich wieder, erneute Stille erfasste den

Raum. War es Betroffenheit angesichts dieser Radikalität, dieses Allgemeingültigkeitsanspruchs? Jago zuckte innerlich die Schultern und dachte kurz darüber nach, welche Klassifizierung ihn mehr getroffen hatte: die Tagebuchprosa oder die Beschreibungsimpotenz.

An diesem Abend verzichtete er auf das gesellige Beisammensein. Er drehte eine Runde über den Uni-Campus, dann ging er zu Bett. Der Tag hatte ihn erschöpft, und doch lag er noch lange wach. Die Gedanken rotierten, und am nächsten Tag wusste er, dass seine Kritiker recht hatten. Es ging ihm nicht um Martin. Es ging um seinen Vater. Um Gideon von Prinz. Und um das, was er getan hatte. Als Jago das begriff, hätte er am liebsten geheult. Er brauchte seinen Vater. Noch immer. Er konnte ihm nicht verzeihen, gleichzeitig buhlte er um seine Anerkennung. Seine Zuneigung.

Diese Erkenntnis traf Jago bis ins Mark. Und plötzlich tauchten ganz ungeheuerliche Fragen in seinem Kopf auf: Liebte er Christa, weil ihr Onkel im KZ gesessen hatte, in dem KZ, in dem sein Vater gearbeitet hatte? Liebte er sie, weil er das Verhalten seines Vaters wiedergutmachen wollte? Jago war sich seiner Gefühle nie unsicher gewesen. Doch jetzt zweifelte er. An sich. An seiner Liebe. An seinen Entscheidungen.

Zurück in Frankfurt war er weiterhin im Unklaren über sich selbst. Er beobachtete Christa, die ihn anlächelte, umarmte, küsste, weil sie glücklich war, ihn wieder bei sich zu haben. Er beobachtete Martin, der ihn stirnrunzelnd musterte und ihn einmal beiläufig fragte, ob er ihn so intensiv anschaue, weil er vielleicht ein Gedicht über ihn schreiben wolle. Jago hatte gelacht, aber selbst gehört, wie scheppernd das klang.

Am 8. Juni traf er noch einmal auf Peter Handke, diesmal auf deutschem Boden. Seine *Publikumsbeschimpfung* wurde unter der

Regie von Claus Peymann im Frankfurter Theater am Turm ur-
aufgeführt. Christa saß neben ihrem Mann, als vier Schauspieler
auf die Bühne traten und so taten, als wären sie das Publikum
und die Besucher die Darsteller. Das Licht war auf die Sitzplätze
im Saal gerichtet. Dann verkündete das Quartett «Wir sprechen
nur» und formulierte knapp:

«Sie werden kein Schauspiel sehen.»
«Ihre Schaulust wird nicht befriedigt werden.»
«Sie werden kein Spiel sehen.»
«Hier wird nicht gespielt werden.»

Jago war, als spüre er einen schnelleren Atem rings um sich herum, und er merkte, dass Christa neben ihm wie erstarrt in ihrem Theatersessel saß. Spannung war zum Greifen nah. Was
sollte das? Was hatte Handke im Sinn? Diese Art von Darstel-
lung war so anders, irgendwie nackt, direkt, ohne Kostüme. Und
dann setzten plötzlich heftige Beschimpfungen ein:

«Ihr Kriegstreiber!»
«Ihr Untermenschen!»

Jago fasste nach Christas Hand. Zugleich begannen seine Nerven zu vibrieren. Hatte er nicht schon lange gewusst, dass von
Peter Handke noch einiges zu erwarten war? Doch was hier
heute derart roh und scheinbar emotionslos geboten wurde, das
übertraf seine Erwartungen. Was Handke da wagte, wie er mit
den Schauspielern und dem Publikum umging … Das … Das …
Nein, das würde er niemals können.

Am Ende wünschten die vier Darsteller von der Bühne herunter eine gute Nacht und klatschten laut Beifall.

Wie betäubt traten Jago und Christa auf die Straße.

«Hast du die Inszenierung verstanden? Wie fandest du das Stück?», wollte Christa wissen.

«Erschreckend», erwiderte Jago, aber er sagte nicht, worüber er so erschrocken war. Über die eigene Feigheit in seinem Werk. Darüber, dass er es nicht fertigbrachte, über seinen Vater zu schreiben. Handke hatte ihm erneut seine Grenzen aufgezeigt.

Jago plante eine Feier zu seinem 40. Geburtstag Mitte August. Christa hatte den Ratskeller am Bornheimer Hang dafür gemietet. Die Feier sollte im Garten unter den wunderschönen Kastanien stattfinden, und es sollte typisch Frankfurter Gerichte geben wie grüne Soße mit Tafelspitz, gegrillte Leiterchen … Dazu natürlich Handkäs in allen Varianten.

«Ich möchte meine Eltern einladen», erklärte Jago, als sie abends bei einem Glas Wein zusammensaßen.

«Deine Mutter ist herzlich willkommen, das weißt du», sagte Christa.

«Ich möchte auch meinen Vater dabeihaben.»

Christa verzog das Gesicht. «Du meinst, dein Vater soll zusammen mit Martin deinen Geburtstag feiern? Sie sollen auf ein und derselben Veranstaltung aufeinandertreffen?»

«Ja.»

«Warum?»

Jago zuckte mit den Schultern. «Ich weiß es nicht. Ich weiß nur, dass ich etwas mit ihm klären muss.»

«An deinem Geburtstag?»

Jago nickte.

Christa erkannte, wie wichtig das für ihn war. Deshalb schlug sie vor: «Die Feier findet am Abend statt. Wir könnten mit deinen Eltern zu Mittag essen.»

«Nein, es muss am Abend sein.»

«Aber was ist mit Martin?»

«Ich weiß, die Situation ist alles andere als leicht. Aber er ist mein Vater.»

Christa seufzte. «Sollen wir Martin ausladen?»

«Nein. Auf gar keinen Fall. Ich möchte, dass beide kommen: Martin und mein Vater.»

«Dann werde ich meinen Onkel fragen, ob er das wirklich möchte, wenn dein Vater dabei sein wird. Es ist Martins Entscheidung. Möchte er es nicht, laden wir deinen Vater nicht ein.»

«Nein, Christa, du verstehst mich nicht. Ich kann mich nicht länger in eurer Familie davor verstecken, was mein Vater getan hat.»

«Und dieses Problem willst du ausgerechnet an deinem Geburtstag lösen?»

«Ja. Es brodelt in mir seit der letzten Tagung der Gruppe 47. Ich muss etwas tun, Christa, muss die Auseinandersetzung erzwingen.»

«Ich werde meinem Onkel nicht den Anblick deines Vaters zumuten. Zumindest nicht, ohne ihn vorher zu fragen.»

Noch nie hatte Jago den Graben zwischen sich, seiner Familie und Christa mit ihrer Familie so stark wahrgenommen. Er fühlte sich wie ein Eindringling. Wie einer, der die Opfer braucht, um sich von den Tätern abzugrenzen. Wie einer, der die Opfer missbraucht, um seinen Seelenfrieden zu wahren. Darüber sollte ich schreiben, dachte Jago, wenn ich doch nur den Mut dafür aufbrächte. Erinnerungen an Princeton schossen ihm durch den Kopf. Was hatte man ihm vorgeworfen? Tagebuchprosa? Beschreibungsimpotenz? Auf einmal schämte er sich so vor Christa, dass er daran dachte, jetzt, in diesem Moment, aufzustehen und zu gehen.

Christa hatte ihn schweigend beobachtet, seine Unruhe gefühlt, ohne sie einordnen zu können. «Was ist eigentlich mit dir los? Seit du aus den USA zurück bist, verhältst du dich komisch. Ist dort drüben etwas geschehen?»

Jago schluckte. Am liebsten hätte er Christa in den Arm genommen, sie fest an sich gepresst und seine Ängste und Sorgen in ihr Haar geflüstert. Aber das konnte, das durfte er nicht. Nicht mehr. Denn sie standen auf verschiedenen Seiten. Hatten immer auf verschiedenen Seiten gestanden, er hatte es nur verdrängt.

Es klingelte. Christa stand auf, öffnete Martin und Heinz die Tür. Es war der 30. Juli, das Finale der Fußballweltmeisterschaft zwischen Deutschland und England sollte in einer Stunde in London beginnen. Die Männer hat sich zum Fußballereignis des Jahres verabredet, die Kinder waren mit Oma Helene unterwegs.

«Sind wir zu früh?» Heinz stürzte ins Wohnzimmer, ließ sich mit einem Seufzer auf die Couch fallen. «Puh, mir brummt der Schädel. Den ganzen Morgen habe ich über den Büchern gesessen. Wir schreiben am Montag eine Klausur in ökonomischer Buchhaltung. Und wie sieht's bei euch aus?»

Jago riss sich zusammen, fragte, was sie trinken wollten, holte für Heinz ein Bier aus der Küche, schenkte Martin ein Glas Wein ein. Christa stellte noch was zu knabbern auf den Tisch, als es erneut klingelte. August!

August setzte sich zu den Männern, Christa nahm auf einem der Sessel Platz, blickte zu Jago, dann zu Martin. Hatten die beiden miteinander gesprochen? Es sah nicht danach aus. Die Gläser klirrten, das Spiel begann.

Christa guckte auf die Fußballspieler, die über den Bildschirm rannten, sah aber nicht einen einzigen von ihnen. Ihre Gedanken waren bei Jago. Was war nur los mit ihm? Sie hatte das Gefühl, dass er sich von ihr und den Kindern entfernte. Warum? Und was sollte das mit seinem Vater? Seit Jahren distanzierte er sich von Gideon von Prinz, plötzlich wollte er ihn einladen. Zusammen mit Martin. Ausgerechnet zu seinem 40. Geburtstag. War ihm die Brisanz denn nicht bewusst?

Immer wieder schweiften ihre Blicke zu Jago. Und obwohl dieser auf den Bildschirm starrte, wusste sie, dass er ebenso wenig bei der Sache war. Das Spiel endete zwei zu vier für England, Deutschland wurde Vizeweltmeister.

Zwei Wochen später stand Christa in einem neuen Kleid, das ihr locker von den Schultern bis zu den Knien fiel, am Eingang des Ratskellergartens und begrüßte die Gäste. Sie fühlte sich unbehaglich, hatte nicht mehr mit Martin gesprochen. Es wäre Jagos Aufgabe gewesen. Doch als Martin jetzt zu ihr trat, angetan mit einer schwarzen Hose und einem weißen Hemd, das an den Schläfen längst ergraute Haar zurückgestrichen, da bekam sie feuchte Hände. Was tun wir ihm an, wenn der Freiherr tatsächlich auftaucht?, dachte sie bang. Sie wusste, dass Jago noch nicht mit Martin gesprochen hatte, und sie war deshalb sauer auf ihn.

«Na, wie sieht's aus? Seid ihr in Feierlaune?»

Christa schluckte und entschloss sich in diesem Moment zu sprechen. «Ich muss dir etwas sagen, Martin. Und … Und es tut mir leid, dass ich es dir nicht schon vorher gesagt habe. Aber … Jago hat seinen Vater eingeladen. Den Freiherrn. Du weißt, dass der in Buchenwald war?»

Martin nickte.

«Ich war dagegen.»

«Er ist sein Vater», erklärte Martin. «Und jetzt sag, wo steht der Geschenketisch?»

«Heißt das, du bleibst?»

Martin strich Christa flüchtig über die Wange. «Ich kann es nicht verhindern, Nazis zu begegnen. Sie sind überall, wie wir wissen.» Dann nickte er ihr noch einmal zu und ging zu dem Tisch, an dem bereits Heinz, August und Helene saßen.

Christa stand neben Jago, als das Ehepaar von Prinz eintraf. «Wo ist das Geburtstagskind?» Jago wurde von seinem Vater umarmt, dann an seine Mutter weitergereicht. Noch während diese ihrem Sohn gratulierte, hatte der Freiherr sich bereits ein Glas Rotwein bestellt.

Jago begleitete seine Eltern zu ihrem Tisch, an dem Christa vorsorglich Dr. Brinkmann mit seiner Gattin platziert hatte. Dann setzte Jago sich zu Christa, die ihren Schwiegervater den Rest des Abends kaum aus den Augen ließ.

Erst als die Riesengeburtstagstorte angeschnitten wurde, entspannte sich Christa allmählich, auch wenn ihr nicht verborgen blieb, dass Jago unter Strom stand. Und dann, als der Abend sich dem Ende zuneigte, die Gäste die letzten Schlucke tranken und ihre Zigarettenetuis in die Taschen steckten, da ging der Freiherr auf Martin zu. Christa hielt die Luft an, eilte zu ihrem Onkel, als müsse sie ihn beschützen. Sie stand neben ihm, als ihm der Freiherr auf die Schulter klopfte.

«Nichts für ungut», sagte er. «Waren andere Zeiten damals.» Dann wandte er sich ab und verließ mit seiner Frau zusammen das Fest.

Kapitel 29

Im nächsten Frühjahr erlitt Jagos Vater einen Herzinfarkt. Als Jago davon hörte, begann er zu weinen. Weinte wie ein Kind, und Christa wusste nicht, wie sie ihn trösten sollte. Für sie blieb Gideon von Prinz ein Massenmörder, sie würde nicht eine Träne um ihn vergießen.

Jago fuhr in dieser Zeit einmal in der Woche hinaus nach Kronberg. Angeblich, um seiner Mutter zu helfen, Christa wusste es besser.

Jagos Schreibtisch im Wohnzimmer war für sie immer tabu gewesen. Jago hatte das nicht verlangt, aber sie wartete stets darauf, dass er ihr seine Arbeit von selbst zeigte oder vorlas. Seit der Diagnose hatte er beinahe manisch geschrieben. Oft bis in die Nacht hinein, doch noch hatte er nichts davon erzählt.

«Worüber schreibst du gerade?», hatte Christa gefragt.

«Ach, das sind nur Fingerübungen. Nichts Besonderes.»

Fingerübungen! Sie glaubte ihm kein Wort. Und dann, als er wieder einmal in Kronberg war, da las sie, was er geschrieben hatte. Es war ein Brief an seinen Vater. Christa ließ sich auf den Bürostuhl fallen. Auf diesen von Hand dicht beschriebenen Seiten rechnete er ab. Mit seinem Vater, mit Gideon von Prinz. Doch nicht so, wie Christa es erwartet und sich gewünscht hatte, sondern wie ein Sohn, der sich nicht von seinem Vater, der Lichtgestalt aus Kindertagen, lösen konnte.

Er liebt seinen Vater, durchzuckte es Christa. Und wäre sie nicht gewesen, hätte er sich womöglich schon lange mit ihm versöhnt.

Sie blätterte weiter und fand Worte, die sie fast zerrissen. «Du hast Blut an deinen Händen», hatte Jago geschrieben, «obwohl du dir die Hände nie schmutzig gemacht hast.» Und ein paar Zeilen weiter: «Ich möchte verstehen.»

Christa erkannte, wie sehr Jago sich nach dem Vater sehnte. Nach seiner Anerkennung. Ihr kam es so vor, als wäre Jago von ihr und ihrer Familie abgerückt, hin zu seiner eigenen. Warum? Was trieb ihn jetzt in die Arme seines Vaters? Quasi auf die andere Seite des Zauns – hier waren sie, dort die von Prinz. Christa erinnerte sich, was der Freiherr zu Martin gesagt hatte, als er Jagos Geburtstagsfeier verließ. Tränen der Wut traten ihr in die Augen. Mit welchem Recht tat er so, als wären die Konzentrationslager nur aus Versehen entstanden? Die Massenmorde die Verfehlungen einiger weniger? Und das im Beisein von jemandem, der das KZ überlebt hatte?

Sie sprach mit Heinz darüber, weil sie nicht mit Martin sprechen konnte. Seit Heinz nicht mehr das Antiquariat leitete, war er entschieden fröhlicher. Ganz so, wie ein junger Mann sein sollte. Das Studium machte ihm Spaß, auch wenn er mit Schwierigkeiten in der Höheren Mathematik zu kämpfen hatte, die zu seinem Ökonomiestudium gehörte. Heinz war wieder jung geworden, hatte sich von Werners Kopie zurück in Heinz verwandelt. Er trug nur noch Nietenhosen, die er Bluejeans nannte, dazu diese amerikanischen Nickis, die T-Shirts hießen. An den Füßen Sportschuhe oder Schuhe mit gerippten Sohlen. Er hatte Werners alte lederne Umhängetasche mit Sattelseife abgewaschen und eingefettet und trug diese über der Schulter.

Und er hatte Doro.

Doro, die Christa nicht mochte, weil sie sich von ihr provoziert sah. Doro studierte und forderte ihre Rechte ein. Das war vor zwanzig Jahren noch ganz anders gewesen. Und diese Freiheit neidete Christa ihr. Sie hatte versucht, ihre Doktorarbeit weiterzuschreiben, war nach Mainz gefahren, um sich zu erkundigen. Und hatte hören müssen, dass ihr Thema von der Zeit überholt worden war. Jemand anderes hatte vor fünf Jahren eine umfassende Arbeit dazu geschrieben, der war nichts mehr hinzuzufügen. Seit sie das erfahren hatte, fühlte sie sich erst recht alt. Dabei war sie gerade mal achtunddreißig! Doch im Vergleich zu Doro ... Und diese Doro wollte immer diskutieren. Christa sollte sich zum Vietnamkrieg erklären, zum Abwurf von Napalm, sie sollte gegen die amerikanischen Kriegstreiber Petitionen unterzeichnen. Was hatte sie mit Vietnam zu tun? Hatten die Vietnamesen ihnen vielleicht geholfen, als die Amerikaner Bomben auf deutsche Städte geworfen hatten?

«Keine Mark und keinen Mann für den Krieg in Vietnam!», schrie Doro lauthals auf jeder Demo. Und Heinz war stets an ihrer Seite und trug ein Plakat mit dieser Inschrift. Und nun noch diese ganze Diskussion um die Notstandsgesetze. Seit Ende der Fünfzigerjahre war eine ganze Reihe von sogenannten einfachen Notstandsgesetzen von der Bundesregierung verabschiedet worden. Christa hatte darüber gelesen, sich aber nicht weiter dafür interessiert. Doch nun sollte ein ganzes Paket mit Notstandsregelungen – Aufhebung der Presse- und Meinungsfreiheit, Aufhebung des Briefgeheimnisses, Notdienste, Ausgangssperren und andere Einschränkungen im Falle eines Krieges, einer Katastrophe oder Pandemie – dem Bundestag zur Abstimmung vorgelegt werden.

Doro sah darin Parallelen zum Dritten Reich. Und der SDS ebenso. Immer wieder wurde protestiert und demonstriert – und Christa verstand überhaupt nicht, warum Doro nicht einfach nur froh war, studieren zu können. Überhaupt die jungen Leute! *Alles* sollte anders werden. Und alles *war* anders geworden, dachte Christa. Diese Beatmusik. Die Mode. Die Ansprüche. Und dann noch diese freie Liebe, von der überall gemunkelt wurde. Da lebten junge Leute ohne Trauschein zusammen, da gab es Wohngemeinschaften, in denen jeder mit jeder, da badeten Männlein und Weiblein nackt zusammen, und es wurde wild gekifft.

Ach, wie gern wäre sie in ihrer Jugend so frei und unbeschwert gewesen. Die ganze Welt hatte sich verändert, und Christa hatte große Mühe, für sich darin einen Platz zu finden, der ihr gefiel. Sie machte Henri jeden Tag für den Kindergarten fertig, schmierte der elfjährigen Viola ihre Schulbrote, dann eilte sie ins Antiquariat. Später holte sie Henri wieder ab, beaufsichtigte Violas Schularbeiten, kümmerte sich um den Haushalt. Seit einiger Zeit erledigte Jago die Einkäufe, und manchmal kochte er auch. Und doch hatte Christa weiter das Gefühl, für das Funktionieren der Familie und des Antiquariats allein verantwortlich zu sein. So wie immer. Nichts hatte sich verändert, weil ihr noch immer ein Projekt fehlte.

«Was ist los mit dir?», fragte Jago eines Abends. Christa saß in ihrem Lesesessel und las ein Buch von Nelly Sachs, die im letzten Dezember in Stockholm den Literatur-Nobelpreis entgegengenommen hatte. Im Radio spielte leise ein Song von Frank Sinatra, *Strangers In The Night*. Eigentlich hatte sie mit Gunda ins Kino gehen wollen. Es lief noch einmal *Doktor Schiwago* mit Omar Sharif, und an seiner Seite spielten Julie Christie, Geraldine Chaplin und Klaus Kinski, den Christa aus den *Edgar-Wallace*-Filmen kannte. Aber Gunda hatte kurzfristig abgesagt.

«Was meinst du?», fragte Christa zurück.

«Du hast dich verändert, Christa. Du wirkst oft niedergeschlagen.»

«Wie sollte ich nicht niedergeschlagen sein, wenn ich das Gefühl habe, auf der Stelle zu treten?»

«Ist es wegen der Doktorarbeit?»

«Ja. Auch. Aber eigentlich betrifft es mein ganzes Leben. Heinz hat Pläne, Martin hat einen neuen Liebsten, du dein Schreiben. Was habe ich?» Sie hörte selbst, dass sie klang wie ein quengeliges Kleinkind.

«Was hättest du denn gern?»

«Eine Aufgabe, eine neue Herausforderung.»

«Fordert das Antiquariat dich nicht, dein Bestreben, es auf sichere Füße zu stellen?»

«Doch. Schon. Aber es ist nichts, was ich mir selber ausgesucht habe. Und wenn Heinz mit seinem Studium fertig ist, wird er das Antiquariat wieder übernehmen.»

Jago küsste ihr Haar und setzte sich dann in den Sessel, der neben ihrem stand. «Was möchtest du tun, Christa? Was ist es, was ganz tief in dir zu dir spricht?»

Sie schluckte. «Eigentlich wollte ich immer was mit Literatur und Sprache machen.»

«Aber das tust du doch. Du arbeitest mit Büchern, leitest einen Literaturzirkel.»

«Ja, aber das ist es nicht. Das ist jedenfalls nicht genug. Das sind Dinge, die ich von außen tue. Ich empfehle, berate, leite an. Du aber schreibst, hast Erfolg, bekommst Anerkennung, dein neues Buch erscheint im Herbst.» Sie überlegte. «Ich habe nichts. Nichts Kreatives, Eigenes.»

«Möchtest du denn auch schreiben? Bücher?», fragte Jago behutsam.

Christa reckte das Kinn. «Darüber habe ich noch nie nachgedacht. Ich hätte gerne geforscht, mich wissenschaftlich erprobt. Aber ein Buch, so wie du …?»

«Und wenn du ein Buch schreiben wolltest, für wen wäre es?»

«Vielleicht etwas für Kinder. Ein Kinderbuch.»

Jago sah sie aufmunternd an. «Und hast du schon eine Idee?»

Christa schüttelte den Kopf. «Vielleicht ist es auch nichts für mich. Das Schreiben, meine ich. Es reicht ja, wenn einer in der Familie das tut.»

Jago runzelte die Stirn und erhob sich. «Du entscheidest, wie dein Leben aussieht, Christa. Du allein. Es reicht nicht, unglücklich zu sein. Du musst versuchen, aus deiner Unzufriedenheit aufzutauchen. Wir können darüber sprechen, über deine Wünsche und Träume. Aktiv werden und etwas tun, das musst du selbst.»

Am 2. Juni 1967 wurde während einer Kundgebung gegen den Besuch des Schahs Reza Pahlewi der junge Benno Ohnesorg in Berlin getötet. Der Polizist Karl-Heinz Kurras hatte den Studenten aus kurzer Distanz in den Kopf geschossen. Das Plakat mit der Aufschrift «Autonomie für die Teheraner Universität», das Ohnesorg getragen hatte, tränkte sich mit seinem Blut. In ganz Deutschland wurde darüber berichtet. Doro und Heinz organisierten sofort einen Protestzug in Frankfurt gegen Polizeigewalt und brachten beinahe eintausend Menschen, zumeist junge Leute, auf die Straße. Auch Christa fand sich auf dem Römer ein und hörte der flammenden Rede von Hans-Jürgen Krahl zu. Gunda Schwalm hatte schon öfters von dem SDS-Aktivisten erzählt, Krahl promovierte bei Adorno, der höchste Stücke auf ihn hielt. Anschließend trafen sich zwei Dutzend Demonstranten im Club Voltaire in der Kleinen Hochstraße. Heinz hatte Christa überredet mitzukommen. Jetzt saß sie an einem Tisch mit Krahl und fühlte sich ein wenig eingeschüchtert. Krahl war blitzgescheit, gebildet und sehr selbstbewusst.

«Du bist also die Ziehmutter von Heinz?», fragte er sie, als er den ersten Korn getrunken hatte.

Christa nickte.

«Das ist eine erstaunliche Leistung für so eine junge Frau.»

«Danke», erwiderte Christa, dann wagte sie eine Frage: «Warum wird gegen Zustände in Persien demonstriert? Hat das überhaupt einen Sinn? Ich meine, Persien ist weit weg von hier.»

«Das wurde ich schon oft gefragt.» Krahl lächelte. «Es geht um die öffentliche Wahrnehmung. Natürlich können wir von Berlin oder Frankfurt aus die Zustände in Teheran nicht ändern. Aber seit der Demonstration in Berlin wissen viel mehr Leute als vorher, dass etwas an der Teheraner Uni nicht stimmt. Von wegen unabhängige Lehre und autonomes Denken. Die Uni steht unter dem direkten Einfluss des Regimes.»

«Das ist alles?» Christa war beinahe enttäuscht.

Krahl schaute verwundert. «Das ist sehr viel! Wenn jetzt Studenten aus der Uni geschmissen werden, weil sie mit dem Schah nicht einverstanden sind, dann hören viel mehr Menschen als je zuvor davon, denn die Medien sind nicht nur bei uns wach geworden. Vielleicht hütet sich Reza Pahlewi in Zukunft, weiter einzugreifen. Er war in Deutschland, hat mit der Bundesregierung Handelsabkommen abgeschlossen. Die will er nicht gefährden. Und so hat unser Protest eben doch eine Wirkung. Das hoffen wir zumindest. Alles hängt mit allem zusammen. Das ist Kapitalismus in Reinkultur. Auch in Persien.»

Christa nickte. Sie hatte verstanden, obwohl sie noch immer nicht begriff, warum ausgerechnet deutsche Studenten dafür sorgen mussten, dass die persischen nicht von der Uni flogen.

Scheinbar hatte Krahl ihr die Zweifel angesehen. «*Solidarität* lautet das Zauberwort», erklärte er. «Wenn die Wirtschaftsgiganten weltweit miteinander verflochten sind, warum sollten die Studenten es dann nicht auch sein?»

«Weil es in den eigenen Ländern genug zu tun gibt.» Christa war dieser Satz herausgeplatzt, und schon bei den ersten Worten wusste sie, dass ihre Meinung nicht opportun war. Bevor

Krahl etwas erwidern konnte, wurde er von jemand anderem ins Gespräch verwickelt. Doro übernahm, Doro, die mehr als fünfzehn Jahre jünger war als Christa.

«Es geht nicht mehr nur um die eigene Scholle. Schon Marx hat mit seiner Parole ‹Proletarier aller Länder, vereinigt euch› dazu aufgerufen, sich zusammenzuschließen, über die Landesgrenzen hinweg. Der Kapitalismus ist nicht nur ein deutsches oder europäisches Phänomen, sondern ein weltweites. Zusammen sind wir nun einmal stärker.»

Christa erhob sich. «Es ist schon spät. Ich muss morgen wieder ins Antiquariat», sagte sie und verabschiedete sich von Doro und den anderen. Sie warf Heinz einen letzten Blick zu, dann verließ sie die Kneipe. Auf dem Heimweg kam sie sich ungeheuer spießig und abgehängt vor. Wie eine Hausfrau, die nur den eigenen Braten im Blick hatte. «Spießbürgerinnen aller Länder, vereinigt euch», flüsterte sie vor sich hin und wünschte sich einen Augenblick lang, dass es wirklich so wäre.

«Ach, Mädchen», seufzte Helene, als Christa ihrer Mutter am nächsten Tag davon erzählte. «Ich begreife nicht, warum du nicht zufrieden bist. Schau, du hast alles, was man sich wünschen kann. Einen guten Mann, zwei gesunde Kinder, einen respektablen Beruf, die schöne Wohnung und dazu noch ausreichend Geld. Das ist so viel mehr, als ich je hatte.»

«Du denkst, ich bin undankbar?»

«Undankbar? Ich weiß nicht. Aber du könntest zufriedener sein.»

Am Wochenende waren Christa und Jago zusammen mit den Kindern nach Kronberg eingeladen. Dem Freiherrn ging es immer noch nicht besonders gut, zudem hatte man ihn erst kürzlich am Herzen operiert. Die Operation war gut verlaufen, aber Gideon von Prinz war noch recht schwach. Eigentlich hatte

Christa sich geschworen, nie mehr in ihrem Leben die Villa in Kronberg zu betreten, wo die Fotos aus Buchenwald noch immer an der Wand hingen. Doch Jago hatte sie dringend darum gebeten mitzukommen.

«Mein Vater ist ein kranker Mann. Er kann niemandem mehr etwas antun», sagte er. «Ist es nicht natürlich, dass er seine Enkel, seinen Sohn und seine Schwiegertochter um sich haben will? Meine Mutter wäre sicher schrecklich enttäuscht, kämst du nicht mit.»

Ein kranker Mann. Dagegen fiel Christa kein Argument ein. Sie glaubte an Gott. War es da nicht ihre Pflicht, Jagos Vater zu vergeben? Nein, niemals. Zu viel hatte Martin erleiden müssen. Und dann die Bücher mit Menschenhaut. Nie! Nie würde sie ihm vergeben. Aber sie konnte die Bitte ihres Mannes erfüllen. Sie konnte sich zwei Stunden lang zusammenreißen. Für Jago.

Also fuhren sie zu viert hinaus nach Kronberg. Jago saß am Steuer, und Christa beobachtete ihn. Er hatte die Zähne aufeinandergebissen, konzentrierte sich auf den Verkehr. Wie tief und schmerzlich war doch seine Sehnsucht nach väterlicher Anerkennung in ihm verankert …

«Wird Ulrike auch da sein?», wollte Christa wissen.

Jago schüttelte den Kopf. «Sie hat geheiratet und ist heute unterwegs. Ich weiß aber, dass sie weiterhin auf dem Gestüt arbeitet.»

«Und sie beerbt deinen Vater trotz ihrer Heirat?»

«Mein Vater hat mich aus seinem Testament gestrichen und Ulrike eingesetzt. Dieses Testament hatte so lange Gültigkeit, wie Ulrike den Namen von Prinz trug. Jetzt, da sie den Namen ihres Mannes angenommen hat, wird er sie vielleicht aus seinem Testament streichen.»

«Geht es dir darum?», fragte Christa plötzlich und zu ihrem eigenen Erstaunen. Sie hatten gerade den Ortseingang von Kronberg passiert. «Um das Erbe?»

Jagos Kopf fuhr zu ihr herum. «*Das* glaubst du?»

«Nicht für dich, aber vielleicht für Henri. Vieles wird anders, wenn man Kinder hat.»

«Es ist mir nie ums Geld gegangen. Nie. Ich dachte, das wäre dir klar.»

Sie merkte, dass sie ihn verärgert hatte, doch jetzt war es zu spät. Das Auto fuhr durch das Rondell und hielt vor der herrschaftlichen Villa. Das Dienstmädchen öffnete die Tür, nahm ihnen die Jacken ab.

«Die Herrschaften befinden sich im Esszimmer.»

Henri und Viola sprangen voran, sie kannten sich ja aus. Jago und Christa folgten ihnen langsam.

Der Freiherr und die Freifrau saßen an dem großen Esstisch aus Eichenholz, an dem bis zu zwei Dutzend Personen Platz fanden. Gideon von Prinz war schmaler geworden, das sah Christa auf den ersten Blick. Sein Gesicht war blass, die Augen trugen dunkle Schatten. Henri stürzte auf seine Großmutter zu, ließ sich von ihr hochheben und küssen. Auch Viola strahlte. Obwohl Viola nicht ihre richtige Enkelin war, wurde sie von Edelgard von Prinz ebenso liebevoll behandelt wie Henri, wurde ebenfalls gedrückt und geküsst.

Jago und Christa betrachteten die Szene. Schließlich räusperte sich der Freiherr. «Jago», sagte er und nickte seinem Sohn zu. «Christa.» Auch die Schwiegertochter erhielt einen knappen Gruß.

«Nehmt doch Platz, bitte. Setzt euch, ihr Lieben.» Die Freifrau lächelte warm. «Ich freue mich so, euch zu sehen!»

Christa und Jago setzten sich so, dass sie den Freiherrn auf Jagos rechter Seite und auf Christas linker Seite hatten, während die Kinder ihre Großmutter einrahmten. Edelgard stand auf, bediente Jago und Christa mit einem Stück Schokoladentorte, danach brachte das Dienstmädchen Kakao und Kaffee.

«Wie geht es euch?», fragte Edelgard.

«Gut. In ein paar Wochen erscheint mein neues Buch.»

«Bist du damit zufrieden?»

Jago lachte auf. «Ich bin mit meiner Arbeit nie richtig zufrieden. Es hätte immer noch ein wenig besser sein können.»

«Oh, das ist wohl eine Krankheit, an der alle Schriftsteller leiden.»

Das Gespräch plätscherte dahin. Selbst der Freiherr beteiligte sich mit einigen Fragen. Christa fand ihn heute beinahe freundlich, obschon sie dem Frieden nicht traute.

Nach dem Kaffee wurden Likör und Cognac gereicht, die Kinder gingen mit dem Kindermädchen in den Garten, die Erwachsenen zogen sich in die Bibliothek zurück. Christa versank beinahe in dem alten schweren Sessel aus weichem braunen Leder, der zart nach Sattelseife roch. Sie nahm das Glas mit dem selbst gemachten Johannisbeerlikör entgegen und nippte kurz daran.

«Vater, du hast uns einbestellt. Worum geht es?» Jago hatte das Wort ergriffen.

«Einbestellt! Wie das klingt! Ich habe euch um einen Besuch gebeten. Warum soll es immer um etwas gehen? Darf ich meinen Sohn und seine Familie nicht einladen? Darf ich meine beiden Enkel nicht verwöhnen?»

Christa hatte genau gehört, dass der Freiherr von seinen beiden Enkeln gesprochen hatte. Das hieß, dass er Viola dazu zählte, obschon Uwe ihr Vater war, den Viola auch regelmäßig sah. Das freute sie, das freute sie sogar sehr. Das Herz einer Mutter erreicht man über ihre Kinder. Das sagte Helene immer. Und in Christas Fall stimmte das.

«Wie steht es um deine Gesundheit?», fragte Jago.

Sein Vater verzog den Mund. «Es geht. Die Operation ist geglückt. Jetzt brauche ich Ruhe, sagt der Arzt.»

«Das freut mich.» Jago klang angespannt, und Christa sah, dass sein Kinn kantig geworden war. Ob er seinen Vater tatsächlich liebte? Ihm vertraute?

«Wir müssen über das Erbe sprechen», erklärte der Freiherr. Auf einem kleinen verzierten Eichentisch neben ihm stand ein Humidor aus glänzendem Mahagoni. Gideon von Prinz öffnete ihn und entnahm ihm eine Zigarre.

Wird er jetzt etwa rauchen?, fragte sich Christa entsetzt. Immerhin war der Mann gerade erst operiert worden. Wahrscheinlich stand ihr dieser Gedanke auf die Stirn geschrieben, denn der Freiherr wandte sich an sie: «Keine Angst, meine Liebe. Ich rieche nur daran.» Das tat er ausgiebig, dann legte er die Zigarre zurück.

«Das Erbe», erinnerte Edelgard ihren Mann.

«Nun, wenn man dem Tod so ins Auge geschaut hat wie ich, dann macht man sich seine Gedanken. Ich hatte dich vom Erbe ausgeschlossen, Jago. Nun stehst du wieder im Testament. Aber nicht allein. Deine Kinder werden ebenfalls erben. Ich bin auch bereit, Viola unseren Namen zu geben.»

«Das erlaubt ihr Vater nicht. Er möchte, dass Viola seinen Nachnamen trägt», erläuterte Christa.

«Dann ist der Mann ein Dummkopf.» Der Freiherr verzog verächtlich den Mund. «Ein Name wie der unsere öffnet Türen.»

«Sein Name ist vielleicht nicht so klangvoll, aber es ist ein guter Name mit einem guten Ruf.» Christa klang barscher, als sie wollte.

«Der Stolz des kleinen Mannes, ich verstehe.» Der Freiherr konnte es nicht lassen.

«Ich möchte nicht, dass Sie so herablassend über Violas Vater sprechen. Sie kennen ihn nicht.»

«Christa, meine Liebe. Ist es nicht endlich an der Zeit, dass wir einander duzen?», fragte Edelgard von Prinz und hob ihr Glas.

«Gern.»

«Nun, ich bin dabei.» Auch Gideon von Prinz hob sein Glas.

Christa schluckte. Sie wollte den Freiherrn nicht duzen. Aber durfte sie ihn einfach so zurückweisen? Sie nahm sich vor, zukünftig die Anrede zu vermeiden, zwischen ihnen gab es ohnehin nichts zu besprechen. Ein leises Schuldgefühl klopfte ihr auf die Schulter. Sie musste an Martin denken. Sie schluckte, dann sagte sie tapfer: «Herr von Prinz, ich werde Sie weiterhin siezen. Zwischen uns gibt es keine Gemeinsamkeiten.»

Der Mann nickte. «Ich sagte ja, der Stolz der kleinen Leute.»

Da platzte Christa der Kragen. «Hören Sie endlich auf, von den kleinen Leuten zu sprechen. Darum geht es nicht. Es geht um meinen Onkel und das, was er in Buchenwald erdulden musste. Mit seinen Peinigern mache ich mich nicht gemein!»

«Herrgott, nun bewahren Sie doch die Contenance. Immerhin habe ich mich bei ihm entschuldigt.»

«Nein, das haben Sie nicht. Sie haben ihn beleidigt. Aber wahrscheinlich sind Sie zu gefühllos, um das zu bemerken.»

Der Freiherr holte tief Luft. Dann wandte er sich an Jago: «Deine Frau muss noch einiges lernen. Sie will nicht mit mir reden, aber unseren Namen trägt sie.»

«Ich trage diesen Namen, weil mein Mann und mein Sohn so heißen. Das hat nichts mit Ihnen zu tun. Wäre es möglich gewesen, hätte ich zu gern meinen alten Namen behalten.»

Sie blickte zu Jago, wartete darauf, dass er ihr beisprang. Aber er schwieg. Er scharrte mit den Füßen, schaute auf den Boden. Da stand sie auf. «Ich werde einmal nach den Kindern sehen.»

Auch die Freifrau erhob sich. «Ich komme mit dir, Christa.»

Als sie nebeneinander im Garten standen und den Kindern beim Spielen zusahen, sagte Edelgard. «Du musst meinem Mann verzeihen, Christa. Er meint das alles nicht so. Er ist ein Sturkopf, ja, das ist er wirklich. Aber er liebt eure Kinder.»

«Das soll ja auch so bleiben», erklärte Christa. «Ich weiß, dass die Kinder gerne hier sind. Sie lieben ihn auch. Und besonders dich. Aber ich kann nicht vergessen, was damals war. Was ER damals war.»

«Die Zeiten ändern sich. In seiner Familie waren alle Männer Offiziere. Unabhängig von der gerade tätigen Regierung. Sein Soldatentum steckt ihm in den Genen. Gehorsam, Disziplin, Kampfgeist. Er wäre unter jedem Herrscher Offizier gewesen.»

«Man kann sich aber nicht vor jeden Karren spannen lassen, wenn man Moral und Anstand hat.»

Die Freifrau schwieg. Dann lachte sie, weil Henri so drollig auf dem Rasen herumrollte. Sie wandte sich erneut an ihre Schwiegertochter, berührte sanft ihren Arm und sagte leise: «Es wäre uns am liebsten, ihr würdet hierherziehen, zu uns.»

«Nein!» Christa rief dieses Wort beinahe. «Nein, das kommt nicht infrage. Für mich jedenfalls nicht.»

«Wir haben viel Platz. Und mein Mann könnte Hilfe brauchen. Das Gestüt, der Wald, die Felder. Das meiste davon ist verpachtet, trotzdem ist einiges zu tun.»

«Wir haben Berufe. Jago ist Journalist, ich bin Antiquarin. Wir haben eine schöne Wohnung. Sie ist vielleicht ein wenig klein, aber wir kommen gut zurecht.»

«Aber Jago braucht ein eigenes Arbeitszimmer. Und er sollte sich ganz auf das Schreiben konzentrieren können. Ihr hättet es hier so viel leichter.» Sie hielt inne und beobachtete, wie die Kinder über den Rasen tollten, dann sprach sie weiter: «Und du, Liebes, müsstest dich nicht um den Haushalt kümmern, nicht kochen, nicht waschen. Wir könnten eine Kinderfrau einstellen, dann hättest du auch mehr Zeit für dich.»

Christa schluckte. Mehr Zeit für sich. Das war es, was sie

wollte. Dann würde sie womöglich auch herausfinden, wo ihr Platz im Leben war. Und doch schüttelte sie den Kopf. «Nein, Edelgard. Ich danke dir für deine gute Absicht, aber nein.»

«Ich dachte es mir.» Die Freifrau legte ihr kurz eine Hand auf die Schulter. «Grüße bitte deinen Onkel von mir und richte ihm aus, wie unsagbar leid mir das alles tut. Mehr, als ich sagen kann.»

«Ich werde Jago nicht darin hindern, das zu tun, was er tun möchte», erwiderte Christa. «Aber mehr ist für mich nicht möglich.» Sie holte tief Luft, dann wagte sie die Frage, die sie schon die ganze Zeit über beschäftigte: «Hängen die Fotos tatsächlich noch?»

Die Freifrau nickte. «Es sind Erinnerungen für ihn. Das hat nichts mit Martin oder mit dem Konzentrationslager zu tun.»

«Oh doch, das hat es.»

Kapitel 30

Politisch rumorte es weiter, in fast allen westlichen Ländern, auch in Deutschland. Immer wieder kam es zu Protestzügen und Demonstrationen. In den Universitäten wurden Protestseminare, die sogenannten Teach-ins, abgehalten, um über die Lage zu diskutieren, zudem gab es Sit-ins, gewaltfreie Sitzstreiks. Jago war beinahe den ganzen Tag mit seiner Kamera für die *Frankfurter Rundschau* unterwegs. Und wenn er zu Hause war, dann lief die *Tagesschau* mit den neuesten Meldungen. Die Stadt vibrierte wie ein Bienenstock, fand Christa, wusste aber nicht, ob dieses Vibrieren ein gutes Zeichen war. Sie hätte sich so gerne mit Gunda ausgetauscht, doch die Freundin forschte derzeit im Ausland, im Auftrag Adornos.

Christa jedenfalls mied die Stadtmitte, während in der Berger Straße das Leben so lief wie immer und Frau Lehmann die Proteste mit den Worten kommentierte: «Die sollen erst mal arbeiten gehen, ehe sie die Klappe aufreißen.»

Gertie Volk stand dagegen auf Seiten der jungen Leute. «Es ist wichtig, dass der Vietnamkrieg beendet wird. Es ist wichtig, dass die Frauen gleichberechtigt werden und all das andere. Ich finde es gut, dass die Jugend das Land verändern will.» Und Lilly warf ein: «Nur diese Frisuren und diese Musik! Nicht zum Aushalten!»

Martin schwieg zu alldem. Christa hatte sowieso den Eindruck, dass er sich zurückzog. Er ging selten aus, hielt sich auch bei Diskussionen im Laden zurück und sagte nur noch wenig beim Literaturzirkel. Eines Morgens, sie waren beide allein im Antiquariat, fragte sie ihn, was los sei.

Martin lächelte. «Kannst du dir das nicht denken? Ich bin noch immer schwul. Ich darf und will nicht auffallen.»

«Du hast jemanden, nicht wahr?» Helene hatte vor Monaten etwas angedeutet, nachgefragt hatte Christa nie.

Martin nickte.

«Wer ist es? Wie ist er? Lernen wir ihn auch mal kennen?»

«Er ist Lehrer. An derselben Schule wie dein Exmann Uwe. Kommt heraus, dass er Männer liebt, verliert er seine Anstellung.»

«Wo trefft ihr euch?»

«Er wohnt in einem Hinterhaus. Seinen Nachbarn hat er erzählt, ich wäre sein Cousin. Wir treffen uns bei ihm.»

«Unternehmt ihr auch etwas zusammen?»

Martin schüttelte den Kopf. «Wir gehen nicht zusammen ins Kino, wir gehen keinen Wein trinken. Wir sind meist zu Hause und lesen. Es geht sehr ruhig bei uns zu. Helene kennt Gerd schon. Er ist geschieden, weißt du. Das schützt uns auch ein wenig.»

«Ich verstehe nicht, dass dieser unselige Paragraph 175 noch immer in Kraft ist. Ihr tut doch niemandem etwas. Niemand nimmt Schaden.»

«Doch», erwiderte Martin trocken, «wir verderben die Jugend. Wir verderben die Sitten. Das predigt ja nicht zuletzt die Kirche, egal welcher Glaubensrichtung.»

Christa sah ihren Onkel an. «Ich weiß. Homosexuelle werden exkommuniziert. So, wie man es bei dir versucht hat.»

«Unsere ganze Gesellschaft ist noch nicht so weit», sagte Martin traurig. «Ich habe nach Werners Tod versucht, anders zu sein. Ich habe Natron genommen, weil es hieß, davon vergehe der Trieb. Habe mehrmals täglich kalt geduscht. Ja, ich habe sogar darüber nachgedacht, eine Frau zu heiraten und eine Familie zu gründen. Aber ich kann es nicht. Ich bin so, wie ich bin. Ich dachte, dass ich nie wieder lieben kann, dass mein Schicksal die Einsamkeit wäre. Aber dann traf ich Gerd. In der Buchhandlung. Erst dachte ich, dein Exmann hätte ihn geschickt, zum Spionieren. Aber irgendwann merkte ich, er war wegen mir da. Eines Tages habe ich ihn gefragt, ob wir vielleicht mal etwas trinken gehen wollen. Er hat zugestimmt.»

«Danke, Martin, danke, dass du mir endlich von deinem Gerd erzählt hast.» Christa lächelte. «Und du weißt hoffentlich, dass ihr uns jederzeit willkommen seid!»

Martin erhob sich von dem Besuchersessel und gab Christa einen Kuss aufs Haar. «Ja, Liebes, das weiß ich.»

Ein paar Tage später brachte Martin die FAZ vorbei, um Christa ein Pressefoto des amerikanischen Fotografen Eddie Adams zu zeigen, das gerade weltweit Aufsehen erregte. Es hielt den Moment fest, als der Polizeichef von Saigon vor den Augen des Fotografen einen Vietcong durch Kopfschuss tötete.

Christa erschauderte angesichts dieser zur Schau gestellten Brutalität und Menschenverachtung. Dann zitierte sie den Spruch, der stets bei Demos skandiert wurde: «Keine Mark und keinen Mann für den Krieg in Vietnam.»

«Apropos, wie geht es eigentlich Doro?» Auch Martin wusste natürlich, dass sich Heinz' Freundin keinen politischen Protest entgehen ließ.

«Heinz wollte sich mit ihr verloben, aber Doro hat abgelehnt.»

«Wirklich?»

«Ja. Sie hält Verlobungen für spießig. Heiraten will sie auch nicht.»

«Und was ist mit Kindern?»

«Kinder sind willkommen, aber sie sollen am liebsten nicht in einer Familie aufwachsen, sondern in einer Kommune.» Christa schüttelte den Kopf. «Ein Kind gehört doch zu Mutter und Vater. Was ist, wenn sie von Heinz schwanger wird? Wo wächst das Kind dann auf? Ich glaube, ich werde diese junge Frau nie verstehen. Hast du schon gehört, was sie jetzt wieder vorhat? Du kennst doch Rudi Dutschke, den Studentenführer aus Westberlin?»

«Ja, ich habe von ihm gehört. Ein politischer Aktivist und brillanter Redner. Außerdem Ehemann und Vater.» Martin schmunzelte.

«Stimmt. Wichtig ist aber, er kommt übermorgen nach Frankfurt. Und dann wollen die Studenten – und natürlich Doro vorneweg – das US-Konsulat besetzen. Heinz will auch dabei sein. Ich wollte ihn davon abbringen, leider habe ich nicht so viel Einfluss auf ihn wie Doro.»

Martin lächelte. «Du bist eifersüchtig auf sie.»

«Ich? So ein Quatsch. Wie kommst du denn darauf? Doro ist doch noch ein halbes Kind. Mir gefällt nur nicht, wie sie Heinz beeinflusst. Am Ende kriegt er es noch mit der Polizei zu tun.»

«Und wenn, dann ist das seine Verantwortung. Alt genug ist er», stellte Martin fest.

Am Samstag hatten Jago und Christa ihren «freien» Tag. Helene hatte sich angeboten, auf die Kinder aufzupassen. Das gehörte, unausgesprochen, zu ihrem Projekt, der Tochter etwas mehr Freiraum zu verschaffen und dem noch immer jungen Paar, wie sie sagte, ein paar Stunden für sich zu gönnen.

Jago hatte seine Frau zu einem Ausflug ins Rheingau eingeladen und für diesen Tag seinen üblichen Besuch in Kronberg abgesagt. Er unterstützte weiterhin seine Mutter, und Christa wusste, dass es auch Gespräche mit Gideon von Prinz gab. Und beinahe jedes Mal brachte Jago aus Kronberg Geschenke für die Kinder mit. Mal ein Kinderfahrrad, mal eine teure Puppe.

«Ich möchte nicht, dass deine Eltern Viola und Henri außer der Reihe so große Geschenke machen», hatte sie Jago gegenüber erklärt. «Viola erzählte erst gestern, dass Oma Edelgard und Opa Gideon ihr Ferien auf einem Reiterhof spendieren wollen. Und sie haben es natürlich zuerst Viola erzählt, sodass ich als böse Mama dastehe, wenn ich damit nicht einverstanden bin. Sie manipulieren uns, Jago. Merkst du das nicht?»

Jago seufzte. «Ich weiß, dass du meinen Vater hasst, aber er ist nun mal mein Vater. Ist es nicht normal, dass er seinen Enkeln etwas Gutes tun möchte? Und ist es nicht großartig von meinen Eltern, dass sie zwischen den Kindern keinen Unterschied machen?»

«Aber das dient doch alles nur dazu, um dich zurückzugewinnen. Sie wollen, dass wir nach Kronberg ziehen, in ihr Haus.»

«Was wäre daran so schlimm? Wir hätten viel mehr Platz, die Kinder hätten einen Garten, von den anderen Annehmlichkeiten ganz zu schweigen», erklärte Jago. «Du tust ja gerade so, als wären meine Eltern Verbrecher.»

Da wich Christa zurück. In der Tat, sie hielt Gideon von Prinz für einen Verbrecher. Was denn sonst? Bis jetzt hatte sie geglaubt, Jago dächte ähnlich wie sie. Nun, das hatte sich wohl geändert. Sie fühlte, dass Gideon von Prinz wie ein Keil in ihre Ehe ragte. Sie wusste, dass Jago sich ein wenig von ihr zurück und hin zu seinen Eltern zog. Es war ihr deutlich bewusst, dass Jago sich wünschte, sie würde sich mit seinen beiden Eltern gut verstehen. Und vielleicht würde er sogar nach Kronberg in die Villa ziehen wollen.

Am 5. Februar 1968 versuchten Heinz, Doro und zweitausend andere Studenten tatsächlich das US-Generalkonsulat in der

Siesmayerstraße zu besetzen. Dutschke hatte dazu aufgerufen, und nicht nur die SDS- und APO-Leute waren seinem Aufruf gefolgt. Die Demonstranten versuchten, das Gebäude zu stürmen, doch die Polizei hatte unüberwindliche Absperrungen errichtet.

Immer wieder hieß es: «Ho Ho Ho Chi Minh, Ho Ho Ho Chi Minh.» Dann flogen die ersten Schlagstöcke durch die Luft. Neben Heinz schrie ein junger Mann auf und fiel zu Boden. Schon folgte ein riesiger Wasserwerfer. Als er seine Kanonen auf sie richtete, wich die Menschenmauer zurück. Erneut fielen Demonstranten auf den Boden …

Doro krallte sich an Heinz fest. «Wir bleiben!», schrie sie. «Ho Ho Ho Chi Minh! HO HO HO CHI MINH!»

Dutschke, der ganz vorne stand, war klatschnass. Jetzt kamen auch noch Reiterstaffeln, die rücksichtslos in die Menge hineinritten und Menschen niederwarfen. Mit ihren Gummiknüppeln droschen die Reiter ungehemmt um sich.

Ebenfalls nass und mit blauen Flecken am ganzen Körper betraten Heinz und Doro am nächsten Tag das Antiquariat. Christa schrie auf, als sie die beiden so sah.

«Oh, mein Gott, was ist passiert?»

«Das waren die Bullen», berichtete Doro, aus deren Stimme ein gewisser Stolz auf all ihre Malaisen zu hören war. «Die haben geprügelt wie nicht gescheit. Sogar Wasserwerfer haben sie eingesetzt.»

Christa schüttelte den Kopf. Sie hätte Heinz zu gern die Demos verboten. Krawall, nichts als Krawall! Hatte sich dadurch etwas geändert? Nein. Gegen die Regierung und die Wirtschaft kam man nicht an. Christa begriff nicht, warum die jungen Leute das nicht einsahen! Sie konnten demonstrieren von morgens bis abends und die ganze Nacht dazu, der Krieg in Vietnam würde deswegen nicht aufhören. Und anderes auch nicht!

305

Die Türglocke schrillte, und Martin und Jago kamen herein. «Wir haben uns draußen zufällig getroffen und haben euch gesehen. Haltet ihr einen Familienrat ab?»

«Wir wollten fragen … Nein, wir wollten euch bitten, heute Abend mit uns gemeinsam zu protestieren. Vor der Universität. Das Studentenparlament hat sich heute mit dem vietnamesischen Volk solidarisiert. Ein wichtiges Zeichen. Gerade auch wegen der Demo gestern vor dem amerikanischen Konsulat. Wir wollen zeigen, dass wir uns nicht unterkriegen lassen, dass der Protest gestern nicht nur eine Sache der Jugend war, sondern dass alle friedliebenden Menschen gegen den Krieg in Vietnam sind und dafür auch auf die Straße gehen.»

Martin schürzte die Lippen. «Ich bin dabei», erklärte er.

Jago nickte. «Ich ebenfalls.»

«Das könnt ihr doch nicht machen», beschwerte sich Christa. «Die gehen doch wieder auf euch los. Und was bringt das? Der Krieg in Vietnam geht weiter.»

Jago legte seiner Frau einen Arm um die Schulter. «Ach, Christa, je mehr Leute protestieren – und zwar nicht nur Studenten –, umso mehr Macht haben wir. Umso mehr werden wir gehört. Und die Polizei kann uns nicht alle gleichzeitig verprügeln.»

Christa musste schlucken und verzog das Gesicht.

«Was hast du?», wollte Jago wissen.

«Kann ich dich einen Moment sprechen?» Christa nahm Jagos Hand und zog ihn auf die Straße. Draußen machte sie sich ihrer Empörung Luft. «Du willst gegen den Krieg demonstrieren, aber deinen Vater besuchst du, ja?»

Jago verschränkte die Arme vor der Brust. «Das eine hat mit dem anderen nichts zu tun, Christa. Du vergleichst Äpfel mit Birnen.»

«Dein Vater war aktiv am Zweiten Weltkrieg beteiligt. Mehr

sogar: Er hat dafür gesorgt, dass Ermordungen reibungslos abliefen. Ich dachte immer, du hättest dazu eine klare Meinung, dabei bist du nur ein … ein …» Eine Stimme in ihrem Kopf riet ihr, jetzt lieber den Mund zu halten.

«WAS BIN ICH?», verlangte Jago zu wissen. «Was wolltest du gerade sagen?»

Christa ließ die Arme fallen, den Blick starr auf den Boden gerichtet. «Nichts. Nichts wollte ich sagen. Gar nichts.»

Kapitel 31

«Wir müssen reden», erklärte Jago zwei Abende später. Er war natürlich mit Heinz und Doro und Martin auf der Demo vor der Universität gewesen, und alles war gut gegangen. Christa hatte sich gefragt, warum sie so stur gewesen war.

«Worüber?»

«Über uns. Über dich.»

Christa schluckte, verschränkte die Arme vor der Brust und lehnte sich in ihrem Sessel zurück. Die Kinder schliefen, und Jago hatte eine Flasche Wein aufgemacht. Er lächelte. Ein Friedensangebot? Und doch fühlte sich Christa bereits angegriffen.

«Schieß los, was hast du an mir auszusetzen?», wollte sie wissen und hörte doch selbst, wie aggressiv ihr Ton klang.

«Bitte, Christa. Ich will nicht mit dir streiten. Aber ich finde, du hast dich verändert.»

«Das tut doch jeder.»

«Die junge Frau, die ich kennengelernt habe, war lebenslustig und voller Neugier. Sie wollte die Welt erobern.»

«Mit zwei Kindern kannst du die Welt nicht mehr erobern.»

«Doch!» Jago trank einen Schluck von seinem Wein. «Oder hattest du dir dein Leben so vorgestellt?»

«Nein.» Jetzt klang Christas Stimme eher kläglich.

«Weißt du überhaupt noch, wie du dir dein Leben vorgestellt hattest?»

Christa seufzte. «Ich wollte als Germanistin arbeiten. Als Lektorin vielleicht in einem Verlag. Oder an der Universität. Irgendetwas, das ich mir selbst ausgesucht hätte.»

«Ist es das, was dich am Antiquariat stört? Dass du es dir nicht selbst ausgesucht hast?»

Christa zupfte an ihrem Ohrläppchen. Das tat sie immer, wenn sie nachdenken musste. «Ja. Nein. Vielleicht. Ich weiß es nicht.»

«Würdest du lieber woanders arbeiten?» Jago ließ nicht locker.

«Gunda war immer mein Vorbild. Ich wollte so sein wie sie. Sie arbeitet immerhin mit Adorno zusammen! Jeden Tag Futter für den Kopf. Das muss wunderbar sein.»

«Du könntest dich auch am Institut für Sozialforschung bewerben.»

Christa schüttelte den Kopf. «Nein, Jago, das kann ich nicht. Ich habe keinen Doktortitel, habe die letzten Jahre in einem Antiquariat verbracht. Wahrscheinlich habe ich das wissenschaftliche Arbeiten schon verlernt. Und überhaupt: Um eine Anstellung im Institut reißen sich die jungen Absolventen. Soziologen, Philosophen. Da wartet keiner auf eine mittelalte Frau, für die sowieso nur ein Halbtagsjob infrage käme.»

«Zugegeben, deine akademischen Möglichkeiten sind vielleicht begrenzt. Aber es gibt andere, davon bin ich überzeugt. Also, Christa, was würdest du gerne tun?»

«Jago, hör auf. Das hier ist keine Märchenstunde.»

«Und, doch hast du Wünsche ans Leben, Christa. Und ich will dir helfen, diese wiederzufinden und auszusprechen. Ich will dich glücklich sehen!»

Christa sah Jago an, heiße Schauer strichen über ihren Rücken. Er war ihr Mann. Er wollte ihr Glück. Wie hatte sie je daran zweifeln können. «Glücklich war ich in der Buchhandlung. Ich habe es geliebt, die Leute zu beraten. Ich habe es geliebt, wenn neue Ware eingetroffen war. Ich habe es geliebt, mit den Vertretern der Verlage einen Kaffee zu trinken. Im Antiquariat ist es anders, das Hauptgeschäft läuft übers Telefon, und ich habe mich nie für alte Bücher interessiert. Es ist mir gleich, ob ein Buch in rotes Saffianleder gebunden ist, ob Holzschnitte darin sind und welche Auflage es hat. Ich möchte lesen, verstehst du? Ich möchte Bücher, die ich mag, empfehlen – ob klassisch oder modern. Ich möchte Menschen dafür begeistern. Und ich möchte unseren Literaturzirkel neu beleben, möchte ihn vergrößern, zu einem festen Termin in Bornheim machen. Wir könnten auch Musiker einladen, so wie Heinz es einmal fürs Antiquariat geplant hatte, oder Leute, die Vorträge zu bestimmten Themen halten.»

Sie hatte sich bei ihrer kleinen Rede aufgerichtet, hatte mit vorgerecktem Kinn gesprochen, die Wangen waren gerötet, die Augen sprühten.

«Also, das Antiquariat macht dir keinen Spaß.»

«Nicht so sehr wie die Buchhandlung.»

«Dann rede mit Heinz. Er wird jemanden einstellen müssen.»

«Aber wir sind doch eine Familie! Ich kann ihn doch nicht im Stich lassen.»

«Jetzt ist Martin da. Es ist seine Buchhandlung.» Jago legte kurz eine Hand auf die Hand seiner Frau. «Du könntest mit ihm reden. Vielleicht hätten Lilly oder Gertie sogar Lust, für Heinz zu arbeiten.»

«Aber ich kenne mich nun mal am besten aus.»

«Herrgott, Christa. Du drehst dich im Kreis. Merkst du das nicht?»

Christa wurde blass. Sie wusste nicht genau, was er meinte, aber sie spürte, dass Jago recht haben könnte. «Weißt du, Martin ist im KZ gewesen, hat im Gefängnis gesessen. Heinz ist ein

Wolfskind gewesen. Ich habe immer gedacht, dass ihnen das Leben etwas schuldig ist. Ich dagegen hatte es doch immer gut … Habe ich da ein Anrecht auf eigene Wünsche?» Christa glaubte, diese Worte nur gedacht zu haben, aber sie hatte sie leise vor sich hin geflüstert.

«JA!»

Überrascht blickte Christa auf. «Was hast du gesagt?»

«Ich habe Ja gesagt. Ja, du hast ein Recht auf eigene Wünsche und ein Recht darauf, glücklich zu sein. Es ist nicht deine Schuld, dass Martin gefangen war oder Heinz seine Mutter verloren hat. Du hast deiner Familie gegenüber keinerlei Schuld, die du abtragen müsstest.»

Christa zupfte an ihrem Ohrläppchen. Jago beobachtete sie dabei. «Na gut, ich probiere es», sagte sie schließlich mit fester Stimme. «Ich werde Martin zum Essen einladen und mit ihm sprechen. Ich werde ihm sagen, dass ich in der Buchhandlung arbeiten möchte. Und mit Heinz spreche ich auch. Immerhin hat er eine Verantwortung für das Antiquariat. Zur Not könnte man das Ladengeschäft sogar aufgeben und nur als Versandantiquariat weiterführen … Jago, warum lächelst du?»

«Weil ich endlich die Christa wiedererkenne, in die ich mich damals so verliebt habe.» Er erhob sich, nahm seine Frau in die Arme und flüsterte: «Und ich liebe dich bis heute.»

Christa schmiegte sich an Jago und war noch ein wenig unglücklicher als zuvor. Denn einiges war ungesagt geblieben. Sie wusste, dass Jago nach Kronberg ziehen wollte. Und es wäre ja auch vernünftig und hätte viele Vorteile, aber sie konnte einfach nicht mit Gideon von Prinz zusammen sein. Der Gedanke, ihn jeden Tag sehen zu müssen, widerte sie an. Stattdessen hockten sie zu viert in einer Wohnung, die viel zu klein war. Wie lange noch würden Viola und Henri in einem Zimmer schlafen wollen? Schon jetzt gab es manchmal Streit deswegen. Wenn Christa ehrlich war, dann hatte sie Angst. Angst, dass Jago eines Tages allein nach Kronberg gehen würde, weil er dort besser arbeiten konnte und seine Mutter ihn brauchte. Sie hatte Angst, Jago noch einmal zu verlieren.

Kapitel 32

Martin kam mit Blumen, dem Roman *Ansichten eines Clowns* von Heinrich Böll, den Christa immer schon lesen wollte, und mit Schokolade für die Kinder. «Was gibt es zu feiern?», fragte er aufgeräumt und rieb sich die Hände.

Christa war in der Lebensmittelabteilung vom Kaufhof gewesen und hatte Schweizer Käse gekauft, gesalzene Butter und französisches Stangenweißbrot. Dazu gab es von Frau Lehmann ein paar Scheiben Roastbeef und gekochten Schinken. Während sie die Köstlichkeiten auf einer Platte anrichtete, brachte Jago die Kinder zu Bett und las ihnen eine Geschichte vor. Obwohl Viola längst selbst lesen konnte, genoss sie die abendliche Vorlesestunde noch immer.

Jetzt aber saßen die Erwachsenen am Abendbrottisch. Christa reichte den Brotkorb mit dem geschnittenen Stangenweißbrot herum. Während des Essens sprachen sie über Alltägliches, doch als der Wein aufgemacht wurde, sagte Martin: «Ich muss mit euch reden.»

Christa und Jago wechselten einen kurzen Blick. «Wir auch mit dir.»

«Dann lasst mich anfangen. Ich mache es kurz: Ich bin sehr krank, ich habe Krebs.»

«Wie bitte?», rief Christa. Auf der Stelle schossen ihr Tränen in die Augen.

«Ja. Ich war gestern noch einmal im Krankenhaus. Es gibt keine Hoffnung.»

Jago schluckte. «Wie lange noch?»

«Noch ein paar Monate, genau lässt sich das nicht sagen. Aber meine Zeit ist begrenzt.»

Christa weinte jetzt offen, griff über den Tisch nach Martins Hand und drückte sie. «Was ... Was können wir tun? Wie können wir helfen? Hast du Schmerzen?»

Martin lächelte. «Ich nehme Medikamente, die helfen. Ich danke dir, Christa. Darüber hinaus muss ich meine Angelegenheiten regeln. Das liegt mir am Herzen.»

Sie warteten schweigend, bis Christa sich ein wenig beruhigt hatte. «Deine Angelegenheiten?», fragte sie und wischte sich mit dem Taschentuch die Augen trocken.

«Ja. Ich wollte dich fragen, ob du die Buchhandlung haben möchtest. Ich würde sie dir gern vererben. Aber du musst dich zu nichts verpflichtet fühlen. Ich kann sie ebenso gut verkaufen. In einem Jahr werde ich fünfundsechzig. Ich hätte das Geschäft ohnehin sehr bald aufgegeben. Ich bin müde und erschöpft.»

Christa blickte zu Jago, dann wieder zu Martin. «Ich ... Ich würde sehr gern deinen Laden übernehmen. Ich könnte mir nichts Schöneres vorstellen.»

«Da fällt mir ein großer Stein vom Herzen. Der Laden, das ist ein wichtiger Teil meines Lebens. Ich bin froh, ihn in deinen Händen zu wissen. Am besten fangen wir morgen gleich an, uns mit der Übergabe zu beschäftigen. Je eher wir damit fertig sind, desto früher kann ich fahren.»

«Fahren? Wohin?»

«Ich muss das Haus in Basel verkaufen. Und dann möchte ich noch einmal an den Thunersee. Dort, wo Werner und ich so glücklich waren.»

«Willst du allein fahren?», wollte Christa wissen.

«Helene wird mich begleiten.»

«Sie weiß es also schon?»

«Ja. Ich habe es ihr vor einer Woche gesagt. Nur mit Heinz habe ich noch nicht gesprochen. Wir müssen uns über das Antiquariat unterhalten. Vielleicht kann Gertie Volk es einstweilen übernehmen. Dann würden wir für die Buchhandlung noch jemanden einstellen.»

«Meinst du, Gertie schafft das?»

«Natürlich schafft sie das. Sie ist gerne dort.»

Einige Wochen später begleitete Christa ihren Onkel auf die Zeil. Er brauchte neue Schlafanzüge und einen neuen Bademantel für das Krankenhaus. Der April hatte gerade begonnen, und an den Bäumen sah man erste Knospen sprießen. Obwohl die Sonne schien, war es noch kühl, sodass Christa Angst hatte, Martin könnte in seinem dünnen Mantel frösteln. Sie betraten das Kaufhaus Schneider und begaben sich in die Herrenabteilung. Martin blieb an einem Ständer mit Hemden stehen und blätterte darin herum. Dann nahm er ein dunkelblaues Hemd heraus und hielt es sich an.

«Es steht dir gut», fand Christa.

«Finde ich auch. Ich könnte es im Sarg tragen.»

Christa traten auf der Stelle wieder Tränen in die Augen. «Sprich nicht so», bat sie.

«Doch, Christa. Das muss ich. Das ist das, was mir bevorsteht. Meine Beerdigung. Ich war schon bei einem Bestattungsinstitut. Es ist alles geregelt. Ich möchte auf dem Bornheimer Friedhof liegen. Die Grabstelle ist ausgesucht und bezahlt. Sie ist ganz in Werners Nähe. Ich habe auch schon den passenden Sarg für mich …»

«Hör auf, Martin. Ich bitte dich. Ich ertrage es nicht.»

Christa wollte sich am liebsten die Ohren zuhalten, aber Martin ließ nicht locker. «Ich muss darüber sprechen, Christa. Es sind die Dinge, die mir noch wichtig sind, die geklärt werden müssen. Auch mit dir.»

Christa schniefte. «Du hast ja recht, aber es tut so weh.» Martin zog Christa in seine Arme und kümmerte sich dabei nicht um die Blicke der anderen Kunden. «Ich weiß, Christa. Ich weiß. Aber ich hatte schöne Zeiten in meinem Leben. Schwere, aber auch schöne. Die Jahre mit Werner haben mich für meine Zeit im KZ und im Gefängnis entschädigt. Und Heinz. Es ist so ein Glück, dass wir ihn gefunden haben. Dich habe ich immer am meisten geliebt. Für mich warst du die Tochter, die ich nie hatte.»

Eine Gruppe junger Leute mit grimmigen Gesichtern kam auf sie zu, ein junger Mann rempelte Christa leicht an, ohne sich zu entschuldigen. Dafür drückte er ihr ein Flugblatt in die Hand, das Christa ungelesen in ihre Handtasche stopfte.

«Wir sind den anderen im Weg», stellte Martin fest. «Lass uns jetzt einkaufen.»

Christa hakte sich bei Martin unter. Dann kauften sie alles, was er brauchte, und gingen anschließend ins Café Mozart in der Töngesgasse. Christa bestellte sich einen Kaffee und ein Stück Frankfurter Kranz. Martin lehnte ab.

«Ich habe keinen Appetit.»

«Hast du Schmerzen?»

«Ja. Aber das Schmerzmittel hilft.»

«Ist es zu anstrengend hier für dich?»

«Christa, mach dir keine Sorgen. Lass uns einfach zusammen sein.»

Am nächsten Tag hörten Christa und Jago beim Frühstück die Nachrichten. Es hatte gebrannt. Auf der Zeil. In zwei Kaufhäusern. Auch im Kaufhaus Schneider, in dem Christa noch gestern mit Martin eingekauft hatte. Jetzt fiel ihr das Flugblatt wieder ein. Sie kramte in ihrer Handtasche, brachte den Zettel hervor und las laut vor:

> Wenn es irgendwo brennt in der nächsten Zeit,
> wenn irgendwo eine Kaserne in die Luft geht, wenn irgendwo in
> einem Stadion die Tribüne einstürzt, seid bitte nicht überrascht.
> Genauso wenig wie beim Überschreiten der Demarkationslinie
> durch die Amis, der Bombardierung des Stadtzentrums von
> Hanoi, dem Einmarsch in China. Brüssel hat uns die einzige
> Antwort darauf gegeben: Burn, warehouse, burn!

Christa erinnerte sich noch genau an den schrecklichen Kaufhausbrand vor einem Jahr in der belgischen Hauptstadt, auf den das Flugblatt Bezug nahm. Über dreihundert Tote und einhundertfünfzig Verletzte hatte es damals gegeben. Und jetzt hatte es auf der Zeil gebrannt! Im Radio hörte sie, dass es kurz vor Ausbruch des Feuers einen Anruf bei der Deutschen Presse-Agentur gegeben hatte: «Gleich brennt's bei Schneider und im Kaufhof. Es ist ein politischer Akt.»

Christa schüttelte entsetzt den Kopf. «Demonstrationen und Teach-ins und Sit-ins. Meinetwegen. Straßenschlachten mit der Polizei. Nicht gut, aber wenigstens zu einem kleinen Teil nachvollziehbar. Aber das jetzt, das ist zu viel! Es hat weder Tote noch Verletzte gegeben. Doch war das nicht nur reines Glück?»

Jago nickte, doch Christa sprach schon weiter: «Allmählich geht mir diese Protestbewegung gehörig auf die Nerven. Sie können meinetwegen jeden Tag demonstrieren. Doch sobald andere in Mitleidenschaft geraten, hört der Spaß auf.»

«Ich gebe dir recht, Christa, es darf keine Toten geben», erwiderte Jago. «Trotzdem bin mir sicher, dass jemand wie Doro ganz anders darüber denkt.»

Und so war es. Am Wochenende hatte August Geburtstag,

und die ganze Familie traf sich in Bergen-Enkheim. August
hatte zwei Torten gekauft, und neben ihm in der Wohnungstür
stand eine Frau. «Das ist Isolde. Wir haben uns in meiner Werkstatt kennengelernt. Sie wollte sich ein Bücherregal anfertigen
lassen.» Er legte den Arm um eine dralle Frau in den späten Vier-
zigern, die das Haar in gefälligen Wellen trug und dazu ein fest-
liches Kleid.

«Ach, August», sagte sie und strich ihm kurz über die Wange. Dann reichte sie zuerst Helene die Hand. «Ich freue mich, Sie
endlich kennenzulernen.»

«August, ist es ernst mit euch?», wollte Martin später wissen.

«Ähm … ja, weißt du …»

«Wir wollen zusammenziehen», half Isolde. «Nächsten Monat
schon. Aber davor fahren wir in Urlaub. Eine Woche Schwarz-
wald.» Sie strahlte, als sie das sagte, und August strahlte ebenfalls.

«Dann sollten wir einander Du sagen», schlug Martin vor.

Später saßen sie alle um den Esstisch herum, der allmählich zu
klein für die Familie wurde. Heinz und Doro, Christa und Jago,
Helene und Martin, August und Isolde und natürlich Viola und
Henri. Zehn Personen. Christa strahlte. Sie freute sich, dass die
Familie größer wurde. Als sie daran dachte, dass Martins Platz
bald leer sein würde, musste sie schlucken.

Aber Doro ließ keine schlechte Stimmung aufkommen. «Was
sagt ihr zu den Brandanschlägen in den beiden Kaufhäusern?»
Ihre Augen blitzten. Sie hatte das lange Haar heute zu einem
Zopf geflochten und trug eine Latzhose, die Christa nur von
Bauarbeitern oder Automechanikern kannte.

«Was soll man dazu sagen? Eine Schande ist es. Bloß gut, dass
kein Mensch verletzt wurde. Einsperren sollte man diese Brand-
stifter», sagte Christa.

«Aber es war eine politische Aktion. Sie sollte an den Krieg in Vietnam erinnern. Und zugleich der Konsumgesellschaft den Spiegel vorhalten.» Doro warf mit Schwung ihren Zopf auf den Rücken.

«Was hat denn ein Kaufhaus auf der Zeil mit dem Krieg in Vietnam zu tun? Und Konsumgesellschaft. Wenn ich das schon höre. Wann bist du geboren? 1948? Da wurden die Läden allmählich wieder voll. Du hast ja keinen Krieg und keinen Hunger erlebt. Aber frag mal deinen Freund. Los, Heinz, erzähl ihr, dass du Gras fressen musstest und Pappkartons als Schuhe getragen hast.» Christa redete sich in Eifer.

«Aber genau darum geht es ja. Damit niemand mehr einen Krieg erleiden muss, gibt es politische Aktionen», erklärte Doro.

Christa holte ganz tief Luft. Sie hatte sich vorgenommen, heute einmal nicht mit Doro zu streiten. Aber dieses junge Ding brachte sie immer wieder zur Weißglut. Sie zwang sich, ruhig durchzuatmen. «Doro, ich habe doch nichts gegen politische Aktionen. Aber sie müssen einen Sinn ergeben. Ein Brand in einem Kaufhaus wird die Regierung der USA nicht besonders beeindrucken. Da war eure Aktion vor der amerikanischen Botschaft schon aussagekräftiger.»

«Das Kaufhaus musste es sein, um gegen die Konsum…»

«… jaja, die Konsumgesellschaft. Niemand wird gezwungen, etwas zu kaufen. Wenn dir der Konsum zu viel ist, dann geh nicht auf die Zeil.»

«Halt, Christa. So einfach ist das auch nicht. Der Konsum wird schon als politisches Instrument eingesetzt. Ein voller Bauch demonstriert nicht gern. Die Arbeiter werden nach wie vor ausgebeutet, doch sie merken es nicht, weil sie jeden Tag Kochschinken essen und im Sommer nach Italien fahren können. Der Konsum und die sogenannten Bedürfnisse, die zu befriedigen sind, die gäbe es nicht, wenn sie nicht durch die Werbung geweckt würden», sprang Heinz seiner Freundin bei.

«Lebensmittel in Hülle und Fülle, Strom, Heizmaterial, danach haben wir uns doch alle nach 1945 gesehnt.»

«Mensch, Christa, das ist mehr als zwanzig Jahre her. Ihr habt euch um die vollen Bäuche gekümmert, aber die Verbrechen der Nazis ignoriert. Dabei wäre das doch das Wichtigste gewesen.»

Christa öffnete den Mund, wollte Doro widersprechen, aber dann begriff sie, dass sie das junge Mädchen nicht erreichte. Ihr Protest und die Proteste der jungen Leute überhaupt hatten etwas Selbstgefälliges. Es war ein Protest derer, die nie gehungert hatten oder sich zumindest daran nicht mehr erinnern konnten. Der heutigen Jugend an sich haftete Selbstgerechtigkeit an, fand Christa. Sie, die Ältere, wurde von ihnen wie ein dummes Kind behandelt. Wie jemand, die das Wichtigste nicht begriffen hatte. Aber sosehr Christa sich jetzt auch darüber ärgerte, sie wusste, dass das Leben die Jungen schon noch zurechtstutzen würde. Betrachtete nicht jede neue Generation die vorherige mit ein bisschen Herablassung?

«Hast du das gelesen?», fragte Lilly Frühling, die in einem Band mit Gedichten von Erich Fried blätterte, und wartete Christas Antwort gar nicht erst ab. «Ich hab's ja nicht so mit der Lyrik. In den meisten Gedichten kenne ich jedes einzelne Wort und weiß trotzdem nicht, was sie zu bedeuten haben. Zum Beispiel Celans ‹schwarze Milch der Frühe›. Was soll das sein? Es gibt keine schwarze Milch, auch morgens nicht.»

«Was hat Fried denn geschrieben?», fragte Christa, die nun wieder die Buchhandlung leitete und so froh darüber war.

Fleisch wird zubereitet
auf zweierlei Art
Entweder langsam mit Napalm

oder schnell mit Benzin
Letzteres gilt als barbarisch
Ersteres nicht …

… las Lilly vor. «Das verstehe ich. Da steht klar und deutlich, was
der Dichter meint. Die Amis haben Napalmbomben auf Vietnam geworfen. Warum können nicht alle Gedichte so eindeutig
sein?»

«Ich kenne das Gedicht, Lilly.» Und Christa zitierte aus dem
Gedächtnis:

Sicherheitszünder
heißt ein Bauer, den man
vorantreibt
an einem Strick über ein
Minenfeld …

«Stimmt», sagte Lilly. «Ganz schön gruselig. Aber konkret. Ich
versteh's … Was schreibt eigentlich Jago für Gedichte?» Sie ließ
den Fried-Band sinken.

«Wir haben zwei Bücher von ihm da. Schau mal rein, Lilly.»

Erst zierte sie sich ein bisschen, dann zog sie eines von Jagos
Werken aus dem Regal und schob es ebenso schnell wieder rein.
«Nein, ich lese lieber nichts von ihm.»

«Warum nicht? Ich dachte, du wüsstest längst, was Jago
schreibt.»

Lilly schüttelte den Kopf. «Ich habe mit Absicht noch nie etwas von ihm gelesen.»

«Aber warum denn nicht?»

«Wenn es mir nicht gefällt, was dann? Ich könnte Jago nicht
die Wahrheit sagen. Also sage ich lieber, ich bin noch nicht dazu
gekommen.»

Christa lachte. Sie lachte wieder häufiger in letzter Zeit. Nur wenn sie an Martin dachte, wurde ihr das Herz schwer. Helene war vor einer Woche mit ihm in die Schweiz gefahren. Martin hatte rasch einen Käufer für das Haus in Basel gefunden, das Geschäft sollte dieser Tage abgeschlossen werden. Den Erlös des Verkaufs wollte er dem VDK hinterlassen, dem Verband der Kriegsbeschädigten, Kriegshinterbliebenen und Sozialrentner Deutschlands e.V. Der Sozialverband kümmerte sich auch um die ehemaligen Insassen der Konzentrationslager. Die Familie hatte seine Entscheidung gutgeheißen. Sein Barvermögen sollte für den Kampf gegen den Paragraphen 175 verwendet werden. Es würde etwas bleiben von Martin.

In der Buchhandlung lief leise ein Radio im Hintergrund. Martin hatte es eines Tages mitgebracht, und Lilly Frühling wollte nicht auf die Schlager, die der Hessische Rundfunk spielte, verzichten. Also hörte auch Christa *Arrivederci Hans*, den neuesten Song von Rita Pavone, und *Verbotene Träume* von Peter Alexander. Plötzlich wurde das Programm unterbrochen. Ein aufgeregter Nachrichtensprecher verkündete: «Am gestrigen Nachmittag wurde ein Attentat auf den Studentenführer Rudi Dutschke in Berlin verübt. Dutschke wurde dabei lebensgefährlich verletzt. Der Täter, der Bauhilfsarbeiter Josef Erwin Bachmann, wurde von der Polizei verhaftet.»

«Dutschke verletzt. Na, das wird heftige Krawalle auf den Straßen geben. Sicher nicht nur in Berlin ...» Christa schüttelte den Kopf, sie hasste Gewalt.

«Also, mir tut er leid. Er ist doch verheiratet und hat ein kleines Kind», meinte Lilly.

«Mir tut er natürlich auch leid. Mein Gott, er ist noch nicht mal dreißig.» Christa seufzte. «Aber warum kann eine neue Zeit nicht einmal leise und ruhig anbrechen? Warum muss es immer Krawall und Getöse und Verletzte und Tote geben?»

«Wer am lautesten schreit, wird am ehesten gehört», erklärte Lilly Frühling mit einem Satz die Weltpolitik. «Das war schon immer so. Selbst im alten Rom.»

Lilly war noch nicht fertig mit ihrer Rede, als ein Mann mit einem Koffer den Laden betrat. Auf Christas Gesicht erblühte ein Lächeln. «Ah, Herr Sommer. Ich bin gespannt, was Rowohlt im neuen Programm zu bieten hat.»

Christa bat den Verlagsvertreter nach hinten in die kleine Küche. Sie kochte Kaffee, während Herr Sommer die Kataloge auf dem Tisch ausbreitete. «Wir können zu Recht stolz sein auf unser neues Programm. Unser Spitzentitel in diesem Jahr heißt *Rebellion der Studenten oder die neue Opposition*, unter anderem herausgegeben von Uwe Bergmann und Rudi Dutschke.»

«Rudi Dutschke sagen Sie? Mein Gott, haben Sie schon von dem Attentat auf ihn gehört? Es kam gerade eben im Radio.»

Herr Sommer sah Christa entgeistert an und schüttelte den Kopf. «Nein … Nein, ich bin ja die ganze Zeit unterwegs. Was genau ist passiert?»

«Jemand hat auf ihn geschossen. In Berlin. Er schwebt in Lebensgefahr.»

«Was für eine Tragödie. Ich hoffe sehr, er überlebt es. Es ist ein kluger junger Mann, ich war schon bei ein oder zwei Veranstaltungen, auf denen er gesprochen hat.» Er nahm die Tasse Kaffee in die Hand und trank einen Schluck.

Christa merkte seine Betroffenheit und versuchte, ihn abzulenken. «Und was gibt es Neues im Bereich der Belletristik?»

«Im September wagt Rowohlt ein Experiment», erklärte Herr Sommer, dankbar, über etwas anderes sprechen zu können. «Wir begründen eine neue Reihe. *rororo sexologie* wird sie heißen.»

«Sexologie?», rief Lilly Frühling, die in der offenen Tür stand, um sowohl den Laden als auch die Küche im Blick zu behalten.

«Was soll das denn werden? Gibt es nicht schon genug Schweinkram?»

«Es geht um Romane mit erotischem Anspruch», erklärte der Vertreter ruhig.

«Sag ich doch: Schweinkram.» Der Vertreter, der Lilly von solcher Art Literatur überzeugen könnte, musste erst noch geboren werden.

«Was für Titel umfasst die neue Reihe?», hakte Christa nach.

«Hubert Fichte ist mit *Die Palette* dabei, Henry Miller mit *Stille Tage in Clichy*, dazu Vladimir Nabokov mit *Fahles Feuer* und Hubert Selbys *Letzte Ausfahrt Brooklyn*. Weitere Titel sind in Planung.»

«So was verkaufe ich nicht!», beschloss Lilly Frühling.

Zum Glück war Christa anderer Meinung. «Natürlich verkaufen wir diese Titel, unsere Kundschaft hat breit gestreute Interessen. Wir nehmen von jedem Titel erst einmal zwanzig Stück. Nachbestellen können wir immer noch.»

Herr Sommer füllte mit einem Lächeln den Bestellschein aus. «Ich habe Ihnen noch etwas mitgebracht, meine Damen.» Er öffnete seinen Koffer, holte ein Vorabexemplar daraus hervor und legte es auf den Tisch. Christa wollte danach greifen, aber Lilly Frühling war schneller.

«Ich denke, du bist gegen Sexologie?», fragte Christa nach und musste sich ein Lächeln verkneifen.

«Bin ich auch», bestätigte Lilly, die sich das Buch von Henry Miller geschnappt hatte. «Aber zuerst muss ich doch wissen, gegen was genau ich bin.» Sie drückte das Buch an ihre Brust, aus Angst, Christa könnte es ihr entreißen. «Man muss schließlich wissen, was man nicht will. Und das so gut wie all das, was man will.» Mit diesen Worten schlüpfte sie in ihren leichten Mantel, wickelte sich ein dünnes Tuch um den Hals, klemmte ihre Handtasche mit dem Miller-Buch unter den Arm und verließ den Laden.

Kapitel 33

Den Sommer verbrachten Christa, Jago und die Kinder zusammen mit Helene am Thunersee. Martin und sie hatten sich dort eine kleine Wohnung gemietet, während die von Prinz für zwei Wochen in eine Ferienwohnung zogen. Christa erschrak, als sie Martin sah. Grau sah er aus, und er hatte so viel abgenommen, dass sich seine Rippen unter dem dünnen Pullover abzeichneten. Er sitze oft auf dem Balkon mit Blick über den Thunersee, erzählte er, und denke dabei an Werner.

Christa kam jeden Tag, um ihren Onkel zu sehen und um Helene ein wenig zu entlasten. Sie saß neben ihm und hielt seine Hand. Eines Tages fragte sie ihn: «Wie ist es zu wissen, dass man bald sterben muss?»

Martin drückte ihre Hand. «Nach der Diagnose war ich wütend. Wütend auf Gott, auf die Welt. Aber jetzt bin ich dankbar für die schönen Jahre.»

«Dein Leben, es war schwer. Das Konzentrationslager, die Haft, Werners Tod.»

«Es war nicht nur schwer. Es war auch schön. Jetzt denke ich nur noch an die guten Zeiten. Ich habe viele Erinnerungen in mir. Und ich freue mich darauf, bald wieder bei Werner zu sein.»

«Hast du nach ihm noch einmal so sehr geliebt?» Unter normalen Umständen hätte Christa sich niemals so eine Frage erlaubt. In ihrer Familie respektierte jeder die Privatsphäre der anderen. Doch hier auf dem Balkon fühlte sich Christa ihrem Onkel näher als jemals zuvor.

«Ich war fast zwei Jahre mit Gerd zusammen. Kurz nach der Diagnose habe ich mich von ihm getrennt. Ich wollte nicht, dass er mein Sterben begleitet. Am meisten geliebt habe ich Werner.»

Am nächsten Tag kam Martin ins Krankenhaus nach Interlaken, und eine Woche später starb er, während Helene und Christa an seinem Bett saßen. Er starb mit einem Lächeln, und dieses Lächeln machte seinen Tod leichter. Die Beerdigung auf dem Friedhof in Frankfurt-Bornheim verlief ruhig. Christa hatte Martins Wunsch respektiert und keine Todesanzeige in einer Frankfurter Zeitung geschaltet. August und Heinz brachten eine kleine hölzerne Bank mit auf den Friedhof.

«Die Bank ist für uns», erklärte Heinz. «Wann immer wir wollen, können wir hierherkommen und mit Martin reden.» Ihn hatte Martins Tod besonders getroffen. «Ich habe ihm nie gedankt für alles, was er für mich getan hat», erklärte er traurig beim Leichenschmaus und betrachtete die teure Uhr an seinem rechten Handgelenk. Es war Martins Uhr. Die Uhr, die ihm einst Werner geschenkt hatte und die nun Heinz gehörte. Außerdem hatte Martin, kurz bevor er in die Schweiz gefahren war, noch 20 000 D-Mark auf das Konto des Antiquariats eingezahlt, um dem Laden wieder auf die Beine zu helfen. Gertie Volk, da war er sich sicher gewesen, würde dafür sorgen, dass das Geschäft nicht wieder in die Miesen geriet.

Einige der Kunden aus der Buchhandlung legten ein paar Blumen vor dem Laden nieder, dann ging das Leben weiter. Der Sommer verabschiedete sich mit ein paar letzten warmen Tagen, der September stand vor der Tür.

Christa hatte zwei Einladungen zu einer Filmpremiere erhalten. Am letzten Augusttag hatte der Film *Die grünen Teufel* im Turmpalast seine erste Aufführung. John Wayne, der berühmte Schauspieler, hatte nicht nur Regie geführt, sondern auch die Hauptrolle übernommen. Bereits im Vorfeld kam es zu Protesten. Es hieß, im Film werde der Völkermord der USA in Südvietnam gerechtfertigt.

Als Christa und Jago vor dem Turmpalast eintrafen, hatte sich bereits eine ansehnliche Menschenmenge eingefunden. Studenten protestierten erneut gegen den Vietnamkrieg.

Christa hielt Jago zurück. «Wir sollten wieder nach Hause gehen», sagte sie.

«Warum?»

Christa deutete auf die Menschenmenge. «Ich habe Doro gesehen. Ich möchte ihr nicht feindlich gegenüberstehen.»

«Ich verstehe», sagte Jago. Sie drehten um und liefen durch die noch sonnenwarme Stadt zurück nach Hause.

«Davor hatte ich immer Angst», meinte Christa, als sie am Bethmannpark vorbeikamen. Sie riskierte einen Blick ins Innere des Parks und dachte dabei an Martin.

«Wovor?»

«Dass wir unseren Kindern eines Tages als Feinde begegnen.»

«Heinz und Doro sind nicht unsere Kinder.»

«Du weißt, was ich meine. Bald sind Viola und Henri groß. Vielleicht werden sie studieren oder einen Beruf erlernen, vielleicht werden sie dann gegen uns sein, gegen uns kämpfen, weil sie ganz andere Einstellungen vertreten als wir.»

«Die Jugend hat sich zu allen Zeiten gegen die Alten aufgelehnt. Das muss auch so sein, damit Fortschritt geschehen kann. Und sie können das auch nur, wenn wir ihnen trotz allem mit unserer Liebe den Rücken stärken.»

Christa seufzte. «Was du sagst, klingt klug und richtig, aber in meinem Herzen fühlt es sich anders an. So, als hätten wir alles falsch gemacht. Und als bräuchten wir die Jugend, um unsere Fehler zu reparieren.»

Gut zwei Wochen später feierte Dr. Gunda Schwalm ihren 50. Geburtstag und lud ins Café Laumer ein. Helene hatte sich besonders schick dafür gemacht, denn das Laumer lag im wohlhabenden Westend und konnte auf ein vornehmes Publikum verweisen. Gertie war extra beim Friseur gewesen, Heinz stak in einem Anzug, der ihm längst zu klein geworden war, und August hatte seine Isolde mitgebracht, Lilly Frühling führte ihr neues Kleid vor. Nur Doro konnte nicht dabei sein, sie war für ein paar Tage zu ihren Eltern gefahren. Christa und Jago schenkten Gunda neben einem Arm voller bunter Astern einen Büchergutschein, und Christa steckte der Freundin unauffällig ein französisches Parfum in die Tasche.

Gunda hatte einen Tisch für zehn Personen bestellt, acht Gäste waren schon da.

«Für wen ist der zehnte Stuhl?», fragte Christa neugierig.

Gunda lächelte verlegen. «Ich habe Professor Adorno eingeladen, aber ich bin nicht sicher, ob er kommt.»

Sofort begannen Helene und Gertie miteinander zu tuscheln. Selbstverständlich kannten sie Theodor W. Adorno, er war ja eine Berühmtheit in Frankfurt. Gertie fummelte sogar ihren Lippenstift aus der Handtasche und zog sich noch einmal verstohlen die Lippen nach.

Dann kam die Kellnerin und nahm die Bestellungen auf. Die Auswahl an Kuchen war gigantisch und in ganz Frankfurt begehrt. Christa entschied sich für ein Stück Mokkatorte, Helene suchte sich ein Stück Frankfurter Kranz heraus, und Jago nahm einen Windbeutel mit extra viel Schlagsahne.

«Wie ist er denn so, der Adorno? Privat, meine ich. Darüber hört man ja so gar nichts. Das wollte ich dich eigentlich schon lange mal fragen, aber es hat sich nie ergeben», Gertie wandte sich an Gunda.

Gunda strahlte. «Er ist der klügste Kopf, dem ich je begegnet bin. Und er ist höflich und freundlich, manchmal ein bisschen zerstreut.»

«Hat er eigentlich eine Ehefrau?», hakte Gertie nach, doch in diesem Augenblick versuchte eine Gruppe junger Männer, das Café zu stürmen. Bewaffnet mit Mohrenköpfen und Tortenstücken, verlangten sie nach einem Tisch. Die überraschte Kellnerin zeigte hilflos in den Gastraum, in dem alle Tische besetzt waren. Die Gäste tuschelten. Eine ältere Dame mit Perlenkette klammerte sich an ihren Begleiter. Solche Gäste hatte man bisher im vornehmen Café Laumer nicht gesehen. Eine andere erhob sich, presste ihre Handtasche gegen den Bauch und verschwand in Richtung der Toiletten. Ein Herr im Anzug trat den Flegeln unerschrocken entgegen und forderte sie auf, das Café zu verlassen. Kurz darauf klebte ein Mohrenkopf an seinem Jackett.

«Mit Teufel treiben wir den Gilb aus dem Café Laumer!», brüllten sie.

Jetzt trat der Besitzer, alarmiert von der Kellnerin, auf. Er musterte kurz die jungen Leute, zeigte mit dem Finger auf einen mit Nickelbrille. «Du bist doch der Teufel aus München!», rief er. «Der mit der Kommune, in der alle nackig sind. Sittenloses Schwein! Verschwinde!»

Aber Fritz Teufel ließ sich nicht so einfach vertreiben. Der Besitzer rief die Polizei, während Christa, Gunda und die anderen das Geschehen betrachteten. «Zum Glück ist Doro nicht hier», raunte Christa ihrem Mann zu. «Sonst hätten wir jetzt vielleicht unseren Kuchen auf der Kleidung.»

Die Polizei musste in der Nähe gewesen sein, denn nur ein paar Minuten nach dem Anruf führten zwei Beamte die Angreifer ab.

Die Mutigen unter den Gästen drängten sich ans Fenster, um zu sehen, wie die Schlacht draußen weiterging. Zu ihrer Enttäuschung ließen die Polizisten die Tortenwerfer aber gleich wieder frei, sodass sie erneut das Café stürmen konnten. Eine Dame mit Hut und Hündchen wurde blass und sank gegen das Sitzpolster. Jago besorgte ein Glas Wasser, und eine andere Dame steuerte ein weißes Spitzentaschentuch bei, das sie mit Kölnischwasser benetzt hatte. Die restliche Geburtstagsgesellschaft saß schreckstarr auf den Plätzen und beobachtete das Geschehen. Gertie Volk hielt ihre Handtasche umklammert, während Helene nach Christas Arm fasste. Der köstliche Kuchen auf ihren Tellern war vergessen.

«Da ist er!» Gunda lächelte auf einmal breit und deutete auf die andere Straßenseite. Und tatsächlich sah man da Theodor W. Adorno mit seiner markanten schwarz umrandeten Brille stehen. «Seht ihr, er kommt.» Gunda lachte glücklich, blieb es auch, als Adorno beim Anblick von Fritz Teufel auf dem Absatz kehrtmachte und in einer Seitenstraße verschwand.

Wieder rückte die Polizei an, wieder wurden die Randalierer abgeführt. Die ersten Journalisten erschienen vor dem Laumer und schossen Fotos. Fritz Teufel machte es sich auf der Umfassungsmauer des Cafés bequem und ließ sich Tortenstücke anreichen. Die Journalisten zückten die Kameras, Blitzlichter flammten auf. Jago, in dem der Redakteur erwachte, trat zum Konditor. «Warum dürfen die Studenten nicht in Ihr Café?», fragte er und hielt dabei einen Block und einen Bleistift in der Hand.

«Sie sehen doch selbst, wie die sich aufführen. Wir sind ein Haus mit langer Tradition. Sollen diese Studenten doch in der Mensa randalieren.»

«Sie würden sie also immer rauswerfen?», hakte Jago nach.

«Selbstverständlich. Und jetzt sage ich nichts mehr. Im Gegenteil, ich werde mich über Sie beschweren. Wie ist Ihr Name?»

«Jago von Prinz.»

Der Konditor trat einen Schritt zurück. «Oh, bitte entschuldigen Sie, das wusste ich nicht. Sie sind der Sohn? Nun, Ihre Eltern sind immer gern gesehene Gäste bei uns. Ich hoffe, der Freifrau geht es gut?»

Kapitel 34

Die Buchmesse stand vor der Tür. Christa blätterte in den Verlagskatalogen und strich die Titel an, die sie bestellen wollte. Die Buchmesse! Sie liebte diese Veranstaltung mehr als alle anderen. Eine Halle, gefüllt mit Büchern und Büchermenschen. Allein der Geruch! Unverwechselbar und nicht zu beschreiben.

Jago würde sein neues Buch am Suhrkamp-Stand vorstellen. Es hieß *Der neue Mensch*, und Christa kannte jedes einzelne Wort daraus. An manchen Abenden hatte sie heftig und intensiv mit ihm diskutiert. Was machte einen neuen Menschen aus? Wie sehr kann sich der Mensch verändern? Und die Umstände, welche Wirkung haben sie auf den Menschen? Im letzten Literaturzirkel hatte Jago ein Stück vorgelesen, und hinterher hatte es eine lebhafte Debatte gegeben, die Doro zu verdanken war. Christa sah plötzlich alle Beteiligten vor sich, spielte die Diskussion in ihren Gedanken noch einmal ab. Der Abend hatte noch lange in ihr vibriert.

«Die Frage ist doch längst von Karl Marx beantwortet worden!», rief Doro an diesem Abend erregt. «Das Sein bestimmt das Bewusstsein. Oder anders: Es ist nicht das Bewusstsein der Menschen, das ihr Sein bestimmt, sondern es ist umgekehrt. Das Thema deines Buches ist veraltet. So wie das meiste von dem veraltet ist, worüber Schriftsteller schreiben. Was wir dagegen brauchen, ist eine neue, eine revolutionäre Literatur.»

«Ach? Und wer fällt dir dazu ein?», wollte sie selbst wissen.

«Peter Handke», erwiderte Doro triumphierend. «Handke ist die Stimme der Jugend. Seine Bücher weisen in die Zukunft.»

«Meine liebe junge Frau», nahm sich Dr. Brinkmann das Wort. «Kann man von Literatur sprechen, wenn der Autor nichts Neues sagt, sondern das Alte einfach nur von den Füßen auf den Kopf stellt?»

«Was meinen Sie denn damit?»

«Ich denke an die *Publikumsbeschimpfung* vor zwei Jahren. Handke hat in seinem Stück das Theater von links auf rechts gedreht. Er hat dabei eine philosophische Regel angewandt. Nicht mehr und nicht weniger. Aber ist das bereits Literatur?»

Doro schluckte, und Christa erinnerte sich, dass sie sich ein Lächeln nicht verkneifen konnte. Und sie erinnerte sich an den Premierenabend mit Jago, hatte sie doch das Stück mit eigenen Augen gesehen, Darsteller und Publikum erlebt. Doro aber nicht. Doch die junge Frau hatte sich bereits wieder gefangen.

«Und was ist mit Bertolt Brecht?», fragte sie und hob gekonnt die Augenbrauen.

«Brecht ist schon zwölf Jahre tot. Er kann kein junger Autor mit neuer Sicht auf die Welt sein», erwiderte Gertie Volk.

«Aber seine Werke sind hochaktuell.» Doro gab sich nicht so leicht geschlagen.

«Das sind die von Goethe auch», fand Lilly Frühling, dann fuhr sie zu Jago herum. «Jetzt sage du doch auch mal was.»

Christa sah Jago vor sich, der bis dahin ruhig auf seinem Stuhl gesessen hatte, ein Bein über das andere geschlagen. Dann sagte er: «Sie hat recht. Doro hat recht. Die Frage ist nur, wer für eine neue Literatur verantwortlich ist. Sollte sie nicht aus dem Kreis der Jungen kommen? Die Fragen, die ich in meinem Buch stelle, betreffen die Menschen meiner Generation. Jede Generation braucht ihre eigene Stimme.» Er stand auf, ging zu einem der Bücherregale und zog einen schmalen Band hervor, den er Doro hinhielt. «Hier, den schenke ich dir. Der Autor ist dreiunddreißig Jahre alt. Ist das zu alt? Ich weiß, eure Parole lautet: Trau keinem über dreißig. Aber vielleicht liest du mal diesen Roman.»

Jago setzte sich wieder, und Doro blätterte in dem rororo-Band *Die Palette* von Hubert Fichte, der in der neuen Sexologiereihe von Rowohlt erschienen war, während Jago schon weitersprach. «Was für eine Art Literatur wünschst du dir?»

«Eine ehrliche Art.» Doros Antwort kam wie aus der Pistole geschossen.

Ja, sie wusste noch, wie sie innerlich gezuckt hatte, weil Heinz' Freundin derart selbstbewusst und souverän reagierte. Und wie treffend sie Jagos Antwort empfunden hatte.

«Nun, Ehrlichkeit ist die Grundvoraussetzung eines jeden Schriftstellers. Alles andere ist Schund.»

Für eine kleine Weile herrschte Schweigen. Und Doro wirkte nicht mehr ganz so kämpferisch, sondern nachdenklich. In diesem Moment hatte Christa noch einmal selbst das Wort ergriffen. «Mir scheint, die jungen Leute sind auf einem ewigen Konfrontationskurs zu allen Generationen vor ihnen. Das ist richtig so, das ist die Aufgabe der Jugend. Ihr wollt alles anders machen. Gut, dann macht alles anders. Du willst neue Bücher, dann schreibe sie.»

Doro reagierte ganz entsetzt. «Aber ich kann nicht schreiben.»

«Das kann man lernen. Das Wichtigste ist, ob du ein Thema hast. Und am besten eines, das über deinen Freundes- und Kampfgenossenkreis hinausgeht.»

«Christa, das ist unfair. Nicht jeder, der sich über Literatur äußert, muss gleich ein Schriftsteller sein.» Heinz hatte den Arm um Doros Schulter gelegt.

Sie hatte Heinz und Doro zugenickt und Doro versichert, dass sie sie keinesfalls kränken wollte. «Ich wollte dir nur vor Augen führen, dass jede Generation ihre eigenen Themen hat. Und die müssen wir gegenseitig respektieren. Jagos Buch ist dir nicht modern genug? Gut. Dann lies Handke.» Es war das erste Mal gewesen, dass sie sich mit Doro direkt auseinandergesetzt hatte – und das hatte ihr gutgetan.

«Das widerspricht der Demokratie», befand Doro. «Ich habe das Recht, mich über alle Bücher zu äußern.»

«Das stimmt», bestätigte Gertie.

Und Dr. Brinkmann fügte hinzu: «Dieses Recht will Ihnen auch niemand nehmen. Die Frage ist nur, ob man sich wirklich zu allem äußern muss.»

Zu ihrer Überraschung hatte sich Doro erhoben. Und noch überraschender waren die Tränen gewesen, die in ihren Augen schimmerten. «Ich habe Jagos Buch gelesen», sagte Doro. «Von der ersten bis zur letzten Seite. Aber ich hätte wissen müssen, dass dieser Zirkel hier ein eingeschworener Kreis ist, der seit Jahren so funktioniert, wie er funktioniert.» Daraufhin nahm sie ihre Jacke, steckte Fichtes Buch in ihren Leinenbeutel und machte sich daran, die Buchhandlung zu verlassen.

Christa wusste, dass sie in diesem Moment plötzlich große Sympathie für Doro empfunden hatte. Sie war aufgesprungen und hatte gerufen: «Halt, Doro. Geh nicht. Es stimmt, wir reden seit Jahren über immer dieselben Bücher. Wir lesen Grass und Lenz und Enzensberger und Walser. Wir lesen die, in deren Alter wir selbst sind. Auch Jago gehört dazu.»

Doro hatte die Augen aufgerissen, sich dann aber wieder gesetzt, allerdings ganz vorn auf die Stuhlkante.

Christa lächelte erleichtert, weil sie die richtigen Worte gefunden hatte. «Vielleicht sehen wir die Jugend auch anders, als sie sich selbst sieht.» Sie wollte eine Brücke schlagen zu Doro, die sie in ihrem Ungestüm, aber auch in ihrer bewegenden Art schätzte, wie sie in diesem Moment erkannt hatte.

«Ja, das tut ihr. Das tun die meisten», flüsterte Doro. «Aber wir sind keine Randalierer und Krawallmacher. Wir wollen eine neue Gesellschaft. Wir wollen die Welt besser machen. Auch für euch.»

«Fragt sich nur, mit welchen Mitteln.» Lilly Frühling betrachtete die junge Frau skeptisch.

«Wir haben den Krieg zu verantworten», erklärte Dr. Brinkmann. «Und ihr wollt Frieden.»

«Nicht nur das!» Doro wischte sich eine Träne von der Wange. «Wir wollen mehr. Wir wollen die Gleichberechtigung der Frau. Wir wollen die Vergangenheit aufarbeiten. Wir wollen Entfaschisierung. Wir wollen eine Reform der Demokratie, sind gegen die Notstandsgesetze und den Springer Verlag mit seiner Hetze und den Lügen. Und wir fordern eine offene Sexualität.»

Doro hatte leidenschaftlich gesprochen, doch auf einmal begann Dr. Brinkmann zu lachen – und fing Doros irritierte Blicke auf. «Warum lachen Sie?»

«Weil wir im Grunde dasselbe wollen, liebe Doro. Frieden, Gleichheit, Demokratie und die Abschaffung des Paragraphen 175.»

Da lächelte auch Doro. «Dann könnten wir ja eigentlich zusammen kämpfen!»

«Das sollten wir tun. Das sollten wir wirklich tun», hatte sie selbst ergänzt und dabei gedacht: Wenn Martin das noch hätte miterleben können!

Christa war es für einen Augenblick, als tauche sie auf aus einem intensiven Traum. Dann streckte sie sich. Jetzt war Buchmesse! Sie wusste, dass auch Doro und Heinz hier sein würden, der SDS wollte die Buchmesse als Plattform für seine Proteste nutzen. Sie hatte kurz überlegt, ob sie ihren Messebesuch verschieben sollte, hatte sich dann aber dagegen entschieden. Die ganzen Demos und Proteste der letzten Zeit, vor allem aber der Lesezirkel hatten ihr einen anderen Blick beschert.

«Im Grunde sollten wir froh sein, dass Doro und Heinz überhaupt zum Treffen kommen», hatte Jago am selben Abend gesagt. «Sie suchen den Kontakt zu uns. Wir sollten das auch tun.»

«Du hast doch schon Seite an Seite mit Heinz und Doro demonstriert.»

Jago hatte gelächelt. «Ja, das habe ich. Aber du hast Heinz auch schon unterstützt, ganz aktiv. Zum Beispiel damals, als er die Bücher aus Menschenhaut vor dem Uhrtürmchen verbrannt hat.»

Christa wusste, dass die deutschen Verlage ihre Programme in der Messehalle 6 präsentierten. Als sie die Halle betrat, blickte sie sich neugierig um. Aus allen Richtungen kamen gesetzte Herren in schwarzen und grauen Anzügen daher. Sie trugen Aktentaschen, und ihre Mienen verrieten, dass sie wichtig waren. Nur ein junger Mann in Nietenhose und Hemd, darüber eine Weste aus Schaffell, lief an ihr vorüber, und Christa überlegte, ob er vielleicht ein junger Schriftsteller war. Ein anderes Bild aus vergangenen Tagen stieg in ihr auf: der junge Jago in der Paulskirche auf der ersten Frankfurter Buchmesse nach dem Krieg ...

Sie hielt die Nase in die Hallenluft und wurde sofort in einen Geruch nach Büchern, Zigarettenqualm, Kaffee und Rasierwassern eingehüllt. Der Lärm war ohrenbetäubend. Lachen ertönte hier, dort wurde heiß diskutiert, irgendjemand schimpfte mit einem jungen Handwerker.

Christa lächelte. Hier fühlte sie sich zu Hause. Seit 1949 hatte sie keine einzige Buchmesse verpasst. Sie lief an den Ständen entlang, blieb bei Suhrkamp stehen und suchte nach Jagos Buch, das eine ganze Regalwand einnahm, die Exemplare frontal aufgestellt, das Cover zog die Blicke magisch an. Sie lief weiter zum Rowohlt Verlag, der seiner Reihe *rororo sexologie* viel Platz eingeräumt hatte. Beim Fischer Verlag erkannte sie den Cheflektor Peter Härtling in einem Gespräch mit einer jungen Frau; sie hatte im *Börsenblatt* kürzlich ein Interview mit ihm gelesen, wo es um Programmgestaltung und Talentsuche ging. In einem Gang kam ihr Ingeborg Bachmann entgegen, Seite an Seite mit einem Mann. Ob es der Verleger des Münchner Piper Verlags war, wo ihr Werk erschien? Wie gern hätte Christa ein Autogramm gehabt, aber sie wagte nicht, die bekannte österreichische Schriftstellerin anzusprechen.

Schließlich erreichte sie den Stand des Börsenvereins des Deutschen Buchhandels, dem sie als Buchhändlerin selbstverständlich angehörte. Sie wollte sich nach einer Veranstaltung erkundigen, die im Rahmen der Messe stattfinden sollte, doch alle Mitarbeiter schienen in ernste Gespräche vertieft und bemerkten sie nicht. Sie erkannte Friedrich Georgi, den Vorsteher des Börsenvereins, der gerade lauthals erklärte, dass man sich unter keinen Umständen bieten lassen dürfte, von irgendwelchen langhaarigen Demonstranten bei den Messegeschäften gestört zu werden. Christa kannte Georgi seit Langem, so wie wohl jeder Buchhändler ihn kannte. Jede Woche las sie im Börsenblatt, was in der Buchwelt wichtig war, und oft hatte Friedrich Georgi dort eine Stimme.

«Notfalls müssen wir eben die Halle für die allgemeinen Besucher schließen», hörte ihn Christa sagen. «Nur das Fachpublikum darf das Gebäude betreten. Das werde ich auch so dem Sigfred Taubert, dem Direktor der Buchmesse, sagen.» Dann schüttelte er den Kopf. «Es ist auch wirklich unglücklich, den Friedenspreis des Deutschen Buchhandels ausgerechnet in diesem Jahr an Léopold Senghor verleihen zu wollen. Der Präsident

des Senegal ist nicht gerade für seine demokratischen Bestre-
bungen bekannt.» Nach diesem Satz stieß er einen tiefen Seufzer aus.

Langsam ging Christa weiter. Es war kurz vor 11 Uhr, und sie
hatte sich mit Jago vor der Messehalle zu einem Kaffee verabredet. Als sie den Kaffeewagen erreichte, stand Jago schon dort
und hielt zwei Tassen in der Hand.

Dankbar nahm sie den Kaffee entgegen, dann sagte sie: «Oje,
ich habe gerade mitbekommen, dass Krawalle erwartet werden
wegen Léopold Senghor. Er soll doch am Sonntag den Friedenspreis des Deutschen Buchhandels erhalten.»

«Ja, das ist ein Politikum. Senghor ist bekannt für sein neoko-
lonialistisches Treiben und für seine Brutalität.»

«Kein Wunder, dass die Studenten dagegen protestieren wollen.»

«Diese Worte aus deinem Mund?» Jago lächelte.

«Ich habe viel gelernt. Vor allem von Doro und Heinz», erklärte sie.

Jago gab ihr einen Kuss auf die Wange. «Das habe ich bemerkt.»

«Wann bist du dran?», wollte Christa wissen und winkte
Gunda Schwalm zu, die atemlos zu ihnen stieß. «Mein Gott, die
ganze Stadt ist auf den Beinen. Vor der Paulskirche wird protestiert. ‹Belagert die Buchmesse, besetzt die Paulskirche›, wird geschrien, aber ich habe keine Ahnung, was wirklich dort los ist.»

Schnell klärte sie Christa auf, dann blickte Jago auf die Uhr.
«Ich muss rein. Meine Buchvorstellung beginnt gleich.»

«Na dann», sagte Gunda. «Toi, toi, toi. Und wir sind natürlich
dabei.» Sie hakte Christa unter, und gemeinsam folgten sie Jagos
langen Schritten.

Am Stand von Suhrkamp drängelten sich die Leute. Buchhändler brüteten mit Vertretern des Verlags über Bestellschei-

nen, Lektoren anderer Verlage mit Namensschildern an ihrer Kleidung sahen sich die Neuerscheinungen an. Aber dann steuerte Siegfried Unseld, der Verlagsinhaber, auf Jago zu und führte ihn zu einem kleinen Podest, vor dem vielleicht zwanzig Stühle standen. Nur wenige waren besetzt. Eine junge Frau hatte ihre Schuhe ausgezogen und ihre Füße auf einen zweiten Stuhl gelegt. Ihr Sitznachbar biss gerade herzhaft in eine Bockwurst, als eine ältere Dame fragte: «Was passiert denn hier?»

«Jago von Prinz stellt sein neues Buch vor», erklärte Christa stolz.

«Von Prinz? Kenne ich nicht. Ist der berühmt?»

Als niemand ihr antwortete, ging die Dame weiter. Auch der Mann mit der Bockwurst erhob sich, sobald er aufgegessen hatte. Dafür nahm ein Paar um die vierzig Platz. Die Frau blickte sich interessiert um und machte den Mann auf Jago aufmerksam.

«Bist du aufgeregt?», fragte Christa und drückte Jagos Hand.

«Ja, das bin ich.»

Endlich trat Unseld ans Mikrofon und stellte seinen Autor vor.

Christa und Gunda saßen ganz vorn in der ersten Reihe und hörten, wie sich hinter ihnen eine leise Unruhe breitmachte. Christa wandte sich um und entdeckte ihre Schwiegereltern. Sie nickte ihnen zu. Sie hatte die von Prinz lange nicht mehr gesehen, Jago fuhr nach wie vor meist allein mit den Kindern in den Taunus. Von Martins Beerdigung wussten sie nichts, und Christa fragte sich, ob sie überhaupt gekommen wären. Aber das war jetzt nicht wichtig. Jetzt saß Jago da oben hinter einem einfachen Tisch, vor sich sein neues Buch und ein Glas Wasser. Er räusperte sich, dann erstrahlte sein Gesicht. Wieder wandte Christa sich um und entdeckte Heinz und Doro. Sie freute sich, dass die beiden gekommen waren. Freute sich sehr.

Und dann begann Jago zu lesen: «Ein neuer Mensch. Frauen

sagen das, wenn sie vom Friseur kommen. Ich fühle mich wie ein neuer Mensch. Männer könnten so etwas sagen, wenn ihre Fußballmannschaft siegt, aber Männer sagen so etwas nicht. Vielleicht denken sie es. Ich jedenfalls habe noch nie gedacht, dass ich nun auf einmal ein neuer Mensch bin ...»

Jemand lachte. War das Jagos Vater? Christa zuckte die Schultern und richtete erneut ihre ganze Aufmerksamkeit auf Jago. Sie hörte ihm aufmerksam zu, bemerkte, dass seine Anspannung sank und er flüssiger las. Leute blieben stehen, nur wenige gingen einfach weiter.

«Wer ist das?», hörte Christa es aus allen Ecken tuscheln.

Als Jago ein paar Minuten später seine Lesung beendet hatte, zählte Christa achtzehn Zuschauer, darunter eine junge Frau, die sich auf einem Block Notizen machte. Sie erkannte einen Redakteur der *Frankfurter Allgemeinen Zeitung*, der Jago in diesem Moment bat, für ein Foto zu posieren. Jago stellte sich vor die weiße Wand, auf der sein Name geschrieben stand, sein Buch in der Hand. Der Umschlag war gut zu sehen. Dann kämpfte sich ein kleines Team mit Mikrofon nach vorn zur Bühne. Auf dem Mikro war der Schriftzug des Hessischen Rundfunks zu lesen.

Heinz und Doro waren derweil zu Jagos Eltern getreten. Sie grüßten einander, und Heinz nutzte die Gelegenheit, um seine Freundin vorzustellen. Edelgard von Prinz reichte Doro herzlich die Hand, während es der Freiherr bei einem Nicken beließ.

Auch Christa gesellte sich zu ihnen und begrüßte ihre Schwiegereltern. Gideon von Prinz nickte seiner Frau kurz zu, legte einen Arm um Christas Schulter und führte sie ein paar Schritte weg.

«Ich möchte dich und Jago gerne zum Mittagessen einladen. Ich hoffe, ihr habt noch nichts vor. Im Hessischen Hof habe ich einen Tisch reserviert. Es würde mir viel bedeuten, wenn ihr kommen könntet.»

«Ich muss Jago fragen», erklärte Christa, der die Berührung unangenehm war.

«Nein», widersprach der Freiherr. «*Du* bist es, die entscheidet. Jago sehe ich an manchen Wochenenden. Dich leider nie.»

Der Freiherr hatte recht, das wusste Christa. Seine Frau dagegen war noch immer ein häufiger Gast in der Berger Straße. Sie ging mit ihren Enkeln in den Park oder nahm Viola ab und zu mit in die Stadt zum Einkaufen. Sie trank mit Helene einen Kaffee, und Henri liebte es, wenn die Oma aus Kronberg mit ihnen *Memory* spielte, das er regelmäßig gewann.

Noch ehe Christa antworten konnte, trat Jago zu ihnen, strahlend und ein wenig verschwitzt. Er umarmte seine Frau, schüttelte seinem Vater die Hand, dann platzte es aus ihm heraus: «Wie fandet ihr meine Lesung?»

Edelgard, die nun auch bei ihnen stand, küsste ihren Sohn auf die Wange. «Du warst phantastisch. Ich bin sehr stolz auf dich.»

Jagos Blick schweifte zu seinem Vater. Der Freiherr brummte etwas und nickte dann. Mehr an Lob und Anerkennung war von ihm nicht zu erwarten. Doro und Heinz verabschiedeten sich, und Christa und Jago verließen gemeinsam mit Jagos Eltern die Halle. Sie liefen das kurze Stück bis zum Hessischen Hof, den viele Verlagsleute für das eigentliche Messezentrum hielten. Hier fanden am Abend die inoffiziellen Partys statt. Hier trafen sich Verleger mit Büchergroupies, hier versuchten die ganz Unerschrockenen, ihre Manuskripte an den Mann bzw. an den Verlag zu bringen. Hier wurde gesoffen, geraucht, gehurt. Hier fand das Nachtleben statt, welches sich die Kleinbürger schon immer so oder so ähnlich unter Künstlern, zu denen zweifelsohne diese Literaten zählten, vorgestellt hatten.

Vom nächtlichen Trubel war jetzt um die Mittagsstunde nichts zu spüren. Der Oberkellner führte die kleine Gruppe zu einem Tisch in einer Ecke. Der Freiherr orderte, ohne zu fragen, vier

Gläser Champagner und stieß auf Jagos neues Buch an. Christa hätte viel lieber einen Kaffee getrunken, aber sie hielt den Mund und fragte nur, nachdem sie die Speisen bestellt hatten: «Gibt es einen besonderen Grund für diese Einladung?»

Gideon von Prinz blickte seine Frau an, die ihm zunickte. «Ja», sagte er. «Ich möchte mich versöhnen. Mit Jago und mit dir. Ich möchte nicht, dass irgendetwas zwischen uns steht. Ich weiß, dass du mich nicht magst, Christa, aber ich bin mir nicht sicher, warum. Ich werde im nächsten Monat sechsundsiebzig. Mein Herz macht nicht mehr so recht mit. Wenn ich meine letzte Reise antrete, möchte ich mit einem guten Gefühl gehen.»

Christa schluckte. Er denkt nur an sich, dachte sie. Er hätte mich wenigstens einmal fragen können, warum ich ihn ablehne. Gelegenheiten hatte es genug gegeben. Versöhnliches Sterben! Hah! Das hatte er sich fein ausgedacht. Martin war tot, er aber lebte noch immer. Oh nein, sie hatte nicht vergessen, was Gideon von Prinz an Martins Geburtstag gesagt hatte: «Nichts für ungut.» Sie könnte sich noch immer darüber aufregen!

«Also, Schwiegertochter, was steht zwischen uns?» Der Freiherr lehnte sich zurück, zündete sich eine Zigarette an.

«Buchenwald», stieß Christa hervor.

«Ich weiß, dass du die Fotos gesehen hast, die bei uns in einem der Flure hängen. Edelgard hat es mir erzählt. Du hast aber nie mit mir darüber gesprochen. Du hast die Fotos gesehen und dein Urteil gefällt, ohne mich zu fragen.»

«Da blieben keine Fragen offen», erklärte Christa und nahm sich eine Zigarette aus Jagos Schachtel. «Die Bilder sprechen doch eine klare Sprache.»

«Ist das so?»

Christa schwieg. Am liebsten wäre sie aufgestanden und gegangen. Sie hatte kein Interesse, mit einem Verbrecher zu sprechen. Doch dann schluckte sie ihren Zorn hinunter und räusperte sich. «Warum warst du in Buchenwald? Was hast du dort gemacht?» Ihr fiel nicht auf, dass sie den Freiherrn plötzlich duzte. Noch vor Kurzem hatte sie das energisch abgelehnt. Und dass auch der Freiherr sie mit Du ansprach, störte sie nicht.

Gideon von Prinz lächelte leise. «Ich war dort für bestimmte Abläufe zuständig. Nein, warte. Lass mich ausreden.» Christa klappte den Mund wieder zu.

«Aber ich war nicht freiwillig dort. Edelgard stammt aus einer jüdischen Familie. Ich habe sie 1922 geheiratet. Aus Liebe. Dreizehn Jahre später wurden das Gesetz zum Schutze des deutschen Blutes und der deutschen Ehre verabschiedet. Man hat mich gedrängt, mich von Edelgard scheiden zu lassen. Es gab bereits Jago und seinen älteren Bruder Gero. Jago war neun und Gero, unser Ältester, vierzehn Jahre alt. Ich wollte mich nicht trennen. Um nichts in der Welt. Also trat ich in die NSDAP ein, um meine Familie zu schützen. Im Dezember 1939 sollte ich eingezogen werden. Als Offizier der Wehrmacht. Alle meine Vorfahren waren Offiziere. Ich weigerte mich, aus Angst, Edelgard nicht mehr schützen zu können. Ich besorgte Papiere für sie und die beiden Kinder, damit sie in die Schweiz ausreisen konnten. Aber Edelgard wollte nicht, wollte mich nicht allein lassen. Wir waren noch nie voneinander getrennt gewesen. Also schickte ich die Familie meines Verwalters, seine Frau und die beiden Söhne, unter dem Namen von Prinz in die Schweiz. Sie waren Juden, was damals keiner wusste, und daher ebenso in Gefahr. Bevor ich an die Front musste, zog Edelgard mit Gero und Jago ins Verwalterhaus. Von nun an galten sie als Familie des Verwalters. Keiner meiner Bediensteten hat sie verraten. Ich aber konnte vor Angst oft nicht schlafen. Alles hätte ich getan, um in Deutschland und in ihrer Nähe zu bleiben. Da bot man mir an, mich als Mitglied der Waffen-SS um die Konzentrationslager zu kümmern. Und alle vier Wochen durfte ich nach Hause fahren.

Allerdings müsste ich mich dafür von Edelgard scheiden lassen, die man ja in der Schweiz wähnte. Die Trennung von einem jüdischen Ehepartner verlief damals ohne großes Aufheben. Ich unterschrieb ein Blatt Papier, damit war alles geregelt.» Gideon von Prinz griff nach der Hand seiner Frau. «Wir sind übrigens noch immer geschieden. Aber das soll sich sehr bald ändern.» Edelgard und er lächelten sich an, dann sprach er weiter. «Deshalb ging ich nach Buchenwald. Mir war klar, dass ich danach Blut an meinen Händen haben würde. Aber ich hatte keine Wahl. Ich habe es für meine Familie getan. Du kannst mich deswegen verurteilen, Christa. Du kannst mich hassen, du kannst mich verachten. Aber du musst mir eines glauben: Alles, was ich getan habe, habe ich aus Liebe getan.»

Christa wusste nicht, was sie sagen sollte. Die Geschichte war zu überwältigend, um gleich reagieren zu können. Sie schluckte. Gideon von Prinz! Er blieb ein Verbrecher, auch wenn sie seine Motive verstehen konnte. Sie würde ebenfalls alles tun, um ihre Familie zu schützen. Aber würde sie so weit gehen wie Jagos Vater? Sie hatte darauf keine Antwort. Und auch, wenn sie den Freiherrn nun ein wenig besser verstand, verzeihen konnte sie ihm nicht. Endlich streckte sie den Rücken, blickte ihrem Schwiegervater in die Augen.

«Danke, dass du mir deine Geschichte erzählt hast. Doch ich werde immer auf der Seite der Opfer stehen. Ich werde nie gutheißen können, was du getan hast. Wenn ich aber an meine Kinder und an Jago denke, fällt es mir leichter, deine Beweggründe zu verstehen. Verzeihen werde ich dir nie.»

Gideon von Prinz streckte seine Hand über den Tisch in Christas Richtung aus. «Mehr erwarte ich auch nicht.»

Christa zögerte kurz, dann nahm sie seine Hand und drückte sie kurz.

Kapitel 35

Nach diesem denkwürdigen Mittagessen wollte Christa unbedingt zurück auf die Buchmesse, zwischen Bücher und Menschen, in eine Atmosphäre, die sie liebte. Das Gespräch hatte sie aufgewühlt, und sie wollte jetzt auf keinen Fall mit Jago sprechen. «Wir treffen uns heute Abend zu Hause, ja?», sagte sie und lief davon, bevor er antworten konnte.

Am Eingang zum Messegelände fanden penible Kontrollen statt. Am Morgen war das noch nicht so gewesen. Christa öffnete ihre Handtasche, erklärte ungeduldig, dass man mit einer Nagelschere schwerlich einen Menschen töten könne, gab sie dann trotzdem seufzend ab und wurde schließlich eingelassen. Vor der Halle 6 hatten sich Hunderte Journalisten aus der ganzen Welt aufgereiht, abgeschirmt von der Polizei. Etwas weiter entfernt stand ein Block von Demonstranten. Bei ihren Sprechchören ging es nicht um den Krieg in Vietnam, sondern um einen bekannten Vertreter der Bundesregierung. Um Bundesfinanzminister Franz Josef Strauß.

«STRAUSS RAUS!», brüllten die Protestierenden. «Strauß ist ein Faschist.»

Der Mann galt ihnen als Kriegstreiber. Zu seiner Zeit als Bundesverteidigungsminister war er für die Aufrüstung der Bundeswehr eingetreten. Es hieß, der Minister wollte heute sein neues Buch auf der Messe vorstellen, Christa hatte darüber im

Börsenblatt gelesen. *Herausforderung und Antwort. Ein Programm für Europa* lautete der Titel, der publizierende Seewald Verlag galt als überaus konservativ, ja sogar als weit rechts stehend. Gerade fuhren schwarze Limousinen vor, und die Polizei schirmte sofort den Wagen des Ministers ab.

Gleichzeitig skandierten die Sprechchöre immer lauter. «STRAUSS RAUS! STRAUSS RAUS!»

Christa schaute sich um und erkannte in der ersten Reihe der Demonstranten KD Wolff, radikal und unerbittlich. Sie hatte einmal mit Heinz und Doro über ihn gesprochen. Jetzt zog er vor die Nachbarhalle 5, in der Strauß Hof halten wollte.

Christa mochte Strauß ebenfalls nicht. Sie wusste, dass er Karriere in der Wehrmacht gemacht und junge Rekruten ausgebildet hatte. Sie fand es richtig, dass dagegen protestiert wurde, dass seine Erinnerungen an die Nazizeit bei Seewald veröffentlicht werden sollten.

Messedirektor Taubert querte mit großen Schritten den Platz zwischen den Messehallen. Vor den Demonstranten blieb er stehen. «Freunde!», rief er. «Freunde! Jetzt macht doch mal den Weg frei!»

Die Demonstranten lachten ihn aus, Hohngelächter schallte über den Platz. Christa hatte keine Lust, dem Spektakel noch länger zuzusehen, und kehrte zurück in die Halle 6. Sie wollte noch Bücher für die Buchhandlung ordern und war bereit, sich von neuen Autoren überraschen zu lassen. Ja, sie hatte sogar mit Doro gesprochen, die ihr einige Titel empfohlen hatte. Unter anderem Adornos *Negative Dialektik*. Christa hatte bislang keine Philosophen im Angebot der Buchhandlung gehabt, weil sie gedacht hatte, dass es dafür nur wenige Interessenten gäbe. Inzwischen wusste sie, dass auch viele ihrer Kunden nach Antworten auf die Studentenproteste suchten. Und Adorno hatte einiges zu bieten, das wusste sie ja nicht nur von Doro, sondern vor allem von Gunda. Christa hatte erst kürzlich seine *Minima Moralia* gelesen, worin er sich mit Naziterror und Faschismus auseinandersetzte. Zu gern hätte sie sich mit Doro und Heinz darüber ausgetauscht, doch sie wagte es nicht, aus Angst, sich lächerlich zu machen. Selbst vor Jago hatte sie ihre Lektüre verborgen. Sie brauchte Zeit zum Nachdenken. Und vielleicht war es ohnehin besser, zuerst ihre Fragen und Überlegungen mit Gunda zu besprechen.

In der Messehalle herrschte ein solcher Lärm, dass Christa sich am liebsten die Ohren zugehalten hätte. Hunderte Protestanten umlagerten den Stand des Diederichs Verlags, bei dem die Bücher des Friedenspreisträgers Senghor erschienen.

Christa wurde mitgezogen, war eingeklemmt zwischen fremden Ellenbogen und Bäuchen. Sie schwitzte und wäre am liebsten davongerannt, doch sie kam weder vorwärts noch zurück. Plakate schwankten über ihrem Kopf, jemand brüllte in ihr Ohr. Sie kämpfte mit den Ellenbogen, aber aus dem Pulk gab es kein Entkommen. Dann schob sie entschlossen einen jungen Mann zur Seite und hängte sich an eine korpulente Frau, die sich wie ein Eisbrecher ihren Weg durch die brüllende Menge bahnte.

Endlich war Christa frei. Sie blieb stehen, rang nach Atem, wischte sich mit dem Taschentuch über das schweißnasse Gesicht. Raus, sie musste hier raus! Doch kurz bevor sie den Ausgang erreicht hatte, wurden die Türen geschlossen. Panisch klopfte Christa gegen die Glasscheiben. «Lassen Sie mich raus! Ich will hier raus!» Aber niemand hörte sie. Über einen Lautsprecher wurde bekannt gegeben, dass man sämtliche Halleneingänge geschlossen hatte.

Christa wurde schlecht. Sie taumelte in die Gegenrichtung des Krawalls, musste sich an einem Verlagstisch festhalten. Eine Mitarbeiterin des Rowohlt Verlags reichte ihr ein Glas Wasser und bot ihr einen Platz an. Dankend setzte sich Christa. Sie hätte zu gern und unter anderen Umständen noch einmal Ernst Rowohlt getroffen. Vor Jahren hatten sie in ihrer Buchhandlung miteinander gesprochen, auch über den Beruf des Lektors. Christa hätte ihn gern gefragt, ob es mittlerweile auch Lektor*innen* bei ihm gab, aber der große Verleger war vor acht Jahren gestorben.

Die junge Frau, die ihr das Glas Wasser gebracht hatte, kam zurück. «Es tut mir leid, aber ich muss Sie bitten zu gehen. Wir werden unseren Stand schließen.»

Erschöpft und noch immer mit Übelkeit kämpfend, trat Christa auf den Gang. Ringsum schlossen die Verleger ihre Stände und protestierten dabei laut, dass Direktor Taubert ihre Geschäfte behinderte.

Christa lehnte an einer Wand. Allmählich ging es ihr etwas besser, doch der Lärm dröhnte weiter in ihren Ohren. Sie blickte zum Pulk der Demonstranten, die noch immer den Diederichs Verlag umstanden. Und plötzlich war sie mit denen, die da protestierten, einer Meinung. Nein, jemandem, der in seinem Land mit Brutalität herrschte, gebührte kein Friedenspreis. Und jemand, der in der Wehrmacht aufgestiegen war und jetzt einen Ministerposten bekleidete, sollte sein Werk nicht in einem rechten Verlag veröffentlichen dürfen.

Frieden, begriff sie, Frieden war das Wichtigste im Leben. Und in diesem Augenblick war sie dankbar dafür, dass sie nicht nur mit der Welt, sondern auch mit Gideon von Prinz ihren Frieden gemacht hatte. Sie lächelte, und ihr Lächeln wurde noch breiter, als sie plötzlich Jago entdeckte. Jago, ihre große Liebe. Er stand vor der Tür der Messehalle. Bereit, sie in seine Arme zu nehmen. Bereit, sein Leben mit ihr zu teilen.

Endlich ging die Tür auf, sie stürzte hinaus, hinaus an die frische Luft und hinein in Jagos Arme. «Ich liebe dich», flüsterte sie. «Und ich freue mich auf den Rest unseres Lebens.»

«Das geht mir genauso», flüsterte Jago zurück.

Weitere Titel

Das Glück am Ende des Ozeans

Das Mädchen mit den
Teufelsaugen

Die Pelzhändlerin

Die Silberschmiedin

Die Wunderheilerin

Teufelsmond

Wolgatöchter

Die Buchhändlerin-Reihe

Die Buchhändlerin

*Die Kaufmannsfamilie
Geisenheimer*

Die Kaufmannstochter

Die Kaufherrin

Die Verbrechen von Frankfurt

Galgentochter

Höllenknecht

Totenreich

Frevlerhand

Satanskind